月蝕之窗

Mayumi SHINODA
篠田眞由美

從時間╱空間學到地理學——美男子（？）們的生命新旅程

陳國偉

◎濃縮的時間：主角與生命

隨著櫻井京介與栗山深春一起由W大學畢業，「建築偵探櫻井京介事件簿」系列也進入了第二部。在第一部的最後兩作《灰色之砦》，我們終於瞭解到京介與深春是如何在「輝額莊事件」中相遇，開啟了他們的友誼。而在《原罪之庭》中，我們更透過「藥師寺家殺人事件」，驚見了蒼的身世真相，也終於明白原罪的隱喻。

在第一部中將主角過去的迷霧逐漸揭露的篠田真由美，一方面可說是回應了讀者的想望，但另一方面也可以說是她將重要的情節關鍵，那些屬於身世的「過去」給一一處理完畢。到了第二部，尤其是《假面之島》、《月蝕之窗》、《綺羅棺材》、《失樂之街》等作，篠田真由美已經將主角的生命視野，由過去轉向「未來」。不論是京介、蒼、神代宗教授甚或是深春，所要面對的是他們之間關係的改變，以及對於未來的思考。這在接下來台灣即將出版的後續作品中，將可一窺究竟。

篠田真由美筆下的人物，與讀者向來具有相當密切的關係。或許因為台灣去年快速的引進節奏，讀者較難產生這樣的認同。但在日本，由於篠田精準地設定出書的時間，以配合小說內在的人物年紀，使得讀者與主角的時態同步，並跟隨著成長。所以當《黎明之家》（1994）蒼第一次出現在大家面前時，他仍是一個十五歲的中輟生，但到了第二部《假面之島》（1999），他已經二十歲並且進入大學，展開另一段完全不同的人生風景。

雖然在《原罪之庭》、《美貌之帳》，甚至是短篇集《櫻闇》的部分篇章中，故事的起點仍是被安排在櫻井京介的高中歲月，將時空再度拋擲到過去，然而對於日本的讀者而言，他們已然建立起一種想像，並在此想像中與櫻井京介同步，他們身處在京介的當下時空，與他一同回憶著過去。

所以篠田真由美不僅用心於經營偵探、助手與其他重要角色的形象，以及他們的內在世界、彼此的互動關係，提供讀者認同、投射感情的憑藉，更重要的是，她讓讀者與書中角色處在一種「想像的共同體」中，而那些關於角色的生命、成長，其中的喜怒悲歡，也就從「角色的事」，變成同樣是「讀者的事」了，而那些情感，也成功地引起讀者的共鳴。

正因為如此，我們會發現在「建築偵探櫻井京介」系列中，本格推理原本被置放於小說中心的「理性邏輯」與「謎團／詭計」，因此退居次要的位置。反而是角色的生命情節、相處模式，以及建築的風格系譜，成為小說的核心。而這在日本已經發展成熟的推理小說市場，可以被廣為接受，具有存在的「正當性」。但輸入在台灣目前看似蓬勃但仍然處於「青春期」階段的推理市場，挑戰大多數讀者仍趨保守的口味，是否能打開台灣推理小說的品味光譜，或許是值得我們拭目以待的。

◎時間的客體隱喻：犯罪與建築

一如推理小說讀者所知，推理小說的開始，往往是以一個犯罪的「結果」——更具體的象徵則是一具屍體，呈現在讀者面前，偵探做為一個犯罪的詮釋者／解碼者，其所扮演的角色，就是一個回溯者，將所有犯罪既成的事實，那些「完成式」展現出來的現象與型態，內在所隱藏的各種線索，給釋放出來。在推理小說的諸多系譜中，最能夠體現此一特質的，就是鑑識科學。我們在「女法醫系列」或「CSI犯罪現場」中所看到那些令人瞠目結舌的科技魔法，就是為了將這些犯罪的軌跡，給一一召喚出來。

所以其實偵探所面對的，並不是一個犯罪者的實體，其實是一個犯罪化的客體——被時間給濃縮／異化了的屍體，那些可能腐朽了的肢體、衣著，以及所處的環境、氣候、濕度等，無處不是時間濃縮的痕跡。而隨著偵探與時間賽跑去問案，相關的人與記憶，也都會隨著時間而變動甚至風化，每一個被問出來的結果，其實都是被時間侵蝕過了的，異化的客體。

這種濃縮了時間的客體，似乎已經成為篠田真由美小說中無處不存在的隱喻，尤其表現在系列的核心題材——建築上。從第一部的首作《黎明之家》就已經開始，那些散亂在遊馬家中的西班牙文化符碼，以及被居住者經年累月，透過其意識所組織並塑造出來的生活空間，當偵探／櫻井京介面對它時，已然是一個時間化的結構物；如何從中將個人、物體、情感、文化給析離開來，就變成了一項困難的挑戰。

同樣地，當讀者（尤其是日本讀者）在面對《翡翠之城》或《美貌之帳》中，作者刻意運用那些日本自明治維新以來，受到西化而設計的現代建築時，讀者所經歷的，也正是這樣一個拆解歷史時間的一個過程。那是我們這些晚到者，無法親臨那些巨變的歷史現場，只能夠憑藉著那些既成的表象——建築體，來揣想、推測建造的過程，以及其中隱藏著的時代倥傯。這樣的一種關係所形塑的隱喻，不僅蘊含著推理小說的結構，更具有日本這一個多世紀裡來歷史的縮影——如何在現代性（洋化）的壓迫下，大和文明尋找到洋和融合的可能，不致讓原本自我的文化，被摧毀殆盡。

◎家城島街：從建築學到地理學

在第一部的階段，篠田真由美仍遵守著她所設立的空間美學標準，將敘述重點放置在建築身上，不論案件的時空是一致（如《黎明之家》、《翡翠之城》）或跳躍（如《黑色女神》），但故事的核心仍是圍繞在一幢負載著居住者恩怨情仇的建物上。

然而到了第二部開始，篠田真由美開始讓這些建築，與整個小說的場景具有更密切的關連，原本位於小說核心被敘述的空間，從一個獨立的文化結構物，延伸成範圍更大的空間，像是《假面之島》的威尼斯，或是《失樂之街》的東京街頭。原本小說裡那些孤立在日本國境邊緣的各式奇特風味建築物，逐漸走出了它們的結界，並且與環境有著更緊密的連結。從一個建築空間學的素材，延伸成文化地理學的議題。

當然，有些設定賴於特殊的文化地景，像是威尼斯，因為它原本就是一個具有整體風格的城市，是一個全方位藝術的地景。但這樣從固定地點的立體有形空間，到延伸性的地景空間概念，還是可以看到篠田真由美對於題材的突破，以及她空間學新的思考方向。

當然，當犯罪的空間擴大，要對話的對象，也由單一的建築，演化為一條街道、一個城市甚至是一個島嶼。櫻井京介和他的美男子（？）夥伴們，將會遭遇更大的難關，也將經歷生命中更為驚濤駭浪的冒險，有些是案件所帶來的，有些則是內在自我的。

一如那些推理經典中，穿梭於繁華與斷垣、光明與黑暗相間的都市地景的名偵探福爾摩斯、山姆史貝德、菲力普馬羅，櫻井京介也將有等待著他的世界與旅程。雖然那不會是一個疆界或城市，但那些地景的文化性意義，將讓篠田真由美與櫻井京介，走出屬於他們的推理小說系譜，繼續讓他們獨樹一幟的魅力，發光發熱。

（本文作者為新生代推理小說研究者）

月蝕之窗——目次

人物介紹（二〇〇〇年三月當時）

江草百合子（81）／江草家遺孀。

江草孝昌（已故）／百合子的丈夫，一九五五年歿。

印南茉莉（26）／月映山莊現任的擁有者。

印南雅長（已故）／茉莉的繼兄，一九九九年歿。

小西慶一（86）／退休醫生。

小西和志（49）／慶一的兒子。

倉持務（30）／建築家。

吉田孝一（55）／櫪木縣廳土木部員工。

松浦窮　／心理治療師。

門野貴邦（78）／真面目成謎的老先生。

輪王寺綾乃（17）／通靈少女。

栗山深春（31）／打工族。

櫻井京介（31）／建築史學者。

《消失於夜晚的凶刀》

1

有一件發生在櫪木縣境內，直到目前凶手仍逍遙法外，使偵辦陷入膠著的印南家事件。

該事件發生於一九八六年三月二十六日，建於那須高原一隅的明治時代洋房，其中有兩名女性犧牲者，分別為三谷圭子（二十八歲）與小笠原福（六十一歲）。

當時該建築物內，還有一位居民印南茉莉（十一歲），在二樓和室遭人發現時雖毫髮無傷，但因為茉莉的精神狀態極不穩定，無法陳述任何關於犯人的證詞。

在詳述事件的細節之前，應先說明上述背景，以旁證為什麼筆者不認為，此一事件是單純的強盜殺人事件。

現場確實有類似拿取物品的痕跡，從這一點來看，強盜殺人不能不成立。

但是，同時也有多處無法以此說明的疑點。

總之，這一奇怪事件發生的原因，可說是肇始於居住在案發現場（洋房中）的人們，其人際關係吧。這一點，就是筆者想要從自己的角度，書寫此一事件的理由。

請容筆者再度強調：筆者絕非在視此事件為消遣娛樂讀物的前提下進行書寫。

2

成為事件背景的洋房，建於明治時代。甚至到了今日依然毫無居民，靜靜地留在那須的針葉林之中。白晝時雖可藉著計程車抵達外側車道，然而司機必然不願在日落之後前往。為什麼？因為，這是一棟留有如此傳說的房屋：受到蓋屋者不人道對待而暗自飲泣的女性，於此自我了斷。在該名女性的忌日會出現鬼魂，或是屋主的後代受到詛咒而身亡，不久後便血脈斷絕，甚至沒有血緣關係的人，住在這棟建築裡也會遇到不好的事情。諸如此類的傳說，即使已經到了二十一世紀，依然藉著地方的長老們流傳著，他們說，其他還有因為與這個家有關而失蹤的女子等等。或許對於他們而言，在這棟不祥建築內發生的慘劇，絲毫不值得大驚小怪。

戰爭結束之後，這棟洋房從蓋屋者的後代賣給了印南家。身為地方望族，他們大概不相信鬼魂之說吧。印南家雖以此為夏季別墅，但從一九七七年開始，印南敏明與其女茉莉，提雪華與其子雅長，成為一家人之後便定居於此。

敏明與雪華彼此的前配偶都已身亡，兩人再婚沒有遭受阻礙，但是他們選擇了事實婚，雪華沒有入印南的籍（註1）。如果是在大都市，現在大概已經沒什麼好奇怪了，可是因為敏明是印南家的三男，他的雙親與親戚全都反對此事。堤雪華是個

1　事實婚與入籍：日本的結婚制度有「事實婚」（無式婚）和「要式婚」兩種。此處簡單來說，就是有婚姻之實但無婚姻之名，所以這裡提到沒有入籍（在日本女子結婚之後改姓夫姓）。

以散文家聞名的女子；這次是再婚及比敏明大三歲，這些似乎都成為反對的理由。結果敏明以宛若斷絕家族關係的形式離家出走，那須的洋房依照世俗的說法，就含有家族支付贍養費的意義，送給了他。

雪華努力減少外出取材或演講的工作，盡可能留在那須的家裡教育孩子。當時三歲的茉莉與雪華十分要好，而且成為兄長的十二歲雅長也疼妹妹疼到讓人吃驚。隨後為了繼承問題，雅長與印南敏明成為法律上的養父子關係，改姓印南，與妹妹兩人成為名副其實的兄妹。一九八三年之後，雅長雖然去東京念大學，獨自在外居住，但每次放假都會回到那須，每天都與妹妹玩在一起。那時候一家人的點點滴滴，可藉由雪華所著的《那須高原的小小房子》、《月映之家》等散文集得以窺見。

也就是說，至少在這個時候，或許還找不到引起發生印南家慘劇的主因。不，或許也不能這麼說吧。因為往往悲劇的原因，都是萌芽在外界窺視不到的黑暗深處。一如好事之徒所期望，表面看來沒有血緣關係的家族，並無不和的陰影或樣子，實際上，只能說淫靡的欲望在美好的家族之愛背後滋生，因此才會淚流不止吧。

一家人的生活為之改變是在一九八五年，印南敏明與堤雪華喪生於一場直到今日人們依然記憶猶新的空難之中。由於堤雪華的名氣，可憐的茉莉成為媒體絕佳的誘餌，無論到何處，都被鎂光燈與蜂擁而上的麥克風追逐包圍，結果導致她對他人產生了深刻的恐懼症，為此苦惱到無法就讀小學，自我封閉在那須的洋房之中。在一九八六年的事件中，喪失生命的三谷圭子與小笠原福，便是為了要照顧如此的茉莉才會待在那裡的。

小笠原是由家庭醫生小西慶一所派遣的護士，三谷原先是雪華的責任編輯，負責擔任無法上學的茉莉的家庭教師。雙親死後，身為兄長的雅長幾乎沒有從東京回來過，但原因為何並不清楚。儘管有一說是，他與兩位女士在妹妹的治療方針上意見對立，但也有人說另有其他原因，導致他與她們處不好。

但是筆者知悉其中內情，這也是隱藏在家族之愛高漲的欲望結果。請各位讀者寬恕如此漠然冷酷的寫法，可是明眼人一看，應該就能夠看穿事實真相。

然後還有一件事情必須先講白。三谷圭子愛慕著印南雅長，並且似乎對此毫無掩飾。然而亦能確定，印南雅長對於此事並不開心。縱使掛念著妹妹，他回去那須的次數還是越來越少。隨後三谷對於這個避著自己的男人，執著似乎越發強烈。她沒有放棄，因為無論如何，雅長的寶貝妹妹，還是掌握在她的手中。

可是，倘若讀者認為，三谷是想藉此謀取財產的壞女人，那就不恰當了。恐怕對雅長而言，必定也是只以這樣的態度去面對三谷。

3

事件發生當晚，抵達現場發現屍體的是小西醫生。傍晚，小西醫院接到護士小笠原的電話，要求醫生當晚過去一趟。茉莉的生日雖然是四月二十日，但是由於那天雅長有事，於是決定提早一個月舉辦生日派對。

然而小西醫生也知道，就在幾天之前，雅長打電話說他還是不能參加，茉莉因此感到十分失望一事。醫生恐怕也早就已經知道，三谷與雅長之間的問題。醫生的家位在離印南家車程十分鐘左右的地方，他打算吃過晚飯再過去，卻發現轎車拋錨。當他第二次嘗試讓人打電話到印南家時卻打不通，覺得不對勁的醫生，花了一個小時左右的路程走到印南家，抵達的時間已經過了晚上十點。

印南家的地沒有圍牆，針葉林將房子從車道分隔開來。面對房子的道路，是條與車道呈現大約三十度，長約三百公尺的直路。醫生一靠近房子，才發現屋裡的電燈全都熄了。那個時候醫生看到，有個非常瘦長的人影，靜悄悄地從房子面前往右手邊跑去。但是當老醫生追上去的時候，那個身影已經溶化於黑暗之中了。

洋房的正面有迴廊，玄關有嵌著玻璃的雙向開關門。醫生一握門把，卻發現好像門被鎖上，打不開。將臉湊近玻璃窺視屋內狀況，發現地板上有個白色物體，似乎是個仰躺在地的人。雖然看不清面目，但從纖瘦的身型研判，應該是三谷圭子。醫生一邊更用力地拉扯門把一邊呼喊，但是三谷動也不動。

無計可施的醫生，穿過印南家的地往北走，前去尋找住在那裡的E夫人。夫人聽聞醫生的通知非常驚訝，可是因為她也上了年紀，住處也沒有男性幫手，只得通報警方等待支援。由於是鄉下地方，巡邏車花了二十分鐘以上才到達，但是印南雅長卻與警方一同現身。

根據雅長的說法，他因為掛念自己不能遵守與妹妹的約定，所以在傍晚時打電話回家。雖然小笠原來接電話，但是聽起來卻怪怪的，等他想要再打一通的時候，電話卻像是故障打不通。他擔心出狀況便回家一趟，就在快要到達的時候，看到趕來的巡邏車，便攔了下來告訴警方這些事情。

警方用巡邏車載小西醫生與雅長抵達現場。玄關果真是上鎖了，但雅長有鑰匙所以進得去。一進門的地板上，倒臥著一副如同從二樓摔下樓梯模樣的三谷，左胸流血染紅了胸口，但是卻沒有凶器，人則早已氣絕多時。

一上樓梯，就是二樓的大廳，小笠原以奇妙的姿勢死在那裡。身體被綁在椅子上，鬆弛的繩子纏繞在脖子以及樓梯欄杆上頭，應該是窒息死亡。她的身體連同椅子被吊在半空中。

隨後警方搜索屋內的順序，逐一記錄下來將會過於繁瑣，故中間過程略而不提。雪華位於二樓寢室的梳妝台與文字處理機遭到破壞，白色禮服被踩得一塌糊塗。雅長向警方證實，那是母親的結婚禮服，結婚戒指等飾品不見了好幾個。在樓梯上則發現與禮服成套的珍珠項鍊還有長頭紗，裂開一半，上面有著三谷的足跡。

其他房間的情況則是：接待室的大理石裝飾品倒在地板上，成套的餐盤數十個被從餐廳的華麗櫥櫃拿出來，摔碎一地。雖然弄得亂七八糟，但似乎沒有東西失竊。

17　《消失於夜晚的凶刀》

印南茉莉在二樓和室被發現。向外開的門前面，緊緊擺著沉重的五斗櫃，至少那是小孩子無法獨力打開的狀態。她的臥房位在遭到搞亂的屋主夫妻臥室對面，可是為什麼她會待在平常沒有使用的和室？什麼時候開始就在那裡？有沒有注意到外面的可疑聲音？面對警方的這些問題，茉莉只回答：因為睡著了所以什麼都不知道。雖然和室裡頭沒有棉被也沒有床鋪，會想在那裡睡覺也很奇怪，可是有鑑於她自去年意外之後的精神狀態，警方也沒有繼續追問下去。

沒有找到的東西，包括可疑指紋、足跡，其他任何歹徒遺留的物品。還有根據解剖結果，刀刃長約二十公分，推測是殺死三谷的凶刀、被偷走的結婚戒指，以及幾件不翼而飛的物品。

找到的東西，則是掉落在房子周遭森林內的玄關鑰匙。根據其上的指紋以及鑰匙圈，確定為三谷所有；另外是原本放在庭院倉庫裡的馬梯，跑到院子裡。可是在這一天白天，園藝師傅曾來工作，下午四點左右收拾整理過後才回去，難以想像之後還有家裡的人曾經使用過梯子。

放在一樓大廳的電話，旁邊的電話線被剪斷了。

所有的門窗都上了鎖。

三谷圭子仔細地化妝打扮，身穿像是外出服的白色蕾絲洋裝，腳踩白色高跟鞋，耳戴珍珠耳環。

三谷死於外傷造成的休克。從出血狀態看來，凶器應該是在她斷氣之後才拔出來的。小笠原的死因則是呼吸道阻塞，也就是吊死。兩名女子的死亡時間，推測幾乎相同，都是在發現之前的兩、三個小時之內。

根據印南雅長與小西慶一的證詞，警方所假設的現場情況大致如下：

犯人是名在瞭解這個家住了三個人，還有一個小孩的情況下強行闖入的職業強盜。就算是從完全沒有留下指紋之類的犯罪痕跡這一點來看，也能認為這是職業級的犯罪者所為。

小西醫生在下午六點左右接到小笠原的電話，雅長趕到的時候是六點半，強盜就是在這三十分鐘之內闖入的。不知道為什麼，雖然下午五點左右，小西醫院的護士接到電話時，並未感覺到小笠原有任何異狀，可是接到雅長的電話，小笠原卻立刻說到「不要回來比較好」，雅長想問個清楚的時候電話就掛斷了。隨後，雅長再次打電話就已經不通，電話線應該就是在那個時候被剪斷的。醫生在晚飯過後打電話的時間是八點與九點，也都打不通。

犯人應該只有一人，為了不讓茉莉從和室出來而在門口放置了五斗櫃，把小笠原綁在椅子上，用自己帶來的刀子，威脅三谷拿出值錢的東西。但是因為收穫比預期的要少，氣昏頭的歹徒，將凶器刺進三谷的胸口，並將她從樓梯上頭推下去。小笠原雖想加以阻止，但連人帶椅從樓梯摔落，繩子纏住欄杆動彈不得，因此窒息身亡。聽說她是個得到小西醫生信賴的剛強女子，但可說她的剛強也是種災難吧。

隨後犯人為了找到更多收穫，在屋內翻箱倒櫃，卻只找到結婚戒指一類的小東西。然後犯人拔起三谷胸口的凶器，拿走她的鑰匙鎖上玄關，逃離現場，再將沒用的鑰匙丟在樹林裡，大概是利用事前藏在附近的車子逃亡。以上是就是櫪木縣警方所推測的事件概要以及犯人模樣。

4

然而直至今日，在搜查上頭依然沒有浮現嫌犯，眼看殺人罪的十五年時效即將到來。筆者認為此等情況本身，難道不是警方計畫錯誤的證據嗎？犯人絕對不是什麼職業強盜。因為那樣的推測，可以藉由下列假設找出太多矛盾點。

雪華的寢室是在三谷被殺之前弄亂的，還是之後？如果是之前，歹徒無論如何也要讓三谷在那段時間內不能抵抗；如果是之後，掉在樓梯的長頭紗怎麼會有三谷的足跡？目標要是財物，又為何會留下珍珠項鍊？

為什麼三谷要仔細穿戴整齊？她並沒有要出門的預定。

應當是三谷好好收在身上的玄關鑰匙，為什麼輕而易舉就被歹徒發現？

如果醫生目擊到的人影是犯人，何以過了三個半小時之久，殺人之後也有一個小時以上的時間，犯人還要逗留在現場？

假設那是為了物色財物，為什麼沒有拿走除了一些飾品以外的東西？餐廳裡的餐盤組，是雪華帶來的十八世紀歐洲手繪製品，據說在當時的市價，隨隨便便都是上百萬。職業強盜會放過這麼好的獵物嗎？

庭院的馬梯又有什麼涵義？倘若犯人使用過，為什麼會知道馬梯放在倉庫裡面？

為何找不到凶器？

為什麼不把茉莉當人質要求財物交換？把茉莉關到和室的是犯人？倘若如此，為什麼她什麼都不知道？

讀者是否可以想像得到，足以解開這些疑問的犯人？倘若您如此期望，希望您以筆者在此提出的材料為基礎進行推理。

最後要明白提出，筆者詢問印南茉莉所得到的證詞警方並不知道。因此，接下來想要推理找出犯人的讀者，無疑比警方站在更有利的位置。

「哥哥答應我了。為了彌補他在四月二十四號我生日那天不能來的遺憾，他在一個月之前告訴我，要讓我看與那一天同樣的紅色月亮。所以我才會在那個房間裡。然後？就這樣囉。剩下的我不告訴你（笑）。」

印南和昌著　現代日本陷入謎團的事件記錄：關東篇

第十二章　消失於夜晚的凶刀

塗血之月

1

我殺了那個女人。

沒錯，千真萬確親手殺了她。

將那個讓人恨之入骨的女人，推倒在地，揮動手中的園藝剪刀，刺死她。

腫脹的肚子上，纏得難看的帶子沒有造成任何阻礙，剪刀尖端刺進那個女人的身體，格外痛快的輕而易舉。

剪刀拔出來之後，鮮血噴得我滿手。即使如此，我還是毫不在意地猛刺，猛刺，猛刺，猛刺。

也許我臉上掛著笑容。沒錯，我真的笑了。多麼不可思議。親手傷害、折磨、殺死憎恨的對象，藉此獲得的快感——

那個時候沾溼我的鮮血顏色，那新鮮的味道，黏附在皮膚上的溫熱觸感，即使馬上就要過了將近半個世紀之久的此刻，依然鮮明地殘留在我心中。還有我胸口裡有如燃燒旺盛的瘋狂憎恨與愉悅，也依然沒有變化。

相較於那個時候，在那之後發生的所有事情，皆有如褪色的朦朧夢境。雖然我沒有忘記任何一件事情，可是卻不認為那些是發生在自己身上的。為什麼？為何我的心靈，遠比年老女子的肌膚更寒冷、乾涸。為何我的時間，停留在那個時候。說不定，我殺死的不是我所恨的那個女人，而是我自己。

可是，我不在乎。因為那個時候的我，除了那樣做別無他法，那不是我的錯。那個女人背負著我丈夫的罪惡，她非死不可。

那個夏天的午後，我陷入發狂的憎恨。讓那份憎恨在我內心萌生的那個女人。光是想到她，我枯萎的胸口深處，心臟便狂跳起來，熱血也再度在我這個年邁身軀內奔馳流竄。或許是因為這樣我才想起來的，為了確定自己，依然活著。

2

那是太平洋戰爭結束之後八年，這個國家好不容易也習慣和平的日子，昭和二十八年夏天的事情。

我與我的丈夫江草孝昌，當時人在那須，就住在由丈夫的祖父江草孝英在明治時興建的木造二樓洋房中。雖然是棟已經蓋好六十年的房子，但是因為踏實施工且時常保養，牆壁與屋頂都還很牢固。

那是孝英從明治政府買下的拍賣品，為了要實踐在德國留學八年期間所學的德式農業，包括林業與酪農，而開始經營農場的土地。話雖如此，也不是一年到頭都住在這棟小洋房裡頭。為了支撐不容易獲利的農場，他在東京發展製造糖果點心等各式各樣的事業，從明治十六年開設農場之後，經過大正，然後昭和，可說這段時間都忙碌地往返於東京與那須。在這裡氣候最為宜人的初夏到秋天期間，他會讓身體休息，同時直接監督農場的工作，為此存在的別墅。

我與孝昌在昭和十年結婚。孝昌十八歲，我十六歲的時候，他的祖父孝英，就催促還是學生的孝昌趕快結婚。他的兒子，也就是孝昌的父親英年早逝，繼承他血脈的就只有孝昌一人。因為孝英希望將來要繼承他農場的孫子，可以儘早結婚。雖然當時農場的經營也上了軌道，孝英因為是繳稅大戶而被授與男爵的稱號，但後代子孫卻顯得凋零，他只能夠依靠獨孫孝昌的成長。

我出生於櫪木縣矢板，老家植竹家擁有大片農地，是個擁有眾多佃農的大地主。當然在地方上屬於富裕階層，不過對方是男爵就又有點身分差異。雖然雙親聽聞此事時感到擔心，可是我天真地因為可以前往從沒去過的東京，還有住到豪宅裡頭感到雀躍不已。畢竟當時與現在這個時代不同，直到結婚都無法見到丈夫的長相，父母親會有那樣的反應也是理所當然。

結婚之後，雖然我像作夢一般住到了位在東京麴町的江草家，可是丈夫因為去念京都帝大而離開東京，住在廣大西式建築裡頭的，除了傭人之外就只有我與屋主孝英而已。雖是豪宅，卻非常寒寂陰暗，有如鬼屋的建築。我有如被迫冠上媳婦與妻子這些名稱的人偶。

孝英是個怎麼樣的人，我實在搞不清楚。他個子小小的，又駝背禿頭，可是眼神卻奇妙地非常銳利，嗓門洪亮，是個小女孩一看到大概就不敢接近的老人。他的身體已經不靈光了，那須的農場也交給別人，他只負責發號施令，這樣大概很沒意思吧。我記得他把負責人叫到東京，用簡直回盪在屋內的咆哮加以怒斥。

那樣的他，也在我嫁過去大約半年之後，以八十四歲的年齡辭世了。孝英去世的時候，比起寂寞與悲傷，我更感到鬆了一口氣。雖然如此，都到這個時候也不能說是遭到報應吧。

我害怕那個老人到了極點。雖然在他身邊照顧他的所有女傭、護士，與我打照面的機會也沒那麼多，可是那個時候我覺得，他那雙綻放光芒的眼睛，彷彿舔過我渾身上下一般地凝視著我。

但那絕對不是因為對孫子的媳婦，懷抱色心之類的理由。事後我終於明白，他那時是在關注我的健康狀態。出發點絕對不是為了我個人著想，而是希望我能早一點生下丈夫的孩子，讓他有個繼承人，好讓他一手催生的江草農場可以如他所願地傳承下去，最重要的就是在確認這點。

然而丈夫人遠在京都。我也是後來才知道，他討厭祖父。因為祖父孝英偏執地想要個孩子，那眼神讓人厭惡，丈夫因此也討厭那須的江草農場。聽說丈夫的父親孝和在丈夫出後之後不久，就因為罹患精神官能症而自殺。丈夫說那也是由於孝和與孝英的摩擦所導致，雖然我不知道這些話的可信度有多少。

即使祖父去世之後，東京只剩下我一人，丈夫依然沒有回來。我只能在每次放假的時候，在空蕩陰暗的洋房裡頭等待著。丈夫就那樣一直繼續大學學業，好不容易終於等到他畢業，太平洋戰爭卻開始了。昭和十六年，他以第一期預備士官的身分加入海軍，前往南方。戰爭結束後成為俘虜，被扣留在菲律賓、民答那峨島，終於得以返國的時候，已經是昭和二十一年的春天了。

麴町的西洋建築雖未遭到空襲，但卻被進駐的軍隊接收。因為我從東京疏散返回矢板老家，也在那裡迎接戰爭結束，於是打算直接與回國的丈夫一起暫時待在娘家。但卻事與願違，因為農地解放政策（註2）的緣故。植竹家所擁有的田地，幾乎都以同樣的價錢賣給了佃農，家計因此越發困難，這種時候我們夫婦要住下去也很勉強。因為我的雙親已經過世，繼承家業的哥哥嫂嫂有一堆孩子要養。而且，丈夫對於要住在我娘家一事也感到不悅。

於是，我們便搬到長時間空著沒人住的那須別墅。值得慶幸的是，江草農場的經營重心不是農業而是林業。所以不必像我娘家那樣，因為農地解放政策讓出土地。因為戰爭以前的農場負責人還健在，於是我們藉助他的幫忙，在這裡找到了一條維生之路。

不管怎麼說，熱心於農場經營的只有我。丈夫因為農場讓他想起祖父孝英，做什麼好像都提不起勁。每一天，他總是一臉不快地看著我穿上長筒雨鞋，開開心心地出門去巡視山林。或許從他的角度來看，我像是背叛他投向死去的祖父那邊。但我是為了重要的生活不得不然，也不認為可以原諒丈夫這樣的態度。

丈夫背叛了我。對方是家裡僱用的女傭，名字叫印南葵。提到印南家，是個位於黑磯老家也曾出過議員的名門望族。據說江草孝英的太太，也是出身於印南老家。但是，葵是分家的女兒，而且還是離家出走到東京擔任過酒家女的女兒。是個雖然因為房子燒掉而寄居在老家，但

2　農地解放，日本在第二次世界大戰結束後，根據聯合國軍總司令部的命令，為了打破封建制度在一九四七到一九五〇間進行的農地改革。內容簡單來說，就是政府以便宜價格向地主強制收買土地之後，再便宜賣給耕種的佃農。

是直到現在都沒人上門提親的那種女人。就在她在老家待不下去的時候，聽到我們在找長期住在家裡的女傭，便順水推舟來到我們家。

確實，從男士們的角度來看，她或許是個引人注目，長相讓人產生興趣的女人。她應該算是個頗有魅力的女人吧？至少我丈夫看來頗為喜愛。

不能說葵不是美女。她有著潔白、細緻的皮膚，加上脂肪圓潤的豐腴身軀。厚唇彷彿塗上口紅般地一片赤紅，閃耀光澤的黑髮長達背部有餘。而就算沒有人告訴我，我也深知自己不是個美女。

打從第一眼見到葵，我就對她沒有好感，這完全是出於醜女的嫉妒。不管她再怎麼整理妥當，領口也會馬上就像是要隨時敞開一般，總覺得有種不檢點的感覺，這應該是因為知道她當過酒女的主觀想法。加上不管是打掃、洗衣、作菜，她都稱不上有多擅長。也就是說，她當個女傭還不夠格。

儘管如此，我還是裝作沒有看到葵的缺點，每次去東京就買些高級巧克力或口紅當禮物送她，打算盡可能地對她好。因為林業的工作也越來越有趣，比起待在心靈無法相通的丈夫身邊，出外監督農夫工作，與負責人去巡山等等還比較有意思。因為我也想過，如果丈夫喜歡葵，而因此得以讓我自由自在，那樣倒也無妨。

但是，我實在太蠢了。直到丈夫與葵發生男女關係之前，我都沒有想到會發生這等事情。大概不管我年齡幾歲，都還是不知世間險惡的小女孩吧。我終於發現的時候，葵已經懷孕了。就只有我，連這一點都不知道。

我邊哭邊質問丈夫，然而丈夫似乎對於我那般混亂的樣子，詫異不已。

「我以為妳早就知道了。不管我想做什麼，妳都漠不關心。不是嗎？」他這麼說。

我反駁：沒有這回事。為什麼會這樣？我是妳的妻子呀。我為了農場努力工作，也是因為那是你的農場，為了讓我們活下去。儘管如此，你為什麼要背叛我？受到這種對待，可以說是我害的嗎？

然後，他聳聳肩膀說，他想要個孩子。

「從以前到現在，我都以為妳沒有懷孕說不定是我的問題，現在看來好像不是這麼一回事。」

我被這句話徹底擊倒。我們之間沒有孩子是無法否認的事實，雖然結婚十五年，一起生活的時間只有十分之一，也不是全然沒有性生活，我卻連一次懷孕的跡象都沒有。

我曾經想要個孩子。在公公去世之後，我獨自一人，住在又黑又冷的西洋建築中，圍繞身邊的就只有傭人。那個時候，我每天都在想，要是這屋裡有個自己生的小寶寶該有多好。可是那時丈夫不在身邊。他一年回來個幾次，我們只有短短幾天同在一個屋簷底下。公公去世後，我從丈夫口中聽聞到公公的執著，當時就在想，丈夫一定是因為這個原因，所以不太有性欲吧。

這一路走來，我作夢也沒想到，丈夫竟然會想要小孩。我知道他與葵的關係時，已經三十一歲了。雖然今日看來或許沒有什麼，但是在那個時候已經不是可以懷頭胎孩子的年紀。即使瞭解丈夫的心情，我也沒想過要去治療不孕。

大概丈夫就算到了這個時候，也還是沒能逃開祖父的偏執詛咒吧。我是公公孝英選的媳婦，讓我生下孩子，就是順了討厭的祖父的意。所以丈夫不斷躲著我，沒有積極地想要和我生孩子。我想若是如此也是沒辦法的，選擇了放棄生孩子的念頭。我想如果這是丈夫所願，我就好好忍耐吧——結果卻是這樣。

或者，所謂的想要孩子，不過是單純的敷衍藉口罷了。他或許認為這樣的說法，就可以遏止我的責備。但是在丈夫的眼裡，他是把葵當女人在愛的。將她視為美麗遠勝身為妻子的我，對她充滿欲望。應該是這樣沒錯吧？這麼一想，或許比被他不當責怪我不會生還比較好。

葵肚子裡的孩子，已經六個多月了。丈夫雖然沒想過要與我離婚，但是好像想要把那孩子留在身邊教養，讓他姓江草。討厭一心執著於繼承人的祖父，可是內心的真心話終究是想要個傳承自己血緣的孩子。教人厭惡的就是這點。如果非得要有個繼承人，去某個地方找個養子來就好。因為丈夫背叛而生下的孩子，即使只有戶籍上的形式，我依然怎麼也無法忍受把他視為自己的孩子。

印南老家還有我的兄長介入調停，我們談過好幾次。結果決定要讓葵回去位在京都的生母處，也在那裡把小孩生下來，拉拔長大。雖然我知道得支付那孩子直到成人的養育費用，可是在認知上，我直到最後都沒有同意這一點。即使那是個私生子，我還是不願那孩子與丈夫的關係，得到法律上的認同。

然後過了兩年。我們像以前一樣住在那須，可是再也沒有僱用住在家裡的傭人，家務全部由我一手包辦。丈夫則取代了一路走來的我，開始農場的管理，加上重新開始祖父在東京建立的糖果工廠，忙碌地東奔西走。雖然接收東京麴町江草老家的駐軍已經離開了，可是房子無論屋頂或外牆都傷痕累累，要修理得花一筆可觀的費用，於是也就放著不管。

那須的房子原本就是夏季別墅，狀況再怎麼好，也不適合在冬天居住。即使在秋天就囤積柴薪，一整天不斷燒著暖爐，徹骨寒冷依然穿牆而來。一到早晨，室內的水都結冰了，因此我催促丈夫快點把東京的房子修好。丈夫含混其詞，我雖然對他遲遲沒有給我個肯定的答案感到焦慮，也完全沒有對他起疑心，這一點也是我的愚蠢。

昭和二十八年七月二十六日，就是那一天。

雖是仲夏時節的晴空萬里，但涼爽的風吹過屋裡，是個與冬天完全相反，讓人比什麼都對能住在這塊土地上感激不已的季節，我反常地興高采烈。因為丈夫傍晚就會結束數日的工作返家，我從早晨開始就打掃屋內，準備料理。過了中午，一切差不多告一段落後，我忽然心血來潮，朝屋子後面的森林走去。

這房子的周遭，被柏樹與檜木的森林緊緊圍繞。從外面的街道到房子正面，有條筆直的碎石路相連，聽說明治時期可以從黑磯車站直接搭馬車到門口。房子周圍是綠草如茵的西式庭園，戰爭前雖然製作了美麗的花壇，但也在戰爭時完全毀壞，現在被青草取代了。房子的白牆上映著的翠綠美歸美，還是讓人想要些花朵裝點。

夏天是天香百合的季節。一進入茂密的針葉林，在黑暗的樹蔭底下，便能看見大如人面的白色花朵搖曳生姿。其實我比較喜歡色彩鮮豔又有香味的花，可是這裡也沒其他的選擇。我單手拿著園藝剪刀，進入屋後的廣大林地。

雖然百合的香味既豔且烈，放在密閉房間裡頭會讓人覺得噁心，不過因為這個季節窗戶都開著，也沒必要擔心這一點。我記得地下室的倉庫裡有黑色陶瓷花瓶，白色花朵應該與那花瓶的色澤十分搭配。我打算將一把天香百合插進那個花瓶，擺放在二樓大廳的窗邊。這樣風一吹來，百合散發的香味就能乘著風，像是噴灑香水般地飄散在屋內。

沒有走多遠，手裡便已是滿滿的百合。我一邊小心翼翼，不讓鮮豔的紅色雄蕊花粉沾到新的白色洋裝上，一邊走回來。當我正要通過後面陽台走進屋內時，聽到車子的聲音。是我的丈夫嗎？雖然比預定時間還要早很多，但他回來總是讓人高興的。我慌張地進入屋內，可是沒有時間把百合放到廚房去。沒辦法只好直接橫越大廳，到前面去開門。一邊開門，一邊招呼：「老公——」

站在門外的，並不是丈夫。從白色蕾絲洋傘底下露出臉的，是印南葵。她穿著簡潔的深藍羅紗和服，但是過於豔麗的大紅色口紅，還有一頭辛苦燙出來的捲髮則顯得低級。

「好久不見，太太。我可以進去嗎？」

一邊說著，一邊迅速地如同在推擠我般，葵進到屋內。

「真是熱死人了，讓我稍微休息一下吧。可以讓我在接待廳休息吧？」

玄關大廳的深處有兩扇門，右邊是餐廳，左邊是接待廳。葵無所謂地打開門，進入接待廳。我感到茫然，可是也沒有其他辦法，便抱著花跟在後面。葵在藤椅上坐下，用手帕搧著臉。

「好漂亮的百合花。可是我討厭百合花，外表明明很高貴，香味卻非常膩人。真是名副其實呢，太太，就和妳一樣。」葵冷笑地說。

即使她那麼說我，我依然抱著百合睥睨著她。然後，我終於開口，說現在家裡沒有人在，可是她發出尖銳的聲音大笑。

「我知道呀，早就知道了。因為直到今天早上，我們一直都在一起。」

我說，我不知道妳在說什麼。那是真的，或是因為我不想知道呢？然後，葵忽然發怒起來。

「夠了！妳每次都這個樣子！一副裝模作樣，事不關己的表情。什麼叫做妳不知道？我與昌先生沒有分手！小孩平安生下來了，昌先生與我每個月都會見面一次！」

我說，妳騙人，我知道妳在說謊。丈夫為了工作要去東京，根本沒有空到京都。而且，妳還有個小孩要照顧。

可是，說著說著，我開始相信葵所說的話了。我記得我聽說過，葵所寄宿的外婆家，是經營餐廳還是旅館的，自然會有很多人手。就算孩子還小，但託給他人之後，葵便可以獨自出門。

隨後她就那樣證明了我內心的想法。聽她說，東京的房子已經逐漸恢復，連她的房間都準備好了。就算我請丈夫整修東京的房子，丈夫總是不肯給我個肯定的答案，也是因為這個原因。丈夫說要工作而離開那須的時候，葵也離開京都，到丈夫工作的地方會合，兩人就在東京幽會。

或許我的臉色非常慘白。手裡抱著的百合，香味濃郁，讓我覺得頭暈。可是沒有地方可以放下來。加上如果繼續這樣下去，難得採回來的花就要枯萎了。我雖然想去拿花瓶，可是又不想留下這女人獨自一人。

在我回過神之前我搖了搖頭。小心翼翼抱著的百合碰到了身體，紅色花粉散落在白色棉製洋裝胸口上。大概那是內心的逃避吧，我想到新衣服被花粉弄髒，便覺得是難以釋懷的重大損失，忍不住想哭。

「喂，妳到底有沒有在聽！」葵發出刻薄的聲音說：「太太，妳以為我是到這裡來閒聊的嗎？」

她為什麼要來，為什麼我應該要知道呢。比起原因，我更想要用手中的百合花束敲打她的臉，讓她的臉被花粉染紅。我腦海中想的只有這個。然而葵並沒有看透我內心的想法，我的沉默還有發呆的表情，好像更為煽動了她的怒火。

「我要與昌先生結婚！因為我不打算讓我與昌先生的孩子，變成沒有父親的小孩。今天昌先生回來這裡，就會向妳提離婚了。懂嗎？」葵大聲地說。

離婚……我覺得這彷彿是別人的事情。昨天他們兩個人待在東京，已經討論過這件事情了吧。可是，應該不可能。因為丈夫與我說好了，說他已經和葵斷得乾乾淨淨了。

但是，這個女人會在這裡，意思就是丈夫在說謊了？我不相信有這回事，就像是身處在一場惡夢之中。

「妳對昌先生根本就沒有感情。」

對只是茫然站著不動的我，葵焦急地越說越火大。

「不是嗎？妳根本不愛他。妳不是因為愛他才與他結婚，因為雙親與他的祖父作主才嫁給他，只是檯面上的老婆而已。妳沒把老公放在心上，所以才完全沒注意到我與昌先生的事！」

我搖頭，發不出聲音。這是多麼過分的中傷。我是江草孝昌的妻子，這個偷偷摸摸與丈夫外遇的女人，只不過是生了個小孩，為什麼我就得被她說成這個樣子？

我終於張開了嘴巴，反駁葵。我說，我與我丈夫是夫妻。

雖然不能生育或許是我身體的問題，可是就算如此，我們也沒有失去夫妻關係。我不認識丈夫以外的男子，也沒愛過丈夫以外的人。丈夫應該也和我一樣，與妳在一起不過是他一時意亂情迷。丈夫一定會選擇我，然後和妳分手。

聽了我說的話，葵塗成紅色的嘴唇扭曲變形。嘴巴張得大大的，彷彿瞧不起人一般，「哈哈」地短笑了幾聲。扭轉的喉嚨上，汗珠閃閃發光。

「哦。既然如此，為什麼妳的先生要與應該早就分手的我偷偷碰面，兩個人住在那棟應當是妳的房子裡頭？我剛剛不是說過了嗎，我們根本就沒分手。」

我說，我不相信妳說的這些話。我完全沒有要把妳說的任何字句當真的打算。因為，要是像妳說的那樣，丈夫想要與我離婚，為什麼妳會在他回來之前就先到這裡來？

直到丈夫與我談好之前，妳在某個地方等著不就好了？妳根本是在胡說八道，要讓我懷疑丈夫，分化我們之間的感情。所以才會趁著丈夫不在，不請自來，說這些沒禮貌的話——

老實說，我對丈夫的想法究竟如何，其實並沒有那麼強烈的信任。他所謂因為工作需要的旅行，我也注意到次數似乎多得太奇怪。可是，即使丈夫再度背叛了我，我也不想在這個女人面前承認這一點，我的自尊絕對不能容許。

然而對我所言，葵抬高下巴，高聲笑了出來。

「太太，既然妳這樣說，我就告訴妳吧，昌先生與我說過的那些話。因為我覺得妳太可憐了，才不打算告訴妳的。」葵頓了頓後繼續說：「昌先生對我說過，說一看到妳就想到他的祖父，讓他提不起勁。他還說搞不好他的祖父要妳嫁給他，是因為想要把妳納為自己的小妾，在他死之前已經達成心願了吧。昌先生沒興趣接近自己的新娘，會從大學逃到軍隊去，也是理所當然的。他沒有半點想和妳生小孩的念頭，是因為不想用祖父大人用過的二手貨，對吧——」

我啞口無言。我無法想像，丈夫居然懷疑我到這個地步。可是他有這種懷疑，我要如何澄清這莫須有的疑慮呢？我無計可施。

公公孝英老早就去世了，當時在東京房子工作的傭人也都不在世上。不，即使有誰出面幫我否認，倘若丈夫不相信，結果還是一樣。

絕望占據了我的胸口，還有屈辱與不信任。比起他和葵有不正常關係，那樣在暗地裡不斷地懷疑我，更是十足的背叛不是嗎？拿我不孕當成自己外遇的藉口，這次還有那種根本沒有的懷疑。到底丈夫要背叛我幾次，才會覺得高興？

如果把這種事情，全都當成是葵在信口開河，那有多好呀。可是我已經沒有搖頭的力氣了。不管我多麼想要敷衍自己，但在甦醒的記憶中，丈夫的表情或態度、言談的細節，都在告訴我，他心裡確實存在著那樣的懷疑。

我的雙手無力地一擺。沉重的百合花冷靜地發出墜地之聲，在腳邊釋放出濃烈的香氣。赤紅色的花粉散落，染紅了剛掃過的地板。我低垂雙眼，看著這幅景象。在我失去花朵的手中，還留有一個東西。我看見園藝剪刀鋼白色的刀刃，我緊緊握住剪刀，只低聲說了句「騙人」。那種事情，一定是騙人的。我才不相信——

葵站了起來。她應該非常不開心吧，因為我沒有露出她所期待的哀聲嘆氣。她用力挺起胸膛，指著白底上描繪著夏天茂草圖案的腰帶中間，大叫起來。

「妳還不懂嗎?妳剛剛說過了吧，為什麼不託昌先生來對妳說，要趁著他還沒回來跑到妳面前多嘴。

好吧，我就告訴妳，我肚子裡又懷了一個昌先生的孩子。妳別那樣發呆，張大眼睛看清楚，我的肚子應該已經隆起來了。

這次一定是個男孩。我是昌先生的孩子的母親，所以要成為他的妻子，然後讓這孩子繼承江草家。東京的房子也好，那須的土地也罷，全部都是我孩子的東西。妳又生不出孩子，不管請誰評斷，妳都輸了。我只是想親口告訴妳這一點讓妳搞清楚，所以才會來這裡見妳!」

鏗的一聲，在腦海中回蕩。我那個時候，三十四歲，已經生不出孩子了。葵用尖銳的聲音繼續對我說著:

「妳知道吧?昌先生的祖父是江草家女兒招贅來繼承家業的養子，可是因為那個女主人沒有生孩子，於是與她離婚再從印南老家娶過新娘。沒有生小孩的女人就算是招贅的女兒，被掃地出門也無話可說。妳不知道那個因此而離婚的女人，後來怎麼樣了嗎?」

我知道。因為那是這一帶有名的故事。沒錯，我已經生不出孩子了。可是，還有東西可以支撐即將崩潰的我，那就是緊握在手中的鋼鐵觸感。然後我再度抬起了臉，對著以為已經駁倒我，一臉笑意看著我的葵，斬釘截鐵地搖頭。

我不打算和丈夫分手，如果丈夫要提離婚，那應該也是由我們兩個人對話。但是，我不想把妳加進我們的對話之中。妳沒有這等權利。

我的口氣，似乎讓葵有一點點畏縮。可是，她大概對自己在短短一瞬間竟有那種感覺深感憤怒吧，忽然用力地挺起胸膛，以更為響亮的聲音怒斥回來。

「可是，我的肚子裡懷有昌先生的孩子喔，而且還是第二個。希望妳不要忘記這一點！」

我回答，這件事情也該我與丈夫談，倘若那孩子真屬於丈夫的話。聽我這麼一說，葵的臉色大變，有如野獸般對著我猛撲過來。我反射性地伸出雙手，撞飛了她。藤椅接著被撞飛，葵的身體仰躺在地上。然後，她想要做什麼的樣子，結果卻只是大聲哭喊。

那個時候，我感覺到了。彷彿瞬間流竄的快感，還有對葵恨到全身顫抖的憎恨。不是因為有感情所以身體才動的，我伸手，只不過是面對攻擊的自我保護本能使然。但是看到自己的雙手撞飛了她，她的身體在衣服下襬亂七八糟的難看模樣中滾落在地的時候，我第一次清楚感覺到，心裡高漲的憎恨，還有殺意。

被蹂躪了，在倒地的身體之下，變成墊子的百合花瓣，散發香味。

附近一帶全都是散落的紅色花粉。

然後——

3

不對，紅色的不是花粉。是血，是那女人的血。

我的右手倒拿著園藝剪刀，刺進了那個女人的身體。

人類的身體，原來是那麼柔軟的東西呀。像是鏟子鏟進耕作過的地面，園藝剪刀的尖端，也毫無阻礙地刺進那個女人的身體。

我刺了無數次無數次，數不盡有多少次。不斷重複不斷重複，刺進那個女人隆起的肚子、帶著淫亂的豐滿胸部、剛剛滔滔不絕的白色喉嚨。不斷發出尖銳慘叫的女人，不久後便什麼也說不出來。

我的雙耳聽見的，不是葵的聲音，而是我自己的。我，在笑著。因為葵那張雙眼圓睜的臉，因為苦痛而扭曲的臉，極為難看又奇怪——

隨後，我怎麼樣了呢。丈夫什麼時候回來的，我連這一點都不知道。我一回過神，丈夫就站在眼前，我覺得他似乎以責備的眼神看著我。然後，我一邊嗚咽哭泣，一邊抱住他的腳。

「我殺了這個女人，可是我沒有錯，因為是你背叛我的，是你不斷在懷疑我。我從來沒有背叛過你什麼，求求你，不要怪我，不要懷疑我，請你相信我——」

丈夫應該說了什麼吧。他蹲下身子，伸出雙手，好像是要抱我的樣子。但是隨後我立刻什麼都不清不楚了。只覺得頭很痛很痛，這是我失去意識前的最後記憶。

我一睜開雙眼，就發現自己裹在毯子裡躺著。屋子裡沒有點燈，不知何時已經入夜，某處還傳來了百合的香味。

不，不對。這是血的味道。看，我的手指還有洋裝的胸口，全都被血染紅、浸溼了。

那之後，發生了什麼事情？我撞飛那個女人，揮舞園藝剪刀。

刺進去。一拔出刺進去的剪刀，鮮血，赤紅色的鮮血飛散四濺在那裡，然後——

啊，一覺得好像想起來了，頭便又開始痛了。翻了一個身，一碰到後腦杓，就痛得讓人差點沒了呼吸。

可是我也不能一直躺下去。那之後到底怎麼了？我得去確認情況才行。如果丈夫真的回來了，現在為什麼人又不在這裡呢？

我起身後，終於瞭解到自己躺在什麼地方。是二樓的和室。這棟房子全部都是木頭地板的西式房間，唯一一間鋪著榻榻米的，就是這個房間。葵住在這裡的時候，所居住的就是這房間。

雖然這間南向的十張榻榻米大小房間，通常只用來當作女傭房，可是在江草家，從孝英那位從印南老家娶來的妻子還在世的時候開始，這裡就是傭人住房，不然就是當作儲藏室使用。

我知道為什麼會這樣。雖然是很久以前的事情，可是在那須一帶提起江草家，就會讓人想到一個傳說。據說在明治中葉，有個女人在這個房間內上吊身亡。在那之前，這裡是小孩房，那個女人吊死的時候，這裡也睡著一個出生還不滿一年的嬰兒，那個嬰兒就是我公公。自殺的女人，就是江草孝英的第一任妻子。

沒錯，就是這樣。葵對我說過的那一位，因為不能生育而被休掉，繼承家業的女人，就是那個上吊的女人。從那以後，聽說這個房間裡頭，便有那個死去女人的鬼魂出沒，只能當儲藏室或是女傭房來用。關於此種說法，我一點也不相信。住在這房子裡的除了我們夫妻之外就只有葵，因為房間已經滿了，所以只能讓葵睡在這裡。

為何丈夫要把我帶到這樣的房間裡？從那之後又過幾個小時了？丈夫人在哪裡？雖然腦袋像是被撞擊到一般疼痛，但是我也沒有心情繼續躺下去。比起鬼魂之說，對我而言，我更不喜歡這裡是葵所睡過的房間這一點。

某處傳來了聲音，好像是在房子外面。是丈夫嗎？應該沒錯。因為這裡和東京那邊一樣，不是旁人可以輕易抵達的地方。踏著蹣跚的腳步，我站了起來。因為頭痛，身體搖搖晃晃。沒有燈光的屋內一片漆黑，只有些微光線透過窗戶投射進來。

這房間的窗戶只有一扇，位於南側的牆壁。在三角形屋頂底下，向外突出的窗戶內玻璃窗，是西洋風格的內外雙向開啟窗戶；上半是半圓形的玻璃窗，看起來像是圓拱的形狀。

今晚應該是滿月沒錯。外面的月光照耀之下，丈夫如果在場，身影看起來也會和白天不同。我很喜歡月亮，特別是到了這個家之後，因為沒有其他的樂趣，所以有月亮的夜晚，我常常都會眺望夜空。那個時候，當然不是在這個房間，而是站在南側往外突出的陽台上。在針葉林樹梢灑下銀白閃耀的月亮，看起來完美無瑕。昨天晚上，獨自等待丈夫的寂寞夜晚，我也是以賞月來排解的。

我想去看那明亮而冷淡的月光，如此一來，我的頭痛也好，內心的不安也罷，一定都能像被冷水洗去般地消失不見吧。但是，玻璃窗外面有百葉鐵窗，因為關起來了，幾乎感覺不到月亮的光線。我踉蹌地拖著蹣跚腳步，到了窗邊。拔掉窗櫺上下的閂子，打開窗戶，再伸出雙手把百葉鐵窗推開。

在生鏽鉸鏈發出的難聽聲音消失之後，透過開啟的窗戶仰望天空，我不由得屏住呼吸。

沒有月亮。從窗戶看出去的天空一片闃黑。可是也沒有證據顯示是烏雲遮蔽了月亮，因為看得見點點繁星。

不，等等……

好像有什麼。正好就在我的前方，像是黑暗，而且帶著紅色的圓盤狀物體。隨著雙眼逐漸習慣，我慢慢看清楚那個東西。我停止呼吸，因為那是月亮。可是並非我所期待的，皎潔綻放著銀色光芒的白色圓盤。

失去光輝，顏色黯淡的圓形物體，膨脹得非常大，浮在半空中。宛如腐爛的水果，宛如胡亂塗上失鮮血液的盤子，宛如吸飽血液綿塊的紅黑色月亮。

那個，稱不上是光芒的微明，讓針葉林與草地陷入恐怖的深紅色之中，甚至恐怖到讓人覺得想吐。這究竟是什麼東西？發生什麼事了？將顫抖的雙手握住窗櫺，仰望著天空的我，不由得發出一聲「啊」。

因為那個月亮上面浮現了人臉。一張女人的臉，那張臉正看著我。染血的紅色臉龐，瞇著雙眼，咧開嘴唇在笑著。彷彿在說，妳的所作所為，我都看得一清二楚。

我雙手掩面倒在地上，直接把毛毯拉過來從頭蓋住身子，全身發抖。沒錯，那個月亮一清二楚，我的所作所為。不管我如何巧妙掩飾，唯有月亮的眼睛是逃不過的。

月亮是面鏡子。醜陋笑著的女人臉，就是我自己的臉。還有那有如塗上血一般的顏色，映出我那雙染紅的手。

那之後，半個世紀很快就要過去了。我看到紅色月亮的第二天早上，起床之後並沒有在接待廳看到葵的屍體，就連血跡也不見分毫。丈夫也什麼都沒說，可是我很清楚，丈夫為我做的事情收拾善後，那也就是我們原諒彼此的證明。

他不可能走到多遠的地方去。我昨天晚上聽到的聲音，一定就是他在某處挖洞，掩埋葵的屍體的聲音。

我偷偷背著丈夫，嘗試在院子裡尋找是否有挖掘的痕跡。縱使沒有找到什麼明顯的痕跡，最後我還是懂了。即使搜尋庭院也找不到，因為那不是在院子，而是在廚房底下，當作儲藏室的地下室。因為混凝土地板裂開了，為了修補也早就準備好凝著劑的袋子。丈夫一定就是在那片地板底下往下挖，藏起屍體的。

不久後，我們回到了東京。我也不想繼續住在那棟古老房子裡頭，讓那房子在柏樹與檜木的森林中，逐漸腐朽也無所謂。事情應該會這樣發展吧，我一點懷疑都沒有。

那個恐怖的夜晚已經過去了。我原諒了丈夫，丈夫也原諒了我，我們依然是一路走下去的夫婦。丈夫沒有問我做那件事情的理由，我也沒有再對丈夫質問，關於那個女人所說過的那些話真假。

然而——

我們離開那須短短兩年之後，丈夫生了病，不到半年便去世。然後那個時候，我才第一次知道，丈夫賣掉了那須的房子。我覺得在最後，又被丈夫給背叛了一次。為什麼他會賣掉，我一無所知。就算我想問，丈夫也已經是另一個世界的人了。

宛如，一切都是夢。

包括我從誕生到此刻的人生，還有昭和二十八年七月二十六日發生的那件事情，所有的一切。

難道不是嗎？

不，不可能的。因為在我的心中，什麼都沒有消失，透過那扇窗戶眺望到的月亮，烙印在那裡。映照出血的顏色的月亮，嘲笑我的月亮。

所以，直到現在，我都很怕月亮，我害怕我那只有月亮知道的罪行會曝光。

所以，直到現在，我都懼怕會讓我想到血的赤紅色。

求求您，不要動那棟房子，就讓它靜靜地沉睡吧。至少，在我還活著的時候。

赤紅窗戶的記憶

1

一九九七年九月，櫪木縣那須原野。

東京到南關東一帶，秋老虎的威力連日持續，每天都超過三十度。可是靠近山麓高原的風，即使在萬里無雲的日正當中，也已經是乾爽而涼快。

山林之中並列著原木別墅，觀光客目的地的休息站一類，設法蓋得像博物館的房子連續著，雖然這也是那須高原的風景，但倘若換一條路，顏色形狀花俏的招牌就消失了，即使有車子偶爾經過，卻連半個人影都看不到，非常冷清。柏油車道的左右只有廣闊的綠色森林，或許其中有住家也不一定，但只是路過的人是無從得知的。

路旁停著兩輛轎車，有五名正往深處走去的男女。通過森林之中的是寬約數公尺，沒有鋪柏油的直路。路面完全埋在滿滿的落葉裡，腳底下觸感軟綿綿的不太牢固。為什麼非得下車走路，則是因為那條路受損嚴重，擔心輪胎會陷進坑洞中。

左右的森林是杉樹或柏樹、檜木一類的針葉木，應該有不少的歲月。筆直的樹幹，粗壯得彷彿讓人聯想到希臘神殿的圓柱。樹梢縫隙之間灑落的光線，在微暗的森林中描繪出條紋圖案。不過這一夥人，似乎不像是有空可以觀賞周圍風景的樣子。

走在前面的，是個體型肥胖的壯碩青年，他一邊氣勢十足地揮舞雙手，一邊用穿著雨靴的腳踢開落葉，快步前進。

相較之下顯得腳步緩慢的，是似乎哪裡不舒服，低著蒼白臉龐的長髮年輕女子，還有跟在她旁邊，頻頻掛念著她的，體型纖瘦的青年。與兩人有點距離的是，另一個和他們同輩的青年，走在一群人的最後面。

然後在這三個人與走在前頭的男子之間，一邊注意著雙方，一邊將看遠看近兩用黑框眼鏡推到額頭上，不斷以手帕擦拭冒出來的汗水的，是個穿著深色西裝的中年男子。皮鞋沾到了潮溼的落葉，看來實在是舉步維艱。

走在前頭的男子，忽然發出大大的讚嘆聲。

「你們看，已經看得見了──」

雖然順著他所指的方向看去，道路盡頭看得到有棟白牆略髒的建築，但是抬頭看的只有中年男子一人。走在前面的男子，腳步越來越快。彷彿前方的建築，產生吸引力牢牢拉住了他。

勉強追上他的西裝男子，氣喘吁吁地叫著：「倉持先生，倉持先生！」

「是──是。」

雖然回答了，卻沒有停下腳步的打算。

「印南小姐他們還在後面，能不能請你再走慢一點……」

叫做倉持的男子，終於在原地停下了腳步，但不知道有沒有聽見，要他再走慢一點的請求。

「你看看！這與不可思議的赤城宅很像吧？嗯，一模一樣。這真是太棒了，吉田先生！」

他抱著好不容易終於追上他的吉田肩膀說。面對一邊笑咪咪，一邊指著前方的倉持，吉田戴上拿下來的眼鏡，嘆了口氣。

「那是這麼好的東西嗎？雖然我完全都不懂——」

吉田孝一，五十二歲，櫪木縣政府土木部員工。

倉持務，二十八歲，建築家。

兩個人之所以會認識，就是剛剛倉持口中所提到的，赤城宅的修復工作。因為在這件工作上，雙方皆有從自己的立場出發所關心之處。明治政治家赤城正三蓋在自己農場之內的西式別墅，長時間荒廢無人聞問。根據赤城家後代的意願，捐贈給縣政府後，便解體移到縣道旁邊重新組合成為「道路車站」，再予以開放。

從準備作業到解體、復原，花費超過五年歲月的作業，在明年春天也要劃下句點。吉田因此在有關事務方面的工作中，除了赤城宅的調查，還與地方上的建築家倉持成為朋友。因為倉持是個不拘小節的青年，詢問他自己所不知道的，關於明治建築的知識等等，還滿有意思的，雖然這樣也有好處，可是今天只能說是場災難。倉持說想看比赤城宅更有興趣的建築，便半強迫地要他請假，把他帶到這個地方來——

雖說還有一段距離，不過浮現在消失的樹林盡頭，怎麼看也是棟荒廢嚴重的破爛建築。對側著頭問「有那麼好嗎？」的吉田，倉持不斷重複「有呀，很好喔」。

「前幾天我來過了，只看一眼，我就愣住了。實在太讓人吃驚了。這麼棒的寶物，居然到現在都沒有被別人拿走，一直沉睡在這裡。」

「可是如果那麼像赤城宅，有必要再保存一個很像的東西嗎？」

吉田一邊用手帕擦拭冒出來的汗水，一邊歪著頭。

「不管從專家的眼中看來有多少價值，現在也不能課稅了——」

「傷腦筋呀，我真想哭。關鍵的縣政府方面居然這麼說，會從這種角度清楚看見明治建築的關聯，還真是前無古人。」

說著，倉持口中發出的聲音越來越愉快，看不太出來有什麼困擾的樣子。

「把這棟建築視為與赤城宅是在同一張設計圖的基礎下興建，看來似乎沒有錯。如您所知，赤城宅最開始興建的時間是明治二十一年，然後在明治四十二年時大幅增建，一直使用到戰爭結束之後，成為現在所看到的模樣。而這棟建築怎麼看，都與一開始的赤城宅十分相像。不過其中一部分，因為增建的緣故，也首次加入別出心裁的創作。

此外雖然沒有完全調查過，但是興建這棟建築的江草孝英，這位明治時代的人士，好像與興建赤城宅的主人赤城正三非常親近。赤城長時間擔任德國大使，被尊稱為政界首屈一指的德國通，不過江草似乎也曾經到德國留學過。雖然兩個人在赤城擔任大使的時候就認識了，儘管如此，赤城還是讓江草用自己別墅的同一張設計圖，這不是很大的禮遇嗎？究竟這兩個人之間有何種關係呢？」

「可是，倉持先生，你以為赤城宅的調查解體與復原工作，花了多少經費？你也曾經幫忙過那邊的調查準備作業，應該可以想像得到吧？」

「誰曉得——」倉持一臉漠不關心。

「大概是四億吧！」

「那還真是大手筆。」倉持很不擅長地吹了聲口哨。「又沒有說過，那種大手筆只有一次，不會再有第二次了，不是嗎？」

「拜託你別再來了。我的胃真的好痛——」吉田愁眉苦臉，壓著心窩。

「因為吉田先生曾經說過，赤城宅的重點在於它曾經是那須的明治建築，沒有一點是屬於縣政府所有，也不用透過縣政府進行開放。」

「而且，那樣好處很少。」

「是呀，就是這樣。」

「而且赤城宅的主人，連土地都捐給了縣政府。這棟房子可還沒發展到這種地步。」

「說的也是。我們只是要看一下裡面，沒錯吧？」

「嗯，看一下而已。」

「請你不要忘了這一點：今天我到這裡來，並不是來工作的。」

「是是是，我知道啦。一切從現在才要開始。不過要是真的有個什麼萬一，你可一定要幫忙喔，拜託了。」

看著不知是坦率還是粗神經的年輕友人臉龐，吉田邊在心底嘆息，邊再給予一個忠告。

「那樣的話，要更小心一點才行。不是針對我，而是對屋主方面。」

「哎呀，當然我會特別小心注意的——怎麼了？」

他的話說到一半，說話對象便改成在後方的三個人。在路上沒有繼續前進，女子與扶著她的青年站著不動，還有一位青年則在有段距離之外停下了腳步。雖然那名女子打從一開始就好像不太舒服，可是這條路就算是用吉田的腳，也走了十分鐘以上。只不過是走這段路，應該不會發生什麼事情。

皮膚黝黑，像是運動員的青年是印南雅長，長髮女子是印南茉莉。現在眾人準備前往的建築物與其建地的所有權，屬於這對兄妹。雖然印南家是在這一帶有好幾棟房子的有名地主，可是兄妹倆現在住在東京。聽說是倉持查到電話，主動與雅長取得聯絡，詢問是否可以看看屋內的情況，雅長則回答，如果讓他同行就沒有問題。

因為說好要搭車過來，所以吉田請倉持開車載他，今天早晨在最靠近東北快速道路的出口會合，沒想到印南雅長的車上，有個吉田沒預料到的隨行人士。就是雅長的妹妹茉莉，還有朋友松浦。茉莉從那個時候開始，就已經因為暈車而懶洋洋了。

「印南先生，令妹不要緊吧？」

聽到吉田的聲音，雅長轉過臉來。雖然有著寬闊的肩膀，強壯的體格，眉毛濃密，臉龐帶有男人味，但是不知道為什麼，表情卻很陰暗。他似乎在壓抑著痛苦，臉頰扭曲，低聲回答：

「看樣子舍妹果然不應該來的。」

「她生病了嗎？」吉田嚇了一跳，反問。

「如果有需要，這附近有內科醫生。開車大概十分鐘就到了。」

「你是說小西醫生嗎？」

他第一次從唇間些微露出了白色牙齒。

「醫生他還好嗎？」

「嗯，是呀，還不錯。這麼說起來，印南先生好像曾經住在這裡過，對附近的情況應該比我更清楚才對。」

「那已經是十年前的事情了——」說著，他搖了搖頭。「就算不舒服，舍妹的情況也不是身體有問題。可以說是一種心理作用吧，是心情的問題。這棟房子對茉莉來說，是有著不愉快回憶的地方。」

「倉持老弟，若有必要就向他們借鑰匙就好了，你要勉強帶他們過去嗎？」

對著口氣不由得轉為責備的吉田，雅長以奇妙的陰鬱口吻說：

「不，鑰匙不能夠借給你們，先前提出要隨行前往的也是我。本來我打算自己過來的，可是舍妹堅持無論如何也要一起來。我朋友也說要陪我們，所以，我沒辦法只好帶他們過來——」

一邊那樣說著，他一邊轉身向後。留在後方的兩個人，終於追了上來。在背後像是以雙手抱著茉莉予以支撐的，是身材與肩寬都和她差不了多少，瘦弱且體型纖細的青年松浦。雖然吉田覺得好像很辛苦，但是因為對方是年輕女性，隨意出手幫忙也多有顧忌。

「茉莉，看來妳還是太勉強了。這樣會給大家添麻煩的，妳就在這裡等吧。」他的語氣是對妹妹的擔憂，但聽起來有些不自然的冷漠。

然後茉莉聽見他的聲音，低著頭嚇了一大跳，全身顫抖。

「印南同學。」

扶著茉莉的青年，彷彿代替茉莉發言似地出聲了。越過茉莉的肩膀，看到一張如同擺放在某處的白色女兒節人偶小臉。與其說那個聲音屬於一個男人，不如說更像是個少女。

「請別說那種話。茉莉小姐很努力，好不容易才到了這個地方，她不是為了要待在這麼暗的地方才來的。」

「如果有你陪她，不就沒關係了？」

印南回應的聲音，越過了冷淡，甚至是冷酷地迴蕩著。

「茉莉應該不想看的。是松浦同學想要一起來，看來是這樣。」

吉田吃驚地眨著眼睛。就算再怎麼要好的朋友，也不喜歡年輕男子這樣黏著妹妹吧。既然如此，自己去扶妹妹不就好了？或者，他們原本就是一對感情不好的兄妹？可是，那樣一來……

「哥……」

現在聽起來也像是隨時會中斷的細弱聲音響起，印南茉莉終於抬起那張小小、蒼白的臉。帶光澤的黑髮底下，雙唇是病態的慘白。雙眼低垂，宛如在喃喃自語：

「不是的，哥。想來的人是我。雖然松浦先生阻止過我，我還是沒有聽他的話，堅持要來。」

「茉莉……」

「因為我覺得，不管怎麼樣，都得再回到這裡來。然後，我、我才——不，我想那個理由，大概，哥哥也很快就會，知道了……」

雅長雙眼怒視，但是緊閉著嘴不發一語。茉莉低著頭，始終站在原地，旁邊的松浦悄悄地像是安慰她一般，抱了抱她的肩膀。說他是雅長的朋友，也許更該說是茉莉的戀人。

「好了，很快就要到了喔！」不知是否想要揮開沉重空氣的倉持，大聲說道。「若是要休息，那邊還比較明亮比較好吧。我請人先準備好了麥茶，大家就慢慢來吧！」

接著說完「好像有誰會在那邊等我們，我先走一步囉」，就踢開枯葉往前奔跑的倉持，吉田慌張地追了上去。

「等、等一下啦！」

有點胖的倉持，跑起來卻出人意外的快。一邊氣喘吁吁，總算追上去的吉田，從後面抓住倉持的袖子。

「倉持先生，這到底是怎麼一回事？」

「什麼事情？」

「印南先生與他妹妹，他們好像和那棟建築有關係，也有什麼不想告訴別人的原因，不是嗎？」

「要說原因，也是啦，不能說沒有原因。」

說著，看著吉田的臉，倉持臉上的表情有些疑惑，張大了小小的眼睛。

「什麼呀，吉田先生不知道嗎？」

「我不知道呀，完全不清楚。到底——是怎麼一回事？」

「哦，可是你怎麼會什麼都不知道呢？我還以為當地人大概都聽過。是不是你忘記了呀？唉，這很難講呢，可以等一下再說嗎？」

「就算你這麼說，等一下還是要暫時和那些人碰面不可。要是一不小心說錯話不就慘了？還是我現在就回去好了？」

面對口吻嚴肅，一股腦說著的吉田，倉持雖然連講了好幾次「這很難講清楚啦」，不過還是說了「那就先講一點點」。

連聲音都跟著壓低。

「那件事情，正確來說是十一年前的事。這棟建築裡頭發生的某件事情，從那件事情之後，那對兄妹就再也沒有回來過了。因為我知道他們不想看到這房子，所以才說要向他們借鑰匙。」

「十一年前？」

「事情鬧得滿大的，你沒看報紙嗎？」

「可能我正好轉調到其他地方去吧。」吉田搖頭。

「哦，原來如此。」

「是什麼事情？」

倉持一臉不知道到底該不該說的迷惘表情。

「是什麼事情，請告訴我。」

「嗯，唉，就是那個，這裡，好像發生過殺人事件的樣子。」

2

「殺——」

殺人事件？倉持用那像是手套的雙手，像是在安撫大聲叫出來的吉田，砰砰幾聲地拍了拍他的肩膀。

「所以從那之後，這裡就變成空屋了。」

「究竟是怎麼回事？」

「聽說是強盜殺人。可是，犯人好像沒有抓到。」

「那、那對兄妹的雙親，遇害了嗎？」

「沒有，不是那樣。」

「倉持先生——」

「剩下的我晚點再告訴你，不過等一下你避開這個話題會比較好。」

「那樣呀……」吉田覺得不滿，翻著白眼向上瞪著個子較高的倉持。「反正就是故意不告訴我就對了。」

「不是啦。因為大概是十年前的事情，與百年前的建築又沒有什麼關係，我想你可能是忘記了。如果好不容易想起這忘記的事情，或許吉田先生今天就不會過來，那樣就沒意思了。」

「你看，我說對了吧。」

好像惹毛了吉田，張開嘴巴哈哈大笑的倉持，對著前面大聲說道：

「唷，櫻井同學，謝啦！」

覆蓋周圍陰暗的針葉林消失了，初秋晴朗的藍天底下，話題中的明治建築就在眼前。有點骯髒的灰色牆壁，還有像是黑色的屋頂，百葉鐵門牢牢地關著，是棟一點都不顯眼的廢墟。

從德國留學回來，在這塊土地上開設農場，由明治人江草孝英所興建的別墅，據說是戰爭結束之後不久，經由江草家的子孫，賣給有親戚關係的印南家，隨後印南家的雙親與兩個孩子就住在這棟建築裡。因為在二樓陽台眺望的月亮格外美麗，所以取用「月映」一辭，命名為月映山莊，這也是在轉手印南家之後的事情。這些基礎資料，倉持都告訴過吉田。

然而吉田的眼中，卻沒有看到如倉持所言的美好建築。貼著鱗狀的石板，應該是以油漆塗成白色的牆壁，滿是灰塵導致變成了灰色，石板也到處脫落。即使是在明亮晴朗的白天，看來也只是讓人覺得悲慘的破房子，如果在夕陽底下，大概只會讓人聯想到鬼屋。

不過，吉田也知道，自己沒有關於明治建築的見識。雖然因為工作需要而看膩了赤城宅，可是至今也沒有見過其他建築。認識倉持之後，聽他提起日本近代建築史上各式各樣的故事，覺得挺有意思的也就那樣一路專心聽了過來。然後現在終於看見當初只剩下內部的赤城宅順利復原，覺得還真是幹得漂亮。可是不管怎麼說，比起古色古香的西洋建築，他對摩登的現代建築，或是日本的城堡之類，其實還比較有興趣。

吉田再次「哎呀呀」地嘆氣，因為他是聽倉持說「要不要來看有意思的東西？」，沒有深思便接受邀約跑來。雖然倉持帶身為公務員的吉田過來，可能是想要打好將來讓公家機關進行建築保存的基礎，但是自己並不是那麼了不起的大人物。最重要的是，就和剛剛說過的一樣，縣政府才剛剛支出一筆莫大的經費在赤城宅上。即使學術價值再怎麼高，要縣政府再來保存另一棟明治建築，無論如何也行不通。

（而且，這棟房子可真髒，枉費還有個月映山莊這麼棒的名字……）

潛意識之中，吉田忍不住將眼前這棟荒廢殆盡的廢棄屋，與復原完畢的赤城宅相比。那棟名副其實以白牆住宅復活的房子，以前也曾經與這月映山莊同樣荒廢一事，已經巧妙地消失在他的腦海裡。

沉且，還有殺人事件？開什麼玩笑！他想著，用力搖了搖頭。雖然直到來到這裡聽聞此事之前，都沒有注意到的自己也有疏忽，可是擁有那般不祥過往的建築，怎麼能夠用縣民的稅金來加以保存？拜託你，不要把我扯進怪東西裡頭啦，倉持老弟。

「怎麼了嗎，吉田先——生！」

（什麼怎麼了嗎，唉——）

一邊嘆氣一邊抬起頭，映入吉田眼簾的是，占據在草地上的三腳架，以及架上的單眼相機，和站在旁邊的倉持，另外是正在看鏡頭的男子。雖然認為對方是個男人，但是看不見長相。加上對方彎腰屈膝地在看相機，這邊看過去，只能看到穿著苔綠色防風運動外套的背影。

「吉田先生，這位是東京W大學文學院研究所畢業的櫻井京介同學。赤城宅開始解體作業的時候，因為他不知道還跑來參觀，我們就這樣認識的。其實，找到月映山莊，告訴我的人就是他喔。」

「啊，哦。是這樣呀——」

又不能說「你還真是多管閒事」。雖然開口說「請多指教」，但是當事人——櫻井——卻沒有從相機取景器中移動分毫，也不能對著背部打招呼，吉田若有所失。目睹此一情景的倉持，用粗胖的手指，刺了刺櫻井青年的肩膀。

「櫻井同學，你稍微露個臉吧，我想幫你們做介紹，彼此認識認識。」

或許對方有什麼回應，但是吉田的耳朵聽得不清不楚。大概是兩次呼吸左右的時間之後，對方慢吞吞地直起身子面向吉田的方向，見到那張臉後，吉田啞口無言。

不，正確來說，是看不見臉的。沒有油光的乾爽頭髮，幾乎完全覆蓋了從頭頂往下的三分之二。勉強看得見的，只有鼻尖、嘴角，以及沒有長鬍子的細緻下巴。可以說是一隻削瘦的長毛狗站了起來。那個樣子可以看取景器嗎？讓人發愣。他那升上高二的小兒子，頭髮漂白弄成褐色，而且還以奇怪的理由留成長髮。雖然他老是嘮叨那樣很亂七八糟，可是與眼前這個人相比，根本就是小巫見大巫。

「這位是縣政府十木部的吉田先生。」

「啊，您好。」

雖然以發呆的口吻回答，但還是好好地伸出雙手接下吉田遞出的名片，似乎只知道如此的應對進退。因此讓吉田對對方的評價，也稍微提升了一些；可是打招呼的用語，只有「您好」也就結束了，這真是讓人完全無法贊同。所謂的御宅族，難道就是指這樣的年輕人嗎？

「不要發呆啦，櫻井同學。你該不會看鏡頭看著看著就睡著了吧？」

面對從旁插嘴進來的倉持，櫻井依然以發愣的口吻回答：

「現在沒有睡著。可是，到這裡來搭東北線頭班列車的時候，好像差一點就要睡過頭了……」

「你那麼早就來了？那時候不是還沒公車嗎？你搭便車來的？」

「不是。我用走的，路上有開小貨車的農村大嬸停下來載我過來──」

「哈哈，鄉下人真是親切呀。」

「要說親切，也是親切啦。」

「那位大嬸對你說了什麼？」

「她說，這麼瘦是不行的。」

「她說的沒錯呀。」

「還有，她要請我吃裝在疊層餐盒內，包著豆沙的艾草年糕。就算我婉拒了，她還是硬要我吃三個下去，我現在胃很不舒服……」

唉地一聲嘆氣的櫻井，甩一甩頭髮垂落的臉，單手從口袋拿出眼鏡戴上。即使如此，簾狀的瀏海裡頭，還是沒有接觸到吉田的雙眼。不過櫻井呆愣透頂的樣子，倉持也好像習慣了，絲毫不放在心上。

「你託我買的飲料，我在車站的店買來了。寶特瓶裝的烏龍茶。雖然我想已經不冰了——」

「抱歉抱歉。如果我知道你會那麼早來，我就自己買來了。」

從櫻井瀏海底下窺見的嘴唇，露出些許微笑。

「我一想到終於可以看到房子裡面，一大早就睡不著。」

這個青年，好像對得以進入此刻看來也是快要崩塌的破屋充滿期待。吉田大為吃驚，真是沒想到，居然也有這種興趣古怪的人。

「你是怎麼發現的？在這種森林當中的建築物。」

輕鬆問著的吉田，沒想到換來一個果斷肯定的回應。

「說發現很奇怪。」

「什麼?」

難以瞭解對方所指為何，吉田張大了嘴巴，他原本沒打算要講些特別奇怪的事情。

「美洲大陸是哥倫布發現的吧?」

對著開口說什麼的櫻井，倉持從旁邊插嘴進來。

「不對，最近都說是哥倫布抵達了美洲。」

「哪裡不同?」

面對像是在開玩笑的倉持，從剛剛開始就彷彿是睡迷糊的聲音，現在彷彿變了一個人，以口若懸河的口吻開始發言。

「人類把第一次看到從未明白的東西，當成是發現這個詞彙的意義。例如對無人島來說，大概可以說是發現，可是美洲大陸原本就有居民居住。相對於這一點而稱之為發現，那只是一種不承認白色人種以外的人，也就是人類的傲慢。一九九二年是哥倫布航海五百週年，趁此機會，就不再使用『發現』這個詞彙了。」

一口氣說了這些的櫻井，閉上嘴便轉向吉田的方向。

「所以，這個情況也是，用『發現』是輕視所有者權利的不恰當言詞。無視脈絡使用歧視用語，雖然是愚蠢的行為，可是為了不讓我自己陷入身為研究者的傲慢愚昧之中，對於看起來中立但卻隱藏著扭曲的言詞用法，我想可能也容易產生神經質;或許吉田先生的意思是，我發現了這棟房子的學術價值，不過那也是以後的事情。挑剔這些細微的小地方，真是非常抱歉。」

口若懸河的最後是一個輕輕的點頭，讓人目瞪口呆。要說的話，每一件事情都有道理，可是也覺得可以挑出語病，如果每次都遭到這種樣子對待，一不小心就會無言以對。至少這個青年，似乎與吉田至今所碰過的某些人類，屬於不同人種。不只是外表，連腦袋的內容還有常識都是。他越來越不清楚，到底自己該露出怎樣的表情才對。

但是，當事人櫻井，好像覺得這話題到此已經告一段落。對著倉持那邊，一邊展開從口袋裡拿出來的，像是地圖影印本的東西，一邊說著話。

「前幾天我在圖書館查住宅地圖，發現到這裡北邊的土地好像都是一個叫『江草』的家族所有。說不定，就是興建這棟房子的江草孝英的子孫？」

「對，沒錯沒錯，就是那樣。雖然他們在戰爭後將這棟房子賣給印南家回去東京，可是自從男主人去世之後，他的遺孀又獨自回到這裡。雅長先生他們住在這裡的時候，家族好像還有和鄰居往來的樣子。不好意思沒有告訴你這些。」

一臉悠哉的倉持抓了抓頭髮。他已經很高了，可是櫻井比他還要高。不過身體的寬度與厚度，倉持則是櫻井的三倍。因為年紀輕輕就有個啤酒肚，所以縣政府裡頭的女生，偷偷叫他「狸貓先生」；另一邊的櫻井，看來則是給掃把柄穿上衣服的樣子。

「印南先生他們大概在這邊結束之後，會過去打個招呼吧。如果要調查，也有必要訪問以前的居民。櫻井同學已經去拜訪過了嗎？」

「還沒有。可是我今天早上到這裡的時候，曾經繞著房子走一圈，看到一個在後面森林深處的人影。好像是個上了年紀的人。」

「嗯，聽起來很像是江草的遺孀？」

「應該是吧。」

「不知道是為什麼緣故丟下不管，可是來散步順便看看以前自己住的房子，也沒有什麼好奇怪的吧？都荒廢成這個樣子，應該多少也會感到掛念。」

聽了倉持的話，櫻井點點頭說：「說的也是。」

那語氣聽在吉田耳中，總覺得並不是由衷感到同意的樣子。一般人雖然可以從臉上的表情窺知一二，但是櫻井因為頭髮掩蓋而沒有辦法看到他的臉；再者，他的遣詞用句似乎是即使要說什麼，也屬於語氣冷淡、缺乏抑揚頓挫的聲調。或許只有聽不慣的吉田，會有如此的感覺。

「照片拍好了？」

「今天天氣很好，我只是再次概略拍一下外觀，底片還有剩。」

「不不不，那樣就幫了大忙。」

「謝謝。」

「晚上你有空嗎？」

「如果可以趕上最晚一班車的話。」

「那就順便吃個飯，討論一下接下來的計畫吧。」

「好呀。」

待在互相討論事情的兩人旁邊，在無事可做的吉田眼中，終於看見被留下的三個人，從森林之間逐漸走出來。兄長雅長大步朝這邊靠近。

「我們遲到了。」

「不，我們才不好意思。印南先生，這位是櫻井先生。他希望可以和我一起調查月映山莊。」

雖然吉田心想，雅長看到有如長毛狗起身的櫻井，不知道會有怎麼樣的表情而盯著雅長的側面，但是他卻似乎什麼也沒注意到。

「這樣呀？那麼，您也要進去裡面看看吧。一個小時左右可以吧？應該不會花很多時間？」

雅長的話語雖大多是疑問句，可是言外之意，好像也在表示他不想出借更多時間給他們。那一臉只在透露「到這種地步實在很煩人」的表情，讓吉田覺得無奈。看樣子他似乎不知道調查是怎麼回事。

「不，我們不會花超過這些時間的，請問有什麼急事嗎？」倉持以悠哉的口吻詢問。

「我是很急，希望早一分鐘是一分鐘。這麼小的房子，在裡頭繞一圈應該就夠了。」他立刻回答。兩道粗眉靠近彼此，眉心的皺紋越發深刻。「討厭這房子的不只有茉莉，我也是。老實說，接到你的電話就答應下來，我現在覺得有點後悔。」

「哦——那樣的話，如果你把鑰匙借給我，我就會負起全責的。」

「請你適可而止好嗎？」

語尾的聲音顯得沙啞。緊握的雙手拳頭，在身體面前微幅顫抖。他或許不想看見曾經發生過殺人事件的那棟房子，可是都長這麼大了，而且還是像他這樣的強壯男子，有必要心神不定到這種地步嗎？

「我並不想請你們進行調查什麼的。即使對你們而言這不過是棟建築物，但對我們來說，卻是擁有貴重回憶的住所。要讓你們穿著鞋子進去踩得亂七八糟，我怎麼可能會高興！」

或許真的是這樣，既然如此，為什麼不一開始就拒絕？吉田內心深感疑惑。好不容易到了這裡，忽然講出這些話，實在讓人難以理解。是因為沒料到妹妹也跟著來的緣故嗎？可是如果他掛念妹妹，講話卻不對妹妹好聲好氣，也很奇怪。

該怎麼辦？吉田看著倉持的臉示意。就連倉持似乎也感到有些疑惑的樣子。

「哦——那就，總之可以先讓我們看看裡面嗎？」

不知道倉持是不是在想：要進去裡面也是我進去。但是印南雅長，卻從正面瞪著他。

「如果你能答應我，不再要求前來調查，我就可以讓你們進去看看。如果讓你誤會，我在此道歉，不過原本我就是這麼打算的。」

「什麼，這樣子呀——」

倉持終於露出一臉困惑。吉田想，姑且不管原因，如果對方鬧彆扭成這個樣子，根本就束手無策。

「還有，我要先把話說清楚。我們不會像赤城宅的所有人那樣，把這裡捐贈給縣政府。即使我們沒有使用，也會賣給想要的人，希望你不要搞錯了。」

「啊，沒有啦，你說的當然對——」

就連態度堅定的倉持，也張大眼睛，講話不清不楚。而且又帶了吉田這位縣政府的職員過來，或許出乎對方預期，對方的心情因此大感不快。曾經聽別人講過，有人會誤以為所謂建築的調查之類，會讓改建或是買賣受到限制，因此討厭調查的屋主也不在少數。

一定是因為吉田在場的緣故，所以讓他覺得是要逼他像赤城宅那樣，把房子捐贈出去。自己應該插嘴解釋誤會嗎？吉田疑惑該怎麼做才好。可是事到如今，也許說什麼都會造成反效果，如果被當作是縣政府的立場那就頭大了……

然後——

站在相機旁保持沉默的櫻井，忽然走到前面。以宛如風拂過樹葉的腳步，從面對面站著的倉持與雅長中間穿過去。

「請問，要不要喝杯茶？」

毫無緊張感的口吻所攀談的對象，不是倉持他們，而是朝著人在另一邊的印南茉莉。她似乎用盡力氣才走到這裡，坐在草地上動也不動，臉深深地埋在膝蓋裡。身旁雖然還有松浦陪伴，但是櫻井忽視了他，直接向茉莉攀談。櫻井跪在她旁邊，拿起膝蓋上的烏龍茶寶特瓶，倒了一杯茶到紙杯後，遞了出去。

「雖然已經不冰了——」

「謝謝你。」從櫻井手中接下杯子的松浦，詢問茉莉：「要喝嗎？」

他用空著的左手，輕輕摸著茉莉的肩膀，讓茉莉張開緊握的手掌，正要拿起杯子。那動作滿是溫柔的細心呵護，連在遠遠看著的吉田，都覺得有點不好意思。雅長或許真的是為了朋友與妹妹太要好而感到焦慮。

好不容易茉莉終於雙手拿起了杯子，低垂的臉慢慢地抬起，視線望向另一邊。松浦一邊用手指將茉莉拂到臉上的頭髮撥到耳後，一邊稍微起身，移動身體。櫻井則依然跪在一旁。

吉田忽然發現，茉莉拿著杯子的手在發抖。是不是身體又不舒服了？可是眼看著她的手抖得越來越厲害，不久，杯子便從指間掉到地面上。

她抬起臉，凝視著眼前的廢棄房屋，茉莉雙手緊握，跪在草地上的身體顫抖著。

「茉莉——妳怎麼了，茉莉！」

雅長大叫，但是臉色一變就想衝過去的他，被松浦伸手制止了。

「窗、戶……」傳來茉莉低語的聲音。「那扇，窗戶——」

右手顫抖著伸出去，食指指向月映山莊的二樓。面對房子的右邊，左右對稱往前突出的部分二樓，三角屋頂底下有扇外突的窗戶，最能讓人感覺到與赤城宅相像，充滿特徵的設計。茉莉正指著那扇窗戶。

「那窗戶的百葉鐵窗，開了——」

當然此時此刻並沒有打開。原本應該是用油漆塗成與牆壁一樣的白色百葉鐵窗，雖然油漆剝落，不過關得好好的。

「開了，就看得見。塞滿窗戶的，大大的，紅色、紅色的，像是血一樣的紅色月亮……」

「茉莉！」雅長再度呼喊：「妳在說什麼？到現在還說那種——」

「請你安靜。」但是他所說的話，卻被松浦打斷。「你不能打擾茉莉。」

雅長的臉漲紅起來。可是，他並沒有回應這句話。松浦那宛如少女的臉上，充滿不可違逆的威嚴。

回歸沉默的正午庭院中，再度聽見茉莉顫抖的低語。與其說那是過了二十歲的女子，不如說像是年幼孩童的不平穩口吻。

「我一直一直都是這麼想的。那天晚上是我提早一個月的生日，可是哥哥終究沒有從東京趕回來。只寄了一封信過來，裡頭寫著，要用魔法的力量，讓我提早一個月看到紅色月亮。我一個人打開窗戶，真的讓我看見了紅色月亮。雖然一個人還是很孤單，可是一定是像信上寫的那樣，哥哥也在東京看著紅色月亮。我一直都是這麼想的，但是——」

忽然不再說下去，茉莉緊握的手，碰著嘴唇。

「但是，我錯了。我看到的不是月亮，我終於想起來了。紅色的、紅色的，可是那是——」

「那是什麼？」面對再度中斷的聲音，松浦從旁邊輕輕地催促。

「那是，哥哥的……」

「茉莉——」

雅長愕然地張大雙眼，他的聲音讓茉莉全身彷彿痙攣般發抖，舉起雙手塞住耳朵，茉莉大叫：「我看到了。哥哥殺人，殺了圭子小姐與福小姐。我看到紅色的血，那不是月亮的顏色，而是哥哥雙手沾染到血的顏色。不只是手，還有臉，都是一片大紅色。那張紅色的臉看著我，對我笑……然後哥哥對我說，要我不能說出去我看到的，沒什麼事情，要我全部忘得一乾二淨。要我從房間裡面鎖上門，不管是誰問我，就說我一直在睡覺，什麼都不知道。我看到的不是紅色月亮，是哥哥被血染成紅色的臉——」

彷彿發著高燒，口中不知所云地囈語。跪在蠻橫生長的草地之上，雙手牢牢地塞著自己的耳朵，茉莉的黑髮在背上散亂，渾身顫抖。雙眼睜得大大的，然而那雙眼睛看見的，卻不是此時此地的光景。

「妳為什麼要那樣說？茉莉！」

對衝過來的雅長，茉莉發出慘叫：

「不要——」

茉莉的慘叫回蕩著。在背後保護著雙手抱頭、蹲著的茉莉，松浦阻擋在雅長的面前。

「冷靜點，印南同學。如果連你都跟著激動，那怎麼辦？」

「你說什麼蠢話！自己的妹妹那樣說我，我怎麼可能冷靜下來！」

「那麼，你的意思是說，她講的是謊話囉？」

「當、當然是假的！」

對著丟出這麼一句話的雅長，茉莉抬起頭大叫：

「我沒說謊！」

剛剛還面無血色的臉，現在滿臉通紅，雙眼充滿激動地瞪著兄長。

「我沒說謊，我已經全部想起來了。哥哥，你為什麼要殺圭子小姐？圭子小姐是你的女朋友吧？我聽到了，圭子小姐說要與哥哥結婚，說她肚子裡已經有孩子了。你因為不喜歡這樣所以才殺她？因為被福小姐看到這一幕，所以你也殺了福小姐？」

「茉莉，我——」

雅長才往前踏一步，茉莉全身就因為恐懼而僵硬不已。

「不要！」

尖銳的叫聲從她口中迸出，餘音繚繞。那聲音才一落下，茉莉便倒在地上，昏了過去。

結果，那一天倉持等人沒辦法進入月映山莊。雖然茉莉不多久後便恢復意識，可是拒絕與雅長說話，松浦也死不肯把她交到兄長手上。雅長悵然若失，獨自開車離去。倉持開車送說要搭火車回去的松浦與印南茉莉到車站，吉田也為了要搭公車回家，一起搭車到車站去。

在那之後，因為倉持也沒有提起這件事情，所以吉田決定撇清關係，把一切忘掉。然而在他的記憶當中殘留到最後的，既非茉莉像是發作的瘋狂，或是雅長奇怪的態度，而是櫻井京介這個來路不明的男子。

他一直站在月映山莊的院子裡，直到最後。他蹲在茉莉附近，單手撥起瀏海，凝視著那有著裝飾的突出窗戶。彷彿在他的眼裡也看見了，那讓茉莉恐懼的記憶。

過了兩年之後的夏天，印南雅長死了。吉田偶然在東京的報紙上看見，雖然那只是一段小小的報導。死因是從公寓三樓陽台墜落，不知是意外或自殺。

因為他頗在意此事，便試著到圖書館去找報紙的縮印版。於是瞭解到以前那棟房子確實發生過難以理解的事件。也就是表面看來是他殺的兩名女子死亡。雖然犯行看來是竊盜，但是似乎始終沒有找到犯人。據說那個時候在案發現場，還有找到一個毫髮未傷的少女。雖然報紙沒寫出姓名，但那少女就是印南茉莉。

那是一九八六年的事情，茉莉當時應該只有十幾歲。她目擊到兄長殺人，隨後忘記了當時發生的事情，這應該有可能。難道是過度恐懼而導致遺忘的事件，在看到案發現場的房子之後，從記憶深處甦醒了？

吉田心想，自己並未親眼看見當年的經過，然而那天浮現在茉莉臉上，悽慘且恐怖的表情。還有宛如孩子般的低語，全身一邊不由得顫抖，一邊從喉嚨迸出的慘叫。

那樣的舉動，應該不是靠謊言或演技就能做到的。她說的都是真的。然後聽到妹妹所言，印南雅長臉上浮現的，與其說是遭到栽贓的驚訝或困惑，不如更應該說是，沒想到自己的罪行會遭到揭穿的犯罪者恐懼心理。

但是在那之後，茉莉並沒有去檢舉兄長。如果警方再度進行搜查，至少當地人也會聽到一些風聲，不過卻沒有動靜。吉田雖然很想去向倉持打聽，但覺得這是自尋煩惱，也就打消念頭。兄長死亡之後，月映山莊應當會屬於茉莉一個人所有，可是也沒有要採取保存方案或是轉賣的跡象。

也許人類是那種越想要努力忘記，就越忘不掉的生物。儘管那是與自己沒有什麼關係的事情，即使聽到別人說「忘了吧」，但是月映山莊的記憶，似乎在吉田的腦海中從來不曾消失或是轉淡。

然後每當他想起那天的事情，不知道為什麼，最先浮現出來的是，櫻井那個來路不明的青年身影，再來是青年專注凝視百葉鐵窗緊閉的窗戶，那張奇怪的側臉，以及從分成左右兩邊的瀏海底下，露出來的潔白鼻梁。

吉田想要問他：你在看什麼呢？但是，他為何猶豫不決？所以那句話，終究沒有說出口，只是像一張畫一般地殘留下來，成為一九九七年九月十八日的印象。

3

有生之年我還不曾這樣吃驚過。是的，雖然你要八十二歲了，可是一個人從天而降，現在又不是在打戰，怎麼會不吃驚呢？你說我看起來沒有那麼老？哎呀，你嘴巴可真甜。

眼睛呀，確實是上了年紀就變差了。但是戴了眼鏡，晚上有光線的時候，也不會看錯鳥之類的東西。因為那裡的窗戶從上到下都是暢通的。底下的地方很寬廣，總覺得看起來非常廣大。

隨後立刻聽到聲音。並不是重物墜落「砰」的聲音，大概是碰到樹叢的枝葉吧。應該是沙沙聲嗎？還是那種感覺？有誰掉下去後，慌張跑走了。

不到外面去就看不見。這裡雖然只有一樓，可是庭院外面圍繞著遮蔽視線的植物籬笆。我真不想說那是庭院，不過是塊彈丸之地。那外面變成公寓的中庭，周圍有夾竹桃還是什麼的樹叢。從聲音聽來，我想似乎是掉到那裡去了；那東西說不定幫了大忙。但是植物籬笆很礙事，不出去外面就看不到情況。

是的，只有我一個人在這裡。平常當然還有女兒女婿與兩個小孩，小孩念國高中，說暑假開始後要與朋友一起去海邊參加社團集訓，都那麼大的孩子，也不會親近老人身邊了。夫婦倆也一起去上班，不知道是加班還是應酬，總之兩個人都沒回來。時間呀，我記得應該是還不到十點。因為我在看古裝電視劇，所以確定這一點。

你問我遮雨棚與窗簾沒有拉起來嗎？是呀，因為我討厭吹冷氣。年輕人在的時候非拉起來不可，可是我一個人的時候就隨心所欲了。打開面對庭院的玻璃窗，只留下紗窗關著，月亮應該就在不遠的地方，還是滿月喔。雖然如此，可是這附近都是些高樓大廈，三樓以上的話也就罷了，像寒舍這不怎麼高的房子，月亮都會被建築物擋住看不到。

唉，總之我就那樣連電視都忘了關便跑到外面去。是慌慌張張地馬上出去喔。可是，要說很快，由於我也是穿上拖鞋，關上門，再從玄關出去繞過去的，所以也得花個幾秒。對對對，不只是那樣，我走到電梯那裡，還碰到三樓的室田小姐呢。出去倒垃圾還是做什麼的時候，碰到就會站著聊幾句，她大概是四、五十歲的女人，聽說工作是插畫家。

那位室田小姐呀，說她也注意到隔壁有人墜落的樣子呢。她說一直聽到大呼小叫的聲音，還在陽台上大叫。她覺得很吵，卻忽然變得一片安靜，她試著看看陽台的另一邊，卻沒半個人。然後往下看，好像有什麼東西倒在樹叢那，問我有沒有注意到？

唉，我嚇了一大跳。因為有發出吵鬧的聲音，說不定房間裡除了墜落的人還有其他人在場。也就是說，不是意外也不是跳樓自殺，而是吵架爭執被推下去的；或許是剛剛才連忙逃走的。

什麼？我喜歡偵探小說？我又不是我孫子，那種東西我不看的啦，我只看電視上的懸疑推理劇一類的東西。連我這個八十二歲的老太婆，都還能想到這點程度的東西喔。

這真是辛苦，室田小姐說非得找警察過來不可。問題是她在警方到達之前，也去外面看過了，表現出人意外的冷靜。雖然不知道那個鄰居到底在做什麼，不過她說鄰居看來好像酒精中毒，常常一個人大吵大鬧。所以就算聽到有人大聲講話，也不見得就是有其他人在場。即使看起來像是有人墜樓，也有可能是其他的東西掉下去。

因為我看到了，我認為那一定是人類沒錯；在這裡拖拖拉拉也不是辦法，所以我就跑到外面去——應該還不到五分鐘吧。然後讓我更為吃驚的地方是，兩個人像是重疊在一起，翻倒到樹叢裡面，有個人腦袋流血，動也不動。還有一個人的雙腳扭轉得很怪異，不過意識清楚，要我去叫救護車。

然後發生的事情，報紙也有刊出來吧。就是在我們公寓三樓，住在室田小姐隔壁的印南雅長先生。說他酒精中毒，大概也是。當然原因有很多吧。嗯，那些事情你們也知道吧？所以我就不再重複了。

是自殺還是意外？沒有遺書，但是房間鎖得好好的，門鏈也鎖上了，也就是說，唯一可以確定的是，他是自己從陽台上掉下去的。所以室田小姐聽到吵鬧聲，果然還是他一個人喝醉酒在發酒瘋吧。聽說他的房間裡頭一片狼籍，桌子上到處都是杯子，還有好幾個空酒瓶東倒西歪，玄關的地板上滿是鞋子與涼鞋。

說是墜樓，因為是從三樓掉下去，底下不是硬地而是樹叢，所以如果沒有什麼事情也沒什麼好奇怪的。可是運氣不好的人就是運氣不好吧。他摔下去的時候撞到水泥地，那個時候他雖然還活著，可是到醫院就沒救了。聽說他的雙親很早以前已經不在，唉，真是可憐呀；聽說他還去美國留學過，在地方上也是富裕的家族。所以，他的葬禮好像是在故鄉舉辦的。

對了對了，還有一個倒在那裡的人。那個人是印南先生的朋友，是個很有禮貌的孩子。雖然我說他是孩子，不過也不小了，但是從我看來依然只是個孩子啦，就像你一樣。他出院之後，還撐著枴杖來向我打招呼，現在很難得，所以我很讚賞他。他說那個時候承蒙我的幫助，因為印南先生幾乎沒有親人，所以他來幫他整理房間。

他對我說了很多那個時候的事情。因為擔心朋友沉溺酒精之中，所以來看朋友，不料一抬頭看陽台，就看到印南先生快要掉下來。心想不妙的同時，印南先生就摔下來了。雖然他想要抱住印南先生，但實在是太亂來了。那個人說他姓松浦，是個小個子又體型纖瘦的人。就算知道再怎麼沒辦法，也不能丟下朋友不管一走了之吧。

不過他看起來精神很好，我說我從來沒有嚇過那麼大的一跳，他說他也是。人類好像受到了過度驚嚇，就會脫口而出說些奇怪的事情呢。直到救護車趕來之前，我一直都在松浦先生的身邊陪他，你知道那個時候他說了什麼嗎？他只是不斷重複說著：有沒有看到我的涼鞋？

確實，松浦先生倒在那裡的時候沒有穿鞋。應該是因為被有個從天而降的人撞倒之後，鞋子不知飛到哪裡去了。而且就算有涼鞋，那種情況也不是不能穿起來。所以我答應要幫他去找回來，結果卻沒找到。是不是在某個地方被狗給咬走了？後來我問他那時候為什麼那麼擔心涼鞋，他一邊笑著一邊抓頭髮說：天曉得，他也不清楚是為了什麼。

我還記不記得其他的事情？月亮？嗯，沒錯沒錯。在等救護車來的時候，松浦先生獨自在自言自語。他在說月亮什麼的——我也轉過脖子去看，對面公寓的上頭，掛著一個皎潔、潔白而美麗的滿月。

月亮是圓的嗎？

是呀，是滿月呀。

那是去年七月二十八日晚上的事情。為什麼你要問我這些事情呢？對了，松浦先生還好嗎？

任性強迫的招待

1

二〇〇〇年三月四日，星期六。

搭載櫻井京介開往博多的JR東海道新幹線——願望九號列車——照既定的九點五十二分準時從東京車站啟程。京介坐在九號車廂，禁菸商務車廂面向前進方向右邊靠窗的位置。雖然因為是週末早晨車廂內已經近乎客滿，但是他旁邊的位置卻是空的。會停車的車站是新橫濱與名古屋。然而，直到他要下車的京都，旁邊應該都會是空著的吧。這對討厭人類的他來說，或許值得慶幸。儘管如此，京介卻沒有什麼感激的念頭。

他在大概十二個小時之前，接到門野貴邦打來的電話。他還以為這個不管過了多少年，真面目成謎、職業不詳的怪異老人，會像往常一樣，以心情愉快的聲音問他：你好不好呀？現在在做些什麼事情之類的問題，但是這次卻沒頭沒腦地問了這麼一句：「你現在有空嗎？」

雖然京介理所當然地回答很忙，但是反正不管怎麼回答，對方也不會放棄找他出面的念頭。例如接下來冒出的這句：「可以給一點我時間嗎？一天就好。」

這也是文法上的問句而已，並不是在確認意願。他說明天你到京都來一趟，因為有個無論如何都想讓你見上一面的人，新幹線的車票會送過去給你。說著，好像完美配合一般，機車快遞的喇叭就響了起來，送來願望號商務車的對號車票，東京與京都的來回票，去程是四號早上，回程是五號早上。

即使老年人因為餘生有限，以任性言語使喚年輕人，只用一句話擺布也不會遇到障礙，這個老人似乎就是這麼想的。而且就算京介問，那個想要他去見的人是怎麼樣的人，找他有什麼事情，也得不到答案。只有「那麼點問題就當作是旅途的期待吧」的敷衍說法，讓不能否認受過對方許多恩情的京介，在那個時候也差點要摔電話。

結果伴隨著嘆氣還是答應了，這不是特別向門野的逼迫認輸，而是因為改變主意了。本來從後天開始要暫時離開東京，早一天出發也沒有多大差別。目的地是那須。在聽到門野的聲音之前，櫪木的建築家倉持來過電話，約好五號下午要在黑磯車站碰面。早上從京都出發，到東京換搭東北新幹線，應該可以照計畫準時抵達那裡。

京介第一次到那須去，是九六年的秋天。從大學與研究所碩士班總共度過八年的學校畢業後的第一個秋天，獨自開著租來的車子，到各地參觀近代建築，從南福島前往日光一帶的路途中，想要去看看位於那須高原，為數眾多但只聞其名的明治時代別墅之一赤城宅。雖然建築已經被鷹架包圍開始進行解體作業，但是在那裡偶然認識的倉持，輕鬆地帶他參觀內部一圈之後，還請他到臨時事務所喝茶。兩人年紀也相近，相處愉快，從建築聊到推理小說，天南地北，度過了意料之外的快樂時光。

與他分開之後，京介走到一棟荒廢的建築，距離赤城宅並沒有太遠。當然在那個時候，京介還不知道那至今幾乎沒有文獻記載，與赤城宅有著神奇相似程度的建築，被以前的居民取名為「月映山莊」等等事情。

可是回到東京後，隨謝函送上的廢屋照片引起倉持的興趣。他積極地找出房屋所有人，與其取得聯絡，在九七年九月時，帶著京介及縣政府職員，與所有人一起前往參觀內部。然而計畫卻被意外的發展推翻，在那之後雖然經過了三年，但是京介沒有忘記過倉持與月映山莊，也就是江草孝英別墅的事情。

一九九九年，圍繞月映山莊的情況出現大幅變化。印南雅長死亡，留下的唯一繼承人——妹妹——茉莉，下定決心將建築物與土地捐贈給縣政府。然而倘若要接受這筆捐贈，縣政府也必須編列相當的預算。赤城宅好不容易終於開放，在附近又要保存一棟明治建築，這樣到底有沒有意義？因為也有縣議員提出疑問：那棟房子有那麼高的價值嗎？所以決定在捐贈手續之前，先進行嚴格的詳細調查。

於是倉持也詢問了京介，等到四月積雪溶化就要開始調查，請京介以他的助手身分一同加入。不過倉持打了通有點掛念的電話過來，也是昨晚的事情。

雖然去年秋天時已經蓋好工作用的組合屋，但是應該直到四月都不會有人進入的土地之內，卻找到新的縱火痕跡。即使外牆的些許焦痕會自然消失，但是一個不小心就會引起山林大火，就算是惡作劇也太惡劣了。如果不是惡作劇，事情更糟。泡沫經濟時代，似乎有很多惡質的不動產業者進入，甚至縱火燒掉不肯賣出土地的地主房子，這也有可能是同樣的情況。

倉持考慮即使自掏腰包也要找人來，住在組合屋裡頭警戒看守，可是當他去找認識的年輕木工等人幫忙時，每個人都說那房子有鬼魂出沒，一臉認真地表露厭惡之色。

興建別墅的孝英，其休掉的妻子懷著怨恨自殺。其鬼魂在忌日之時便會徘徊於房屋周圍，因為她的怨恨作祟，江草家三代都失去了孩子。這樣的傳聞似乎在地方廣為流傳了許久。

雖然是古老的鬼故事，不過對相信的人來說似乎還是十分恐怖。倉持知道就算之後必須親自上陣，可是因為忙碌而分身乏術。雖說是看守，但實際上也沒有必要做些特別的事情，只要在調查開始之前住進組合屋就行。一聽到倉持問有沒有認識什麼看起來有空的人能幫忙，京介立刻毛遂自薦。

手邊雖有個翻譯的工作，但那也不是離開東京就無法完成的工作。組合屋裡有電可用，也有瓦斯爐、石油暖爐。雖然沒有棉被但是倉持會借給他睡袋，暫時居住看來也不會有什麼不便。因為必須親自去拿鑰匙，所以約好在倉持可以配合的第三天，也就是明天的下午在黑磯車站碰面後便掛上電話。才一放下話筒，彷彿伺機而動一般，門野的電話就打了進來。

把筆記電腦與交流電轉接座放進老舊的旅行提包中，翻譯的文件與字典放進最裡面，然後再放進念到一半的書與筆記用具、小型相機與底片、數量稀少的換洗衣物。最後則是放進不確定是否用得着的數據機連接線。其他如果還有需要的東西再去買就好，他的旅行方式總是這樣。

上午十點左右，只要沒有事情，都是京介躺在床上睡覺的時間。到京都需要兩小時二十分，雖然心想可以睡個覺也不錯，但是車廂內卻意外地喧鬧。加上列車行進的噪音與震動，熱鬧的談話聲，小孩尖銳的笑聲，還有接連不斷通過走道的車上銷售員聲音在加油添醋。

打消睡覺的念頭，但也沒有心情打開念到一半的書。無計可施之下，只好打開在東京車站買的時刻表口袋書。抱持著一半打發時間的念頭，開始查詢從京都到櫪木縣那須，有沒有不經過東京也可以到達的線路。像是戳破推理小說的不在場證明，攤開路線圖與時刻表仔細查看，雖然得到了結論，不過還沒有用光到京都的時間。

所有的交通網絡，基本上都是以東京為中心興建的。加上本州背脊上有連續山地的日本地形，侷限了可以開發交通線路的地方。沒有比在東京車站換搭東海道新幹線與東北新幹線，更快速簡便的路徑了。搭乘手中對號車票的火車離開京都，下午兩點可以抵達最靠近黑磯車站的那須鹽原車站。

否則，從名古屋換搭中央本線到長野，搭長野新幹線到大宮後，還是回到東北新幹線或是東北本線；再不然就是經過位在日本海一側的信越本線，北上到新潟搭上越新幹線到大宮去——

一邊以雙眼在路線圖巡視，一邊從內心深處漸漸湧上一點都不高興的笑容。用不著計算需要時間與距離，沒有人會採用這麼愚蠢的路線去搭火車的。所以在虛構故事中迷戀於製造精緻不在場證明的犯人，有相當的理由不想經過東京，也不是沒道理。

（在東京——）

京介沉默地咬著下唇。打算當玩笑丟出去的石頭，卻丟中了自己的心。就是這樣的感覺。闔上時刻表，搖搖頭，望向窗外。玻璃窗之外，春天明亮的天空無邊無際，明亮到讓人感到刺眼。因為自己的確不想踏進東京，本來應該是直接搭乘東北本線把東京拋在背後，現在卻因為被叫到京都去，回程還得再經過東京一次。

（真討厭——）

雖然自嘲思考模式有如孩童的自己，但是討厭的東西還是討厭。

回不去東京。為什麼？因為那裡有在等著自己回去的人。自己專用的椅子、排列在餐桌上的盤子或馬克杯、睡習慣的床鋪與枕頭在等著。某天忽然發現到這一點，意識到對此毫無不可思議感覺的自己，京介不禁感到愕然。

自己在做什麼？這樣地習慣與人親近，並不是為了感覺到溫暖或幸福才在這裡的。即使不知不覺過著那麼普通的每一天，也只不過是戴著面具，像是在演戲一樣。應該是那樣才對。「櫻井京介」這個名字也是個面具，所有的一切在醒過來之後，除了夢以外什麼都不是，他應當一路走來都是這樣想的。

確實直到不久之前，自己有著留在這裡的理由。在胸口抱著、保護偶然相遇的一隻雛鳥，直到雛鳥離巢獨立的那一天，這就是「櫻井京介」存在的唯一意義。

但是，這個任務已經結束了。雛鳥成為擁有強壯羽翼的成鳥，自由自在翱翔於天空之中，他不需要擔任照顧的保母，「櫻井京介」已經沒有的存在必要。儘管如此，為什麼自己會在這裡？是什麼把自己留在這裡——

然後他終於發現到了。留住彷彿單腳站在玻璃邊緣的自己，想要改變他的人，矯正自己的獠牙的人。

——是他。

2

京介痛苦地回顧著，眺望水都降雪的那個夜晚。事件落幕了，犯人與被害人全部退場，只留下一個笨拙滑稽可笑的自己，對著彷彿算計好那個時刻現身的他，說出所有應是深藏胸中的事件全部，以及對無力的自己，產生出的厭惡與後悔。

非得那麼做不可。不然的話，自己或許也會像那些女人們一樣，只能夠逐漸消失於威尼斯潟湖的彼岸，陷溺於自我厭惡的沼澤中。為什麼他要介入那個事件，結果因此逼死一個女人。除此之外，什麼也做不到。

他諒解了京介的糾纏。那也不是只有那個時候才有，從第一次見面開始，他就知道了。京介這個人有多麼地扭曲、笨拙、不擅長活著。然後他憐憫京介的這些特質，予以原諒。儘管不知多少次對京介感到棘手，遭到京介的擺弄。

但是他太過於靠近京介。這當然不是他的錯，而是京介自己判斷錯誤。沒有警戒地信賴別人，讓人看見他的軟弱、傷口。這些事情絕對不是應當發生的。而且不是外人的他，就像是現在同住一個屋簷底下的對象。

儘管從不曾忘記拿掉面具就是死活的關鍵，打算掌控全局，但是曾幾何時，京介已經忘記這一點，滿足於他所給予的溫暖。

不行再這樣下去，現狀必須改變。拖拖拉拉在他住的公寓住下來，雖然日子一天天過去，但是卻沒有搬出大學附近的出租宿舍。乾淨的床鋪也好，溫熱的料理也罷，都不必擔心，總之想要脫離這裡，打算若無其事地說：因為工作忙碌而暫時回到那邊去。然而他卻反常地敏銳，察覺到京介口吻中隱藏著的涵義。他從椅子上仰望京介的臉，這麼說到：

「你最近是不是在躲著我？」

不用多說，直接命中目標，所以平常的撲克臉是不是毫無動搖，自己也沒有自信。

在新幹線列車中的京介，能做的只有冷靜地回顧那時候的事情。沒錯，忽然被說中意圖，自己確實感到驚慌失措吧，全都清清楚楚地映照在他的眼中。

當然那個時候京介是以何種表情映入他眼中的，也無從查證了。即使臉上出現動搖，應當也只是短短數秒。京介立刻重整態勢，聳了聳肩膀。

——嘿，你講話真奇怪。我只是要回去出租宿舍，有必要那麼疑心嗎？

抬起下巴往下看著他，露出有些嘲弄的笑容。

——為什麼我要躲你？我有什麼理由這樣做？我不懂。你是不是有什麼地方搞錯了？

儘管如此，他還是不打算罷休。

「如果你沒有在躲我，那就待在這裡。在這裡你也可以工作吧？」

京介反問：為什麼？他回答：你要是一個人就不會認真吃飯了吧？不會好好吃飯，不會每天睡八個小時，工作效率提升不上來。

聽見意料之中的說法，京介笑出聲來，那是連自己都覺得刺耳的特意笑聲。

——你還真是好心。那麼，你是從什麼時候開始變成我的保護人了？

他的臉忽然漲紅，京介立刻趁勝追擊。

——你有沒有聽過一種說法，有種好意是會讓別人為難的。你聽過嗎？

還以為一定會得到一陣怒斥，或是被飽以他那大大的拳頭。心想這樣也不錯，這次一定要絕交。雖然是個晚了很久的結局，但還不算太遲。

就在那時，倉持打來的電話響了。因此兩人的對話中斷，正要大叫的他錯過了時機，京介則一如所願，得到離開東京的藉口。

先不管門野的事情，那須的工地在三月中旬以後就能夠住進去。雖然在正式的調查開始之後，或許不會一直維持那種情況，可是在黑磯一帶租公寓住也沒關係。調查應該至少會持續到秋天，然後如果要進行保存修復作業，應該也會花上好幾年。因為不可能從東京通勤，所以住在附近也不會有絲毫違和感。

盡可能不要回到東京，以工作為藉口，自然碰面的機會就會逐漸減少。那樣就好。不只是他，也要對這裡暫時會親近的幾個人保持距離。希望可以達到儘管自己不知不覺失去蹤影，也不會有人吃驚或嘆息的情況。差不多是該開始準備的好時機了，為了脫下面具的那一天。

那樣的話，不知道還可以研究近代建築到什麼時候。好好珍惜現在得到的機會吧。雖然對於留下自己的足跡完全沒有興趣，但是「櫻井京介」的記憶，若是能伴隨一棟建築物得以保存，應該也不是那麼壞的事情。不管是對自己，還是對那些只知道自己這個名字的他們。

京介想，希望能早一點去那須。除此之外的事情，就可以不用多想了。如果可以側耳傾聽，不是此時在這裡活著的人類，而是銘刻於建築的過去人們的聲音——

時機已經到了。只有一天的繞路而行，只是去盡對門野的道義。京介嘆了一口氣，全身無力。除此之外，即使再想下去也無可奈何，他已經停止思考這些事情了。還有一個小時才會抵達京都，閉上雙眼說不定可以至少小睡片刻。

但是，希望不要作無謂的夢——

3

京都的天空覆蓋著厚重的雪雲。從絲毫感覺不到春天氣息的陰鬱天空，迎面吹來了溼冷的風。車站面前的道路雖然沒有積雪，不過花圃的泥土殘留著白色斑塊，或許是昨晚降下的雪。

在八條口等門野的車。看來他還是老樣子，喜歡古典歐式、帶著弧度的銀灰色捷豹（Jaguar）。頂著泛紅發光禿頭的老人，有著皮草衣領的長大衣下襬隨風招搖，雙手放在枴杖龍頭上面，站立著。

他目光敏銳地找到了京介，短短的手在頭頂上一邊揮舞，一邊出聲呼喊。即使是在車站面前的人潮之中，也絕對不會漏聽的爽朗洪亮聲音。

「唷，櫻井老弟，勞駕你了！」

對著一半埋在皮草裡傻笑的臉，京介悶不吭聲地點頭，他沒有心情表示親和。戴著白手套的司機拿下帽子敬禮，恭敬地打開後車門。門野以手勢示意，要京介上車。

車子發動後通過鐵路下方，沿著河原町大道北上。雖然路上塞車難以前進，不過門野沒有特別著急的樣子。

「櫻井老弟，你常來京都嗎？」

「沒有，沒那麼常來。」

「你對神社寺院沒有興趣吧？可是這個城市裡頭，應該也有很多你鑽研的近代建築。」

「是的。」

「我也很久沒有到這裡來了。不過那棟車站大樓實在不怎麼讓人欣賞呀。用那種非常誇張的通風設計之類，不是很像法西斯主義時代的德國嗎？」

「是嗎？」

面對完全沒有融入對話的京介，門野發出低沉的笑聲，繼續說著：

「那個孩子，蒼，還好嗎？」

京介在瀏海底下的臉皺起了眉頭。如果報出那個名字，自己就會變得乖乖聽話。被別人這樣認定，讓他想到就生氣。

「關於這一點，我想您應該比我更清楚吧？」

「嗯，我確實知道。不過現在這時候，他好像也過著愉快的大學生活呢。我將近一個月沒有看到他了，暑假的時候一定要請他過來，現在就要先和你說好才行。」

（真是的，一個月見面一次不會太多了嗎？）

京介在內心大吐牢騷。門野看蒼的眼神，就像是在看真正的孩子，不，是孫子一般。不管什麼時候看見，都一副忍不住想溺愛的樣子。去年也說要用高價電腦當作大學入學的禮物一起送出去，不過被當事人有禮貌地婉拒了。如果蒼不是那麼自律甚嚴的個性，京介大概會從旁插嘴，要他適可而止別太過分。

「聽說那孩子拒絕了。」

「嗯。」京介沒有多問什麼。「是他自己決定的。」

因緣頗深的W大學教授神代宗，詢問蒼要不要成為他的養子，蒼自己經過長時間的思考過後，雖然煩惱但還是拒絕了。他說，不管自己的姓氏糾纏著怎麼樣的過去，都不想加以捨棄。

「那孩子真是堅強。」面向著前方，門野低聲說道。「他竟然成長為一個那麼堅強、舒坦、溫柔的孩子了。」

「嗯，沒錯。」

京介看著前面，這個時候他率直地同意了門野的話。

「這是你的功勞，櫻井老弟。」

「不是的。」

「是你的功勞喔。」

「您錯了。那是他與生俱來的強韌，我什麼也沒做。只有曾經短暫的一段時間，給他一個睡覺的地方罷了。」

「那不就是功勞？沒有過度的干涉與支配，只是給予保護，這可不是任誰都做得到的事。」

「是這樣嗎？」

「一點都沒錯。」

即使如此，那也已經結束了。彷彿聽到京介如此在內心低語的聲音，門野開口：

「可是，你也差不多應該要好好考慮自己的事情了囉。」

「這就是門野先生弄錯了。」

「是嗎？」

「是的。我從以前開始，就一直在顧慮自己的事情。」

門野無言——他側著大大的頭顱，只說了句「那又怎麼樣？」。

「您誤會我了。」

京介粗魯地脫口而出，單手粗暴地將低垂的瀏海往上撥。

「假使我的手擁抱著某人，也不是為了那個人。只是因為自己想要偽裝成某種樣子，如此而已。因為一個一個訂正誤會實在麻煩，我才什麼都沒說。這就是所謂利己主義者的面目。」

門野雙唇扭曲，淡淡地笑了。

「你確實是自私且有虐待狂傾向呀。對你自己，比誰都還要不好。」

「這一點我承認。」

「自我保護是生物的本能。儘管如此，你卻一副視此為無物的態度。」

「至少，我還沒想要自殺吧？」

京介雖然皺著眉頭，可是門野沒有回答，左右擺動著他大大的禿頭。

「算了，你要怎麼對待自己是你的決定。但是你千萬不要忘記了，有人會因為你不善待自己而感到悲傷。我要你考慮自己的事情，也包括這一個意義在內。而且認為你無可取代的人，不是只有那個孩子。」

心底激動起來。這種事情，京介早就知道了，用不著門野告訴他。這份激動從內部驅動了京介的嘴巴，正因為如此，才更知道他說了不該說的話。

「可是您很清楚我誕生的家庭，還有我雙親的事情。」

「是呀，我當然清楚。」

點頭的門野眉間，刻上了深深的縱直皺紋。
「您認為那樣的父母生下來的孩子，會變成好人嗎？」
「但是決定人類此時此刻的，並不是只有基因，難道不是嗎？」
如果不是在講自己的事情，京介應該也會贊成這種說法。然而——
「孩子不能選擇父母。也許就算我對你說，忘了吧，不要放在心上，你也不可能做到。」
「是不可能。」京介立刻回答。「如果有人掛念著我，那我為了他們，更不應該寵壞自己。」
「假使你的父親，往後不會干涉你的一切也是一樣嗎？」
「雖然我不認為會發生那樣的事情，但是就算如此也是一樣。我，並沒有放棄從那個家逃出來時所下的決心。」
「是嗎？」老人嘆了一口氣。「不過你還是『櫻井京介』。給你這個名字的人，期望你藉著這個名字重新活過。取代無法長命的兒子，嶄新地活過。我認為，你從那一刻開始就已經獲得重生了。你的父親不是那個男人，你的故鄉不是那個家。非得這樣不可，櫻井老弟。所以，我想要幫助你呀。不是為了孩提時代的你，或是那無聊的決心什麼的。」
張開到一半的嘴，京介什麼都沒說便又緊閉了起來。他將要脫口而出的話語，只在自己的心中低語。
（那絕對不是無聊的決心，至少對我自己而言——）
「如果你要那麼想，如果你想要忘記以前的事情，那麼在門野貴邦的名字底下，你是安全的。」

京介張大雙眼，因為他沒想到會聽見這些話。

「所以您的意思是要我放棄一切！」

「那麼做你就自由了。成為櫻井京介以外的任何人，為什麼不可以？」

「聽起來您就像是要從我這邊庇護那個男人的樣子。」

「我以為你明白我並沒有那種打算。」

無論怎麼說，京介就是不管在何時，都談不上能夠讀出這老人的真心話。

「老實說，我不想看到那孩子悲傷的表情。」

「……」

「我要你給我記住，只要你說句話，我就不會對你，還有你周圍附近的任何人有所責難。」

不知何時車子已經停了。雖然知道車子經由跨越鴨川的三條大橋往東渡河，朝著南禪寺的方向前進，不過兩人對話之間，大概已經過了許久。京介不知道現在身處何方。從窗戶往外一看，這是一條左右以拋光的粉色土牆包挾的死路，盡頭的石階往上幾階之處，有一扇在柏樹皮屋頂下緊閉的方格大門。

沒有顏色花俏刺眼的看板，也沒有從某地流瀉出來，彷彿噪音的音樂。完全沒有走動的人影，寂靜無聲的風景，讓人想不到這是現代城鎮。抵達車站的時候，還勉強殘留點光亮的天空，此時雪雲終於低垂而下，增添了陰暗。附近因為從雲端勉強落下的銀色光芒，染成有如水墨畫的單色畫面。

「該說是我想讓你見的，或是本身就想要見你的那個人就在這裡。」

司機開門，兩個人下車，門野雖然這麼說著，卻沒有踏出腳步的樣子。不僅如此，還讓人目瞪口呆，以抵著地板的枴杖為支點，回轉了身體一圈，留下京介後再度坐回車內的座椅上。

「我會算好時間來接你。京懷石之類的料理，對年輕人而言大概會認為只是老人在吃的東西，不過偶爾就請你陪我去吃一次吧。不用擔心，今晚的住宿我已經替你安排好了。」

「請等一下。」

京介拉住正要關起來的車門。

「我事情辦完就要立刻回去，晚餐與旅館都不需要。」

「我送過去給你的車票應該是來回票吧。」

「那並不是我拜託您送的。」

「當然拜託的人是我。不過如果搭明天早上的新幹線離開，下午應該就可以到那須了。我想你應該來得及趕上約好的時間？」

門野凹陷的圓眼，閃過一絲光芒抬頭望著京介。嘴唇呈現微笑上揚的形狀，嘴角抽搐著，一臉像是在說「怎麼樣，嚇一跳了吧」的表情。

「為了不要讓你擔心，我先把話說清楚，我可沒有在你房間的電話裡裝竊聽器喔。」

雖然認為那不是自己的房間，但要是這樣回答，話題又會岔開了。門野一邊主動表示他掌握了京介的行程，一邊似乎又想要隱瞞情報來源。

不過仔細想想，人面非常廣的門野，即使在那須當地有某些利害關係，也沒什麼好奇怪的。例如說那些整片收購月映山莊周邊土地，打算用來開發當別墅用地的業者，考量到因為長時間遭到廢棄，所以應該可以便宜收購印南家土地，要是被捐贈給縣政府可就不妙；或好不容易買了這麼多土地，就要因為這麼一個障礙物而被分割等等。

總要想點什麼辦法阻止他們才行。縱火未遂的痕跡，說不定也是那些人幹的好事。正因為留下來的是明治建築，所以才有捐贈的意義。倘若連這一點都消失了，縣政府也不會想要接受那塊土地。門野與那有關係，所以在調查員相關的名單中找到京介的名字後撲上來加以牽制，這麼想大概就可以說得過去了。把人叫來京都也是為了這個原因，但如果是這樣，為什麼現在就要把企圖公開？

「我在那須的工作，對您而言並沒有造成任何障礙吧？」

「誰曉得呢。」門野以一臉憋笑的表情聳了聳肩膀。

「那，是為什麼？」

「從以前開始我就說過了吧？我是你的粉絲，對偶像的任何事情都想要瞭若指掌，這才是粉絲喔。」

門野裝傻的功力越來越爐火純青，不過也無所謂。就當作是京介猜對了，門野應該是希望得到一個可以打消捐贈行動，證明月映山莊沒有保存價值的調查結果，但是只憑京介一人，也做不到扭曲結論的事情，即使可以他也不會這麼做。該不會剛剛就是以這個心態在賣人情吧，這麼一想，就只有事後後悔的份，京介瞪著老人的禿頭。

「哦，接你的人來了，讓人等得真久。那麼，你就好好享受吧，晚點再會。」

門野迅速把話說完後關上車門，無計可施的京介只得離開車輛，一邊聽著背後的引擎聲，一邊轉身。門野說的沒錯，方格大門之前，有個站立在那裡的身影。雖然對於和服用的綢緞一無所知，不過那個顏色應該是所謂的綠灰色吧。那是穿著整齊綠色或灰色和服的女子。

對逐漸走近的京介深深一鞠躬後抬起了頭。綰起來的頭髮，在太陽穴附近飄落幾根白絲，呼應著年紀。單眼皮的雙眼低垂，長長的臉像是能面面具，幾乎沒有皺紋，讓人感覺不到年紀。

「您是櫻井京介先生吧？」

「是的。」

「久等您的光臨，麻煩請往這邊走。」

通過門口之前，京介迅速地移動視線，看了一眼掛在門柱上的小小名牌。稍微褪色的墨色文字，寫著「輪王寺」。

從大門通往玄關的踏腳石周遭，鮮綠色苔蘚之上，覆蓋著尚未完全溶化的斑駁白雪。玄關樸素寬廣沒有多加裝飾，但是卻有磨到黑得發亮的式台（註3）。雖然關於日式建築只知道概略的常識而已，不過光從具備式台這一點上，便可感覺到這屋子有一定的年代，而且似乎是個頗講究禮儀的住所。

兩人一前一後在走廊走著，到了與走廊用拉門隔開，擁有壁龕的寬廣和式客廳。緊閉的拉門之後，微暗房間裡感覺得到些許焚香的殘留香味，鴉雀無聲冷透的空氣，也沒有像是暖氣的東西。雖然天氣不好，但如果三月的時候是這個樣子，那麼隆冬的時候不就更寒冷了嗎？完全漫

3　式台，日式住宅的玄關進到屋內時通常只有一段，所謂的式台則是高度介於此段之間的平台，是主人迎接或送客的地方。

不經心的京介這麼想著。

連矮桌都沒有的房間中央，擺放著兩張坐墊。女子對京介說：「請在此稍等。」拉門關上，腳步聲遠去，隨後連一點點的聲音都沒有。與其說這裡是京都市內，不如說彷彿是被帶到了深山幽谷中一般。

幸好沒有等待多久，走廊便傳來接近的腳步聲。不過比起方才的女子，是更為細小而安靜的腳步聲。會現身的大概是門野的同類，有著頑固無情長相的老人，或是肥頭油臉的中年人？猜測著的京介，無聊地垂下肩膀。應該是傭人送茶過來吧。

無聲無息從拉門進來的，一如預期是將盤子高舉齊眉的和服女子，而且是個非常年輕的小個子女子。穿著白色襪子的雙腳與靜悄悄走近的身影，雖然盤子擋住了臉看不見，不過可以看見垂在額頭的鮮明黑髮。

後腦上綁著紅色大蝴蝶結，其餘的濃密黑色直髮垂在背後，這樣的髮型彷彿是身穿箭翎狀花紋和服，配上絳紫色褲裙的明治時代女學生。然而她身上卻穿著豪華振袖（註4），白底上散落著紅梅花的圖樣，腰帶是黑底配上金色車輪圖案。珊瑚色腰帶綁帶加上深紅斑點的裝飾腰帶。宛如大朵鮮花飄落一般，她無聲無息地在榻榻米上跪了下來。

「歡迎您大駕光臨。」

行禮之後，在京介面前的榻榻米上，擺放裝淡茶的茶杯與做成梅花狀的甜點。盤子上還有一套茶杯與點心的盤子，將那些放到對面沒人坐的坐墊面前擺好，穿振袖的女子以自然的身體動

4　振袖，未婚女子的正式和服，依袖子長短分成數種。

作，坐到了那個位置上。

「請問妳是？」

京介目瞪口呆，眨了眨雙眼。抬起臉，滿臉笑咪咪的女子，年齡看來或許稱其為少女會更合適。細長眉毛底下的雙眼，眼角一樣細長，有著彷彿頗為厚重的濃密睫毛。孩童的天真爛漫與女性的美豔嬌媚，不只是混合在一張臉上，而且是完美調和在一起。

「我是輪王寺綾乃。」

熟絹製的腰帶順從柔軟，京都風格的語調震動著京介的耳膜。

「今天找您過來真的非常抱歉，我還以為您不會來的。可是，能與您見面，我真的非常高興。」

「是妳找我來的嗎？」

「是的，是我擅自對門野老爺說的。我雖然明白應當是我主動登門拜訪，不過因為我的身體不太好，只得作罷。」

雙手交疊，深深鞠躬後緩緩起身。五官是個少女，身高應該也不滿一百五十公分。但是這種穩重大方，同時毫無破綻的遣辭用句，讓人難以想像是個十二、三歲的少女。是否如其所言，健康狀況不佳？低垂的眼瞼浮現青色血管，黑髮圍繞著的臉，透明似的蒼白。

京介內心困惑不已。原本他就對所謂的「女孩子」這種存在感到棘手，光是聽見那彷彿從頭頂穿過的尖銳聲音，便會感到厭煩。不過如果是那些活力十足的女孩子，雖然想把她們放著當作雕像自己逃走，不過從頭到腳挖苦一番讓她們閉嘴，也一點都不會讓人感到愧疚。然而面對如此纖弱，像是遭到粗魯對待就會立刻損壞的玻璃工藝品，對這種對象該擺出何種表情才對？

（頭好痛。）

「不好意思。」

「是。」

綾乃雙眼低垂著。

「找我有什麼事情？」

「現在開始我會向您說明。不好意思，這雖是杯淡茶，但還是請您嘗嘗。」

京介悄悄地嘆了口氣，並做好心理準備。一直手足無措下去也於事無補，這個宛如人工製造的少女，找自己來到底有什麼事情？他想像不到，不過如果對方想說什麼，他就姑且聽之，聽完後再迅速走人就好。

「那我就不客氣了。」

因為討厭甜食，所以不考慮吃甜點，便拿起了茶杯。彷彿塗漆一般黑得發亮，豔麗的瀨戶燒（註5）茶杯。雙手拿著，茶杯的弧度像是順著手打造，摸起來非常熟悉。或許是有名的茶具，不過京介完全不懂。只知道茶具表面的溫度，讓冰冷的雙手感到舒服。緩緩地用三口喝光那杯茶，苦味中帶著些許甜味的抹茶味道在舌面擴散，香氣穿過了鼻腔。

拿著茶杯的手一放到膝蓋上，便與望著這邊的綾乃四目相接。從長而濃密的睫毛底下，露出

5　瀨戶燒，愛知縣瀨戶市與其周邊所製作的陶瓷器總稱。鎌倉時代由加藤藤四郎景正自中國傳入陶器製作方法，成為日本陶器的起源。其中所謂的「瀨戶黑」指的即使以黑釉陶器製成的茶杯，是著名的產品。

宛若穿透黑暗水晶般的闃黑雙眼。清澈，卻深不見底。

「您喝得真是乾淨。您曾經泡過茶嗎？」

一邊輕輕地側著頭，她再度露出微笑。與第一次看見的笑容相比，這次更惹人疼愛，是更符合她的年紀所應有的稚氣表情。不過，在這種情況未明的狀況底下，沒有心情閒話家常的京介開口：

「啊——」

含糊其詞。

「比起這個，更重要的是，妳找我來，是為了什麼事情？」

少女瞭解地點點頭。

「不過在那之前，請讓我說一件事情就好。櫻井先生，您相信靈魂存在，還有人可以看見靈魂這樣的事情嗎？」

「妳說的靈魂，是指人的靈魂，或是鬼魂？妳是在問我相不相信這些東西？」

「是的，您說的沒錯。」

少女的眼眸從正前方凝視著京介，絲毫沒有動搖。

聽見雪音的少女

1

（為了問這種問題，特地把人找來嗎？）

站在京介的立場，雖然不得不這麼想，可是輪王寺綾乃的表情始終認真。姑且不論原因，對方如果真誠以對，自己也不能不以真誠回應吧。

「可以請您回答嗎？櫻井先生。」

面對凝視著他，重複提問的少女，京介回答：「我，不相信這些事情。」

「您不相信靈魂存在嗎？」

京介面無表情地重複：「不信。」

「為什麼呢？」

「因為靈魂的存在，並沒有科學的證明。」

「科學證明，是指什麼呢？」

「如果是說關於『靈魂存在』這個問題，就要觀測可以視為證據的現象，取得客觀資料。加上對那些資料進行科學分析與批判，當得到『相關現象無法說明靈魂不存在』的結論時，就可以說『靈魂存在』得到了科學證明。」

「可是櫻井先生提到的現代科學，原本就是站在否定靈魂存在的立場上而成立的，不是嗎？

那科學要肯定靈魂的存在，不是絕對不可能的事情嗎？」

雖是一貫穩重大方的柔和口吻，但綾乃的反駁也是千真萬確的。

「不，我認為科學精神最重要的部分在於，不受過去也不受現在的侷限，排除先入為主而達到公正。即使現在沒有相關的證明，但是否定將來有可能證明，那就談不上是科學了。如果有客觀而且充分的證明，科學也會接受這一點，在這個基礎上產生出新體系吧。我之所以支持科學，最重要的是基於這種精神。」

「但是櫻井先生，儘管不等待未來，這個世界上科學無法證明的事情，可以觀察到與科學結論相異現象的情況，不也是數量龐大嗎？倘若從事科學研究的人們，擁有那麼公正，不受到先入為主觀念侷限的精神，您不認為已經收集夠多的資料，可以推翻唯物主義的科學體系了嗎？」

「我不認為。」

京介的回答無論在何時何地都是明快的。

「我不選擇精神主義，而選擇基於科學的唯物主義立場，原因不只在剛剛說過的精神公正，而是扣掉靈魂存在的自然科學，更能夠好好說明世界的現象。現在超出確實可知的部分現象，也就是人們所說的百分之九十九超自然現象，都不被認同是靈魂或外星人或古代超科學等存在，而且可以用現代的科學加以說明。」

「那麼，剩下的百分之一呢？」

「無法證明的情況，有可能是資料本身有誤。」

「那麼，櫻井先生是毫無任何迷惘的無神論、唯物主義者了？」

「妳說的對。」

面對沒有露出絲毫猶豫的京介回答，綾乃繃緊了臉。

「那樣的話，對櫻井先生來說，那些相信靈魂存在的人，就是難以忍受的愚蠢存在了吧？」

「不是。」

像是聽到出乎意料的答案，綾乃僵硬的臉上，張大了雙眼。

「不是嗎？」

「剛剛說的話對我而言是真實的。可是那對於其他人來說，卻不一定是真實；對於那些認為靈魂存在，而且可以看得見的人來說，那就是他們的真實。我並沒有要堅稱自己的真實是唯一且絕對的打算。」

「我不懂這些話的意思，櫻井先生這是在詭辯。」

綾乃煩躁地直搖頭。眉頭深鎖，瞇著雙眼，臉頰漲紅，一副像是小孩子鬧彆扭的表情。

「所謂的真實就只有一個，因為唯一且絕對，所以才是真實。靈魂存在與否，到底哪個答案是正確的？答案不就是『存在』與『不存在』兩者中的一個嗎？」

京介的視線向著綾乃，平靜地繼續說著：

「不是的。我認為，所謂的真實，只是人數的問題。當然，對大多數人而言的共通真實，會得到社會的認可。但是，如果把那個拿到其他的社會去，或許就不是真實了。

現在雖然大範圍的人都支持『殺人不對』這個真實，但是曾經有過如果殺死的人是異教徒，就是在做善事的時代。即使是現代，如果是在戰場上與敵人作戰，或是面對死刑犯，這個真實都不適用；就算再怎麼嘗試掩飾這一點，但是真實在大部分的情況下都不普遍，這種現象無法改變。

根據時代不同，因人而異，真實是變動的。不能夠無條件地說什麼是真實，什麼是錯誤。當然，這也可以說不是真實，只不過是因時因地制宜的一般觀念而已。但是，如果是這樣，靈魂是否存在，對我而言感覺起來也是同等程度的問題。妳不這麼想嗎？」

「同等程度的問題？」綾乃雙眼低垂，咬著嘴唇。「我搞不懂，搞不懂。我從來沒有這樣想過……」

「不管是真實還是一般觀念，認為一個觀念應該是萬人皆適用的存在，這常常被稱之為殘忍的肅清。如果把歷史教訓放在全球規模來看，雖然絲毫也沒有成為眾人的教訓，不過至少自己可以努力不要犯下同樣的愚蠢行為。因為我希望在不管是怎麼樣的觀念裡都能夠自由，這絕對不是在岔開妳的問題。」

彷彿咀嚼著京介的話語，綾乃緩緩地眨著長長的睫毛，然後抬起雙眼。

「方便的話，可以請您說得更具體嗎？也就是說，如果我宣稱我能夠看見靈魂，櫻井先生您會有怎麼樣的答案。」

聽到「具體」，京介稍微考慮了一會兒。

「那麼請妳這樣思考：我與妳在一棟房子裡頭，像現在這個樣子面對面坐著。那棟房子以曾經有過一名女子自殺這樣的事實，而我們兩個人都知道那件事情。到這裡還可以嗎？」

綾乃微微蹙著眉頭，沉默地點頭。

「然後在一個應當是沒有任何人在的房間傳來了聲音。啪嘰——這種乾燥，但是尖銳的聲音。我們急忙跑到那個房間去，但是沒有看到任何像是會發出那種聲音的東西。

妳認為靈魂存在，並且偶爾可以在視覺上訴諸於人類的感覺，即使這是第一次遇見聽覺方面的現象，妳大概也會認為是靈魂發出那個聲音的吧。並且理所當然的判斷，那是以前在那棟房子裡自殺的女子靈魂。對不對？」

綾乃慢慢地點頭。

「或許，是那樣吧。」

「但是我卻不這麼說。我查過發出聲音的房間之後，發現到那裡的裝潢是最近才弄好的新材料。那麼我就會想，剛剛聽到的奇怪聲音，是不是木材因為乾燥破裂產生聲音？我會假設這次的現象，與以前的往生者毫無因果關係。

然後我會等待奇怪的聲音再度出現而進行錄音，再把聲音與乾燥破裂的聲音進行比對分析，以實驗去驗證假設。如果得到的結論是兩種聲音相同，我想我的假設就得到了證明。」

綾乃歪著頭思索。

「但是，如果找不到那麼剛好可以解釋的原因，該怎麼辦？」

「要更仔細地去尋找。」

「那樣也找不到的話呢？」

「有的情況是科學方法觸及不到的。」

「可是，要是以唯物論者的角度還找不到原因，那不就反而變成證明了靈魂存在嗎？」

「不會。不能那麼說。為什麼？就像我剛剛說過的，因為現在的自然科學體系，足以說明這個世界上大部分的現象。這絕對不是唯物主義者頑固的先入為主，而是客觀的事實。如果想要證明靈魂存在，就必須提出足以推翻科學體系本身的資料才行。」

「——那麼，我想似乎對於櫻井先生比較有利。」

綾乃再次彷彿忽然火冒三丈一般，雙頰漲紅，瞪著京介。

「櫻井先生的意思是說，不能透過機械驗證就不是科學嗎？只有大多數的人看過、聽過，不能成為證明嗎？」

「是不能。人的五官欠缺客觀性，而且容易犯錯。如果是相信靈魂存在，傾向於相信的人，就會在什麼也沒有的地方，看到往生者的幻影。『幽靈的真面目是枯萎的狗尾花』，這句俗話就是這個意思。」

「這個意思就是，科學的前提是不相信人類嗎？」

「確實也可以這麼說。因為比起盲從犯錯，源自懷疑才是科學的精神。」

「櫻井先生完全沒有想過，自己也有可能變成目擊者嗎？」

「這是一樣的事情。」

京介毫不介意地回答，差不多也對這奇妙狀態下的對話感到厭煩了。

「什麼？」

「即使我看到像是古幽靈的東西，那也稱不上是資料。」

綾乃的眼睛睜得大大的。

「您不相信自己嗎？」

「沒錯。不只是自己，首先必須從懷疑自己開始。我本身也希望可以經歷所謂的超自然現象，可是我應該不會像信徒一般，盲從自己的五官，而且囫圇吞棗吧。」

「那麼您只相信機械了？可是，機械不也是人的雙手製造出來的東西嗎？」

「妳說的對。我不是相信機械，只是把機械當成退而求其次的手段使用而已。」

「……」

「科學證明很嚴密。即使允許天馬行空的假設，但是沒有證明就始終只是個假設。如果不能夠排除個人主觀，得到不管是誰都可以加以證明的實驗結果，就不會被認定為真實。以剛剛的例子來說，在現場收到的聲音，還有依照假設而重現的聲音，應該是不管誰來做，都可以顯示相同的波形。看到這樣的結果，所有人至少可以接受這裡並沒有靈異現象的結論。這就是科學證明的理想。

但是，執著於相信靈魂存在的人，似乎一定不會接受那樣的實驗。他們恐怕會說：靈魂可以發出與乾燥破裂同樣的聲音。而且，那個時候發出乾燥破裂聲音的就是靈魂。不管是怎麼樣的科學證明，都無法打破這種頑固。」

京介頓了頓，繼續補充說明：

「妳放心了嗎？」

說出口之後，心想這真是無用的諷刺。

「您這是在開玩笑……」

綾乃表情僵硬，嘴唇顫抖。

「因為這麼無聊的事情而被找來這裡，您覺得非常生氣吧？我是被迷信侷限住的人，因為死抓住自己深信的迷信，所以在強詞奪理吧？是個不管是哪種科學證明，都不能接受的蠢蛋。您的意思就是這樣吧？」

雙手在膝蓋上握成拳頭，細長的眼睛銳利地瞪著京介，眼角泛著淚光。

「確實對你來說，或許認為這些只是小女孩的無聊夢話而已。話雖如此，我不認為我有那麼沒有禮貌在愚弄你。

不管你如何否定，我都是看得到的。是的，我當然看得到。你要說我很奇怪嗎？我——」

「輪王寺小姐。」

第一次被叫到名字，少女像是嚇了一跳，害怕地往後退。

「請不要這麼憤怒，可以再聽我說一些話嗎？我想說的是，作為唯物論者的武器，科學實驗也只是許可那些破綻百出的多樣化解釋罷了。

還有，我認為把聽見的聲音與過去連結在一起，說成是顯靈，或是當作毫無關係的乾燥破裂聲，無論何者都只是解釋現實的方法。問題在於，哪一個比較有效而且有用。

把世界上的事情與看不見的存在進行連結、解釋，甚至當作行動的方針，這是從很久很久以前傳下來的方法。宗教基本上就是這樣的系統；相對於此，以實驗重現與驗證為主軸的科學，則是新思想的新方法。為了克服宗教系統——

確實，宗教與科學是相反的，也有過彼此攻擊的歷史，不過即使是在科學對社會有貢獻，衡量社會的現代，宗教也沒有被消滅。這就是對人類而言，宗教擁有不能被忽視的意義與價值證據吧。

不能認為何者在排除上是正確的，另一方就是錯誤的；也不能輕易決定何者是有用與否的，價值觀也沒有上下之分。這就是因事而異。若能這樣思考，唯物主義也好，精神主義也罷，都免不了侷限於觀念而成為失去寬容的愚昧。

可是我參與了科學，選擇以此為思考的方法，無論怎麼不充分且破綻百出的方法，我只相信可以依據實驗再現或者加以證明的東西，如此而已。」

從途中開始就低垂著雙眼聽京介說著的綾乃，不久後深深地嘆了口氣。低著頭，以小小的聲音低語。

「我，很清楚櫻井先生必然會如此回答我。如果，櫻井先生是更為頑固地，一開始就想要否定我，一定會想要提出反駁。但是，雖然可能是藉口，唯有這一點還請您理解我。從小開始，我能看見那些東西。即使沒有人告訴我，我自己也不希望看到。因為就像您說的一樣，那也是我的一部分。可是，有數不盡的人，叫我詐欺分子。我總是得與那樣子的人，對抗戰鬥不可。」

「我好像可以瞭解。」

聽了京介的話，她輕輕地搖頭。

「嘲笑我的頑固否定論者之類的人，不足為懼。因為那些人只是盲從著其他什麼東西的人，如果推翻他們盲從的對象，就能夠輕易將他們變成肯定論者。但是——」

綾乃再度抬起頭，從正面凝視著京介。

「但是您不是那樣子的人。像櫻井先生這樣的人，像是風一般的自由，卻又難以撼動。光是那樣，我就能夠瞭解了。您絕對不會輕輕地點頭同意。可是，我認為這樣子的人才可以信任。我這麼說，您有何看法？」

「我也不知道。我想，與其拘泥在我身上，去向那些相信妳的人說，不是比較好嗎？」

抿著嘴浮現出笑容的綾乃，再度迅速地消失了笑容。

「我請櫻井先生過來，是因為有話想對您說。不過在那之前，請讓我再問您一個問題就好。櫻井先生的信心，是從何處而來的？您選擇唯物主義的理由，只是我剛剛請教的那樣而已嗎？」

應該如何回答？櫻井迷惘了好幾秒。要以恰當合適的答案回覆，並不困難。可是，為什麼會感到猶豫？好吧，假設這是要走漏給門野的，也用不著煩惱。

「因為如果人死後也不會消失的東西存在，而且可能出現在活著的人身邊，我卻一次也不曾遇見過那不可能會來的人——要是這就是答案呢？」

綾乃慢慢地點頭。端正地再度併攏膝蓋，將雙手重疊放在上面。

「我明白了，謝謝您願意回答我的問題。」

深深地磕頭，瀏海前端幾乎要碰到榻榻米。低著頭的少女，抬起了臉。

「我，因為有事情想要拜託櫻井先生，才會到這裡來的。請教了剛剛的問題之後，對於我現在要說的事情，雖然感覺到您大概會怎麼回答了，但是我還是決定要告訴您。

關於那須那棟稱為月映山莊的建築物，可以請您停止調查嗎？我想這是為了您著想，沒有其他的理由。如果櫻井先生現在到那須去的話，會有危險。必定會遭逢從未有過的危險，並且攸關性命的慘況。」

2

聽到這些話的時候，京介心中所產生的，是面對連自己都感到意外的事情，所造成的一種失望。果然門野與那須有關係，因此才會叫自己過來吧。這名少女到最後，也不過只是門野的傀儡嗎？然後就像剛才順口說出來的一般，她相信人可以看見靈魂，現在開始則是想要訴說某種前因後果——

但是，在一如所料的情況下，感到失望則不合道理。看見了對方的本領，反而會覺得安心。對著因為自己的心情感到不可思議的京介，少女說：

「您錯了，櫻井先生。」

抬起雙眼，少女注視著京介，輕輕地搖頭。

「希望您能夠相信我，並不是門野老爺要我說這些話的，這都是我個人的行為。但是，無論如何我都想要請教您。」

內心所想之事，完全被初次見面的少女給看穿。難不成，自己的面具竟然損壞到此等地步？但是京介的聲音當中，絲毫沒有顯露內心的驚訝。

「請告訴我，妳這麼說的理由。」

「雖然我想如果聽了我的話，您就更不會相信了，可是她已經站在枕頭旁邊了，那個脖子掛著繩子的女人。」

京介靜靜地等著對方說下去。雖然猜測得實在太準，連苦笑都不想笑了，但這種心情應該也沒有表現在臉上。

「我不清楚究竟是夢還是現實。可是不只一個晚上，有好幾個晚上，她都出現在我的枕頭旁邊。以一臉看來悲傷的表情，凝視著我。在那段時間之內，我慢慢地瞭解到那位小姐的遭遇。明治的時候，因為生不出小孩被拋棄，而且丈夫的新太太生下的孩子，接二連三地死去，懷疑是受到了她的詛咒。

她無法忍受屈辱，一邊看著睡在那個房間裡頭的嬰兒睡臉，在前夫於那須興建的洋房和室裡上吊自殺。雖然盤算著帶可恨丈夫的孩子一起上路，可是面對嬰兒天真無邪的睡臉又下不了手，直到斷氣之前都只是看著那孩子。她是這樣告訴我的——」

視線停留在空中，淡淡地說完故事的綾乃，嘆了一口氣之後，視線回到了京介臉上。

「月映山莊沒有記載過去發生過類似事件的記錄嗎？」

京介心想，原來如此。如果無論夢境或現實，真的可以聽到往生者所言，那就不是單純的夢境，而是真正死者所說的話。綾乃想說的就是這些吧。剛剛她想要讓京介相信自己的能力，期待京介會因為相信這一點，而從江草別墅的調查當中收手，唯有這一點是肯定的。

然而她如果想要知道京介所知，不能說除了超自然體驗之外，就沒有其他的方法了。假如綾乃說出京介不知道的事情，即使事後確認所言不假，但畢竟光憑這一點，就要當作是相信靈魂存在的證據，應該還是不夠。何況因為這樣，就想要京介從調查裡收手什麼的——

忽然想起了什麼，京介開口詢問：「那名女子叫什麼名字？」

「嗯，她叫江草美代。」

綾乃舉起小小的手，在空中寫出那個名字：美、代。

（不對。）

孝英第一個太太的名字是初。京介在心裡如此想著，綾乃說錯名字讓他感到些許的放心。即使覺得再怎麼平等，畢竟自己還是不想放棄唯物主義。不過這個念頭，也不見得要在此地大聲地說出來。就對她從靈魂那裡聽來，與事實不符的情況保持沉默吧。

「隨後建造名喚月映山莊洋房的人，是一個叫做江草孝英的男子。他確實與第一任妻子離婚並且再婚。還有雖然不清楚究竟是不是真的，但是似乎有傳言說那位太太自殺了。」

「她是自殺的，一點都沒錯。」

綾乃肯定地說。自信滿滿的表情，或許在這位少女的信徒眼中，映照出真實的證據。倘若站在懷疑的立場就會覺得，她不過只是相信自己所說的話語而已。

「請您去查看看。很遺憾您覺得我在說謊。」

「什麼？」

「麻煩請您再告訴我一件事情。那名女子重複地說著房子被搶走了，您知道是怎麼一回事嗎？」

京介雖然心想居然連這個都知道？但依然面無表情地，說出自己所知範圍之內的事情。也沒有什麼特別得要隱藏的部分。

「江草家讓長州藩（註6）的蘭花學者當家長，是地方上的名門望族。但是沒有可以繼承家業的男人，被趕走的女子，原本是江草家的女兒，孝英是收養來與她結婚的養子，據說那時已經繼承了家業。

但是孝英提出離婚要求的時候，他除了那須的農場之外，在東京的好幾個事業也都很成功。留在長州的江草家人們，並不希望與江草孝英斷絕關係。因為收養孝英的前代家長已經不在了，剩下的只有身為被扶養者的老人或女人。

於是即使離了婚，孝英依然還是江草家的家長，原本的妻子在戶籍上成為孝英的妹妹。因為也有聽說過其他相同的例子，或許在那個時代這種情況一點都不稀奇。

那位前妻沒有回去親戚所在的故鄉娘家，而是留在丈夫居住的那須，這是不是她的意願則無從得知。然後她雖然有再婚，卻因為不順利而被趕回來，應該是在四十歲之前就去世了。那須那邊有孝英以後的江草家墳墓，裡頭也有她的墓碑。」

「怎麼這麼過分……」綾乃雙手的指尖摀著嘴唇。「真不敢相信，居然容忍如此殘酷的事情發生──」

「因為明治時代的民法，特徵就是極端忽視女性。」

6　長州藩，江戶時代開始以毛利氏為藩主的藩地。幕府末年與薩摩藩同為討幕運動的中心，明治時代有許多政治家即出身長州藩。

雖然京介打算若無其事地閃躲過綾乃的憤怒，不過綾乃嚴肅地看著他，向他確認：

「那麼，櫻井先生，站在我枕頭旁邊的女子，所說的話就是事實了吧？」

京介無言以對地點頭。正確來說，應該是「出現在夢裡的女子所言，與綾乃所說的事情是事實」，這讓他感到有些疲憊。

「或者你認為我是看了什麼書，捏造出來這麼一個故事？」

只能回以苦笑。的確，江草孝英第一任妻子自殺一事，應該沒有刊載在已經發行的書籍上頭才對。

然而那須當地卻把此事化為傳說，即使是已經到了平成的今日，依然沒有遺忘。如果亡靈出現在夢裡低語，應該無法知道新的事實。如果有從很久以前就居住在那塊土地上的朋友，綾乃就有可能是藉此聽到這故事的。

可是綾乃以認真嚴肅的表情緊咬不放。

「那麼，您相信我看過幽靈了嗎？」

被這麼一問，就不能沉默了事。

「很遺憾，我只能說這對妳而言是真實。加上就算江草的太太自殺是事實，就算那棟建築裡有幽靈出沒，我也不打算停止調查工作。應該不是只有我這麼想的。」

「即使有生命危險也不停止？」

「妳是說我會被幽靈作祟害死？」

「這我就不知道了。但是，在我不斷作著自殺女子的夢的同時，我就慢慢瞭解了。櫻井先生，那棟房子對您來說是很危險的喔。」

「為什麼？」

「我一清二楚。」

雖然綾乃始終一臉嚴肅，但是越說就越讓京介感到發冷。就像是專業的靈異專家一樣。不，說不定她真的是職業級的。是不是感覺到了京介的念頭，綾乃正經地說：

「而且，死於江草宅的人，不是只有那名女子而已。」

「妳是說一九八六年的事件嗎？」

「沒錯，這件事您也知道吧。」

「妳的意思是說那也是鬼魂作祟？」

「下手的是人類。但是，有東西讓那個人內心湧出殺人意圖，促使他痛下殺手。是女人們不斷累積的痛苦情感。」

「犯人似乎還沒落網。」

「不，犯人在去年自殺了。姑且不論始終沒有受到法律制裁，他本身卻無法承受沉重的罪行。所以那個男子，結果也可以說是成為沉澱在月映山莊的怨恨，與惡意中的犧牲者吧。」

「妳是在說印南雅長嗎？」

「還有其他人嗎？」

綾乃淺淺地笑了。

「我可以請問妳斷定他是凶手的根據何在嗎？」

「自己主動選擇死亡，不就是最為有力的自白嗎？」

從公寓陽台摔死的印南雅長。可是那是不是自殺，應該是還沒搞清楚的。三年前，京介也看過他的妹妹大叫他是犯人，但是真相目前依然是羅生門。綾乃是不是知道茉莉對兄長的告發？但是即使如此，是誰把這件事情告訴綾乃的？

然而綾乃再度迅速地說起話來。眼角邊染紅的血色往臉頰擴散，雙眼像是被附身一般地發出光芒。

「除此之外還有女子被殺害。雖然要不要相信是您的自由，那個被殺害的人的屍體，現在也還被埋在那棟房子的土地範圍內。沒有任何人知道，也沒有進行祭祀供奉。您懂嗎，櫻井先生？這是因為死者會呼喚死者。所以，那棟房子非常危險。」

「輪王寺小姐——」

「那是女人的悲傷之家，嘆息之家。同樣的事情會不斷發生。那房子的牆壁、天花板、窗戶、地板，都被女人們流下的眼淚與鮮血渲染著。我看得見這些。不能碰觸那個家，那是現在應當任其荒廢腐朽的東西。直到屋頂掉了，牆壁破了，無聲無息無影無蹤地消失。始於江草孝英的冷酷，那女人們的苦痛與悲傷，要昇華就只有這個方法——」

「是嗎？」

話語被打斷，綾乃的身體因為驚嚇而顫抖。嘴唇更像是想要繼續說下去地動著，開開張張。但是，已經聽不到她所說的任何字句。閉起的嘴巴形似細長的月亮，薄薄的縫隙中可以窺見到潔白牙齒。半閉的雙眼之中沉積著，黯淡的光芒。京介想，曾經看過這樣的表情。

那是能劇當中的女面，而且是眼珠塗上金泥的「泥眼」面具（註7）。那個面具所表現的角色是因執著而瘋狂的女人，或者是龍宮仙女。京介從正面凝視著綾乃的臉，希望以視線制止她。

然後京介開口：

「我不這麼認為。那樣的話，反而更應該竭盡所能去調查，把隱藏的過去曝露在太陽底下，讓往生者得到超渡，不是嗎？就像妳說的，如果有個在無人知曉的情況下遭到殺害，而且被埋起來的女子，就不應該這樣放著她不管，不是嗎？」

睫毛緩緩地眨動，再度望著京介。綾乃眼中滿溢的光輝消失了，只是個宛如空虛陰暗洞穴一般的物體，最後終於變得與面具類似。後面沒有活生生的臉，空蕩蕩的面具。那張面具搖搖晃晃地左右擺動，嘴巴動著，傳來與至今為止聽見的、聲響迥異的，微弱且低沉的聲音。

「不是的不是的，絕對不是。不能做那種事情，到這個時候曝露罪惡又如何呢？所以櫻井先生，您不能再次靠近那棟房子。比起其他人，對您來說，那個地方充滿危險。您不能夠靠近，絕對不能——」

「為什麼？」

面對著反問的京介。

「為什麼？」

雙眼依舊空洞，綾乃的眉間出現深刻皺紋。

7　女面，能劇中演員裝扮成女性所使用的面具總稱。泥眼，原本為女神靈的面具，但是從《葵之上》一劇之後，成為表示因嫉妒發狂的女子面具。

「月映山莊裡充滿女人們的悲傷與痛苦，眼淚與鮮血化為怨恨不斷累積。那會使人發狂，但不是每個人都會發狂。我說到這裡您還不懂嗎？應該不可能吧。您應當瞭解自己的宿命，不是這樣嗎？」

「宿命？」京介想要開口回答，這真是個時代錯誤的詞彙。超自然現象、神祕現象如果當作知識探尋的對象，他是有濃厚興趣的，如同他講過好幾次的話一樣，他並不想找別人的信念麻煩。但是被迫接受神祕的神諭，他則敬謝不敏。

然而綾乃的聲音沒有停止。

「如果您踏進那棟房子，您必定也會看見我所說的女人們的苦痛。您必定會與那苦痛產生共鳴，捲入其中。即使您能夠承受得了，但是因為您的存在，一定會讓其他人陷入瘋狂。

為什麼？這是因為您也像那些女人們一樣，背負著悲傷女子的記憶。這就是您的宿命，您無法從其中逃脫出來。不，因為您沒有想過要逃走。我看到了這些。我說錯了嗎？櫻井先生。」

京介一瞬間屏氣凝神，下意識緊緊握起放在膝蓋上的雙手。

「即使我說這些，您也不願意相信我。所以，或許您並不想聽，但我還是要說。聽了之後，即使是您，應該也不會不相信了吧。這個世界，並不是只有眼睛看不見的東西存在而已。」

窣的一聲，還以為是跪坐的綾乃挺直背脊，卻不是那麼一回事。她併著膝蓋，直接拉起身體，變成跪在坐墊上頭。沒有光芒的雙眼往下看著京介，伸出右手。從振袖當中伸出的纖細手腕，有著宛如櫻蚵的指甲的食指，強硬地指著京介的臉。

「櫻井先生，我看到您的背後有個女子，她正在擔心您。她是個非常美麗，五官長得與您很像的女子。柔軟的栗子色頭髮披散在鵝蛋臉周圍，眼睛是茶褐色的，顏色比您還要來得淡。她纖細的脖子上，纏著像是紅色繩子的東西，不對，是用力勒著。」

京介緊緊閉著嘴。空虛的視線停在他身上，蒼白的雙唇彷彿歌唱般地連接字彙的少女。京介只是用力蹙著眉毛，凝視著那張臉、那指向自己的手指、那宛如不像這個世間生物，些許朝左右搖擺的黑髮所包圍住的頭顱。

「紅珊瑚的珠子，裡頭混著水晶珠子。長長的首飾或是念珠，墜子與十字架。啊，那是十字架。看得到那被勒住的纖細脖子，被用力勒到快要淤血。可是，現在已經不動了。非常安靜地閉上雙眼，甚至像在微笑。那個女子——」

聲音中斷。伸向前方的右手，失去力量垂了下去。臉往前低垂，然後抬起，就像是用線操縱的傀儡。睫毛閉起，又張開。看著那雙眼睛的時候，京介第一次感覺到，緊握的手心當中湧出汗水，心跳加速。以意志力停止了想要張開說話的嘴。

明明眼前這張由黑髮所圍繞的臉，無庸置疑是輪王寺綾乃的臉，但卻不是如此。那雙眼睛，還有表情，完全變了樣子。睫毛底下黑色水汪汪的眼眸，為何現在看來顏色變淡了？

那雙眼睛看著京介。

嘴唇彷彿花朵初綻地鬆動。

彷彿現在終於找到了，漫長時間中不斷在尋找的東西。

雙手往上伸展。

往前，朝著京介。

嘴唇動了。

（啊……）

接著她吐氣，開始形成字句。

（啊……）

但是在京介的耳朵聽到之前，綾乃已經倒臥在榻榻米上。

3

第二天下午，櫻井京介坐在東北新幹線的車廂中。

得以離開京都，已經是早上的事情了。即使非常討厭經過東京，不過現在不能使用中央本線或信越本線。結果門野的車送他到了車站，他用先前送到公寓的劃位車票搭上了願望八號。

現在則是坐在那須的二三九號列車上。倉持聯絡上他，約好要在列車抵達的十四點零三分到那須鹽原站接他。

昨晚——

輪王寺綾乃一倒在榻榻米上，讓人不得不認為是不是在外頭監視，就在那恰巧的時機，領導京介從大門走來的和服女子，拉開了拉門。她與另一名女子，兩個人將失去意識昏倒的綾乃帶到另一個房間去。京介雖然什麼事情也沒做，但被要求請他暫時待在原地，也難以拒絕。

然後大概過了一個小時，門野終於來了，但才一看到京介的臉，就說：

「你幹了什麼事情？」

聽了之後感到有些不滿，卻也只能回答「什麼也沒有」。不過與年輕女子兩人獨處於房間之內，女子又昏了過去，男子遭到懷疑也是沒有辦法的。

「那麼，她對你說了什麼？」

「要我別去那須。」

「如果綾乃那麼說，或許取消計畫比較好。」

門野說得果決，京介帶著半分厭惡反問：

「不是門野先生您不願意讓我去的嗎？」

「別說傻話，我又沒在那須那裡做生意。但是，我尊重綾乃的忠告。反正你應該也不想相信那一套吧。」

「她到底是什麼人？」

「什麼呀，你不知道嗎？」門野一臉吃驚的表情。「大概三年前吧，她每個星期好像都會上電視。用一般的說法，所謂的通靈少女，就是彷彿散發出那種氣質的美少女。當時還頗為風靡大眾呢。在那之前，她好像在自己家裡幫人算命占卜，但是上電視很有賺頭，她的父母親也就踏進去了。」

「什麼——」

「說到輪王寺家，是公卿貴族的後代，這棟房子雖然原本是祖先在江戶時代中期蓋的，不過沒有跟上明治維新的潮流，之後盡是沒落衰敗。但是，在這屋子裡頭誕生的女兒，全都是美女。加上該說都像是巫女嗎，據說有不少都擁有預言或是看見靈魂的能力。因此，那些美麗的女兒，有時會嫁給有權有勢的人尋求庇護，設法讓這個家不要斷絕，一路延續到今天。

可是，那樣子離開京都的女孩，沒有一個人長命，生活也過得不幸福。我曾經看過的例子，是在大概三十年前左右，十七歲嫁給東京的企業家，一個叫做雪乃的女孩，她在生下一個兒子之後沒多久就去世了。雖然是個比綾乃更美麗，更像不食人間煙火，如同仙女一般的少女，但是仙人終究是住不慣人間的，就是這麼回事吧。

綾乃從小時候開始，就能夠提出不可思議的指示，例如說某人的死期等等。那與她完全不像的庸俗雙親，認為與其把女兒嫁出去，不如用女兒來當賺錢工具，讓她在自己家中為數極少的客人占卜。我認識她也是在那個時候，那時有名的政治家或是企業家，有很多都是綾乃的信徒。

但是貪得無厭的雙親並不因此感到滿足，最後就是把她推向媒體。站在綾乃的立場來說，那應該不是快樂的事情吧。兩年前，她的雙親因為車禍驟逝，從那之後，她不知道是不是罹患精神病，變得非常怕人，然後就一直在這裡靜養。不只是我，綾乃的信徒們在背後支持，買下以前的輪王寺房子，整修好之後再迎接她過來。」

京介沉默地聽著。要是聽到剛才自己駁倒了多數信徒崇拜的巫女，這個老人不知道會露出什麼表情。

「所以，綾乃不再見其他人之後，你是第一個她見到的人。她忽然對我說要見你一面，我也非常猶豫，不知該怎麼辦才好。總之她在你面前昏倒的事情，請你先保密不要說出去。」

「什麼？」

京介想，即使是賣人情，可是隨便被叫過來，頭痛的應該是自己才對。

「然後呢？綾乃怎麼說，為什麼你不能去那須？」

「她說我預定四月之後開始調查的廢棄屋，是棟死了好幾個人的不祥房屋。還說明治時代自殺的女子，靈魂站在她枕頭旁邊什麼的。」

呼，門野的鼻孔發出聲音。

「還有其他死掉的人嗎？」

「好像是。」

「因為作祟而讓子孫斷絕，總之就是這樣的事情？」

「您說的對。」

或者該說，果然一清二楚？

「什麼呀，如果屋主還在，像你一類的研究者要進入也辦不到吧。那，為什麼你不想聽從綾乃的話？」

「如果有人死掉的房屋不祥，那打從一開始就沒辦法進行建築調查了。如果有百年以上的歷史，沒有死兩、三個人才奇怪。」

「唉，是這樣嗎？」

平常沒有的不確定口吻。

「門野先生應該不會相信占卜算命之類的東西吧。」

「如果我相信，有這麼奇怪嗎？」

「我還以為您是堅定的現實主義者，雖然不能說就此對您失去信賴，可是我還是大受打擊。」

「那真是遺憾。不過我不記得，我有拿掉現實主義的看板呀。」

門野一邊搖晃肩膀，一邊呵呵笑著。

「可是，櫻井老弟。光憑這一點是行不得的，世間就是如此。所以，老奸巨猾的政治家或企業家，才會想要爭先恐後去聽年紀與孫女差不多的少女，所說的預言。我不認為那完全是愚蠢的求一時心安而已。等你也到了我這把年紀，應該就會瞭解這其中的微妙了。」

也就是把道路前進的選擇權，交給硬幣的正反面嗎？倘若如此，那連宗教都不是。那是以年老為藉口的精神怠惰，除此之外什麼都不是吧。京介無法想像，自己有一天會淪落為這個樣子，也不願去想像。

「如果要我說老實話——」

「是什麼？」

「我不想變老。」

「可是，活著的話，每個人都會老。」

「是呀，活著的話。」

天花板雖有日本紙燈罩的電燈，但是和式客廳中依然微暗且寒冷。兩個人的對話一中斷，冷清的沉默便從外頭，穿透牆壁逐漸逼近。不久，門野再度開口。

「櫻井老弟，綾乃為什麼會昏倒？」

「我不知道。」

老人聽了之後，刻意地嘆了一口氣。

「你不應該這麼冷淡。即使你要拒絕，至少也應該拿出誠意。那麼，我這樣問好了：在昏倒之前，綾乃對你說了什麼？」

「我不知道。」

「櫻井老弟。」

「不管她對我說什麼，我也完全不懂她的意思。我老實說，那些話在我聽起來只不過像是夢話。」

不只是門野，就算是其他人，京介除此之外不打算再多說一句。對京介來說，他無法理解其中原因何在。

（或許，我也不想去理解吧……）

「哎呀呀……」

對著嘆氣之後啜飲著冷茶的老人，京介露出了微笑。

「如果您這麼有興趣想知道，先前錄音起來就好了嘛。」

連自己都覺得，這是毫無誠意的發言。

結果京介那個晚上，不得不在綾乃家暫住。雖然他想要自己回去，但是那個穿和服的女子，只知道她的名字叫做昌江。她說因為綾乃吩咐過她，所以無法讓京介離開。門野也受到綾乃之託而勸京介留下，說了「明天會來接你，讓你趕上新幹線的」之後，就迅速離去。

給京介的房間是比一開始的和式客廳更裡面，比較起來感覺雖然非常窄，但扣除壁龕與書房也還有十二張榻榻米。先洗好澡，再在隔壁房間用完專程送來的晚餐，回到房間時被褥已經鋪好。金箔稍微褪色的床頭屏風與紙燈籠風格的檯燈，加上連浴衣與棉袍都準備了，完全是旅館等級的待遇。

以為時間已經很晚，但一看手錶才知還不到十點。不知是為了不要錯過新幹線，昨晚熬夜出門的原因，或是睡不慣的棉被造成，還是因為太過安靜？換好衣服躺下之後也完全沒有睡意。要看書檯燈的燈光也太暗了。但是一閉上雙眼，心裡又會浮現出不願想起的事情。

一邊心情惡劣地翻來覆去，難耐時間緩步前進的京介，耳朵聽見嘎吱……的木板摩擦聲。從拉門外頭的走廊，逐漸傳來。每一步之間都停了一會兒，朝著這邊過來的腳步聲。

腳步停了，京介坐起身來。聲音停了下來，但是從拉門外面傳來輕微的呼吸聲。

「請問是哪位？」

呼吸聲停止。

「如果妳想說什麼，我很樂意聽妳說。儘管我不能理解妳這麼做的原因。」

拉門緩緩地開了。跪在門邊的是綾乃，從一開始京介就不認為會是其他人。長髮在背後編成一條辮子，全身潔白的睡衣上頭，紅色天鵝絨棉袍加上短外套，胸口前抱著彷彿長到連指尖都遮住的袖子。是因為髮型與服裝的關係嗎？她的臉看上去就像是無計可施的迷路小女孩。

「怎麼了？」

「我——要向您道歉。」綾乃以似乎眼看就要消失一般的細微聲音說道。「您一定覺得我很奇怪吧。我想，我向您說了很多失禮的事情。雖然這麼說就像是睜眼說瞎話，不過我不知道自己說過什麼……」

「妳不知道——」

「當然不是全部不知道，而是途中開始的內容。不管我說了多少，還請櫻井先生不要相信我的話。因為我是這麼想的——」

綾乃靜坐在走廊上，只說了這些就閉起嘴巴低下頭去。相信此刻的她所說的話也好，要如何詮釋也罷，都不能讓她坐在那麼冰冷的地板上頭。可是，如果說在這個時間該不該讓她進來自己的房間，京介又不得不感到煩惱了。

「輪王寺小姐，妳是不是該回房間去比較好？」

「直到櫻井先生怒氣全消，我都不會回去的。」

「我並沒有在生氣呀。」

面對只能露出苦笑的京介，抬起臉的綾乃，以宛如緊緊抓住他的眼光表達疑問。

「那麼，您會取消到那須去的計畫了？」

「那我辦不到。」

「——」

綾乃咬著嘴唇，再度低下頭。京介從棉被中站起來，對她伸出手。

「好了，拜託妳回房吧。坐在那種地方，可是會感冒的喔。」

低著臉，綾乃輕輕地舉起右手。京介牽起她的手，覺得非常冰冷。

「站得起來嗎？」

「——可以。」

被京介拉起來的綾乃，身子卻輕飄飄地東倒西歪搖搖欲墜。再一次，依靠著京介伸出的手，才終於撐住了身體。

「對不起。」

「不會。」

但是如果這一幕遭人撞見，可不知道會招致怎麼樣的誤會。雖然不想被常識侷限，可是無論如何也靜不下心來，這是因為狀況在自己的意志到達不了的地方，正在發生的緣故。

「妳能回去嗎？」

「可以。但是，拜託您幫幫我，很快就到了。」

綾乃拉住京介的手，好像是要他送自己回去房間。京介心想，雖然自己主動跑來是很任性，不過這種少女風格的我行我素，比起雙眼直視前方談論死者的巫女，實在好太多了。

京介雖然在浴衣外面穿著棉袍，不過卻是光著雙腳。磨得光亮的走廊還要穿拖鞋就太不識趣了，但是腳底的觸感與冰塊沒兩樣。只不過走了幾步，腳就漸漸凍僵。不過光腳這一點，綾乃也是一樣的。

走廊到處都點了小小的夜燈，不過小小的光線也只有蠟燭的程度，幾乎沒有發揮照亮周遭的功能。但是綾乃卻沒有半點猶豫的樣子，拉著京介的手不停走著。

「在這邊。」

走過分歧的走廊，轉了個直角。寬度與方才的走廊相比，顯得窄上許多。左右不是房間，而是牆壁。然後走到的地方是，面積大約四張榻榻米的鋪木板房間。綾乃一按下牆壁上的開關，天花板上的電燈便亮了起來。三面牆壁都撐著遮雨板，而且全部敞開。

「這裡春天與秋天變成日光室，夏天會把板子拆掉，當陽台使用。有時也會放下簾子，可以擺上一張長藤椅，睡個午覺。」

雖然綾乃愉快地訴說著，但是現在和冬天沒兩樣，站久了從腳底往上竄的冷氣終於贏了，人彷彿被放進冰窖之中。

「看來不是個適合冬天的場所。」

綾乃忍不住笑了，用棉袍的袖子摀著嘴。

「您怕冷嗎？」

「嗯，滿怕的。」

「不好意思，不過讓我再待一下子就好了。」

說著，少女拉開最裡面的玻璃窗，伸手放在遮雨板上。然後，一塊板子的上半部發出輕輕的聲音，往下退了下去，接著出現面積大約一張圖畫紙大小的，裝著玻璃的窗戶。

「這是我的祕密窗戶。」

回頭看著京介的少女，嘴邊浮現帶著惡作劇的微笑。

「因為以前我到這裡來的時候，很害怕往外面看。即使是眺望院子，我都覺得好像會有人翻牆進來一樣。但是，有這個就可以馬上逃走了，很奇怪吧？」
「現在妳已經不怕了？」
「是的。不過在這種時候，這還是有點用處的。」
外面是庭院。但不清楚是有著樹叢與池子，帶著奢華風格的日本庭園，或是像禪寺一般沒有用水的枯山水。並不黑暗，因為不知何時開始下雪了，庭院表面全都覆蓋了凹凸的一片白色。庭園的燈應該點著，那也被埋到雪裡了吧，不知從何方投來朦朧的光線。
「雪……」
綾乃低聲說道。她用雙手撐著遮雨板支撐身體，睫毛彷彿就要貼上去一般，臉湊近小小的玻璃窗。
「櫻井先生，您看，是雪呢……」
宛如鑲進遮雨板的單色素描，宛如埋藏黑暗天空的飛舞羽毛。
「雪、雪、雪、雪……」
綾乃的臉頰貼近窗戶，凝視著自夜空飛舞落下的雪花。嘴邊浮現微笑，像歌唱一樣，一邊吟唱著「雪、雪、雪」。
「櫻井先生，您聽過『雪音』這個詞彙嗎？」面對著窗戶，她問。「雪的聲音，雪音。」
「不，我是第一次聽到。」
「是嗎？這連《廣辭苑》上面都沒記載呢。不過，小說裡頭好像有的樣子。意思是下雪的聲音。而我都是這樣站在窗邊，喜歡一邊看著下雪，一邊傾聽雪音。」

望著少女天真爛漫的側臉，京介也豎起耳朵。雪花飄落的聲音。然而無論怎麼努力屏氣凝神貼近窗戶，都聽不見那個聲音。反而雪像是吸收了地上所有的聲音，唯有深深沉默，伴隨著冷氣，滲透進耳裡。

「您聽見了嗎？」

看著回頭的綾乃，京介搖頭。

「我沒辦法聽見。」

「如果您不相信一定可以聽得見，那可是不行的。」

「對妳來說，妳能聽得到。」

「是呀，我聽得到。可是，聽不見的人，大概會說不可能有那種聲音吧。」

「……」

「即使使用再靈敏的機械，必定也沒辦法捕捉到雪音。但是，對於聽得見雪音的人來說，那是千真萬確的。」

京介想，又要講同樣的話題了。但是無論怎麼講，自己的答案都不會改變。聽見雪花飄落的聲音，確實不是科學，不是機械。那是人類——而且是擁有詩人心靈的少數人，才能用耳朵聽到吧。京介不是個詩人，也不期望自己是個詩人。

「相信，就能聽見。不是這樣嗎？」

不知何時，綾乃離開了窗戶，站在京介的正前方。伸長脖子，以正經的表情，仰望著遠比自己來得高的那雙眼睛。

「如果那樣，櫻井先生一定也會聽得到的。請您一定要那樣做。」

然而京介靜靜地左右搖搖頭。

「雖然我想如果聽得見下雪的聲音，我也想要聽看看，可是終究看來那並不適合我。」

「您不相信？」

「嗯，我不信。」

「那麼，櫻井先生還是會去那須了。」

「我會去。」

「為什麼？那棟破破爛爛的房子，對您到底有什麼意義？」

「不去看就不知道有什麼意義。」

「那麼，您去那裡是為了追求什麼？」

「應該是對我而言的真實吧。」

「即使因此會傷害別人？」綾乃反問的聲音顫抖著。「門野老爺告訴過我了。為了這個原因，無論犧牲什麼，都把探求真實擺在價值的第一順位，這就是您。學者也好，偵探也罷，在這一點上都是同樣的。可是那樣的話，櫻井先生，您要說在得到了對您而言的真實之後，就什麼都隨便了嗎？」

「我不認為是什麼都隨便。但是，即使再怎麼不願意，都會有人傷害人的事情。或者該說，沒有傷害就無法前進。」

「即使因此，您會喪命也沒關係？」

京介從正面接受了，專注凝視著他的綾乃眼眸，再次搖搖頭。

「不，我不會死的。」

「可是——」

「請妳放心。為了妳，我至少不能死在那須。因為難得妳這麼好意給我忠告，要是有個不相信的笨蛋和預言一樣丟掉小命，妳應該會覺得不舒服吧。」

京介的話語像是開玩笑，但是綾乃笑不出來。雙手在胸前交握，凝視著京介的眼神彷彿看進人心。

「那麼，我能請您努力不要傷害您自己，還有站在您面前意圖阻擋您的人嗎？」

那之後過了十四個小時，在不久後即將要抵達那須鹽原的東北新幹線車廂中，櫻井京介正在想著綾乃所說的話。

她真正的用意，她所有的目的，大概都包括在那句話裡頭。

京介一允諾了這句話，綾乃就像是鬆了口氣，露出牙齒笑了。然後說：

「要不要我告訴您，為什麼會下雪？」

說完，身體再度轉向窗戶，小聲地喃喃自語。

「『我的小鹿，你怎麼了』……」

京介聽著，不懂其中的意義。在他詢問之前，綾乃轉過了頭。

「這是我學到『雪音』這個詞彙的故事裡頭，出現的小鹿。我也只是聽過而已，或許記得沒有很清楚，或許會搞錯故事也不一定。不過在那個故事裡頭，兄長被魔法變成小鹿的少女，落入壞皇后的計謀被殺害，然後變成了雪花從天而降。

雖然純潔的少女蒙主寵召，但是卻擔心留在地上的兄長。人的身體被變成野獸，應該不會覺得痛苦或悲傷。所以，少女的思念化為白雪。據說她一邊低語著：『我的小鹿，你怎麼了』，一邊飄落到地面上……」

列車抵達新幹線車站，這是一座日本國內到哪裡去都顯現不出變化的粗糙車站。少數的旅客下到月台，列車留下轟然巨響後逐漸消失。

彷彿深入耳朵無法脫離，不斷重複的旋律一般。「我的小鹿，你怎麼了」，耳中一邊聽著綾乃如此低語著的聲音，京介一邊下了樓梯。然後看見剪票口的外面，倉持揮舞著手的身影。

銀髮女主人，黑衣僕人

1

三月五日，星期天。

櫪木縣那須的氣溫，大概是海拔高的緣故，比京都來得更低。雖然晴空萬里陽光普照，但一踏進陰影底下，乾燥的寒冷便刺痛著肌膚。道路因為車行而沒有積雪，不過左右兩邊寬廣的森林枝葉上頭，凍結的積雪耀眼地反射陽光。替車子裝上無釘防滑輪胎的倉持，戴著深色太陽眼鏡，握著方向盤。

「你沒想到會有這麼多積雪吧？」

看了坐在副駕駛座的京介一眼。

「這裡暫時還算暖和，我還以為今年的春天會早點到的，可是昨天一入夜就忽然變冷了。果然在三月過去之前都不能掉以輕心。櫻井同學，你禦寒的準備沒有問題吧？」

「嗯，大概吧。」

雖然如此回答，但是也沒有特別帶什麼過來。包包裡頭裝著的東西，只有更換的內衣與襪子之類。東京持續著溫暖的每一天，穿大衣的時間也越來越少。但是京介決定，就持平常心吧。現在穿著的防風運動外套底下，是郵購買來的卡其色軍用毛衣。底下再穿件T恤，應該就足以應付大部分的情況。

「真的不用借車也可以嗎？只要是我能做的事情儘管吩咐。如果沒有食物，隨時打電話給我都行。那裡很不方便，就算有公車，可是一天沒有幾班，沒有自用車就和被流放到孤島一樣。」

「沒關係。」

「可是——」

「真的。」

在車站接了京介後，倉持開往黑磯市區，直接到超市去。後座排著冬天用的睡袋與厚墊，還有對京介而言實在太多的食糧小山。裝了十公斤的米袋、乾麵包、真空包裝的烏龍麵或拉麵、一箱易開罐啤酒加上咖啡與紅茶、即食罐頭與料理包、帶著泥土的一把蔥等經得起久放的蔬菜、預防維他命C不足的罐裝蔬菜汁、五公斤的橘子……京介雖說不需要，但倉持說著因為打工薪資微薄，所以就用這些貼補，然後付錢買下全部的東西。

雖然倉持說：「就順便租車租一個月吧，當然費用由我支付。」可是討厭麻煩的京介拒絕了這個提議。不過倉持搞不太清楚，對京介說：「你說這種話，一定會後悔的」。

月映山莊的附近雖然什麼都沒有，但是如果開車走一段路，就有以觀光客為服務對象的得來速、時髦餐廳、咖啡廳等商店，可以一天來回到溫泉去泡湯。面對屢屢堅持的倉持，京介接著說了「那樣很麻煩」。

——既然是重要的看守，常常離開崗位亂跑，不就沒有意義了？

暫時的爭論結果，倉持搔著頭髮，一邊說：「你真是個怪人。」一邊讓步了。他問：「你打算當個離群索居的人嗎？」京介露出微笑說：「那也不錯。」確實，自己此刻的心情與此非常接近。

——託倉持先生的福，可以先演練退穩生活。

「喂，櫻井同學。」稍微安靜專心開了一段路的倉持，看著前方開口。「你從報紙上看過印南雅長死亡的消息了吧。」

「嗯，看過了。」

「那應該是自殺吧？因為他妹妹對他說了那些話。」

「有什麼問題嗎？」

「我只告訴你，不要說出去。他在死之前一直酗酒，好像差點就要達到酒精中毒的標準了。」

「什麼？」

「被印南家買走之後，住在那裡的人有多少因此喪命呢？所以，江草宅的詛咒什麼的，又死灰復燃了。縣議會那些笨蛋長官，說什麼『那種帶有不吉利傳聞的建築物，能拿縣民繳稅的血汗錢去保存嗎？』真傷腦筋。」

倉持扭曲著殘留青春痘痕跡的臉，露出苦笑。

「傳聞傳得滿凶的嗎？」

「沒錯。雖然印南家的老家，在地方上是滿有分量的家族，住在江草宅的家族也沒有分家出去，可是不管從哪一邊來說，都是關係很遠的一家人。雖然迷信與說長道短都是鄉下人的習慣，可是同時都很尊重親戚與老家的權威。這種情況下因為印南老家無所謂，自然也就謠言四起了。」

有關月映山莊原本的居民，京介並不那麼清楚。即使是三年前心想不知道能不能進行調查的時候，也只有查到興建的人是江草孝英與他的子孫為止。

「你說關係很遠，是什麼意思？」

「嗯，我也是聽別人說的。」

以此為開場白，倉持說明了曾經居住在月映山莊的家族，以及那些略為特殊的緣由。雅長與茉莉沒有血緣關係，沒有辦理戶籍登記的再婚夫婦，被老家掃地出門。

「命名月映山莊這個名字的人，好像是那位當散文家的太太，堤雪華女士。雖然聽說在取了這麼優雅名字的房子裡，一家四口非常幸福美滿地度過每一天，但是在那之後不到十年之內，那兩位就留下孩子忽然死亡了。這些事情櫻井同學也知道吧？」

「嗯，是一九八五年的空難造成的吧。」

夫婦兩人搭上了墜毀在群馬縣山中的國內航線。失去雙親時，雅長已經二十歲了。不過聽說茉莉還不到十一歲，有著錐心的記憶。

「第二年，原本的江草宅，不，那個時候應該稱為月映山莊吧，裡頭有兩個女人被殺。因為雅長在東京念大學，聽說家裡只住了茉莉、護士與家教這三個女子而已。犯人到現在都沒捉到，加上這次雅長也身亡了。的確，如果是個局外人，都會想說這是棟遭到詛咒的房子。」

「……」

（那是女人的悲傷之家，嘆息之家。同樣的事情會不斷地發生……）

京介的耳邊響起輪王寺綾乃的聲音。

（不能碰觸那個家。）

還有一點。

（除此之外還有女子被殺害，那個被害人的屍體，現在也還被埋在那棟房子的土地範圍內。）

但是，京介緊閉著嘴。這不是應該對別人說的事情，何況是在自己也對這情報抱持懷疑的時候。偶爾會發生一邊懷疑卻一度脫口而出的話語，變成脫韁野馬的情況。

「喂，櫻井同學。」

「怎麼了？」

「你也聽到了吧？那個時候——三年前——茉莉所說的話。」

（哥哥，你為什麼要殺圭子小姐？）

「是的。」

（我沒說謊，我已經全部想起來了。）

「你對那些話有何看法？印南雅長真的是殺人犯嗎？」

「這一點——」

雖然想要開口說「我不可能知道的」，但是倉持不關心答案地繼續說了下去。

「實際上，我並不相信印南雅長犯下了殺人案。聽說那個叫做茉莉的女孩，在雙親因為意外忽然死亡之後，好像就得到精神病，沒有辦法去上學。所以事件發生的當時，才會與那兩個女子住在月映山莊裡。那種時候碰上了殺人事件，而且目擊到兄長殺人，雖然他們沒有血緣關係，不過要忘記這件事情繼續過日子，你認為有可能嗎？」

「是呀——」

京介那既否定又肯定的曖昧回答，倉持並未放在心上。

「我怎麼也無法相信那種事情。因為我曾經想過，說不定是某個人對印南茉莉灌輸了那樣的想法，不是嗎？唉，雖然這只是我個人單純的想像啦。」

「不管怎麼說，那樣也太不可能了。」

「所以我說，只是想像而已。」

倉持自暴自棄似地大聲說道，忽然把方向盤往右邊切去。一如三年前的記憶，是一條高聳的針葉樹並列在左右兩邊的直路。可是與那個時候不同，路上鋪滿了厚厚的鵝卵石，車輛似乎很容易便能通行。是因為樹木遮蔽的關係嗎？鵝卵石上頭不怎麼有積雪。

緩緩地隨著那條道路前進，漸漸可以看見在樹木中斷的地方，有塊寬廣的空地，以及建於其上的小小洋房。京介記憶中，長著無邊無際茂盛雜草的周圍，都被割得乾乾淨淨。現在覆蓋了薄薄的一層雪，雪面有如灑上亮晶晶的玻璃粉末一般，閃閃發光。

抬頭仰望，月映山莊的屋頂也披上一層淡淡的白紗，萬里無雲的晴空底下，徹底荒廢的廢棄房屋，如果沐浴在明亮陽光底下，也像是裝飾在蛋糕店展示櫥窗中的甜點，只會讓人認為「詛咒之家」之類的說法都是迷信。

「去年的時候把草除乾淨，也把外牆的常春藤清掉了。這樣變得很清爽了吧？」

「是呀。」

組合屋蓋在主屋的後面，東北方，背對著針葉林。看上去非常像是施工現場的感覺，共有兩棟外牆塗成黃綠色的組合屋，旁邊是暫時架設的黃色廁所與露天水管，水管的水龍頭持續流出細小的水流，掛著小小的冰柱。

「這是可以喝的水，不過因為晚上又會結凍，所以開著不要關就好。」

「我知道了。」

將車停在組合屋前，一邊抱著裝有食物的紙箱，倉持一邊用下巴示意。

「那邊的廁所，還沒有用過所以很乾淨。還有——」

京介疑惑地轉過頭，看著像是在猶豫什麼而中斷話語的倉持。

「你會上廁所吧？」

「什麼？」

不懂他的意思。

「那雖然可以用，可是不要用比較好，是嗎？」

「啊，不是啦。抱歉，我在胡言亂語。」

似乎是在自我解嘲，抓了抓頭髮的倉持，將紙箱放在腳邊，用從口袋裡拿出的鑰匙，打開鎖著拉門的鎖頭。

「總之這裡是廚房與餐廳。」

大約是兩間六張榻榻米房間的面積，有兩個老舊鐵鑄的瓦斯爐，瓦斯桶放在屋外。瓦斯爐旁邊有個像是從巨型垃圾廢棄場撿來的，傷痕累累的電冰箱與櫥櫃。

沒有流理台，洗東西應該是要到去外面。剩下的是三合板餐桌，還有幾張樣式不同的椅子、水桶加上掃除用具、燻黑的金屬大水壺。放眼望去，看到的東西就只有這些。

「因為燈油的油箱很危險，所以放在外面的儲藏室。看起來要是不夠時，就要快點去買。因為附近的加油站不會幫忙送過來。雖然不是什麼大不了的事情，不過後面有兩個鍋子、砧板與菜刀。盤子和碗公也放在櫥櫃裡頭，可以拿出來用。冰箱現在已經插電了，明天我會帶冷凍食品還有肉之類的東西過來。」

「就算準備那麼多，我也吃不完的。」

「你在說什麼呀，要是有剩，等到四月開始調查的時候再吃就好了。」

食物全部搬進去組合屋後，一出來外面，倉持便又再度鎖上鎖頭。

「這是備份鑰匙，手上有鑰匙的只有你和我而已。」

他將掛在同一個鑰匙圈的兩把鑰匙交給京介。

「雖然麻煩，不過暫時外出的時候，可以拜託你鎖上嗎？聞到食物的味道，雖然不見得會跑出熊來，不過狸貓之類的動物說不定會來搞亂，講一次你就能記得吧？」

「我知道了。」

雖然心想，狸貓應該不會開鎖，但總之還是先這麼回答。

隔壁的組合屋大小是相同的。裡頭擺著辦公桌與幾張椅子、陳舊的石油暖爐，桌上擺著黑色電話。還有房間的另一邊，排列著裝啤酒瓶的箱子，上頭擺著老舊的棉被。倉持在上面放上充氣墊和睡袋，說：「我覺得這樣雖然不太舒服，不過總是比睡在地上好。沒關係吧？」

一臉難為情的表情，抓了抓頭。

「這是倉持先生製作的嗎？」

「沒有啦，算不上是什麼製作啦。」

「這樣已經很好了。」

沒必要讓別人那麼用心照顧，這樣反而感到過意不去。

「真的，很謝謝你。」

京介一邊微笑著，一邊鞠躬，倉持不知道為什麼一臉發愣的表情。

「怎麼了？」

「沒事，只是你那樣一笑，給人的印象就大大改變了。」

「是嗎？」

「因為你不是幾乎連微笑都很少有的嗎？不只是不笑，表情也沒有半點，那個——」

似乎難以啟齒於是講到一半。雖然京介以為自己大概可以想像，倉持想要說的話。不過倉持還是說了：「其實，剛剛我會講奇怪的話，並不是因為我真的那麼想的，什麼你也會上廁所吧的那些話。」

「那是——」

面對著皺起眉頭的京介，倉持一邊抓著頭髮，一邊慌張地說下去。

「不是啦。其實，你先前不是來過我的事務所嗎？那個時候女生她們大叫『王子來了！王子來了！』騷動不已。」

「什麼？」

京介確實有記憶，以前曾經去櫪木市倉持工作的事務所露過臉。但是他沒想到，倉持在說的居然是那件事情。

「她們說什麼你不像是活生生的人，是冰之王子之類的。雖然你的長相實在是非比尋常的漂亮，可是反而偶爾會因此而吃虧吧。所以像你剛剛那樣露出笑容，給人的印象就完全不同，看起來就像是活生生的人類。嗯，大概就是這樣啦。說這些奇怪的話，真是抱歉，你別放在心上喔。啊，這是月映山莊玄關的鑰匙，也一併先寄放在你這裡，請你小心保管。」

他倉皇地回去了。

2

太陽一下山，氣溫立刻朝著冰點急速下降。組合屋的牆壁很薄，就算再怎麼燒旺暖爐，熱氣還是會跑掉，根本達不到稱得上溫暖的地步。但是對於這一點，京介並不覺得不滿。如果與不耐暑氣相較，或許耐寒還略勝一籌。至少，在思考事情這一方面頗有助益。

待在月映山莊土地上迎接的第一個夜晚。雖然有時馬路傳來了車聲，但也是偶爾的心血來潮，除此之外再也沒有其他聲音。幸好有插座，可以使用插頭，不必擔心電池電力減少的情況，因此，直到天黑，翻譯也進展了幾頁。因為是小說家要當資料用的東西，所以不必擔心文體，這一點讓人非常愉快。

但是，忙於那些事情，讓人思考自己到底是為了什麼才會身在此處呢？仔細想想，因為京介待在這裡，燈油等等可以用來縱火的東西也增加了。拜戶外活動的風潮所賜，也有毫無基本知識，會在枯草中升火的人。雖然不是觀光客會到訪的季節，但是這方面的注意與警戒還是不可或缺的。

倉持回去之前，兩個人繞了房子一圈。他說要鎖上組合屋的鎖，果然不是在擔心狸貓的問題。雖然現在沒有像泡沫經濟時期那般，強制收購畸零地的人在活動，可是考慮到縱火的可能，最重要的就是要多注意，否則警方那邊似乎也會有所怨言。倉持在放電話的地方，當面對京介說只要睡在小屋裡面，不太提到這些事情。可是，倉持的心境似乎又是不能不事先說清楚的樣子。

縱火的痕跡一半隱藏在積雪中，那只不過是如果沒有人告知「就是這裡」，好像就會漏看一般的牆壁發黑處。地點正好與興建組合屋的地方相對，是西邊的牆壁。倘若直接繞到後面，毫無痕跡的滑溜積雪上頭留有足跡。從後面的森林直直地接近月映山莊，可是卻在前面幾公尺的地方停住，轉身離去，那是兩個人的足跡，大小分明。

京介一問：「這是什麼？」倉持便說：「你不是說過了嗎？」是這裡的居民，原本的所有人。以前來的時候，看過疑似的人吧？京介當然沒忘記。一九九七年的時候，他在黑磯的圖書館看了住宅地圖，看過裡頭有個「江草」的姓氏。倉持與京介都曾經打算登門拜訪，然而在參觀月映山莊內部的計畫告吹後，也就擱著了。

「那是江草孝英的孫子孝昌的遺孀，應該是百合子女士。聽說她好像常常到這個院子來。」

京介問：「你碰過她嗎？」

倉持回答：「碰過。大概近期之內，她也會來邀請你吧。」

這麼說著的倉持口吻，並不是多麼愉快的樣子。雖然向他詢問怎麼了嗎，但是他什麼都沒說，只是搖頭。是難以應付的人嗎？這次，則是一邊不置可否一邊苦笑。或許是個對於說過拉攏公務員、同業或顧客也是建築家工作一部分的倉持而言，也是個不好對付的對手吧。

「啊，我只拜託你一件事情。我剛剛說的事情，請你不要對他們說好嗎？」

才心想這是什麼意思，倉持便說，希望京介能夠保持沉默，不要講他說過懷疑茉莉舉發兄長的那些話。因為印南茉莉暫時住在江草百合子那邊，也就說，如果江草夫人邀請京介過去，必定會和茉莉碰面。

所以，他不能讓京介在當事人面前說「倉持先生說妳講的話不能相信」之類的話。是因為擔心會傷害到茉莉的心情？或是有其他的理由？雖是對人類沒有什麼好奇心的京介，但是面對無法接受的狀況還是覺得不太高興。

「唉，我想你如果見到，就會懂我的意思了。但是，我勸你不要太過深入追究比較好。」

與平常不同，裝模作樣的話語，簡直就像「到時候連你都會相信江草家的鬼故事喔」的意思。雖然是半開玩笑，不過倉持只是聳了聳肩膀。

因為晚餐很麻煩，所以只吃了蔬菜汁、乾麵包與起司。既然有飯鍋至少也該煮個飯，可是使用鍋子，大概沸騰後會滿到外面或是燒焦。他寧可想辦法多放一點水，用小火烹煮個稀飯。明天來試試看好了。

一旦那麼做，就必須分配時間與思考要怎麼吃與吃什麼東西，這一點實在讓人討厭。如果食糧也是京介買的，他會選擇可以更輕易就能夠吃的東西，不過因為今天自己沒有出錢，所以也不好意思抱怨。

兩天沒有好好睡過覺的緣故，睡意迅速地湧上眼皮。如果想要阻止縱火犯犯案，應該要白天睡覺晚上清醒比較好。雖然平常就是夜行性的自己也覺得那樣較輕鬆，不過今天不可能了，實在沒辦法。明天就早點起床，下午睡覺，傍晚再起床吧。闔上電腦的蓋子後，正要收起來的自動鉛筆掉到地板上。蹲下去伸出手的京介眼中，看見散落在地板上疊在一起的紙張。

撿起來拿到手裡一看，摺成兩半的五、六張紙，上面有著像是文庫本的排版文字，密密麻麻地排列著，開頭也有標題。

「消失於夜晚的凶刀……」

大致瀏覽過去，內容記述關於一九八六年發生在月映山莊的事件。最後一張紙上面寫著「印南和昌著、現代日本陷入謎團的事件記錄：關東篇、第十二章、消失於夜晚的凶刀」等字樣。或許是用文字處理機把書裡的一章重新打字過。雖然沒有聽過這個標題，也不是特別感興趣的領域，不過可能是地方出版社刊行的東西。從作者的名字來看，應該是印南家的人所寫。

然而，為什麼這裡會有這種東西？如果是倉持放的，應該不會完全沒有提到。紙張的表面沒有泛黃，好像是最近才放在這裡。倉持是從何時開始上鎖的？如果是最近，那麼先前應該有誰進來這裡，又或許市面販售的鎖頭，出人意料就能夠輕易打開。可是，就算是惡作劇，這也顯得奇怪。或是雖然從未露面，卻與印南敏明有血緣關係的老家，藉此涉入此事？

「有一件發生在櫪木縣境內，直到目前凶手仍逍遙法外，使偵辦陷入膠著的印南家事件……」

雖然開始看了開頭的部分，但心想還是別看了，而把紙張放到桌子上。自己調查研究的，與其說是印南一家人居住過的月映山莊，不如說是江草孝英的別墅。這與一九八六年的事件沒有多大關係。充好充氣墊的氣，攤開睡袋。或許這對倉持的身材來說很不好睡，不過京介連翻身都沒有問題。

關掉暖爐，寒冷更加迫近。關上日光燈，躺進睡袋。透過嵌在拉門上的玻璃，視線越過樹與樹之間，便能看見外面的夜空，星星明亮得讓人吃驚。

（今晚沒有月亮呀……）

一邊把拉鍊拉到下巴，京介想著。這樣躺著就可以賞月了吧。似乎對此想法甚為享受的表情，忽然被塞進了記憶深處，正要閉上雙眼的時候，有個聲音突然從內心深處浮現出來。

兩年半前，在這座院子裡頭聽過的茉莉聲音說：「紅色月亮。」

雖然沒有月亮，可是依然喚醒了那段記憶。或是因為那篇列印在紙張上的文章影響？或是她說過的「那個時候我看見了紅色月亮」等等。

在沒有星光的夜空中，京介描繪出紅色月亮。那是偶爾會出現在東京高樓之上，低懸的赤銅色滿月吧。的確，看到那樣的月亮，人們一瞬間都會嚇一跳而停下腳步。

有某處讓人厭惡的，詭異的紅色月亮。在王爾德的戲劇《莎樂美》的開頭，被認為是隱射尋找死人的月亮。不，或許那並不是紅色月亮，因為據說那就像是蒼白的瘋狂女子。可是在中井英夫的推理小說《獻給虛無的供品》第二章結束時，扭曲嘴唇嘲笑地上人們愚昧的 LUNA ROSSA

（註8），無疑正是「畸形的紅色月亮」。

為什麼低懸在天空的月亮，看起來會是紅色？據說這與朝日或夕陽看起來帶著紅色是一樣的原理。地球的大氣層吸收折射光線中的藍光，只有紅光可以透過去。如果太陽與月亮都靠近地平線，從那裡放射出來的光線斜切過大氣層，意即光線只有那個時候的路徑較遠，所以看起來就會是失去藍光的紅色。

提到紅色月亮，通常都會聯想到滿月，應該是因為皎潔之中紅色較為顯眼的關係。與文學的印象相比，或許這是個索然無味，淒涼的結論，不過這才是客觀的事實。

然而，有什麼東西牽動著心思。雖然大概只是細枝末節，不過從那扇窗戶如果看得到月亮，會紅到可以稱為「赤紅色」嗎？包圍月映山莊的針葉林高聳，應該沒有辦法看到低於樹木的月亮才對。如果那個月亮那麼紅，京介覺得那就不能用光線與大氣層的關係去解釋了。

是不是有什麼其他的意思呢？印南茉莉除此之外，應該沒有說過其他的事情。她的確說過「讓我提早一個月看到紅色月亮」，那是什麼意思？

京介想起坐在草地上，仰望二樓窗戶的茉莉側臉。月映山莊發生殺人事件的當晚，她透過那扇窗戶看見了紅色月亮嗎？然後在同一個晚上，她目擊到殺人犯行的記憶，與那個紅色月亮變成了重影嗎？

（我看到的不是紅色月亮，是哥哥被血染成紅色的臉。）

據說人類會在潛意識中驅趕不愉快的記憶並且遺忘，這是佛洛伊德的壓抑理論。這麼一來，

8　Luna Rossa為《獻給虛無的供品》第二章中角色所唱的一首歌曲，是義大利文的「紅色月亮」。

茉莉的記憶果然是真的嗎？因為過度恐懼而壓抑的記憶，藉著在現場看見月映山莊而恢復，是這樣嗎？

可是，如果茉莉的自我是為了活下去而抹去那段記憶，那麼再度想起，絕對不是什麼幸福的事情吧。她那個時候的臉，因為歷歷在目的恐懼而扭曲。彷彿再度回到十一年前的凶案現場。為什麼她要想起已經遺忘的痛苦記憶？

（倘若能將不想記得的事情，完全從記憶當中抹消，也沒什麼不好。可是像那樣，再度嘗到那一瞬間的滋味，絕對是敬謝不敏的。）

京介心想，還是就此打住吧，現在在這裡思考這件事情也於事無補。而且茉莉的記憶是正確或是錯誤，與自己又沒有任何關係，完全是別人的事情。即使印南雅長是犯人，他也已經不在這個世界了。如果並非如此，他也不認為到這個節骨眼還能找出犯人。

（我絕對，不要再有同樣的後悔——）

像是說給自己的心聽的，京介動著嘴唇低聲說道。這裡應該什麼都沒有，既沒有對自己的期望，也沒有牽扯進阻礙的原因。剩下的就是不要讓自己怪異地心情浮動。

嘆了口氣，雙手放在閉起的眼簾上頭。幸好，睡眠不久便將京介帶到沒有作夢的安穩之中。

忘記要起床了。

這還是一邊睡一邊想才發現到的。為了不要睡太多，非得起床不可。現在幾點？手錶脫下來放在桌上，旅行用鬧鐘還擺在包包裡頭。真慘呀……

但這應該是在睡得越來越淺，就要醒來前一刻的念頭。結果讓京介睜開眼睛的，不是鈴聲，而是從天而降的喧鬧鳥鳴聲。因為沒有將鳥叫聲與野鳥的品種連結在一起的知識，那聽起來只不過像是要刺進腦袋，帶著尖銳的金屬感，並且是大量的噪音。實在是無言以對的吵雜。京介從睡袋中坐起上半身，暫時發著呆。

（算了，反正也起床了，就別抱怨了——）

搖了搖頭站起來。今天看來也是天氣不錯的樣子，可是去外面一看就知道，在京介睡著之後，似乎又下了小雪。倉持的車輪胎痕跡，覆蓋了薄薄的雪。披上羽毛衣走到戶外，臉上放鬆的皮膚，不一會兒便因為冷氣緊繃起來。不過，這樣是最好的提神方法。轉開露天水管持續流著細水的水龍頭，用像是冰塊溶化的清水洗臉。

用力甩頭，水花四濺，好不容易醒過來的京介，終於發現到至今始終沒有注意到的事情。沾溼的雙手將頭髮往後撥，戴上眼鏡，再次看著。

在包圍月映山莊的積雪上，出現了新的足跡。和昨天自己與倉持留下的明顯不同，那是留在夜晚所下，新雪上面的新足印。京介靠近過去看個清楚。

足跡顯然有兩種，有著非常相似的止滑溝槽的大小足跡。大的足跡步伐較大，沉得深，小的則一直是又小又淺。足跡從建築物的正面，走過建有組合屋的東側，朝著背後繞進去。似乎是一邊望著月映山莊的外牆，一邊緩緩前進。

然而，足跡在途中停住了，四個腳尖朝著同一個方向，朝著京介睡覺的組合屋方向。拉門旁邊的玻璃窗，沒有窗簾也沒有其他遮蔽物。就算看不到躺下來的京介，可是大概也會感覺到有人在裡面吧。

這些足跡，與昨天在建築物後方看到的一樣，屬於同樣的兩個人所有。倉持說那是江草夫人，大概比較小的那個就是她的吧。還有一個，看來約有三十公分的大足跡，怎麼看也是個男人的足跡。雖然倉持沒有提到什麼，可是夫人應該已經超過八十歲，在雪地裡散步的時候有個人照顧她，也沒什麼好大驚小怪的。

京介抬起臉。從足跡轉過去的牆壁另一邊，隱約傳來了說話的聲音。而且還在很接近的地方。京介跨出腳步。既然是來當警衛的，先去向身為原本屋主的鄰居打聲招呼比較好。對方應該也知道，組合屋裡面有人在。可是主動專程登門拜訪，京介又懶得去。現在追上去，應當可以很自然地與江草夫人碰上一面。

大量的積雪上難以行走。運動鞋的鞋帶小孔，不多久就跑進了寒冷的積雪。雖然組合屋裡有雨鞋，可是回去換鞋子又是個麻煩。

就在京介加快腳步繞過外牆轉角的時候，兩個人的背影，正要進入圍繞著月映山莊的森林之中。映入眼簾的，只有黑色，遠看也是身材非常高的人影。似乎是察覺到迅速接近的京介氣息，他們停下腳步，慢慢地轉過身。

是個白人男子，雖然不清楚年紀，但看上去應該有六十歲。理得短短的頭髮是灰褐色，額頭、鼻子與下顎突出的臉有點黑，眼睛是明亮的藍色。那雙眼睛彷彿刺人一般地看著京介。

「你——是誰？」

聽見的卻是出人意料，流暢的日文。漆黑斗篷包裹著身體，斗篷摺痕往左右大大開展，張開雙腳用力踩著地面的表現，只讓人覺得是為了保護在背後的某個人。京介打算更往前走，男子忽然伸出右手到他的面前。戴著黑色皮手套的手掌，擋住了京介。

「停下來。你不能再靠近一步！」

京介停了下來，距離男子還有好幾公尺。即使靠近到這裡，也看不見疑似江草夫人的身影。可是，應當不會這樣。小小的足跡直直地接續到男子的所在處，還有一公尺，身影才會消失在森林中。

「你，是誰？」

雖然覺得明明不是非法入侵，單方面被質詢姓名並不恰當，可是看來對方似乎不是可以用這種理由說得通的樣子。

「我叫櫻井京介。因為要擔任月映山莊的警衛，昨天開始住進這棟組合屋。是倉持先生找我來的。」

說完，對方沒有回應。皺著眉頭往下看著京介的表情，只覺得像在懷疑。

「倉持先生託我轉達事情給江草夫人。」

「嗯。可是你說你就是那個當事人——」

說到一半便停住了。男子只有臉向後，就在他身體扭轉的同時，京介瞥見了在另一邊的人影。只能看得出來是個身材非常嬌小，穿戴著純白皮草大衣與帽子的身影。

雖然京介沒有聽見，可是那個身材嬌小的人應該正在哭吧。彎著身體鞠躬的男子，再度轉回面對京介，表情依然沒變。或許他只能夠擺出那種像是在生氣，又像是威脅人的表情。那應該高過兩公尺的高大身材，加上自大的口吻，看起來就像是全力欺壓對手的姿態。不過，京介大概是個對此毫不在乎的人。

男子以一副宰相對家臣轉達女王話語般的語氣說：

「太太說要請您過來吃晚餐。今晚六點，請不要遲到。」

與其說是邀請，不如說是命令。那麼，藏身在男子背後的，果然是江草夫人。因為不知道該說些什麼其他的話才好，京介只能說：

「哦。」

對方似乎對京介無精打采的回答非常不滿意，彷彿在說「你這個沒禮貌的傢伙」一般，一邊的眉毛前端用力地往下拉。

「我先把話說在前頭，屆時希望你能換掉現在身上穿的衣服，知道嗎？」

「這件嗎？」

京介指著上個月在太拍賣中買來的防風運動外套。因為太過隨便，所以看不順眼嗎？可是就算要他換衣服，也沒有其他的衣服了。儘管如此，他也不想在入夜之後，只穿毛衣在外頭走動。但是男子始終都是自大地點著頭。

「對了，還有不能有其他紅色的東西。懂嗎？」

「我可以詢問為什麼嗎？」

京介才一反問，男子深陷的眼窩便投射出睥睨的視線。

「看到那個顏色，太太會覺得不舒服。」好像是說理由這就夠了。「那麼，六點靜候大駕。」

雖然想說「因為沒有可以穿的衣服，所以要婉拒您的邀請」，可是高大男子的斗篷下襬開始飄動，他往右邊轉身過去。京介的雙眼沒有瞧見，剛剛一瞬間看見的白皮草，疑似是江草夫人的身影。當然如果這樣張開斗篷，嬌小的身體應該就能完全隱藏在後面吧。

確定黑色背影消失在樹林之間，京介的視線回到自己身上。確實，夾克是紅色的。儘管他不是特別挑顏色，而是因為在賣剩下的拍賣品之中，尺寸合適的就只剩下這一件，幸好這是兩面都可以穿的設計，另一面是深藍色，應該不會有問題。

（把前面拉緊，就不用一邊發抖一邊作客了。）

然而，為什麼夫人會不喜歡紅色？京介搖頭，把這個像是刺在指尖，如同小刺的疑問，從腦海中趕出去。

（與自己沒有任何關係，沒必要去思考。）

3

除了巡視兩次左右，剩下的時間都在電腦面前，就這樣過了一天。白天就算不開暖爐，氣溫還在能夠忍耐的範圍內。倉持好像還記得京介喜歡咖啡，在擺食物的箱子裡，放進了罐裝研磨咖啡與濾紙，櫥櫃的角落則有咖啡沖泡壺。託倉持的福，桌子旁邊放了一壺滿滿的咖啡和乾麵包，可以專心工作直到傍晚。雖然只有注意聽著外面的動靜，但是沒有入侵者進到這塊地來。

傍晚電話響了，是倉持打來詢問情況，京介告訴他，早晨碰到江草夫人與隨行男子的事情。

他問，那個高大男子究竟是何方神聖？倉持厭煩的聲音透過話筒傳了過來。

「聽說他是占卜師。雖然不知是從何時開始，但是似乎非常討夫人的歡心，當然也與夫人住在同一個屋簷下，還以一家之主自居，每件事情都要插嘴。」

京介問，像是怎麼樣的事情？倉持說，下次過去的時候再告訴你。京介問，組合屋是從何時開始上鎖的。為什麼這麼問？對方聽了似乎大吃一驚。

「廚房那邊一直都有上鎖。因為那部分也沒什麼大不了的，到前天都是上鎖的吧？」

京介提到從桌底下找出來的東西。說那像是從印南和昌著作的《現代日本陷入謎團的事件記錄：關東篇》這本書裡頭，把寫到發生在月映山莊的事件章節，用文字處理機打過的東西。可是，倉持對於作者的名字，還有書名，全無記憶。因為聽說姓印南的人很多，所以他當然也有可能沒聽過。

「下次我過去的時候，把那個拿給我看，我對那件事也滿有興趣的。」

答應他的要求，掛上電話之後，京介才想起忘了講受到邀請的事，可是倉持看來也很忙，今天晚上應該是不能過來了。慎重起見，決定留下字條放在桌上。即使掛了電話，但是因為距離六點還有時間，便關掉電腦，試著藉著閱讀〈消失於夜晚的凶刀〉來打發時間。

替江草別墅取了月映山莊這個名字，住在其中的一家人，還有一九八六年的事件，京介對這些都只是一知半解。

一九九七年，印南茉莉脫口而出的舉發。倉持昨天在車上說的，沒有辦理結婚登記的夫婦，與兩個孩子的事情。這些片段，至少與寫在這裡的事情沒有矛盾。不僅如此，京介還在其中找到符合輪王寺綾乃所言的一句話。

「……他們說，其他還有與這個家有關而失蹤的女子……」

還有，綾乃曾經如此說過吧：

「除此之外還有女子被殺害……那個被殺害的人的屍體，現在也還被埋在那棟房子的土地範圍內。」

當然，京介並未因此變心成為綾乃的信徒。表現漠然的原因，在於這是偶然的一致，或者這篇文章的作者與綾乃，情報的根據是同一個源頭。不管是何者，都不是沒有道理的。大概在地方上流傳的鬼故事，隨著時間流逝而越發增加了。

京介閱讀完大約四百字一張紙，二十張左右的文章。在密閉房子裡遭到殺害的兩個女子，毫髮無傷的少女。作者認為是職業強盜犯案，否定警方的看法，彷彿用詭異且裝腔作勢的口吻，在暗示真正的犯人。上頭所寫的訊息，到底有多少是事實，應該要持懷疑態度。即使不是謊話，但只要隱藏一部分，讀者所接收到的印象便會完全改變。

（不管怎麼樣，都和我沒關係。）

六點十分之前，京介離開了組合屋。因為倉持手上也有鑰匙，就算他來了也不必擔心被鎖在外面。那天晚上雖然夜空晴朗，但是冷風有如掃過地面般地不停吹著。防風運動夾克的拉鍊拉到了喉嚨，左手放在口袋中，右手握著手電筒。然而就在非常難以前進之時，手指逐漸凍僵。沒有準備手套，或許應該拜託倉持買一雙工作用的手套來才對。

踏進森林，因為風被擋住了，變得輕鬆不少。但是卻暗得連一步之遙都看不到，黑暗從左右兩邊逐漸逼近。仰望天空也看不到星星，因為樹木的枝葉厚厚地覆蓋在頭頂上。雖說是條道路，但是也沒有經過鋪設。如果是那個高大男子，以那種身材走出來的森林小路，肩膀應該會被樹枝擋住。只能將手電筒照著腳邊，一邊尋找那兩個人留下來的腳印，一邊往前走。

就在穿著不合腳的雨鞋走路，京介的心情開始感到不快時，前方浮現出小小的白色燈火。他關掉手電筒，加快腳步。一出森林，徹骨寒風吹打著京介的臉頰，也吹亂他的瀏海。雖然沒有圍牆，可是這裡過去應該是江草夫人的所有物。緊密且茂盛的針葉樹，這裡一棵也沒有。幾乎是正方形的平坦土地，蓋了一層薄薄的雪，但是底下似乎鋪滿了碎石。

眼前出現一棟小巧雅致的二樓西式住宅。雖然應該是非常古老的建築，但印象與最近的房子不同，或許是階梯高度比較高的緣故。與作為夏季別墅而具備寬廣陽台，開放風格的月映山莊相比，這棟房子無論是煙囪矗立的銳角屋頂，或是小小的窗戶，全都讓人聯想到歐洲北部的風格。

因為外面沒有照明，所以不清楚整體的材質，不過屋頂看來好像是黑色的，外牆則貼著暗褐色的磚頭。可說這裡是個很適合一年到頭居住的地方，那有如城堡的態勢，讓人想起深深披著頭巾，豎立外套領子，蜷縮起來的膽小老婦人。

走向取代往外延伸的屋簷，大約往內凹陷一公尺左右的玄關，必須爬上十階以上的階梯。因為不只是階梯高，而是整棟房子都位在石頭的基座上。看起來像是座城堡，原因也許就是這個。粗糙的石製拱門內，嵌著森嚴的木門，上面有非人非獸的怪異臉型銜著圓環式門環。但那似乎只是裝飾，因為就在門的旁邊，裝設了嶄新的對講機。

手指才輕輕碰到按鈕，立刻傳出聲音。

「請問是哪位？」

「我是承蒙邀請的櫻井。」

一回答，迅速傳來了親切的回應。

「請稍等，馬上為你開門。」

雖是男人的聲音，但不是先前的白人。年紀應該小了許多，不但沒有囂張的態度，還呈現出有如對照組的溫和口吻，要說女性化也可以。門是往屋內開的，短短幾秒之後，便看見背對著些微陰暗的走廊站著，穿著白毛衣的人，他的臉上浮現了柔軟的微笑。

「歡迎光臨，櫻井先生。外頭很冷吧？」

站在鋪著褐色與藍色瓷磚的玄關，張開雙臂。淡淡的眉毛，微笑瞇著的雙眼，眼尾的笑紋，包圍著臉龐的略長頭髮。那張臉上浮現出來的親暱微笑，讓京介感到困惑。自己曾經和他見過面嗎？

「我是松浦。你忘了嗎？三年前，我們與茉莉小姐一起在月映山莊——」

「啊，你是那個時候的那位先生。」

這麼一說，終於想起來了。是那個聽說是印南雅長朋友的年輕男子。他始終陪在茉莉身邊，掛念著茉莉，而且與雅長劃清界線。在因為被妹妹指稱為殺人凶手而大感震驚、狼狽，最後終於發怒的雅長面前保護茉莉，毫不退縮。

就算他到現在還陪在茉莉身邊，也不讓人特別意外，可是從他到玄關迎接京介的模樣來看，說是客人，更像是這個家的人。

「請進。」擺好拖鞋的松浦說著，瞪大眼睛看著京介的雨靴。「外面很冷吧。外套就在這裡脫掉，掛在那邊。」

雖然聽了之後想要拉下前面的拉鍊，但是松浦以手示意要京介停下來，然後指著玄關旁邊的一扇門。打開門，裡頭是大概三張榻榻米大小的小房間，木頭掛衣架上，不知是不是因為有其他的客人，掛著厚重的羊毛大衣與軟氈帽。松浦把京介脫下來交給他的外套掛在掛勾上，小心地不讓紅色布料外露，面向裡頭掛好。

「有人告訴過你，不能穿紅色的東西嗎？」

「嗯，那個外國人說過。」

「你說的是凱撒（Csar）吧。」松浦背對著京介，輕輕地聳了聳肩膀。「那傢伙自認是江草夫人的騎士，不管面對誰都能若無其事亂擺架子，可是因為夫人允許，也不能拿他怎麼樣。」

「他叫凱撒？是法國人嗎？」

「他本人說是這個名字。」

「我聽說他是個占卜師。」

「是呀，他自稱占星師。話雖如此，我從來沒看過他在畫十二宮的占星圖。如果對那樣深奧的學問有興趣，一一列出事項要他幫忙占卜，不只是當事人的生日，連準確的誕生時刻，甚至是出生時腦袋出來的時間，這類毫無道理的刁難問題他都能夠蒙混過去。」

「原來如此。」

「而且他的名字是凱撒。櫻井先生應該也知道吧？就是那個諾斯特拉達姆斯（Nostradamus）兒子的名字。他宣稱自己是那個大預言家的後代，可以與大預言家的靈魂交流，所以有權利取這個名字。就算說他是詐欺犯，也並非不恰當的指責，你不這麼想嗎？」

「確實如此。」京介點頭。「可是，諾斯特拉達姆斯不是已經退流行了嗎？」

「聽說那傢伙是在三、四年以前住進這裡來的。」

自從一九七三年一個叫做G的作家，出版了一本大賣的書籍之後，讓諾斯特拉達姆斯之名在日本大為走紅。他那「一九九九年七月」的詩歌，預言了人類滅亡的說法，連在對神祕現象沒有興趣的一般大眾間都廣為流傳。然而這只是發生在日本的特殊情況，恐怕不是諾斯特拉達姆斯研究者，也不是什麼人物的G，以他非常迷惑人心的著作讓大眾信以為真，所造成的影響。

去年終於是據說恐怖大王會從天而降的年份，雖然冒出多如牛毛，全都是因循G說法的諾斯特拉達姆相關書籍，可是去年人類既沒有滅亡，世界也沒有發生災害或戰爭，這一窩蜂的風潮也就靜了下來。

「不過，你還是要給我忠告嗎？」

「那當然。」松浦說著嘆了口氣。「但是像我這種菜鳥說的話，也不敢要求你認真聽。至少現在這個時候，還沒有造成傷害。這麼一想，我決定要靜觀其變。」

松浦再度嘆氣。

「夫人很孤獨，江草家的後代已經沒有半個人。她娘家植竹家也在很久以前就世代交替，與她疏遠了，她也沒有孩子。雖然衣食無虞日子過得去，可是人的心靈不會因此而感到滿足。

所以她將茉莉視為親生女兒般疼愛，我也因為這樣得以在此出入。但是她不滿足只有這樣，所以才會想要凱撒那樣的傢伙待在身邊吧。因為就算我說些什麼，反而只會惹她生氣。如果她本人覺得幸福，現在這樣也很好。」

兩手大大地攤開，露出無可奈何的笑容，松浦說了句「走吧」後，手指著門。但是，他又再度停下腳步回頭，壓低聲音對京介說：

「可是，夫人對紅色有病態恐懼是事實。她從紅橙色到大紅色，只要是紅色系的顏色，都沒辦法直視。不只是實際的色彩，甚至連聽到『紅』這個字，或是會聯想到紅色的字彙都受不了。這一點，還請你牢記在心。」

「原因是什麼？」

「不知道。我個人認為是一種ＰＴＳＤ（創傷後壓力症）。」

「創傷後壓力症。也就是說，她有著與紅色相關的精神傷害。」

聽了京介的話，輕輕張大眼睛的松浦說「你懂得真多」。接著他輕柔地笑了。「關於晚餐的部分，我也要事先向你說明。酒只有白酒，料理大部分沒有肉，番茄、紅椒、草莓、辣椒，總之這些紅色的東西全部都沒有。當然房子裡面也沒有半樣紅色的物品，別人帶進來的也不可以。就連電視都是沒有顏色的黑白電視，徹底阻隔掉紅色。」

「真的很徹底。」

「我也是學習臨床心理學的人。我在美國待過幾年，累積了不少治療師的經驗。雖然想以專家的身分發言，可是這種時候像我這樣的娃娃臉實在很不利，好像不管怎麼樣都會被別人當成小孩子。」忍不住苦笑的松浦說：「雖然我不斷說著，如果不相信我，那麼請去找專業醫生談談，但是夫人也沒有聽進去，這也是因為凱撒的緣故。」

「他反對把江草夫人交給醫生嗎？」

「沒錯。因為這樣，夫人就非得出門上街不可。他如果像這樣威脅夫人：妳能去不知道會看到什麼東西的地方嗎？如果妳因為害怕而大吵大鬧，每個人一定會認為妳是個瘋子。那樣直接被送到療養院去怎麼樣呢？如果待在這個家裡，妳就安全了。離開這裡，有誰會守護妳？這麼一威脅，夫人立刻會感到沮喪，而再度自我封閉在這棟房子中，就這樣不斷重複著。對那樣的人來說，夫人如果軟弱恐懼，就容易操控吧。」

與溫柔的表情搭不上線的辛辣內容在此結束，松浦跨出腳步，一邊走著，一邊輕輕拖著左腳，這引起了京介的注意。才正想著這其實不仔細看就看不出來，松浦動作遲鈍的左腳腳尖，就撞到放在牆邊的觀葉植物花盆，膝蓋跪了下去。跑上前去的京介，用右手抓住他踉蹌不穩的身體。

「啊，謝謝……」

左手握住京介抓著自己右手的手，松浦撐起歪斜的身體。他的身高，只到京介的下顎左右。

「不好意思，麻煩你了。」

「還好吧？」

「嗯。明明已經過了半年以上，我這隻左腳，還是一點力氣都使不上來。」

鬆開京介的手，松浦抬頭看著京介，小聲地說：

「櫻井先生，不好意思，請你從現在開始裝作沒有發現我這個樣子。特別是在茉莉的面前，我也會特別小心的。」

說著，再度輕柔地笑了，不發一語地跨出腳步。京介想起報紙的內容，印南雅長從公寓陽台摔死的時候，在他的正下方，就是想要趕過去幫忙的松浦。松浦成了雅長的墊背，因此受了重傷。

餐廳位在玄關看過去最深的地方。與房子的外貌相比，室內設計並沒有特別奇怪的地方。壁紙是柔和的檸檬黃，地板上是長絨的深灰色地毯，桌上的桌巾是毫無汙垢的純白色。角落的花瓶插著黃玫瑰與滿天星。確實看不見紅色，可是若非事先告知，或許也不會注意到這一點。

緊鄰著餐廳的起居室裡有兩個客人。一位是滿頭白髮，似乎很頑固，戴著厚重眼鏡的老人。越看越覺得那張乾癟且滿是皺紋的臉，不只是因為上了年紀，而是身體可能有病。身材也像是小孩一般地瘦小。因為穿著拖鞋的腳懸在地板上，看起來顯得更為矮小。他是小西慶一，是在附近執業的醫生。他雖然曾經是江草夫人的醫生，以及以前住在這裡的印南家的家庭醫生，不過兩年前退休，醫院也關掉了。

他旁邊大約五十歲的胖男人，則是他的兒子和志。他沒有繼承父業，而是在黑磯經營販售醫療器材的公司。聽說退休的小西醫生，現在住在兒子家裡。雖然松浦介紹之後，京介打了招呼，可是老先生只是含混不清，沒有放在心上地喃喃自語。

雖然一如先前所說，不要晚於六點的守時，可是晚餐卻不是在那個時刻開始。京介被帶到起居室之後過了三十分鐘以上，江草夫人與印南茉莉才從二樓下來。通往走廊的門扉傳來重重的敲門聲，似乎只有京介感到訝異。站起來迎接的是松浦，從開啟的門扉走進來的夫人，宛如女王般將右手交給向她鞠躬的凱撒。

綁得高高的銀髮以珍珠裝飾，白色長禮服配上銀色長披肩，胸口也掛著兩層的珍珠首飾。凱撒穿著有如神父的黑色立領服裝，恭敬地跟隨在夫人身邊。

「歡迎各位，讓大家久等了。」

裝模作樣的可笑聲音，但沒有半個人笑。雖是身高不到一百五十公分的矮小老婆婆，可是加上穿著正式服裝，身材頎長的凱撒與其護衛之姿，還是頗有女主人的風範。戴著銀色鏡框，淡紫色鏡片的眼鏡，化著淡妝的老婆婆臉上，雖然有著如同皺綢的皺紋，卻是不見斑點的健康玫瑰色澤，口紅也是珍珠粉。那張嘴諷刺地露出宛如魔女的微笑，立著小指的左手一邊輕輕將鏡框往上推，一邊說：

「因為茉莉一直拿不定主意要怎麼打扮，所以才會花這麼多時間。請大家見諒。

唉，小西醫生，好久不見，你看來氣色不錯呢。和志，你的工作怎麼樣?就算麻煩，不過請你再稍微常常帶令尊出去走走。因為說到老年人的樂趣，就是與合得來的人訴說往事了。

你是櫻井先生?歡迎光臨。從現在開始我們要當鄰居了，還請你多多指教。住在那組合屋裡頭，不會冷嗎?那樣的空屋還要讓你專程看守，實在是辛苦你了。你一個男人，應該會有什麼不方便的地方吧。不嫌棄的話，請來寒舍吃飯，請你不要客氣喔。」

笑咪咪地對京介說完話，夫人握住京介在這種情況下被迫伸出來的手。又冰冷又乾枯，小小的手，讓人聯想到死在某處的小動物屍體，不過京介並未讓這個念頭顯露在臉上。

夫人從地上拿起長禮服的下襬往前走，終於看見她的背後還有一個人，看起來像是站著的一個人。松浦抱著肩膀，單手關上門。

「茉莉，櫻井先生來了。三年前，你們應該在月映山莊的庭院碰過面吧？」

即使聽到這些話，茉莉還是沒抬起臉。只見帶有荷葉邊的珍珠色上衣配上黑裙子的服裝，還有編好辮子盤在頭上的黑髮。垂在身體面前，一手握著另一手的雙手，微微顫抖。

「茉莉，櫻井先生人很好，妳什麼都不用擔心。和他打個招呼吧，好嗎？」

儘管摟著肩膀，以哄小孩的溫柔口吻再三勸說，茉莉還是不願意抬起頭。她輕輕地縮著雙肩，似乎想要從那個地方消失不見。松浦靠到她耳朵旁邊，低聲說了些什麼，她彷彿不願意地低著頭猛搖。可是當松浦再對她說些什麼之後，她終於抬起臉來。而且是帶著躊躇，大大的雙眼中滿是恐懼，仰望著京介。

京介想，那雙眼睛真像是膽小的松鼠。那一有什麼事情就會立刻向後轉，逃回去安全巢穴的姿勢，就是那雙眼睛的表情。

京介心想，曾經看過如此的眼神。在哪裡呢？搜尋記憶後，終於想起來了——原來如此，是蒼。不是現在的蒼，而是更久更久以前，剛開始住在神代教授家時，十一歲的蒼，出外時讓人感覺到的，正是如此的眼神：恐懼、警戒與緊張。當然那不只針對京介等人，除此之外面對其他人亦然。

他回過神來，看到茉莉的單手繞到背後，緊緊抓住松浦的毛衣下襬。以前的蒼，似乎也常常那樣，非得抓住京介的衣服不可。如同怕生的幼童動作，對十一歲的蒼來說就夠可憐了，何況茉莉已經是滿二十歲的大人。京介想起脫口而出，說兄長殺人時候的茉莉，帶著童音的口吻。

「晚安。」

一說完，茉莉的身體如嚇了一跳地往後退，看來現在也隨時會逃出去似的。松浦像是要安撫地拍著她說：

「沒事的，茉莉。這個人不會對妳怎麼樣的。」

「真的嗎……」

一開口說話，茉莉的表情便顯得更為幼稚。可是那微弱的聲音，並不是對著京介說的。

「這個人，真的什麼都不會做嗎？」

「真的。」松浦在她背後說著。「妳能對他打招呼嗎？說說看『晚安』。妳應該可以，好好說吧。我會在這裡陪妳，可以嗎？」

「晚、晚安……」

終究還是只說了這些。可是一說完，京介還來不及說些什麼，茉莉就將臉埋在位於後方的松浦胸口。

那個時候從後面傳來了聲音，是江草夫人奇妙且裝模作樣的聲音。

「茉莉，松浦，你們在櫻井先生的面前做什麼？晚餐要開始了喔。」

松浦輕輕拍著茉莉的肩膀，但是茉莉回頭的臉卻是緊繃僵硬的。

無月夜的慘劇

1

然後終於開始的晚餐，至少表面上和睦地進行。背對暖爐而坐的江草夫人很爽朗，率先提出各式各樣的話題，希望客人全都可以加入對話，似乎頗為用心。詢問小西父子的，是老先生的身體狀況或兒子的工作。兒子雖然很親切地和夫人對話，可是老先生是否因為耳背？只是悶不吭聲崩著臉專心吃飯。夫人雖然也有與京介說話，但是話題完全沒有碰觸到與月映山莊相關的部分，這讓人感覺到些微的不自然。

在和服上頭套著圍裙的兩名女性在一旁伺候，不過似乎是受了那樣的教育，始終無言地勤快工作著。據說料理全部都是從那須高原的飯店送來，再由廚房溫熱、裝盤，是真正的法國風味。但是一如松浦先前所言，絲毫不見任何紅色的食物。

莎拉是萵苣與芝麻菜，加上橄欖、水煮蛋與水煮大蝦，不過蝦子不只是殼，就連紅色的表皮都全部剝除，稍有疏忽大意就會被發現。雖然也有肉類料理，不過是淋上白醬的小牛肉，而且江草夫人並沒有動那道菜。

凱撒即使在餐桌上也不改自大的態度，擺出彷彿自己才是主人的架子。但是他踏實地照顧著夫人，十分周到。松浦偶爾會代替夫人，和氣且機靈地接續話題。茉莉則是低垂雙眼，不發一語。

京介在用餐途中，觀察著茉莉的情況。在馬上就要上前菜的時候，她面對著前方閉起雙眼。就那樣動也不動地過了短短幾秒，立刻又張開眼睛。然後像是吃驚似地眨著眼。坐在她旁邊的松浦，立刻湊近她的耳邊說了些什麼。

京介看她接著變了一個樣子。那輕輕將倒了酒的酒杯送到嘴邊，連一點聲音都沒有，遵照禮儀使用銀製刀叉的模樣，看不出絲毫孩子氣。雖然還是有種在懼怕什麼的感覺，可是態度看來就是獨當一面的的優雅女性。

上了既無草莓也無櫻桃的小小甜點與咖啡，晚餐結束。茉莉摺好餐巾，從椅子上起身。

「茉莉？」

對像是責備地看著她的夫人，茉莉迅速地彎腰鞠躬。

「不好意思，因為我覺得有點累，請容我就此先離席……」

聲音彷彿馬上就要中斷地纖細，可是與方才的口吻不同。松浦抬起臉想要跟隨茉莉，不過江草夫人比他還要早一步站了起來。

「那麼，我也決定要失禮了。邀請大家過來，真是不好意思。不過請大家在這裡慢慢來，輕鬆休息吧。和志，要開車的話，沒有等到酒醒再回去是不可以的喔。松浦，剩下的就拜託你了。凱撒。」

忽然伸出的右手，被叫到名字的黑衣僕人恭敬地扶著。然後茉莉站在餐桌面前，目送兩人離開的背影。看起來，她不想和夫人一起回去。可是，夫人的聲音從走廊傳了過來。

「茉莉，過來吧。我會幫妳換衣服的。」

京介看到，茉莉朝著聲音的方向搖頭。那個時候，茉莉的臉再度明顯地繃緊。眼中浮現出憤怒的色彩，緊閉的嘴唇扭曲。可是，也只有一瞬間，然後茉莉嘆了口氣。

「我先走了，晚安。」

發出沒有對著任何人的低語後，茉莉離開了房間。

負責伺候用餐的兩名女性，收拾餐桌完畢，便退回到廚房。在人數急速減少，十分寂靜的餐廳中。

「松浦老弟，我還想再喝一杯咖啡。」

小西和志悠哉地說，松浦爽快地起身。

「那我去泡咖啡，請大家移駕到起居室吧。小西醫生，還有櫻井先生。」

去洗手間的櫻井一回來，三個人已經移到了起居室的沙發上，咖啡杯冒出陣陣香氣。那時的話題雖然是印南雅長摔死的事情，可是與其說是談話，不如說是和志提問，松浦回答。老醫生不知道有沒有在聽，小小的身體孤單地坐在沙發上，雙手握著咖啡杯。

「——我在雅長還是個住在隔壁的小孩時就認識他了，這麼說起來，那傢伙大概從很久以前，就已經酒精中毒了吧。他果然是自殺的對吧？」

面對和志的問題，松浦似乎有些不悅地皺起眉頭。

「這我不清楚，我寧願相信那是意外。可是，那樣一來，他就有可能是因為從陽台上看到我來了，進而探出身體才掉下去的。所以——」

「你認為或許是你造成的?沒有那回事。要不是他喝得爛醉，大概也不會從陽台上摔下去。」

「可是——」

「啊，櫻井先生、櫻井先生——」

注意到從門進來的京介，和志揮舞著大大的手招呼他。

「請過來，和他說些什麼話吧!他呀，該說是人太善良還是什麼，居然說雅長的死可能是他害的，一直在煩惱。」

「好……」

雖然心想差不多可以告辭了，不過按情況看來機會已經溜走，京介只好坐到松浦旁邊。

「你應該知道這件事情吧?雅長從公寓陽台自殺往下跳，松浦遭到池魚之殃。他去拜訪那小子，正好走到公寓底下的時候，雅長就從天而降了。明明因為這樣造成左腳複雜性骨折，還住院住了好幾個月，他還要說這可能是自己不好。你一點都沒錯喔，松浦老弟。」

酒精發揮效用了嗎?和志滿臉通紅，大聲地說著。松浦用手肘頂著膝蓋，下巴撐在手掌上低著頭，不過偷瞄了京介一眼。

「我原本打算更早過去看他的，因此那一天也請假沒去上班。結果卻是出乎意料的疲憊，我想稍微躺著休息一下，可是醒過來的時候早就是晚上了。

那時候已經超過晚上九點很久了，可是我住在神樂坂，他的公寓在葛西。搭地鐵也花不了三十分鐘，我只穿了涼鞋就急忙出門。為什麼要那麼急?或許是因為有什麼像是預感的感覺。所以出了葛西車站，我也是一直看著地上在跑，越過公寓中庭時，也沒看到上面的情況。」

「然後就傳來一聲『砰』的聲音？」

松浦聽了和志的插嘴，輕輕地點頭。

「躺在醫院的病床上，我一直在想。如果是意外，那就是我的錯。即使是自殺，我也有責任。那樣，我還寧可那是殺人事件。如果是有誰上去他的房間，把他推下去，那就不是我的錯了。這樣想還真是蠢，對吧？」

「你的意思是說，沒有可能會是那樣嗎？」

京介的問題，讓松浦抬起泛紅的眼睛，點頭。

「嗯，不可能。」

「因為門上鎖了，不只上鎖，還加了門鏈。」和志插話進來。「只有陽台的玻璃窗是開著的。也就是說，直到雅長墜樓，房間裡頭沒有半個人在。」

「隔壁的房間呢？或者是樓上、樓下的房間呢？」

對著如此問道的京介，和志說：「這些警方都在考慮。」

不知道為什麼，和志好像非常高興。

「周遭的住戶，不是出門不在家房間上鎖了，就是一家四口正在吃很晚開飯的晚餐，全部都是這樣的情況，沒有任何人有可能離開自己正在做的事情。所以，自殺也好，意外也罷，雅長都是自己墜樓身亡的。」

昨天也聽倉持說過，印南雅長酗酒的程度與酒精中毒相同。為什麼他會變成這樣？說起來，還是因為「被妹妹那樣指控」的緣故。確實，雖然沒有血緣關係，但是遭到平常視為家人、同住一起的人指控是殺人凶手，是很有可能受到打擊。但是，一個成年男人，會單純因為那樣的事情自殺嗎？甚至在那樣遭人懷疑的情況下，頹廢度日嗎？

不能說完全不可能。雖然雅長外表看來實在是個男子漢的模樣，但是這樣的人反而有著脆弱的精神，也不算稀奇。

（可是，實在搞不懂——）

京介在心中喃喃自語。至今為止所聽聞的事實，都彷彿掌握不到重點一般，整體畫不出個明快的線條。有太多地方讓人無法接受。這麼一思考，京介臉上不動聲色，在心底苦笑。自己在想什麼呢？這些事與自己沒有關係。

「我與雅長同學，是一九八七年在洛杉磯認識的。從那時候開始直到最後，我都想要當他的朋友……」深深低著頭的松浦低語。「他怎麼看我，他在過去做了些什麼，我都不想恨他。我要守護茉莉，他們不應該那樣，在爭執過後就避不見面。只有我能夠擔任茉莉與他之間的橋樑，因為我這麼想，所以才想要找他多談一談。

或許是他不信任我，而且還很恨我，認為是我搶走他的妹妹，破壞他們兄妹之間的感情。所以，如果他是因為看到我而跳下樓，或許是他不想再和我說話，想要把我捲進去一起死——」

「松浦老弟。松浦老弟，你這樣是不行的！怎麼可以一直想這麼負面的東西？」和志的大手拍著他的背。「你不是什麼事情都沒做嗎？說起來，講出那件事情的人是茉莉，如果沒有心虛之處，雅長只要平心靜氣就好了，不是嗎？」

和志將京介心裡浮現出的懷疑，轉為言語說出口。松浦聽了說：

「可是我對茉莉恢復的記憶有責任。為了恢復她的精神健康，必須喚醒受到壓抑的記憶，因為這樣造成雅長同學死亡。我一想到這一點，就怎麼樣也沒辦法釋懷——」

「恢復的記憶」、「壓抑的記憶」，這些字句占據了京介的腦海，黯淡地忽明忽暗。剛剛松浦說過，說自己在美國學習臨床心理學，是個累積不少治療師經驗的專家。也就是說，他是以心理治療師的身分，與印南茉莉來往。其結果就是在一九九七年的時候，茉莉對著哥哥雅長脫口而出「我終於想起來了」、「哥哥殺人」之類的話。

京介記得曾經在什麼地方讀過，近年在美國，遭受雙親或親戚等身邊人虐待的孩子，長大成人之後，控告加害人的例子急速增加。因為那些人之中有好幾成的人，失去了受虐的記憶。

無力的孩子，被放置於自己無能為力改變的狀態中，唯一能夠保護自己的方法，就是讓自我分裂，分成受到虐待的自己，以及沒有受傷的自己。沒有受傷的那個，就沒有受虐的記憶。分割成兩個，受傷的自己當作犧牲者，背負著受虐的記憶，遭到潛意識的壓抑。

但是遭到壓抑的記憶，會對應當毫無傷害的顯意識產生影響。長大成人之後，出現各式各樣的精神病或酗酒等症狀的人們，在與心理治療師面對面的時候，回顧過去，鮮明地想起已經遺忘的孩提時代受虐情況。在某些例子中，多重人格也與如此被遺忘的兒童虐待有所關聯。據說擁有十六個人格的西碧兒（註9），還有最近的暢銷書，擁有二十四個人格的比利（Billy Milligan），都曾經是受虐的犧牲者——

9　西碧兒，第一個接受精神分析的多重人格患者，具有十四個女性與兩個男性人格。在弗羅拉・史萊柏（Flora Schreiber）著作中，為了保護當事人隱私所使用的名字為Sybil Isabel Dorsett，但她的本名是Shirley Ardell Mason（1923-1998）。一般認為她因為小時候曾經受到母親極為嚴重的虐待，所以形成了多重人格。

「所以囉，說這些也無濟於事，畢竟茉莉還是應該指控雅長是凶手。」

和志用響亮的聲音，打破沉澱在起居室內的沉默。

「就是因為黑白不分，所以你才會這樣煩惱個不停吧？如果雅長真是殺死兩個女人的凶手，不管他是自殺還是怎麼死的，那旁人也無計可施。還是說，你並不相信茉莉的記憶？」

「我當然相信，她的記憶……」

低語的松浦抬起臉，張大的雙眼因淚水而溼潤。

「可是，如您所言，我覺得很不安。如果有其他的解釋，茉莉也有可能是把對於不能保護自己的雅長同學所產生的憤怒或悲傷，以告發的形式宣洩出來。」

「即使如此，那也原本就是那樣了。雅長在失去雙親之後，非得上學不可，總是把茉莉丟在這裡，去了東京就不回來，對吧？因為我也不在這裡，所以不怎麼清楚詳情，可是根據我老爸說，小時候我們曾經非常要好。喂，你不覺得奇怪嗎，櫻井先生？」

和志盯著京介的臉。雖然酒臭味的呼吸讓人為難，但還是無可奈何地做出回應。

「說不定不是因為妹妹，而是有其他原因讓他不想回去。」

「啊，你是說擔任家教的那個女人，在追求雅長的事情吧？」

「那是真的嗎？」

「我也不清楚。雖然那個女人有點年紀，不過確實是個美人胚子呢。可是她好像對於自己的聰明很得意，有點讓人討厭的感覺。她好像說過，像這種鄉下人，從一開始就不成問題。」

「您知道的真清楚。」

聽到京介的話，和志滿是油光的臉一下子漲得通紅。

「你、你、你在胡說什麼？我只是偶爾會在老爸的醫院碰到她而已。那個女人，應該真的想過要追到雅長，好成為印南家的媳婦吧。」

「可是，雅長似乎避著茉莉的情況，並不是只有那個時期。」松浦插嘴。「他在事件發生之後，丟下妹妹到洛杉磯的大學去留學，然後在那裡認識了我。」

「那怎麼看都很奇怪，所以雅長果然還是因為心虛吧。看到自己犯下的凶案現場，總是會想起殺人的事情，良心不安。只能這麼認為了，不是嗎？對吧，櫻井先生？」

京介抬起視線，從正面凝視著，不只是和志也包括松浦的臉。他咬著嘴唇，腦海中浮現出剛剛才在組合屋裡看過的文章〈消失於夜晚的凶刀〉。不曉得那篇文章有多少的事實，可是，那篇文章的確推理出不是警方找不到的職業強盜，而是印南雅長就是該凶案的犯人。讓人覺得彷彿是在誘導讀者。為什麼那樣的東西，就像是特意要讓自己去閱讀似的，被放在那個地方呢？不，現在沒必要思考到這個地步，也沒有必要侷限於那篇文章。

「我——認為在這裡不斷臆測沒有意義。」

京介小聲地回答，和志一臉掃興。這樣就對了，差不多也到散會的時間了。

「當然，警方應該也在調查雅長先生的不在場證明。他也沒有遭到逮捕，因此視為他不可能犯案就好了，不是嗎？」

「但是，其中有什麼詭計吧。警方是在將計就計——」

「喂，和志，你給我差不多一點！」

忽然從背後傳來一聲大吼。被叫到名字的和志，像是從沙發上跳起來似地站了起來。出聲的人，是始終連一句話都沒講過的小西醫生。彷彿乾枯的矮小老人，從坐著的靠背椅子上站起來。用右手掏著耳朵說：

「我就在想，從剛剛開始你到底在說些什麼東西，真是笑死人了！雅長是凶手？有可能嗎？我這雙眼睛清清楚楚地看到犯人了。他單手提著大大的行李，戴著圓頂禮帽，一個瘦瘦高高的男人，一下子就從月映山莊的面前消失不見。」

2

小西醫生的身高，就算站起來也只到京介的胸口。那個矮小的老先生，一邊彷彿頭痛起來地大叫著，一邊不客氣地走到松浦面前。

「你聽好，松浦老弟。雖然我一直什麼話都沒講，可是你照顧茉莉的做法，我並不贊成。雖然恢復受壓抑的記憶，與患者的心理健康有關，可是茉莉就會因此得到健康嗎？

不是這樣吧。即使以前想要依賴雅長，要求雅長讓自己依賴，可是現在茉莉只是纏著你。不管過了多久，茉莉都無法活得像是她那個年齡應有的，身為獨立人格的模樣。這不是你的錯誤嗎？讓茉莉想起根本就不存在，與雅長殺人的相關記憶，也可以說是你的錯！」

松浦臉色鐵青。像是忽然被雙親責罵的孩子，身體發抖，緊握拳頭。舌尖一面不停地舔舐下唇，彷彿在尋找字句，低著頭的他，好不容易終於抬起了臉。

「的確，我雖然是個心理治療師，但還是個不成熟的人，我不會說自己永遠不會弄錯。還有，我身為心理治療師，或許跨越了與病人之間應有的界限，可是我並不認為這樣是錯的。我——」

中斷話語的松浦，臉頰如同少女般地泛紅起來。

「我喜歡茉莉，我視她為一個女人，愛她。」

和志發出哦的聲音。可是如果一路看著這兩個人，也就沒什麼好意外的。

「如果你是認真的，那就是你的錯誤。大錯特錯！」老醫生大叫。「你利用身為治療者的立場，玩弄了可憐的患者。做這種事情，實在太不應該！」

然而松浦漲紅著臉，一步也不退縮。

「不是的，我的感情是認真的。而且，茉莉她也接受了我的感情。」

「茉莉沒有正常的判斷能力，就和小孩子一樣。這一點，你應該十分清楚吧！」

「不，我和小西醫生一樣，不認為她沒有能力可以自立。我認為您這麼說，就和不把病人當人是一樣的。」

「你說什麼？」老醫生大吼。「我認為不能把病患當成健全的人——就我的眼睛來看，我只感覺到，你一直把茉莉當成小孩看待，只有在自己需要的時候才會把她視為大人。讓她認為自己唯一的血親是殺人犯，歸根究柢也是因為你想要茉莉順從你的想法，不是嗎？這麼一來，雅長自殺，就正合你意了。不，還是說，他是你殺死的？」

「爸！」似乎忍受不了似的，和志大喊。「您也適可而止吧！反正您也沒聽到我們剛剛講的話，松浦老弟不可能殺死雅長。茉莉一樣是沒有親人，如果有個愛她又可靠的男人，不是很好嗎？」

「所以，你要讓已經死掉的雅長，去扛根本不是他幹的殺人罪嗎？」

「說不定，那就是他幹的。」

「不是他！」老人再度大吼。「我剛也已經說過了。我走到月映山莊面前的時候，看到了一個逃走的人影。」

「那不是雅長嗎？」

「我怎麼可能會看錯？雅長那傢伙沒有那麼瘦那麼高，也沒戴圓頂禮帽。這一點我很確定，我的視力還不錯，也不是個老糊塗。」

「那個時候，有沒有照明？」

京介問。那篇〈消失於夜晚的凶刀〉裡頭，雖然說電燈沒亮，可是這是否為正確的情報，在宣稱目擊的當事人面前，京介還是戰勝不了想要確認的欲望。老先生皺著白色的眉毛，看著京介，大概是因為多少有點重聽，所以回答也很大聲：

「沒有。就算走得很近，也沒看到燈光透過窗戶，門廊也沒開燈。所以我才覺得不對勁，連忙靠過去。」

「那麼，既然沒有照明，您還能夠那麼清楚地看到那個人的身影嗎？」

松浦與和志同時屏住呼吸，小西醫生「唔」的一聲撇嘴。

從文章裡讀到這件事情開始，就一直感到疑惑。因為月映山莊的庭院裡，現在並沒有庭園燈，而且也沒有曾經有過的痕跡。

京介還以為，醫生看見應當看不到的犯人，加上利用文章偽造的證詞，或許會誘導人認為凶手是印南雅長。但是出乎京介意料，醫生作證了比文章還要詳細的親眼所見，並且斷定雅長不是凶手。

不，不能只靠這一點，就否定了〈消失於夜晚的凶刀〉的布局。也就是說，可能是那篇文章省略了醫生所言「我看見的人不是雅長」的話，特意想要誤導讀者。如果今天沒有在這裡聽到小西醫生說的，沒有注意到其他部分讓人隱約感覺到的布局，京介會認為那個「非常瘦長的人影」，就是隨後與醫生一起搭巡邏車出現的雅長，也就不是那麼不可思議了。

「我看到了。」小西醫生抬著下巴重複一次：「我的確看到了，我沒說謊。」

「所以那是您誤會了吧，因為根本沒有半點照明。」

「我沒搞錯！」張大嘴巴對著兒子大叫一聲的小西醫生說：「沒錯，我想起來了。那天晚上是滿月，雖然有雲，但是月亮一下子出來，一子又躲起來，那個時候一下子亮一下子暗。我靠近月映山莊旁邊的時候，月亮從雲裡頭出來，周遭一下子就亮了起來，那棟房子的白色外牆清楚地照出來。所以，我真的有看到。」

「當時的情況怎麼樣？」

「對方從門廊的右邊迅速通過，應該是剛剛從玄關跑出來的吧。」

「只有這樣子……」和志似乎在尋求同意，看著京介與松浦，小聲地說。

「就憑這個樣子，你就想認定雅長是犯人嗎？」

遭到老先生怒斥，和志縮了縮脖子。

「你在裝什麼外行偵探？聽好了，這個時候我要先把話講清楚。我在江草夫人的這棟房子裡頭打電話，然後搭巡邏車與雅長一起過去，碰到三谷與小栗原遺體的時候，已經過了晚上十點半。那個時候，屍體的角膜已經開始混濁，僵硬的部分則從下巴開始，然後是脖子、還有肩膀，不過手指還沒開始僵硬。也就是說，那個時候，大概是死後兩、三個小時左右。

雖然這是我在那個情況下的推斷，可是解剖之後推測的死亡時間，則更縮小了範圍。據說是下午七點到八點這段時間。可是，雅長六點半的時候還在葛西的公寓。不管怎麼飆車，都不可能在八點之前到達月映山莊的。懂嗎！」

（又來了……）

京介在心底默默地想。那篇文章寫著「發現之前的兩、三個小時之內」。如果有了「以內」這樣的印象，讀起來的感覺就是，包括發現之前的一個小時、三十分鐘，不是嗎？

犯罪時間越來越晚，就對印南雅長越不利。確實，那篇文章是要讓讀者認為他是犯人，而有意識地進行書寫。

可是不清楚把那篇文章放在組合屋的人，是不是知道這麼多。還有雖然不知道倉持對京介來當守衛的事情透露了多少，可是假設他連京介的名字都講了出來，讓與任何地點、任何人都沒有關係的「櫻井京介」讀到一九八六年的事件相關訊息，而且還是經過扭曲的內容，到底有什麼意義？

「確定他那個時間人真的在東京嗎？」

面對不願死心的和志，老先生不容分說地回應：

「你以為警方不會調查這些嗎？」

「那，或許他趕不上八點，可是十點半才到不會太晚了嗎？」

「聽說是因為東北快速道路發生車禍塞車，他從宇都宮下到平面道路的關係。然後他迷路了，花了不少時間；聽說雅長有打上時間的高速公路過路費收據，也都留下了記錄。不管怎麼看，在推定的死亡時間內，可以肯定雅長無法回到月映山莊。在此一前提下，他不可能殺死兩個人，茉莉也不可能看到他殺人的情景。懂不懂！」

起居室的門發出「嘰」的聲音，打了開來。

「你們在聊的話題，聽起來挺有意思。」

一邊說著，一邊現身的人，是換穿深綠色毛衣，脖子圍著同一個顏色圍巾的凱撒。高大得要擋住門口的身體，靠在打開的門上頭。

「那麼，小西醫生，十四年前襲擊月映山莊，殺了兩名女子的凶手，跑到哪裡去了？」

「這種事情，我從來都不清楚。」

老先生一邊挖著耳朵，一邊不開心地丟下這句話，轉過身去。

「您不記得您親眼目擊到的，那個戴著圓頂禮帽的男人嗎？」

「我記得的話老早就說了。逮捕犯人應該是警方的工作吧，我是個醫生。看起來不像嗎？」

「這又讓您感到非常不高興呀。」

「我不想與冒牌占卜師講話。和志，走了。」

「不好意思，現在要請您稍等。」

凱撒用身體擋在想要走人的老先生面前。

「但是重要的警方卻還沒有抓到犯人。我認為，茉莉小姐的悲傷與痛苦，都是起因於一九八六年那真相未明，一直懸在半空中的事件。

如果醫生的工作是保護病患的身心安穩，那麼追究事件的真相，絕對不是與醫生工作毫無關係吧。松浦先生，你認為呢？我有說錯嗎？」

被凱撒叫到名字，松浦雖然別過露出厭惡的臉，但還是回答：「不，我認為你沒說錯──」

松浦看都不看凱撒，低聲說道：

「雖然我不是醫生，可是為了茉莉，我想瞭解真相。如果她能因此從過去的桎梏中解脫，只要我能力所及，我什麼都願意做。」

凱撒哦了一聲，點頭。

「各位，怎麼樣？現在我們就去月映山莊實地調查一件事情吧。」

「現在？」

面對目瞪口呆的和志，凱撒舉起大大的手，指著牆上的時鐘。

「你們看，現在的時間，正好差不多和十四年前一樣，都是晚上十點半。小西先生、醫生，還有你是櫻井先生吧？如果你不是單純拿從剛剛到現在的討論來打發時間，就應該跟來。」

隨後過了十五分鐘，除了老醫生之外，由凱撒帶領的三個人，走過沿著月映山莊土地邊線的森林之中。小西醫生說，除此之外沒什麼好說了，拒絕參與，他的兒子和志則是一副下不了台的模樣。京介則是因為要回去，非得參加不可。為了鎖上門窗，在出門之前花了十五分鐘。

伺候晚餐的兩名女子，因為通勤上下班，早就開車回去了。除了醫生，留下來的就只有在二樓寢室休息的江草夫人與茉莉。不只是大門，包括後門、窗戶，松浦與凱撒分頭確實上鎖。醫生一直坐在起居室的沙發上，即使松浦離去前對他說「我出門了」，也是一臉冷漠。

凱撒在玄關鎖門的時候，他的口袋曾經一度傳來手機的鈴聲。打了「哈囉」的招呼，凱撒立刻「哦」了一聲聳聳肩，說太太找他，要大家等他一會兒。因此，大家就在關上的大門前面，被迫等了五分鐘。

在靜靜走著的四人隊伍的最後面，小西和志拉了拉京介的袖子。

「喂，你有月映山莊的鑰匙嗎？」

「嗯。可是，我們不可以隨意進去。」

「說的也是。」

雖然因為黑暗看不見表情，但明顯是鬆了一口氣的聲音。

「哎呀，老實說，我覺得有點提心吊膽呢。說什麼要實地調查，該不會還要進到屋子裡頭到處看吧。」

「你累了嗎？」

他搖搖手。

「最重要的是，那棟屋子有很多謠言，要在晚上進去的話，那我怎麼樣都要拒絕。」

「怎麼樣的謠言？」

「你問我？對哦，因為你不知道，所以才敢住在那個地方。一般來說，大家可是怕得很呢。」以像是吃驚的敬佩口吻說完，和志繼續說：

「蓋那棟房子的人，他的太太在二樓房間自殺，這你知道嗎？」

「嗯。」

「所以，傳說那個房間裡頭有鬼魂出沒。」

「這我也聽說過。」

「我聽到的是更新的說法。大概是十四、五年前，聽說有人看到那個房間的窗戶，染上了鮮豔的血紅色。」

「如果是十四、五年前，那是在那個事件之前，還是之後？」

京介一問，他有些沉默，陷入了思考。

「大概是之前。無論如何，發生那件事情之後，月映山莊就沒有住人了。」

「雅長先生那時已經去美國留學了吧。」

「是呀。聽說，茉莉確實在醫療設施之類的地方住了一年，然後國中、高中、短大，都念有宿舍的學校。」

「那段期間，雅長先生一直都在美國？」

「沒錯。雖然在前年茉莉從短大畢業的時候他回來了，可是兩個人只一起住了不到一個月。

不管怎麼說，這樣都太冷漠了，或者該說太奇怪？因為茉莉就算不是他的親妹妹，也是世上唯一的妹妹呀。」

「是呀。」

走出森林，然而不習慣黑暗的雙眼，只能勉強看見月映山莊的輪廓。和志舉起手電筒，照著位在前方的牆壁。

「這麼暗——」他小聲地說。「這種情況下哪能看到逃走的人，我老爸一定是誤會了。」

「不對，不能這麼說。」

「咦？」

「醫生不是說過，那個時候是滿月嗎？」

「啊，是呀。」

和志與京介在原地停下腳步，仰望夜空。看來今晚沒有下雪，彷彿在頭上鋪設的黑色天鵝絨，無數的白亮星星鑲嵌其上。沒有月亮。

「如果有月光，情況就會大不相同。」

「加上當時房子的牆壁，應該也遠比現在更白，不是嗎？那樣一來，牆壁就可以反光，會讓人感覺到更為明亮吧。」

「嗯。那麼，果然我老爸看到的，那個戴著圓頂禮帽，單手拿著大行李的高瘦傢伙就是犯人了？」

「也許是。」

「可是，要來當強盜的人，為什麼要打扮成那種像是去參加化裝舞會的樣子？」

「說的也是。說不定，那個犯人是應邀前來的客人。當然，他隱瞞了行凶的計畫。如果打扮成那個樣子，就會戴上手套，所以才會有這種誇張的正式打扮。」

「啊，原來如此。為了避免留下指紋嗎？」

「聽說三谷小姐的屍體被發現的時候，有盛裝打扮過，是真的嗎？」

和志一臉意外地回頭看著京介。

「你知道的還真是詳細。」

「是嗎？」

「報紙沒有寫到這些，我是因為聽父親提過，所以才知道的。三谷圭子那個女人，美是美，不過卻是比一般人還要死板的人，平常總是把頭髮好好綁在頭後面，戴著眼鏡，穿著樸素的套裝。

我老爸看見她的時候，頭髮是放下來的，戴著耳環，拿下眼鏡，也有化妝，身上穿著白色洋裝。因為與平常實在差太多，我老爸好像一開始還以為不是三谷。所以，你的推理是，她是為了迎接戴圓頂禮帽的訪客，所以才特意裝扮的？」

「不，只是我也這麼想過就是了。」

「儘管如此，警方卻逮捕不到犯人。到底對方是多專業呀？哎呀，那兩個人跑哪兒去了？」

在京介等人停下來講話的時候，凱撒與松浦似乎繞過轉角，到房屋的正面去了。可以聽見說話的聲音。那個聲音是誰？

小跑步繞到月映山莊大門側邊的兩個人，將手裡拿著的手電筒往前方照去，發現到在那裡的人影有三個，旁邊則停著京介很眼熟的白色箱型車。

「倉持先生？」

「喔，櫻井同學。嚇死人了，我還以為縱火犯這麼快就出現了呢。」

與身穿老樣子的連身工作衣褲，加上短外套的倉持、凱撒及松浦面對面。從身體的位置來看，似乎是倉持擋在正要走上門廊的兩人面前。

「怎麼了嗎？」

「沒事，這些人想要跑到月映山莊裡頭。」

「才不是！」松浦打斷了倉持的話。「像小西醫生說的一樣，如果人影從右手邊過去，應該就是要從玄關走出門廊，走下這段階梯的。我們靠近只是為了確定這一點。」

「沒錯。因為這樣說我們是小偷，真是太沒禮貌了。根據情況，我也可以告你。」

凱撒帶著威脅的聲音，讓倉持無奈地兩手一攤。

「雖然我不知道你要用什麼罪名告我，不過我們受到月映山莊所有人印南茉莉小姐與縣政府的委託，負責這棟建築的管理，這一點還請你明察。如果你們想要參觀內部，透過印南小姐告訴我，我很樂意替你們介紹。就算如此，也不是在這個時間，而應該是更明亮的時候。這樣不是很好嗎？」

「我也贊成。就算再怎麼同樣的季節與時間，滿月的夜晚與今天這樣的新月相比，實地調查根本沒有意義，要調查也應該在白天做。」京介從旁插嘴說道。

「說的也是。」

聽了京介的話，松浦低下頭去。就在這個時候，聽見了「鈴鈴鈴鈴鈴……」的聲音。是剛才也聽過的，凱撒的手機鈴聲。他似乎嚇了一跳，大大的手掌伸進黑色大衣的口袋中，他握在手裡的手機就像是個玩具。

「哈囉——」說完，他的臉部忽然扭曲。「夫人？怎麼了？夫人——是，我知道了，現在馬上回去！」

大叫的凱撒，抓著手機直接轉身。在他奔跑起來腳步聲大響的後面，松浦正在努力追趕前方。

「凱撒，怎麼了？凱撒——」

他回頭大叫：「大家都過來，發生事情了！」

「什麼？到底怎麼了？」

「我不知道。可是，夫人有危險！」

在凱撒與松浦之後，包括倉持在內，剩下來的三個人也一起追了上去。奔過狹窄的森林小路，好不容易終於看見江草夫人住處的時候，凱撒停下了腳步。一道尖銳的聲音，貫穿所有人的耳朵。

「那是什麼東西？」

「是槍聲！」

「槍？」

「怎麼會有這種東西？」

「那是我防身用的。我放在二樓的臥室裡頭，可是應該有好好上鎖才對。到底發生什麼事情了？啊，夫人呀！Oh My God!」

凱撒再度拔腿狂奔。

3

為了打開大門，花了一點時間。凱撒這個男人，從他的體格或自大的態度想像不到，也許實際上是個膽小鬼。雖然從口袋裡拿出鑰匙，但是手卻抖個不停，沒辦法好好把鑰匙插到門鎖內。其他人見狀想要幫忙，他又發出吼聲加以拒絕，實在讓人很難處理。

好不容易門終於開了。因為電燈一直都開著，所以直接跑過走廊到最裡面，沒有關門的起居室裡頭一覽無遺。剛剛還有看到，坐在那邊沙發上目送眾人離開的小西醫生身影。可是，現在已經沒有半個人。

「夫人！」不耐地一邊脫外套，凱撒一邊大叫著往裡頭跑去。

「江草夫人、茉莉——」松浦喊叫著。

跑在兩人後面，京介等人也進到了走廊。和志在最前面，啪嗒啪嗒地跑過走廊。

「老爸！」

他衝進起居室。但是除了起居室，隔壁拉門開著的餐廳也是，都沒有任何人影。如果江草夫人打電話給凱撒，那麼發生事情的應該是二樓。難道小西醫生也上去二樓了嗎？

「樓梯在哪裡？」

「咦？啊！我記得在這邊沒錯。」

順著和志指出的方向，眾人又回到玄關一帶。到這裡來的時候，京介一度進到玄關右邊的小房間裡頭脫掉外套，然後直接被帶到起居室。雖然沒有印象在路上有看到樓梯，可是看來包括倉持在內的三個男人，都在走廊的途中停下腳步。門開著，樓梯似乎就在其中。

「怎麼了？」

面對京介的問題，倉持無言指著前方。京介像是擠進凱撒與松浦之間，探看著裡面。那是電燈亮著的樓梯房。寬度不太寬的木頭樓梯，一邊彎成直角一邊往上延伸。可是，要毫無猶豫地爬上那個樓梯，應該是任誰都做不到的。

身體歪斜，頭下腳上倒在樓梯上的是小西醫生。他的雙眼像是受到驚嚇地圓睜，眼睛上方的額頭則是破了個大洞，新鮮的紅色血液不斷湧出。

「喂，老爸——」推開擋在面前的眾人，和志走了出來。「老爸！老爸！這是誰幹的……」

但是松浦伸出手，阻止想要上前的和志。

「等一下。」

「你、你想幹麼！我能一直讓我老爸這個樣子嗎？要快點治療他才行！對了，他的醫療包放在起居室裡——」

這次想要回去走廊的和志，則是受到凱撒沉默地拉住。松浦從後方，彷彿安慰似地拍著他的肩膀。

「小西先生，很遺憾，醫生他已經走了。」

「你怎麼知道？」

「因為我也有學過醫學。如果你有疑問，櫻井先生——」松浦輕輕地轉頭。「可以麻煩您看看嗎？看看醫生是不是已經走了？」

京介單膝跪在地上，眼睛湊近老人倒在地上的臉。試著碰觸太陽穴，沒有脈搏。將手指靠在稍微打開的嘴唇上，也感覺不到呼吸。

「他確實已經不在了。」

「你明白了吧，小西先生。雖然考慮到你的心情，大家都深感遺憾，但是直到警方來蒐證之前，保持現場應該才是對的。」

松浦的話讓和志瞪大眼睛。

「警方？你的意思是說這不是意外？你的意思是，難道我老爸是被殺的嗎？」

「我認為很有可能。如果醫生是因為樓梯踩空撞到了頭，那應該是後腦杓受傷才對。雖然現在看不出來他的後腦杓有沒有受傷，可是至少這個額頭上的傷口，看起來應該是凶器造成的。當然說不定這不是致命傷，而是醫生在二樓就遭到攻擊，然後才倒在這裡。櫻井先生，您的看法呢？」

京介輕輕地皺眉，看著松浦。然而，卻沒有將浮現於內心的話語說出口。

「不只如此，這座樓梯要轉兩次彎才會到二樓。也就是說，有兩塊平台。因為天花板高度很高，如果從二樓一口氣跌到一樓，非常有可能會受到重傷，但如果是這種構造，身體應該會在平台就停住。大概小西先生是在上樓的時候，在那裡的平台遇襲，額頭受傷之後倒摔下來。就算那個時候撞到了後腦杓，可是致命傷畢竟還是前額的傷口。」

「我也這麼認為。」松浦望著京介點頭。「這裡應該維持原狀，必須先報警。」

「咦？可是，這樣就得等到警方來處理之後才能上樓去了？」

倉持說，凱撒也忽然回神地看著上面。

「沒錯。不能這樣！」

他轉身往裡頭走去。

「櫻井先生，請過來這邊！」松浦一面追著凱撒，一面轉頭叫著京介。「廚房那邊還有另一座樓梯，可以從那邊上去。」

儘管如此，京介還是站在原地。老先生的耳道裡似乎有什麼東西，像是圓形耳塞的東西。不對，那是助聽器。

（像他這把年紀，聽力不好也沒什麼稀奇——）

爬上傭人所使用，又窄又陡的樓梯，開門的地方就是走廊起點，這裡也亮著電燈。途中兩邊的牆壁雖然有好幾扇門，不過凱撒與松浦看都不看一眼。凱撒往距離後樓梯最遠的地方跑去，也就是似乎位於玄關旁邊一角的房間，松浦打開自己前面的那扇門。

「茉莉！」

京介與倉持往裡頭看，是間大概有十張榻榻米大小的西式房間，最裡面是床鋪。雖然毛毯亂成一團，但是床上沒有人躺著。倉持低頭看著地板，像是嚇了一跳，呆立不動。掉在地板上的是一件白色上衣與黑色裙子。

京介想，那是茉莉晚餐時穿著的服裝。再看仔細一點，掉在地板上的東西不只如此。還有白色的蕾絲胸罩，襯衣也變得亂七八糟地疊在上面。還有一隻小小的黑色高跟鞋，彷彿踐踏衣服地放在上面，也留有好幾個白色腳印。

「夫人！喂，夫人！」

凱撒喊叫的聲音傳來。京介還以為松浦不在這裡，可是這個房間除了通往走廊的門開著以外，還有一扇門。聲音聽來是從那裡傳來的，松浦站在那扇門邊，茫然地望著另一邊。

那邊是凱撒衝進去的房間，面積約為茉莉房間的三倍。室內裝潢有白色、黑色與淡紫色。地毯是散落著黑玫瑰圖案的紫色，牆壁是黑與白的條紋，遮住窗戶的窗簾也是同一個顏色與花樣。沙發是有點濃的紫色，上面鋪著白色羊毛。

但是，才剛剛一腳踏進那個房間，京介就聞到讓人不習慣的味道。那是刺激著鼻腔的火藥味。身穿淺藍色家居服的江草夫人，像是從排列成半圓形的沙發上半滑下去一般，精疲力盡地靠著沙發。凱撒跪在她身旁。

「你們看！」他回頭大叫。「這裡有彈痕！」

在他所指的地方，非常靠近江草夫人臉部的紫色沙發布上頭，確實有個像是圍繞著一圈焦黑的圓孔。

「夫人是在這裡被攻擊的嗎？不對，先前只有聽到一次槍聲——夫人！夫人！請您睜開眼睛，求求您！」

被凱撒用手搖晃著，腦袋無力地晃動，頭髮雖有些凌亂，但是夫人的臉與晚餐之時完全一樣，只是少了眼鏡，塗上睫毛膏的睫毛顫抖著。眼睛雖然睜開了，但是下一秒立刻發出慘叫，將臉埋進凱撒的胸膛。

「夫人！您怎麼了？已經沒事了，請您告訴我，這把槍是我收起來的那一把嗎？夫人！」

「啊、啊啊……」臉依然埋在凱撒胸前，江草夫人大叫。「好可怕！居然這麼可怕！我真的，真的不敢相信……」

「夫人？」

「剛剛我已經上床睡覺，房間的電燈都關掉了，只點了床頭燈，好讓我看看書。你們出去之後，我就專心看書，沒有注意到外面的動靜。

然後，應該沒有過多久。隔壁的門打開，我聽到那個聲音。只有門窗的聲音非常大，沒有聽到腳步聲或是人講話的聲音。然後，又是開門的聲音。接著，從遠方傳來微弱的聲音，好像是什麼重物墜落的聲音。

我屏氣凝神，不知道為什麼心跳得有些快，不知道為什麼都不覺得害怕。我抓著書，像小孩子一樣，在床鋪裡頭不敢發出任何聲音。我用毛毯從頭到腳包著，塞著耳朵，然後這次是我房間的門，聲音微弱地打開了。不是靠走廊的那扇門。然後，房間的燈亮了。

我聽到細微的腳步聲。到底我的房子裡發生了什麼事情？我再也忍不下去，從毛毯裡頭探頭出來。結果，啊——我從來沒有遇過如此恐怖的事情。我看到——」

江草夫人中斷話語，吞了吞口水。

「我看到有人站在那裡。拿著手槍，一邊把槍口對著我，一邊用冷酷的雙眼睥睨著我——」

「夫人，那個人是誰？」

「是那個孩子，那個孩子呀！」

夫人的手顫抖著，越過凱撒的肩膀，指著房間的角落，那裡有一張覆蓋著厚重紫色床帳的床。

松浦站在那裡。拉著垂墜的床帳，回頭望著夫人，臉色蒼白且扭曲變形，可以說是恐怖。

床上有個人。毛毯纏著單腳，像是直接往後倒一般，仰躺在床上。白色的長睡衣披著水藍色的睡袍，沒有綁起來的黑髮，在臉的周圍散成波浪，那是彷彿正在睡覺、天真的茉莉。她的右手，有一個奇怪的東西：大塊絲巾纏在上面，在手腕上打了結，連指尖都包起來的手裡，握著一把小型手槍。

那看起來有些奇怪。因為包著茉莉右手的絲巾，是鮮豔的大紅色。應當是這個家裡絕對不會出現的東西才對。這麼一想，看在眼裡更讓人感到不祥。

「茉莉站在床邊，拿手槍威脅我。她說她剛用槍殺死了小西醫生，接著也要殺我。我拚命地逃跑，從床上衝出去，拿起放在桌上的手機，打電話給凱撒。

可是舌頭不聽使喚，連話都沒辦法好好講清楚。我完全搞不清楚，到底發生了什麼事情。加上發抖的手又拿不住電話，電話就掉到了地上。我沒有辦法彎身下去撿起來，因為那孩子從床鋪那邊正瞄準我——」

「然後，她就開槍射了夫人？」

「沒錯，我聽到槍聲，接著就那樣意識越來越模糊，眼前一片漆黑——我什麼都不知道，啊啊，凱撒，我得救了吧？」

「嗯，夫人。請您原諒我沒能保護您……」

京介將視線轉向床邊。松浦還在輕輕撫摸著，雙眼緊閉的茉莉的頭。或許茉莉失去了意識，昏倒在某個地方吧。松浦用床帳的底端包著手，拿開茉莉右手的手槍，再解開包在茉莉手上的紅色絲巾。

「櫻井先生，可以拜託你拿這個嗎？請小心不要留下指紋。」

京介聽了，用夾克的袖子包住手，接過絲巾與槍。火藥的味道很強烈，直衝進鼻孔。

「這條絲巾是誰的？」

「是茉莉的。聽說是以前她要父母買給她的，雖然住在這裡的這段時間沒有拿出來，可是應該一直都收在箱子裡面。」

「不要讓我看到那個！」江草夫人用嘶啞的聲音叫著。「求求你，麻煩把那塊布收到我看不到的地方去！」

彷彿只是稍微進入視線都難以忍受，她的身體顫抖著。松浦點頭，說了句「我知道了」後，將枕頭套拆下來，把手槍與絲巾放在上面。鋼鐵灰的槍身上頭，還留著未乾的血跡。

「好像是用這把槍敲打小西醫生的。」

對京介的話點頭同意的松浦，瞪著在沙發上的江草夫人與凱撒。

「儘管如此，日本還是禁止一般民眾擁有槍枝。凱撒，你一定會因為這件事情被勒令離開日本。」

「不可以——」夫人臉色一變。「不可以，不可以那樣。我需要凱撒！求求你，松浦。」

「應該是沒有辦法。小西醫生似乎就是被這把槍敲打到進而死亡，您要我們別報警嗎？」松浦冷淡地反問。

「可是因為這樣就找警察過來，到時候被逮捕的人可是茉莉喔！」

松浦彷彿非常錯愕的雙眼，回頭看著依然沒有恢復意識的茉莉。

「松浦，我瞭解你的心情。你喜歡茉莉吧？你想讓她被抓走嗎？雖然如果經過精神鑑定，她或許會被判無罪，可是你以為在那之前，要花掉多少時間與精力？」

「可是——」松浦痛苦地低語。「可是死了一個人，要怎麼才能隱瞞這件事情？加上，在這裡還有這麼多證人。」

朝堅定地站在牆邊的倉持與小西和志，他大幅地張開手臂示意。

「這你不用擔心。警方那邊我會去應訊，責任由我一個人來負就足夠了。」

夫人的話讓在場所有人目瞪口呆，無言以對。她從靠著的沙發上起身，直挺挺地站在地板上，威嚴一如女王，果斷地說：

「槍是我的。小西醫生因為看到槍而大吃一驚，我開玩笑地對他做出射擊的動作。醫生因此生氣，把槍從我手上搶走後，跑下樓梯。那個時候他的腳一踩空，跌倒的那一瞬間，手裡拿著的槍打中自己的頭，因而喪命──和志！」

「是、是的！」

忽然被叫到名字，和志跳了起來。

「因為我的錯而讓你父親喪生，我由衷感到抱歉。雖然用金錢去衡量人命或許很失禮，但這是我的一點小小心意。」

凱撒從旁邊送上了支票簿和筆。夫人在他的手上，寫好了金額，迅速簽名，撕下支票，交給和志。和志的眼睛張得大大的。

「這、這是──這樣實在──」

「如果你擔心退票的問題，早上可以馬上先去銀行確認──倉持先生。」

「是。」

「你今天晚上沒有來過這裡，櫻井先生也沒有回來。因為你們與凱撒他們一起去月映山莊，然後就直接回去了。明白嗎？」

「唔──可是……」倉持一邊抓著頭髮，一邊說：「那麼一來，我們就會觸犯偽證罪了……」

「我瞭解你會內疚，但是就算你向警方控告江草百合子說謊，應該也不會被採信。所謂的人類，為了讓自己的罪惡減少就會撒謊，所以沒有理由要去承擔不是自己的罪過。而且，我也是長時間居住在這塊土地上的人，也有順其自然形成的人脈關係。你認為，警方會相信我和你當中的哪個呢？」

夫人露齒微笑。

「當然讓你們遇到不愉快事情的補償，一定會好好給你們的。我會捐三千萬左右給縣政府，當作保護文化財的經費。因為你不能夠直接接受，這樣應該就不會介意了。可以嗎？」

毫無顧忌地說到這種地步，反而讓人不知如何回答，京介與倉持面面相覷。

「可是，江草夫人——」手裡緊緊握著剛收下的支票，和志問：「明明您的生命也受到威脅，為什麼要這樣袒護那個女孩？今後如果你們還要繼續住在一起，不知道還會發生什麼事情。」

「因為——」

夫人正打算開口的同時。

「拜託你！」

順著聲音傳來的方向看過去，松浦跪在地上。

「我誠懇地拜託你。不管茉莉有什麼樣的原因做出這種事情，都不是司法可以判斷是非的罪過，我很清楚這一點。可是我不認為這個國家的警察，可以理解這樣的事。如果被關到拘留所遭受審問什麼的，茉莉的心會完全粉碎的。我誠懇地拜託你，求求你——」

他以哽咽的聲音重複著，每次磕頭都直磕到地板。

「請救救茉莉。我不會讓她再做出這種事情的，所以，求求你！」

倉持與京介，依然面面相覷地站在原地動也不動。小西和志則似乎早就決定要遵從夫人的話，手摸著收有支票的內口袋上頭，面露微笑。床上躺著一個人，是或許對自己做過的事完全一無所知，表情安穩沉睡的茉莉。還有插著書籤的書本，與夫人的眼鏡。

站在夫人背後的凱撒，單手拿著掃把在清掃地板。連杯子都破了，玻璃碎片閃閃發光。透明、濃烈的琥珀色碎片。

受到壓抑的記憶神話

1

那個夜晚之後整整一晝夜過去，三月八日星期三的下午，在距離月映山莊開車大約十分鐘左右的咖啡廳中，櫻井京介與松浦面對面坐著。

粗壯圓木組合成的咖啡廳。紅色格子窗簾，排列在木頭長椅上的蕾絲棉坐墊，乾燥花插在寶特瓶中，懸掛著紅色燈罩的燈，全都是鎖定年輕女子這個客層吧。雖然室內裝潢很不得了，但在時間過了旺季的此刻，店裡沒有其他客人。

京介兩人會在這裡，與其說是自願，不如說是倉持安排的結果。前天晚上，最後京介與倉持在夫人的威嚴與松浦的跪求下，在報警之前就離開了江草宅。雖然兩個人心情上都難以接受，但是剛剛才現身在月映山莊的倉持，說要找松浦去咖啡廳打聽前晚的事件如何發展，開車載不置可否的京介一起過來。

被迫得去掩護隱匿的夥伴，什麼都不清楚導致京介心神不寧。儘管被人用鈔票打巴掌也會安靜面對，可是被迫想起「那個老太婆」還是感到不痛快。倉持向他極力主張，說正因為如此所以隨後發生的事情，他都必須充分掌握才行。簡單來說，這就像是所謂的尊嚴問題。京介批評：那為什麼連我都要扯進來?倉持以「因為你是最適合的人」，這種連理由都算不上的說法回應，果斷駁回京介的抗議。

印南茉莉——那個有如內向小女孩的女性，殺了一個老先生，還對江草夫人開槍。這樣的事情，讓人一時之間難以相信。但是看到那一晚的情況，要思考除此之外的可能也很困難。

如果京介等人將當時的所見所聞告知警方，茉莉無疑會立刻面對嚴酷的審問。即使遲早會因為精神鑑定獲判無罪，但是在那之前她能不能撐得下來？而且，倘若她是無辜的，警方有能力追查真相嗎？倉持說的對，雖然不應該因為金錢的回報而扭曲意志，但是京介對這種躊躇則沒有抵抗能力。

京介在內心深深嘆息事情的發展。明明他是因為想要從麻煩的應酬交際中脫身，才好不容易來到那須的，為什麼又得像是遭到算計似的，被迫直接面對這等活生生的人類愛恨生死情仇？還以為這次自己獨自一人，應該不會被捲入奇怪的道義或感情之中，看樣子想得太天真了。

印南茉莉會怎麼樣，與自己沒有任何關係，應該斷定犯罪就是犯罪，全權委託警方處理嗎？為了調查月映山莊，與江草夫人為敵可就不妙了。這種功利的思考，可以坦然接受嗎？加上自己可以從月映山莊抽手嗎？雖然知道應該選擇何者，但就是做不到。每一次都是極端的優柔寡斷，因為自我厭惡連皮膚都感到刺痛不已。

（也許還要再這個樣子過個幾年也不一定——）

坐在對面的松浦似乎也很疲憊。有點長的頭髮沒有仔細梳理，亂糟糟的。像少女的那張小臉很蒼白，眼睛底下浮現了淡淡的黑眼圈。京介來的時候，與他四目相交點頭打招呼，他也恍惚地張著眼睛沉思。所以不管面對面多久，都是無言以對，也是沒有辦法的。

「昨天的晚報登出來了。」

京介雖然只說了一句話，但是松浦卻如反彈地抬起頭來，雙眼發紅。

「嗯，是呀——」

報紙是剛才倉持帶來的，地方報紙社會新聞中的短短一小段：

「退休後住在黑磯的醫生小西慶一先生（八十六歲），三月六日下午十一點左右，被人發現陳屍於友人家中的樓梯上，目前警方正忙於確認死因。」

報上的內容僅僅如此，不但沒有提到非法持有的手槍，連江草夫人的名字都沒出現。雖然讓人好奇，不過讀起來只不過像是忽然病發死亡的報導而已。然後今天的早報也不見後續報導。

也就是說，依照夫人應該已經告訴警方的虛構劇本，真正的事實進一步遭到隱瞞。

「這樣，好像就結束了吧。」

松浦點頭。

「嗯，大概。」

「我們回去之後，是江草夫人出面應訊嗎？」

「是的。可是她也沒有被收押。六號晚上，她雖然一度被巡邏車帶到黑磯分局，可是馬上就回來了，第二天應該也只是花了幾個小時訊問。她好像是用『家裡從戰爭之前就有手槍』這樣的理由說服警方，這果然還是靠關係打通的吧。」

「看起來好像會不起訴？」

「我是這麼認為。小西醫生除了兒子和志先生以外，沒有其他親人，他率先對警方說，父親是因為自己的過失才遭致死亡。」

說著，他的右手做出好像在寫些什麼的動作。雖然京介沒問，但明白他的意思是，夫人當場在支票上簽名的緣故。

「不把凱撒趕出去的補償，是因此茉莉也不必受到審問。我雖然因此很感謝夫人，也覺得很高興——」

呼的一聲，他的嘴角有些扭曲。

「可是，清楚明白地展示金錢、地方勢力、家族關係的威力到那種地步，對我這樣的一介平民，實在是怎麼也不曾覺得開心的事情呢。」

「我聽說江草夫人好像沒有親人，那她怎麼有警察那邊的人脈？」

「雖然幾乎沒有往來的樣子，但是聽說她娘家那邊有與警方相關的人。」

這可是第一次聽到。

「夫人的娘家是矢板的植竹家，聽說她弟弟的孩子是警察。因為植竹家是農地解放造成的沒落地主，經濟一時陷入困境，夫人雖然也不能拿錢回娘家，但是江草家的經濟好轉之後，她支付了夫人娘家小孩的學費。聽說那些小孩之中，有人出人頭地，一時曾經爬到櫪木縣警方高層，現在則是回去總局了。這的確可以稱得上是人脈呢。」

「原來如此。這正好符合夫人的要求。」

不清不楚地低聲說著，京介心想自己是不是說得太過火，偷偷看了松浦的表情，松浦的唇邊也浮現出嘲諷的笑容。

「一點都沒錯。我待在那個家的時候，都會想要這麼說。」

「茉莉小姐怎麼樣了？」

「待在那個家裡面。」

「為什麼？」京介反問：「不要留她在那裡不是比較好嗎？」

「我也這麼認為。但是，一方面在於夫人不會輕易放茉莉走……」

京介想，這真是奇怪的說法。為什麼要那般袒護想要加害自己的茉莉，還把她留在身邊？前天晚上，小西和志雖然也提出相同的疑問，但是並未聽到夫人的回答。

「茉莉小姐記不記得那晚的事情？」

松浦緩緩地搖頭。

「雖然在那之後不久，她就醒過來了，可是似乎對於自己做過些什麼事情毫無印象。」

「那種情況，畢竟不是一般情況吧。」

「是的。」

「以前也曾經發生過這樣的事情嗎？」

京介一問，松浦忽然吃驚地抬起雙眼。

「您為什麼會這麼認為？」

「因為你剛剛的語氣非常平靜。」

松浦看著京介的眼神猶豫了，彷彿在清楚反映著內心的動搖。

「那是——」

說著，像是躊躇一般，又低下頭去。

「——我可以請問您，為什麼會這麼問嗎？」

低著頭，反覆地問。

「是因為好奇嗎？」

京介反射性地回答：「不，不是那樣。」

「那為什麼——」

松浦抬起臉，凝視著京介。就算想回答，也還是無言以對。即使問他為什麼，可是自己會待在這裡，只是因為倉持在事件發生之後，要他去掌握隨後發生的情況。

但是倉持想要知道的，大概是接下來那件事情對自己與京介或是月映山莊的調查，是否會產生影響一類的事情。茉莉的精神狀態，甚至是事件真相等等的議論紛紛，應該不是倉持關心的重點。

「我太過干涉，問太多了吧。」

京介輕輕地搖著頭說。至今為止，發生在自己身邊好幾次的事件裡，自己都是站在像是「偵探」的立場。那個習慣，讓人就算是打聽也會變成在提問。

「對不起，請你忘了我提出的問題。」

但是——

「不是的！」

松浦卻忽然一邊大叫，一邊抓住京介的手。

「不，是我想要拜託您聽我說的。我拜託您，櫻井先生，請您聽我說話。」

事發突然，京介不知道該做何反應。松浦淚溼的雙眼，水汪汪地凝視著他。眼眶像是哭腫地泛紅，一臉找不到路回家的小孩表情。不過，被這樣的眼神凝視著，感到無計可施的人其實是京介。

「可是——我聽你說話，有什麼意義？」

不由得想要逃避的消極態度。

「嗯，你會感到疑惑也理所當然。所以，我想要老實直接地告訴你。我感到非常不安。我遇見茉莉，一路看著她將近十年。一如前天晚上我告訴過你的，喚醒她受到壓抑的記憶，製造關鍵的人，無疑就是我。

但是，小西醫生問過我，恢復記憶之後，茉莉是否會健康？她至今仍然沒有辦法獨立，或許是我搞錯了。當然，我對此說法提出了反駁。然而在那之後短短一個小時內，小西醫生就死了。而且——」

「還是被心靈依然有病的茉莉親手殺死。」京介補充了松浦沒有說出口的話。松浦也相信是茉莉親手奪去老先生的性命，會這樣認為也是想當然耳。在門窗緊閉的房子裡，除了老先生與茉莉，剩下的就只有江草夫人了。

「也就是說，松浦先生你現在對於自己的治療方針正確與否，產生了疑問？」

「沒錯。你能夠想像，這有多麼恐怖嗎？」

「我覺得，我不是想像不到的。」

避開松浦目不轉睛的視線，京介低聲回答。

因為那大概很接近自己在十一年前，與一名少年開始一同生活的時候，常常感受到的心情。這雙手接納了遭到傷害，一開始殘破不全的孩子。一定是因為那孩子，才會有那樣的感受。但是那孩子相信自己，與自己越接近越熟識，因此在心中萌芽的不安，讓人困惑、害怕。自己是否錯了？沒有踏出自己應在的位置嗎？雖然說是為了那孩子，但是曾幾何時，也為了治療自己的孤獨，而利用了他。想要保護他而張開的雙臂，難道沒有成為妨礙他前進的枷鎖嗎？京介的心中，常常會有這些不安。

縱然自己的恐懼變成了現實，縱然早就明白是因為自己的錯，扭曲了那個健全的靈魂。光是想像，就讓人害怕。如今，蒼已經可以靠自己的雙腳大步前進，京介心中依然沒有拋棄那個危險的不安。

「我想，在某種程度上，我可以體會你的恐懼。可是，我並不是心理治療師。這種職業上的問題，應該有能夠適當加以處理的人士吧？」

松浦點頭。

「是的，你說的沒錯。可是，我曾經在美國學過心理治療師的臨床經驗。那個時候照顧我的指導老師，現在在洛杉磯。不過我沒辦法離開日本好幾天去請教他。」

「日本的心理治療師應該也不少吧？」

「大概是吧。我在大學念臨床心理的時候，同一個班上的同學應該有幾個現在都是心理治療師。」

「那，如果需要討論治療方針，應該選擇和他們談論吧？」

然而松浦無力地搖頭。

「很可惜，我沒有辦法信賴他們。在日本，一般並不承認心理治療師的存在，他們在這個國家裡，勢必沒有辦法累積充分的經驗。因為以前我對這種情況很不滿意，又再次回到美國。加上日本幾乎沒有恢復記憶的實際例子，他們也只是透過文獻，知道有這種事情罷了。」

「儘管如此，我只是一個外行人，就算我聽了也沒辦法做什麼。」

「不，我反而就是因為櫻井先生不具備專業知識，也沒有先入為主的觀念，才想要告訴你。如果與小西醫生告訴我的一樣，我確實陷入了錯誤，那麼我希望你能夠糾正我。因為要說是外行人，醫生他在心理學方面也是個外行人。」

京介沉默地看著松浦的眼睛，松浦也宛如央求似地看著京介的眼睛。京介想，松浦真像個小孩。

雖然身為心理治療師，負責印南茉莉的心理，可是又對像自己這種等同於陌生人的門外漢，講了這麼多又尋求幫忙？

（但是，真的是這樣嗎？）

京介的心中，並不是沒有閃過一絲疑惑的。像醫生或心理治療師的專業人士，可以在該職業中找到自己的同一性。所以即使他們犯錯，也不會輕易承認。與其說是因為要是承認了會處境不利，不如說那樣是在貶低自我定位。

他們將自我的專業化為神聖的聖城，排除沒有與他們受到同樣教育的單純門外漢。如果出錯，彼此對抗的競爭對手也會聯手，互相隱匿包庇，讓聖城之外的局外人感覺不到。那是僵硬的自尊與自我保全。那樣的特質，大概在日本社會的每個角落都存在著。京介熟識的大學或研究機關，也都讓人有相同的感覺。

然而，或許也有不是那樣的人。也許只是自己太多疑也不一定，一看到雙眼毫無陰霾望著自己的松浦，就漸漸會有這樣的感覺。

「我——還是覺得自己幫不上松浦先生的忙。我想，基於你也是個心理治療師的立場，不該將病患的隱私，洩漏給像我這樣的外人知道，你應該要盡自己的責任才對。」

松浦糾結的嘴唇顫抖著，像是要說些什麼地張開嘴唇。但是，京介阻止了他，繼續說道：

「不過，要是可以的話，請讓我在這裡聽你說就好了。如果你的心情可以因此好轉，對我發發牢騷也沒有關係，讓我只當一個單純的傾聽者吧。」

松浦的雙眼綻放光芒，臉頰微微泛紅，張開嘴巴說：「啊，非常感謝！」

迸出了起勁的聲音。

「我認為你一定會那樣教訓我的。我很高興！真的，真的很謝謝你！」

京介只能苦笑以對。

2

雖然慶幸沒有其他客人在場，可是櫃檯裡面的廚房有人在。如果有地方人士在場，聽到印南茉莉或是江草夫人的名字，當然會豎起耳朵吧。雖然多少會擔心在這種地方講話是否恰當，但是就連松浦都壓低了聲音。

「我可以從我和茉莉認識的那個時候開始說嗎？」

「只要松浦先生覺得方便就好了。」

點頭之後，松浦的視線落到在桌上交握的雙手，似乎在尋找著開場白，好不容易才又開口。

「我與雅長同學於一九八七年在洛杉磯認識，這件事情我先前就說過了吧？」

京介靜靜地點頭。

「我從高中開始就到美國留學了。大學念了心理學之後一度回到日本，雖然在研究所念臨床心理學，但是因為我發覺，在日本能夠活用心理治療的地方實在太少，結果念了一年就回去美國，一邊繼續念書，一邊跟隨資深治療師累積自己的臨床經驗。

雅長同學從那年秋天開始，與我在同一所大學就讀企管系，因為小小的機緣我們認識了，也會談一些私事，不過那些前因後果講起來太長，現在就先略而不談。我們認識的時候，他只告訴我，他是因為在日本發生了一件悲傷的事情，所以沒有心情繼續完成大學學業，想要改變環境才到美國來。因為我與他都脫離了日本留學生的圈子，可以說彼此都是唯一的同胞朋友。

我第一次見到茉莉，確定是在一九九〇年的夏天。那時雅長同學雖然還在念洛杉磯的大學，可是我在那一年前就開了間事務所，成為一名獨立的治療師。當時茉莉念高一，就讀位於奈良的住宿制女校。

雅長同學拜託我請假去見茉莉。雖然他很掛念妹妹，但是當時沒有時間可以回日本，問我可不可以幫他去看看茉莉。儘管那是沒有血緣關係的妹妹，而且正處在尷尬年紀。我沒有繼續追問更詳細的情況，不過如果是為了朋友，我是很樂意幫忙的。

十六歲的茉莉絕不是擅於社交的人，反而很內向，是個與其和朋友去玩，更喜愛一個人看書的少女。但是所幸她願意接納我，在那之後我暫時維持每年回日本一、兩次的習慣，每次我們都會見面，吃吃飯、講講話，就這樣過了好一段時間。

但是伴隨著如此持續著的時間，我心中逐漸展生疑問也是不爭的事實。為什麼雅長同學不回來看妹妹？實際上，他從一九八七年之後，就連一次都沒有回到日本過。」

松浦像是在探尋接下來的話語，閉起嘴巴稍微頓了頓。

「狀況開始出現變化是在一九九四年，茉莉從短大畢業的那一年。雅長同學在一九九二年回國，已經在東京上班。他打電話給我，告訴我妹妹的精神不穩定，那樣下去似乎非得送進醫院不行，希望我可以幫忙。茉莉直到那個時候，雖然一直住在學校所在地奈良，但是因為畢業了，所以從春天開始搬到東京和他一起住。住沒多久，雅長就打電話來了。

我在美國的工作止上軌道，根本沒有回日本的打算。但是，我也沒有忽略雅長同學的請託，我也擔心大概有五年一路看著的茉莉。因此我把洛杉磯的事務所託給認識的治療師，回到日本。結果，從那之後，我就再也沒有回去美國了。」

體型纖瘦、五官溫柔的松浦，即使說話聲音聽來也總覺得像是十幾歲的少年。但是聽了他的經歷，再把美國的跳級制度加入考慮，他似乎比京介年長幾歲。

「一九九四年，我回到日本之後，大約半年不見的茉莉，確實有精神病的傾向。厭食、暴食、潔癖、怕人等症狀間歇出現，她訴苦說自己會失眠，而且記憶有時候會中斷。」

「記憶會中斷──」

「在那之前，我每年去看茉莉一、兩次，她從高中念到短大的那段時間裡，她絕無像是生病的不穩定情況。她偶爾會訴苦提到的憂鬱、失眠或輕微厭食的症狀，我都當作是因為身為她唯一的兄長離開她，所帶來的寂寞，以及對我撒嬌的表現。

她的成長史絕非到處都有，但是她所訴苦的那些症狀，在思春期女性身上卻很常見。所以，我在那個時候，認為問題不在茉莉，而在避著她的雅長同學。」

「什麼問題？」

京介第一次開口發問。

「如果是告訴櫻井先生，應該沒什麼關係吧。我認為，雅長同學對年紀有段差距的妹妹，產生了近親相姦的愛情，同時可能在潛意識中壓抑了這種感情。」

彷彿說出頗為下定決心才能講出口的事情，松浦的語氣不太流暢。

「兄長對妹妹抱持著性方面的關心，這件事情本身並不稀奇。在大部分的情況下，這都會受到近親相姦是種禁忌的觀念所壓抑，當事人不會意識到。若發生欲求過於強烈的情形，就會產生因為害怕觸犯禁忌，而避免對有性方面關心的對象產生影響。也就是說，因為這個緣故，只能夠徹底疏遠妹妹。而當事人對於自己為什麼會疏遠妹妹的理由，則無法理解。」

「但是雅長先生與茉莉小姐沒有血緣關係，那樣還會意識到禁忌嗎？」

「嗯，確實會。」

「既然如此，為什麼他要回國去和茉莉一起住？當時情況不是這樣嗎？是因為他以為經過長時間的空白，自己的欲求就會消失？」

松浦點頭。

「你說的對。我聽到雅長同學決定要回日本的時候，就推翻了自己的假設，替他感到放心。我告訴自己，他絕對沒有對自己的妹妹，產生近親相姦那種性質的愛情。

但是我接到他的電話，回來見了茉莉的時候，便無法遏止那個假設再度浮出腦海。因為茉莉看起來，真的很害怕兄長的樣子。」

「她會害怕，是因為感覺到兄長壓抑的欲望嗎？」

「沒錯，還有我也想過了。在她與雅長同學還有我三個人在一起的時候，與只和我在一起的時候，模樣完全不同。我覺得她很沉默，也越來越少表現出感情，對於兄長的舉手投足，都有如懼怕殘忍主人的小狗，同時卻也是除了兄長之外，無依無靠的幼童般，專心注意著，而茉莉本人似乎沒有意識到這一點。

總之，我說服茉莉搬家，離開雅長。那個時候我第一次聽到一九八六年的事件，為了調查印南兄妹的過去而來到那須。因為我想，或許在那須能夠找到什麼線索。」

「在那之前，您一直都不知道那個事件嗎？」

「嗯，他們兩個人都沒有提到任何有關的東西。雖然先前我聽茉莉講過好幾次，他們的雙親死於空難。所以更進一步來說，我還以為該事件可能具有重大意義。

茉莉會那麼害怕兄長，並且不能意識到自己的恐懼，是不是因為在還不記得事情的小時候，曾經遭到暴力對待之類的事情？一九八六年的事件，說不定和那樣的過去有什麼關係，不是嗎？

我到那須來對認識曾經住在月映山莊的一家人做打聽，大家卻異口同聲，那是感情好到讓人想不到是沒有血緣關係的一家人，而且雅長同學疼愛年紀小很多的妹妹疼得不得了。小西醫生雖然拒絕透露病患隱私，但是護士告訴我，雅長同學在妹妹感冒的時候，曾經走路走一個小時之久來拿藥，哪有這麼替妹妹著想的孩子等等。

但是，在事件發生之後，丟下他曾經那麼寶貝的妹妹，前後有七個年頭也是事實。櫻井先生，你怎麼看？」

「也就是說，你認為這間接證明了，雅長同學是一九八六年事件的犯人，是嗎？」

京介一回應，松浦便睜大雙眼。

「我根本沒想到。當時的我連作夢都沒這麼想過，再加上，雅長同學躲著茉莉的情況，出現在比一九八六年事件更早的時候，應該是從一九八五年他們的雙親意外死亡那時候就開始了。您知道這件事情嗎？」

「不太清楚。」

確實有記錄。在那篇〈消失於夜晚的凶刀〉文章中，確實提到印南雅長在躲避愛慕他的三谷圭子。但是京介不知道為什麼，不想在這裡講出那連是誰放在那裡都不知道的影印資料所言之事。

「但是，我想你應該已經與和志先生討論過此事了。」

「你這麼一說，或許他曾經說過那件事情吧。」

松浦稍稍聳了聳肩膀。

「那麼，我們將話題回到一九九四年的茉莉身上吧。可是，我現在開始要講的，說不定會更讓人感到不愉快。就彷彿是觸犯人類情理的內容，實在抱歉。」

「請說吧。」

京介只有這麼回答，松浦輕輕點頭。

「雖然我不清楚櫻井先生知不知道，但是在美國，有非常多兒童性虐待的案件。雖然直到不久以前，據說日本都沒有兒童虐待的案件，不過近幾年似乎常常聽到。並不是虐待的例子增加了，而是因為這是一種沒有積極去找就會看不到，發覺不到的犯罪。

日本現在性虐待的案件看來不少，卻也只是單純沒有發覺而已。雖說是性虐待，但是加害人不限於成年男性，如果沒有插入性器官的行為，也並非不能認定為虐待。

年長者主動的強制身體接觸；性器官被迫露出或是遭到碰觸；被迫聽到性相關的言論；被迫觀看性相關的影片，這些全都可以算是性虐待。就算加害人沒有意識到，也可以算是。

可是即使碰到這些事情，覺得不舒服或者害怕，小孩也沒有能力說明自己面對的情況。何況萬一施虐者還是自己的家人，應該會保護自己的雙親或者兄長。

加上就算鼓起勇氣，將被害情況告訴某個大人，大部分的情形下都會被視為在說謊，這樣只會更加深傷害。因為沒有人會想相信那種事情，在採取確認行動之前，就會加以否定了。」

「這我可以理解。」

對點頭同意的京介，松浦越過桌子，身體往前傾，湊近之後壓低了聲音：

「因為老是占用你的時間也不是辦法，我就直接告訴你我的結論了。我認為，雅長同學對比他小九歲的繼妹，從小時候開始就不斷施以性方面的虐待。他沒有壓抑自己的欲望，而是將其化為實際行動。這麼一想，我開始可以理解，他這一路所做的行動。」

京介沉默地看著他。如果這是事實，隨口附和也是過於沉重的字句。松浦似乎感受到京介這樣的想法，露出了淡淡的微笑。

「就是感情要好的一家人，可是雙親因為忙碌常常不在家，雖然有傭人，可是幾乎都是拜託年長九歲的哥哥，在照顧年幼的妹妹。我不知道他是不是在不知不覺中，脫離所謂的『疼得不得了』的範圍。可是雙親意外死亡之後，因為家教與護士隨時陪在妹妹身邊，他想要對妹妹怎麼樣就變得很困難。

這是可能的推論，我想告訴你的就是這件事情。三谷圭子逼雅長同學與她結婚，是不是因為發覺到雅長同學那絕不能曝光的感情，或是那樣的行為，而以守密為代價，威脅雅長同學娶她？如果是這樣，就可以成為雅長同學殺她的動機。

三谷圭子那天晚上接到雅長同學的電話，為了迎接他而異於往常地盛裝打扮。她的白色洋裝，如果加上掉在樓梯上的長頭紗，你不覺得就是現成的婚紗嗎？屋內呈現出的情況，是雅長同學偽裝的，護士則是遭到殺人滅口。然後理所當然，雅長同學不會傷害茉莉任何一根頭髮。」

「即使有動機，也沒辦法藉此告發別人是殺人犯，不管覺得怎麼合情合理都一樣。」

對壓低著聲音，松浦一股腦不斷說著的話語，京介澆了盆冷水。如同小西醫生在生前所指出的，雅長在推定的死亡時間有不在場證明。但是因為京介本身並沒有確認過那個資料，只聽那個說法也不恰當。

「那你的意思是說，茉莉目擊到兄長殺人的記憶，還有遭到兄長性虐待的記憶，兩者都是壓抑的記憶嗎？」

京介覺得，所謂「壓抑」這個概念，實在有如方便的魔法，輕易就能派上用場。對他滿是疑問的問題，松浦點頭回答「沒錯」，京介接著說：

「就和你提過的一樣，我也記得我讀過資料，說近幾年在美國，人們在恢復遭遺忘的受虐記憶後，變成社會問題。也有說法是引申佛洛伊德的壓抑理論，認為遭到壓抑的記憶，會對人的現在產生不良影響。

但是我認為，殺人那種只要直接看到過一次，就會大受衝擊的記憶，與日常中長期不斷重複的受虐記憶，一定不能同日而語吧。」

「你說的對。孩童與心靈創傷的研究裡，顯示出不斷受到心靈創傷的孩童，比起只有遇到過一次的孩童，更會壓抑記憶。因為他們藉著壓抑，構築出拯救自己的系統。」

一度中斷話語，然後松浦又繼續說下去：

「讓我在此告訴你，美國一個名叫艾琳・力蒲斯克（Eileen Franklin-Lipsker）的女子，她的故事吧。她二十八歲的時候，看到五歲女兒遊戲的場景，忽然間感覺到心中浮現一個記憶般的影像。二十年前，曾經發生過有人找到她的小學同班同學蘇珊・雷生（Susan Nason）屍體的事情，但是那時她卻想到自己的父親殺死蘇珊的場面。

她的父親喬治・富蘭克林（George Franklin），開車載著蘇珊與艾琳，一起到了郊外。父親強暴蘇珊之後，用石塊敲破蘇珊的腦袋，把她埋在小山裡頭。艾琳明明是在極近的距離目睹一切，卻直到她想起的那一天，完全忘得一乾二淨。

也就是說，這個例子是經歷了一個很具衝擊性的心靈創傷。但是富蘭克林不只殺害女兒的朋友，他在家裡也是個非常暴力的人，不僅常常對女兒或妻子使用暴力又打又踢，還不斷強暴年幼的艾琳，甚至強暴艾琳的朋友。

雖然艾琳不記得那件事情，可是她一面懼怕父親卻也深愛父親，結婚之後也與父親兩個人親密地一起去旅行，甘於受到父親支配。

受到不斷虐待的孩童，會將遭到侵犯的肉體與心靈分離，讓自己不去感覺任何事物。習慣發動這種防衛機制的孩童，與過著健全精神生活，卻突然嘗到恐懼滋味的孩童不同，碰到衝擊強烈的心靈創傷也會壓抑下去。何況殺人犯還是她的父親，是個非遺忘不可的施虐者本人。」

「你的意思是，茉莉小姐身上也發生了同樣的事情吧。」

「他們兩個認識的時候，茉莉還只是三歲的幼兒。要我說來，大概就像是超出常識範圍的不良興趣。可是，艾琳第一次被父親強暴就是在三歲的時候。所謂的超出常識這種說法，完全只有一個意義，那就是拋棄曝露在脫離常軌的受虐弱者。」

松浦的話語充滿肯定。說是迷惘也好，彷彿忘記自己曾經哀求地望著京介也罷，總之京介最後也只能夠聚精會神地聽著。十二歲少年，對三歲幼女進行性虐待。這種事情，就算有什麼感受，也沒有可以反駁的知識與資料。

「在美國，受虐兒童長大成人之後，釐清過去受虐的事實，控告加害人的例子非常多，其中失去受虐記憶的人也不少。可是遭到遺忘的過去，其中所受的痛苦並沒有消失，而是盤據在潛意識裡，帶給現在的被害人各種各樣的痛苦。

例如覺得自己很骯髒；對肉體產生厭惡感；感到自殺的衝動；沒有自尊心；無法認識到自己的感情；陷入抑鬱狀態；性格越來越暴力；習慣自殘；不信賴別人；對性衝動感到強烈厭惡，性交的時候覺得害怕與混亂。明明沒有具體的原因，卻出現這些症狀的人，就有可能是在壓抑受虐的記憶。我在美國也遇到過好幾個，因為受虐記憶從記憶中消失，產生後遺症而苦惱的委託人。」

「那麼，你在一九九四年的時候，就看出茉莉小姐是個壓抑受虐記憶的人了？」

松浦靜靜地看著，探尋京介的眼睛。

「我不否認。茉莉當時確實很混亂，對兄長的感情，以及同時感受到的，原因不明的恐懼、怕人，特別是害怕比她年長的男性，極度厭惡性方面的象徵。以前也多少看過的這些傾向，那時變得更嚴重，甚至是病態。

她說要結婚得到幸福，下一秒又說要進入修道院一輩子侍奉天主。此外最重要的是，她很煩惱記憶的空白。她說，居住在月映山莊的九年歲月，彷彿被蟲吃掉一般七零八落，只記得一些片段。

她與我在美國對談過的虐待案被害人相比，那邊雖然把『逃過虐待活下來的人』稱之為倖存者，不過她與那個委託人很像，所以我想要盡一切所能幫助她。」

「你用什麼方法幫她？」

松浦忽然笑了，或許是預測到京介會這麼問。

「我沒有做什麼特別的事情。與其說我是個專業治療師，不如說我只是以親密朋友的身分去陪伴茉莉。幸好我在某所私立大學的學生輔導室找到工作，空閒的時候可以去找茉莉。

每個星期大概三次，我們在街上散步，或者到公園的長椅或咖啡廳，處在她得以放鬆心情的環境中，讓她盡情把想說的話說出來，我沒有任何批判，只是安靜聽她說。當她陷入負面情緒的時候，我盡力讓她放鬆心情，告訴她不帶指責意味的建議，獨處時可以施行的冥想法或呼吸法。光是這樣，茉莉似乎就能讓自己漸漸冷靜下來。」

「你的意思是，在這樣做的期間裡，她自然而然找回了受到兄長虐待的記憶？」

「嗯。如果櫻井先生你擔心這個部分，我可以告訴你，我沒有給她任何誘導或暗示。我也沒有透露絲毫，說她應該是壓抑記憶的人之類的話。因為，做了那種事情之後，情況會變得如何？」

松浦看著京介的雙眼，始終清澈明亮。唇邊浮現出來的微笑，彷彿正在同情京介的胡亂猜疑，京介沉默地咬著嘴唇。沒有證據顯示，松浦的話有非得懷疑的地方。試著去懷疑別人所說的字字句句，要說這樣是科學的思考，還不如說，或許單純只是自己的癖好罷了。

「一開始她說自己在作夢。明明靜下心來像是睡得很沉，但是這次卻連續作惡夢。一躺到床上，走廊上就有逐漸靠近的腳步聲。她知道那是哥哥的腳步聲，可是不知道為什麼會害怕哥哥，怕得不得了。雖然雙親就睡在隔壁房間，卻無法發出聲音。她深深知道，就算叫出聲音也是沒用的——

接著，她忽然不繼續告訴我那個夢的事情了。就算我問她，她也表情僵硬地岔開話題。但是，那個時候，她已經看到夢境接下來的發展了。哥哥的腳步聲在門前停住，輕手輕腳不發出任何聲響地悄悄開門。哥哥進到房間來，然後發生了什麼事情。

當然，茉莉不相信那是重現過去發生過的事情什麼的。好不容易，她對我說出實話的時候，也深信是自己的腦袋莫名其妙，真的生病了。

我對她說，沒有必要硬去否定那個夢。只是，希望妳可以毫無保留都講出來，如果不想告訴我，就寫在日記上，總之希望妳不要累積在心裡。

在她知道那好像是真正發生過的事情之後，覺得更加痛苦。她也曾經哭著求我，要我再次讓她忘掉。她說，她不願意想起來，她看不見哥哥的臉等等。

我說，雖然妳很可憐，但是我幫不上忙。在此之前，記憶也一直存在於妳的心中。所以，妳害怕哥哥，沒有辦法一個人住公寓，也沒辦法談戀愛。沒有人可以消除過去，儘管想要逃開，記憶卻會追著妳到天涯海角。

可是，如果妳可以不再逃避，停下腳步，勇敢面對，接受已經過去的事情，那麼記憶就不會再讓妳痛苦。」

「那麼，她受到壓抑的記憶恢復了，也未必是你的責任吧。」

然而松浦就這樣看著京介搖搖頭。

「不，我不這麼想。艾琳・力蒲斯克是在與有錢的丈夫結婚，生下孩子，得到不會再度處在父親支配的生活下，才想起父親的虐待與殺人犯行。因為壓抑的必然性減輕了，所以記憶才會在意識中逐漸浮現出來。

我將茉莉帶離雅長同學，努力讓她相信，我對她的幫助不是一時的。我認為，就是因為我的承諾在某種程度上發揮了效果，所以她才會找回記憶。也就是說，那果然還是我的錯。」

「那麼，恢復記憶，對當事人而言，未必是期待的事情吧？」

「或許是這樣。但是我還是相信，那麼做是正確的道路。無論那會是多麼辛苦的考驗。這不是為了處罰加害人，而是為了將可恨的過去也包括在內，把人生的全部還給當事人，好讓人活得越來越好。」

「於是為了對抗過去，茉莉小姐三年前才會去月映山莊，是嗎？」

「我認為是這樣沒錯。可是，我直到那個時候，都沒有想過茉莉會看到雅長同學殺人。只認為她是因為想起受到兄長虐待的記憶，才會害怕看到月映山莊，儘管如此，她還是勇敢再次站在那棟建築的面前。」

「也就是說，直到那個時候，你都沒有對雅長先生提到任何虐待的事情？」

「沒錯。」點頭之後，松浦反問：「這樣很奇怪嗎？」

「不會。我只是以為在那種情況下，會要求加害人道歉或者賠償。」

「儘管在美國，也不是所有的被害人都會提出告訴。倖存者採取的道路，因人而異。有提出告訴控告加害人，謀取金錢補償的人；有不提告訴但是在親戚朋友面前，揭露加害人罪行的人；有私底下面對加害人陳述自己的痛苦，說只要加害人願意認罪道歉就好的人；其中也有人說，什麼都不用做就好了。
有人說因為那都是已經過去的事情，加害人無法再傷害自己，所以可憐他們原諒他們吧。要選擇哪條路，必須由倖存者自己決定。因為重要的不是揭露罪惡，而是今後要如何活下去。
提出告訴也好，不提告訴也罷，與加害人正面對決，都伴隨著很大的風險。幾乎大部分的加害人完全不認為自己有錯，極多的例子裡還把自己的行為忘得乾淨。他們面對倖存者的責備雖然會道歉，可是卻堅持對方說謊，自己是清白的。然後如果要打官司，當然需要證據與證人。
但是大部分的案子，都距離犯下虐待行為有一段很長的時間，要找到物理方面的證據，或是可以提供具體證詞的證人，都很困難。特別是日本並沒有這樣子的判例，官司打得辛苦，卻只能得到稀少的成果。
不打官司，只是要求加害人道歉，這也不容易。受害人必須深切認識自己遭到傷害的事實。我也把這樣的需要告訴了茉莉，她說她會好好想想。然後，她聽到雅長同學要去月映山莊，便說自己也要過去。
在那種情況下，久違不見的雅長同學，對於妹妹害怕他一事感到焦躁。他似乎完全不記得自己過去的所作所為，茉莉很怕那樣子的他。這就是櫻井先生當時看見的那兩個人。然後，從發生凶殺案那個晚上之後，第一次看到月映山莊的茉莉，還找回了深藏的另一個記憶。」
「我可以問個問題嗎？」
「請說？」
「壓抑在潛意識裡的記憶，即使經過好幾年，也不會變化或者磨損嗎？」

「不會。」松浦明快肯定地回答。

「一般的記憶，不是會隨著時間流逝而越來越難回想起來嗎？」

「是呀，但是這種心靈創傷的記憶，與一般記憶不同。」

如此斷言的根據，大概是來自於身為臨床專家的經驗吧。

「櫻井先生，你還記得三年前，茉莉在月映山莊的院子裡頭說過的話吧？」

「嗯，大概記得。」

「你記得她說過『紅色月亮』嗎？」

「我記得。她不只說過紅色月亮，還說過哥哥的臉被血染紅之類的話吧。」

「沒錯。茉莉為了不讓自己想起兄長的臉，記起來不可能出現的『紅色月亮』，這就是所謂的『隱蔽記憶』（註10）。」

「遮蓋心靈創傷的記憶，所以稱為隱蔽記憶嗎？」

「是的。也就是說在壓抑的同時記憶會有所更換。將不願意想起的事情，置換成更不具傷害的印象，就像是在窗戶上頭拉上窗簾一般。」

「然後再因為這個保護，過去的記憶得以鮮活保存下來——」

「我相信她的記憶。」

10　隱蔽記憶（screen memories），或譯「屏蔽記憶」，為佛洛伊德精神醫學的用語。指在幼兒時期體驗過，因為受到各種壓抑而難以想起的記憶，以記憶常見的細微片段去取代該記憶。大部分的情況都不是該事件實際的記憶，而是其他經驗的記憶，而且從表面看來兩者並無相關。

3

精神科醫生、輔導員、心理治療師，從事像這樣傾聽病患或者委託人的話語，得以成為工作的人員，據說基本上都是從接受這句話開始的。說出相信茉莉恢復的記憶這句話的松浦，應該也是站在職業的角度發言。

京介沒有否定這些的權利。但是，只以茉莉的記憶為根據，就要斷定印南雅長是一九八六年事件的犯人，他沒辦法贊成。遭到妹妹指控兩項罪名的當事人，現在已經死了。雖說不會造成更多的傷害，但他替自己辯解的路同時也已經不通了。

「雅長先生死亡的時候，茉莉小姐的情況如何？」

「對她來說，這畢竟不只是個打擊而已。特別是因為我又暫時不能活動。」

「嗯……」

「其實那個時候，江草夫人找茉莉過來。她說與其一個人，不如找人談談比較好。我出院的時候，茉莉已經過來這邊了，而這邊也張羅好，一副準備讓我住進來的樣子。」

「因為你絕對不會贊成茉莉住到夫人家裡去，對不對？」

「嗯。」

「可以告訴我為什麼嗎？」

「因為——」松浦彷彿猶豫著，欲言又止。但還是說了下去：「因為——茉莉非常痛恨江草夫人。」

像是從喉嚨深處擠出來一般，他終於說了這麼一句。

「當然那是平常不會表現出來，深藏在心中的情緒。」

「有什麼原因嗎？」

「對茉莉而言，要說有原因也是有的。江草夫人很憎恨印南家，所以才會把那棟可恨的洋房出售給印南家，還為了觀察會產生何種結果，在旁邊蓋房子居住，茉莉很相信這種說法。」

「可恨的洋房，是說月映山莊嗎？」

「嗯。你應該知道吧？那棟房子，沾染了江草孝英自殺身亡的第一任妻子的怨恨。不只是江草家的後代，住在那裡的人都會被她的怨恨影響，心情在不知不覺中越來越憂鬱。茉莉認為，兄長會對自己做出那種事情，殺害家教與護士，最後自殺，全都是那棟房子害的。」

京介的腦海中浮現了輪王寺綾乃的話語。

（月映山莊裡充滿女人們的悲傷與痛苦，眼淚與鮮血化為怨恨不斷累積……那會使人發狂……）

這種帶著詛咒性質的思考，在這個國家的文化裡大概是共通的。

「你應該會認為說出這種話很可笑吧，但是把無法責怪任何人的意外或案件，藉著這樣的說法，化為某個人的罪惡然後加以憎恨的做法，或許可說是人心的防衛反應。

茉莉憎恨作為施虐者的雅長同學，同時也認為或許是因為自己恢復記憶，雅長同學才會自殺，於是不斷責怪自己。這種念頭逆轉之後，就成為對江草夫人的恨了。」

確實，京介看到兩次在聽到夫人聲音之後，表情轉變的茉莉。還有，臥房裡頭像小孩洩憤一般被踩爛的衣服。因為在室內應該不會穿高跟鞋，所以是特地拿出自己在房間裡頭的鞋子來穿，在裙子上留下白色足跡。

「儘管如此，她還是沒有想要離開夫人？」

「嗯。因為她本人並未清楚意識到自己對夫人的憎恨。她總是穿著夫人替她選好的衣服，像女兒一般讓夫人梳頭。如果問她，她會回答她不要回去東京，想要待在這裡。所以，我也只能留在這裡保護她。」

京介一口氣把杯子裡剩下的冷咖啡喝完，抬起雙眼。

「你是說，茉莉小姐對夫人之所以有那種感情，理由在於夫人憎恨他們家，這些都是幻想嗎？」

松浦輕輕地張大眼睛。

「雖然我認為說是幻想有點嚴重，但是談不上有什麼根據。」

「如同茉莉小姐思考過的，江草夫人毫無理由會去恨印南家嗎？」

松浦再度猶豫似地別開視線。

「這也是，要說有是有的。」

「可以告訴我嗎？」

「太平洋戰爭剛結束的時候，江草夫人與丈夫住在現在的月映山莊裡。他們家僱用一位幫忙家事的人，用當時的話來說應該就是女傭吧，是印南家的女性，那名女子與男主人有了男女關係。」

「哦，原來如此。」

「而且那名女子還懷了男主人的孩子。因為印南家也是這一帶的望族，畢竟不能傳出不好聽的風評。於是，那名女子連同她肚子裡的孩子，一起被帶回去她母親的娘家。」

「然後，那須的別墅就賣給印南家，江草夫婦搬到東京去了？」

「是呀，不過這個故事還有一點後續。在江草夫婦搬到東京之前發生的事情。」

「怎麼說？」

「據說那名女子，從母親娘家失蹤了。而且說是去找江草家的男主人，離開位於京都的母親娘家之後就沒回去。」

「也就是說，她離開那須之後，與男主人兩個人的關係依然持續著？」

「好像是。也有傳聞說，她失蹤的時候，身上正懷著江草先生的第二個孩子。雖然不知道這是不是真的，總之她把女兒丟給外婆，再也沒回去那裡。」

「印南家不管嗎？」

「聽說她是個很難對付的女人。例如說在戰爭之前獨自到東京去，到咖啡廳工作，如果站在守舊鄉下人的角度來看，只會引發棘手的問題，變成出人意料的潑婦吧。

而且，那個時代，戰爭結束後的混亂還沒完全消失。即使是下落不明，可是那樣子的人，說不定在某處又會勾搭上男人，讓人寧可想要忘記她。但是忘不了的人是江草夫人，在夫人面前提到那個叫做印南葵的女人名字，依然還是個禁忌。」

「可以說夫人是因為丈夫被搶走的怨恨，所以憎恨有著印南家血統的茉莉。你的意思是這樣吧。」

「不是的。不過那也不是不可能的。確實那個當情婦的女人，如果現在還活得好好的出現在眼前，夫人應該不會覺得高興，但是要說血統的話，也只有茉莉的爺爺與那名女子是堂兄妹，這麼一點關係而已，血緣關係比茉莉更近的人還有很多。而且，櫻井先生，什麼被往生者的怨恨所沾染的房子，這種說法能信嗎？」

「至少我還沒碰到過。不管是真正的鬼屋，或是鬼。如果可以，我也想要看看。」

聽京介這麼說之後鬆了口氣，輕鬆自在的松浦露出潔白牙齒笑了。

「我也是。像美國那樣的理性主義國家，在清教徒主義的另一面，甚至存在著讓人驚訝的惡魔崇拜。結果那也只不過是人類欲望的鏡子而已。儘管如此，一臉認真相信天使或惡魔存在的人，還是出乎意料的多——」

語尾漸漸地越來越小聲，彷彿一口吹熄的蠟燭，消失了，臉上的微笑也同時不見蹤影。宛如是忽然回到在對話過程中，不知不覺遺忘的現實。

「櫻井先生，為什麼茉莉會突然做出那種事情呢？確實，她在潛意識中討厭江草夫人，也或許她是藉著那樣的形式爆發出來。

那天晚上，夫人也是若無其事地將自己因為打扮而遲到的事情怪到她頭上。下樓的時候，也要在眾人面前說幫她換衣服。彷彿把順從的茉莉，當成是獨自一個人什麼也不會做的小孩。

我不認為那是惡意的。只是，那個人太過欠缺細膩心思了。想要親切地照顧茉莉，卻完全沒有注意到那正在傷害茉莉。在這個意義上，茉莉會討厭夫人，也不是沒有道理。

即使如此，為什麼非得連小西醫生都要殺？茉莉打從心底就與醫生熟識。為什麼會忽然之間做出那種事情，我真的不懂。」

松浦的雙手在桌上交握，雙眼目不轉睛地凝視著握成X狀的雙手拇指，他的手指不斷地輕微顫抖。

「櫻井先生，你記得嗎？」

傳來低語的聲音。

「那個時候，小西醫生大聲責罵我。為什麼茉莉會那個樣子，殺掉應該是她從小就十分熟識的醫生？我一想到這件事情，就忽然十分掛念。說不定，原本應當在二樓的茉莉，從後面的樓梯放輕腳步下樓來，在廚房門的另一邊豎起耳朵聽到了。然後，對醫生說的話感到生氣……」

「因此殺了他？」

「應該不會這個樣子吧？」

松浦再度以糾纏的視線看著京介，臉上浮現出汗珠。

「告訴我，你怎麼看這件事情？請告訴我，你想到的事情，什麼都好。」

「在那之前，請讓我確認一件事情。松浦先生你認為那一切的事情，都是茉莉一個人做的吧？」

「咦？」

彷彿聽到無可置信的話語，松浦睜大眼睛。

「可是，櫻井先生，如果不是茉莉，會是誰做的？房子的鎖全都好好上鎖了，應該沒有人可以從外面進去。不，就算有人手上有備份鑰匙，當我們聽到槍聲衝進去之後，就沒有任何人有逃走的時間。屋子裡寂靜無聲，沒有感覺到有其他人在，不是嗎？」

「以你身為心理治療師的雙眼來看，你認為茉莉小姐會是突然就會殺人的人嗎？」

「當然不是！」

松浦立刻回答，彷彿在說絕對不可能一樣，用力搖頭。

「我從來沒這麼想過。」

「可是卻發生了讓人只能這麼想的事情。」

「是呀。所以我才會這麼難看，激動得發抖。」

想要在嘴邊擠出一個自嘲的笑容，卻只是讓單邊臉頰痙攣。

「我寧可想成，因為江草夫人真的很恨她，所以設計了那樣的事情，是這樣的話有多好呀。但是這也是不可能的，真是遺憾。加上即使夫人恨茉莉，也用不著做出那種事情——」

「除此之外，我還有一是件事情覺得很奇怪，為什麼小西醫生會被殺害。」

「咦？」

對著一頭霧水的松浦，京介說：

「雖然我沒有看得那麼仔細，可是那把槍是迴轉式的小型手槍。彈匣應該沒有裝填子彈吧？」

「嗯，你這麼一說……」

「如果槍裡頭裝填了好幾顆子彈，為什麼不開槍？如果目的只是殺害小西醫生，在近到可以打傷他的距離開槍，就不用擔心射不中，不是嗎？」

「這是因為——」

松浦一臉出乎意料的表情。

「這是因為，對了，一定是因為萬一傳出槍聲，大概就會驚動江草夫人了。」

「原來如此。」

前面的樓梯離夫人房間不太遠，若有開槍她應該會聽到。夫人如果在家裡聽到槍聲，應該不至於直接躺上床休息。槍聲也會清楚地，傳到位於屋外的京介等人耳中。

「但是，那麼一來，松浦先生，那時候茉莉小姐有可能具備足夠的冷靜，做出這樣的思考嗎？」

「啊……」

他聽了京介的話，臉部扭曲。

「我還以為松浦先生認為，茉莉小姐是在心神喪失狀態下殺死小西醫生的。可是如果剛剛的推測正確，要說茉莉小姐無行為能力，不是很困難嗎？」

「不，因為那只是我剛剛一時的思考而已——」

但是京介繼續說著：

「那把手槍是凱撒的東西，他說好好地放在二樓臥室裡頭也上了鎖。因為那天晚上茉莉小姐拿著那把槍，所以忽然之間很難想到這一點。這也像是要讓人以為，一切都是事先計畫，並且冷靜施行的證據。」

「可、可是——」

「不過如果想到還有一件事情，那就有不合理的地方了。為什麼那麼冷靜的茉莉小姐，沒有用手裡的槍殺死夫人？明明夫人也沒有反擊的樣子，是什麼讓她昏倒的？然後為什麼醒過來之後，不記得自己做過的事情？我實在不明白這一點。但是，松浦先生應該一點都不覺得，這有那麼不可思議吧。」

「沒有那回事！」松浦抓住餐桌的邊緣，用力搖頭。「我也有很多事情不知道，全部不知道。為什麼茉莉會做出那種事情……」

「當然，你不用擔心我接著會跑去一五一十告訴警方。就算跑去說了，也只是不管從何說起，都是在找麻煩吧。」

「嗯，是呀，說的也是。」

「雖然有點失禮，但是我好像還有什麼事情還沒請教你。」

松浦緊閉著嘴，視線沒有看著京介，而是盯著放在桌上的雙手，汗水沿著發白的臉落到手上。

「松浦先生？」

一邊發抖，一邊抬起頭，松浦像是極力忍住想哭衝動的孩子，五官扭曲。

「櫻、櫻井先生，我——」

京介嘆了口氣，搖搖頭。

「到此為止吧，已經夠了。」

「櫻井先生？」

「我應該只是個愚蠢的傾聽者，好像一不小心就脫離這個立場了。所以我什麼也不追問，這樣可以嗎？」

「嗯——」松浦再度深深地點頭。「對不起，真的很抱歉……」

離開咖啡廳的時候已經是傍晚了。不過短短的五分鐘之內，松浦已經恢復平靜，方才那悲慘的表情也像是場夢。

「謝謝你聽我說了這麼久。託你的福，心情輕鬆多了。」

儘管聽到他這麼說，京介還是不想回答。明天如果倉持問到「怎麼了？」要怎麼回答才好。因為事件似乎透過江草夫人的人脈壓下去了，保持沉默應該就沒關係？現在除了這樣，就算不合理，也只能強迫自己接受。

「接下來你要怎麼辦？」

「盡可能兩個人一起回東京去，江草夫人也不會再繼續挽留我們了吧。」

的確，就算夫人是個再怎麼少根筋，親切又無視當事人意願的人，即使在警方裡頭有強力的關係，應該都不會想要硬把茉莉繼續留下來。大概就和那個時候她自己說的一樣，她擔心凱撒更甚於茉莉。既然那件事情平安解決，讓知道實情的人離開應該比較好。

「你不回美國去嗎？」

「嗯，遲早。可是那個時候我會帶著茉莉一起回去，以我妻子的身分。」

「祝你們幸福。」

松浦不好意思地笑了。

回程松浦開著白色小型轎車，載京介一直載到通往月映山莊的直路入口。因為反覆思考著幾個小時內聽到的事情，京介在車上的時候不發一語，松浦也同樣安靜地握著方向盤，直到京介開口：「到這裡就可以了。」

松浦一邊握著車門的把手開門，一邊帶著微笑說：

「今天真的很謝謝你。」

哪裡。京介在口中一邊小聲說著，一邊想著：真是一雙明亮而無陰霾的眼睛。大概是因為這雙眼眸，所以他看起來遠比實際的年紀年輕，如同純潔的少年。

不懂憎恨也不懂傷害，充滿生氣的孩童雙眼。多愁善感，動不動就害怕，但是具備了當場立刻重新振作的強壯堅毅。聽膩故事的此刻，那雙眼睛雖然也有種鬱悶，但是與他相比，自己就像是個年紀一大把的老人。

京介關上車門，頭也不回，但是從後面傳來了聲音：

「櫻井先生！」

聲音追了上來。從打開的車窗探出頭，松浦看著京介。

「希望你不要忘記了。受到壓抑的記憶，絕不是神話——再見。」

就那樣，松浦的車在空曠的馬路上迴轉，遠去。

4

太陽一下山，今晚的氣溫也是毫不留情一路下滑。但是京介連暖爐都沒開，靠在組合屋的椅子上發呆。實在搞不懂，為什麼會讓自己發愣到那種地步。只是因為疲憊嗎？或是感冒了？

這麼說起來，不知道為什麼，總覺得身體有點發燙。全身無力，頭昏腦脹，提不起勁做任何事情。

（好像是中了什麼毒的感覺……）

如果是中毒，那就是在叫做人類的野獸，內心擁有的毒。圍繞著月映山莊的死者與生者，糾纏不清的愛恨情仇。流入腦袋裡頭的事實，在頭蓋骨中溶解，散發腐臭的味道。

（好想吐——）

對幼兒的性虐待。倘若印南雅長真的對繼妹，不斷重複那種身為人類最惡劣的行為，還殺死知道這件事情的家教，凶案現場又遭到妹妹目擊，那麼要假藉到美國留學之名行逃亡之實，再也不回日本，也不用不可思議。那麼也能夠理解，為什麼他會一邊待在美國，一邊又掛念妹妹，還要松浦去探望妹妹。

但是，那樣的話，為什麼過了七年之後，他要回到日本，並且與妹妹一同居住？是不是因為松浦提供的報告，讓他確定妹妹已經喪失受虐記憶，認為這樣做沒有關係？由於他也是長時間待過美國的人，關於記憶的壓抑與恢復，應該多少具備一些相關知識。

然而，委託身為心理治療師的松浦照顧妹妹一事，他還是有所不安吧。即使他是個多麼寡廉鮮恥的人，問題卻不是在虐待而已。殺人罪的追溯時效是十五年，而且凶手處在國外的時間不算在裡頭。他一定非常擔心，妹妹不知道哪一天會想起自己當年的犯行。他是那麼樂觀的犯罪者嗎？或是他本人也忘記了？全部都忘光光了。

（怎麼可能——）

京介自問自答，搖搖頭。如果只有性虐待的案子，不能說沒這個可能。即使沒有達到像松浦說的性行為，也可以稱之為虐待，那就是因為雖然從加害人的主觀來看，只不過是單純的惡作劇，或是由於疼愛所產生的撫摸，但是被害人卻感覺到難以忍受並且伴隨著恐懼。這也是有可能的。如果說當時應當還只是個少年的雅長，對妹妹做了什麼，大概就是這種程度的行為，不是嗎？

當然京介並不想說，只是那種程度所以無所謂，稱不上虐待什麼的。假使茉莉感覺到不舒服，不得不去忍受，那就應該算是虐待。

但是事情有解釋的餘地，加害人便容易遺忘。然而，巧妙隱藏的殺人事件，意義完全不同。如果以往既沒有被警察抓到，又像小西醫生所說，想辦法在屍體的死亡時間上造假，那麼這無疑就是策劃過的有意識犯罪。

從雅長的行動來看，還是會讓人覺得他沒有犯下殺人案。如此假設，就難以理解他在七年之間疏遠妹妹的心理。因為是個能夠做到若無其事，讓兩名女子死狀悽慘，缺乏想像力的遲鈍人物，所以樂觀認為，過了七年之久的此時此刻，妹妹應該也不會舉發自己了。如果這樣推測，結論就會顛倒。

（光是坐著思考，這是永遠不會有結論的……）

那麼，三月六日晚上的事件是怎麼回事？茉莉殺了小西醫生，還打算要殺江草夫人。松浦雖然說沒想到會發生那種事情，但是似乎並不懷疑那是茉莉的犯行。然而，京介還是無法釋懷。茉莉的精神狀況並不健康，這一點很清楚。從踩爛的衣服來看，或許她恨江草夫人也是真的。但是從發生的事件樣貌來看，怎麼看都是冷靜的有計畫殺人；扣除掉最後奇怪的中途收手之外。那實在讓人覺得一點都不像是茉莉。

京介從記憶之中，喚醒茉莉的印象。三年前的茉莉，身體看似不好，但是開口的時候，能以符合二十來歲的女性語氣說話。只在抬頭看著窗戶，脫口而出「看到紅色月亮」的那個時候，語焉不詳的模樣非常像小孩。

（小孩？）

那天晚餐之前，陪同江草夫人一起從二樓下來的茉莉，也宛如是個怕生的小孩。但是，忽然回過神之後，她就安靜地，以甚至可以稱為優雅的動作使用刀叉。那個樣子，看起來絕對不像是小孩。

（難不成……）

京介從椅子上稍微動了動身體，一個像是假設的念頭忽然浮現出來。他心想著，難不成——

（多重人格。）

關於這種病，京介的知識只有以前讀過的兩部紀實小說。其一是寫於一九七三年的《西碧兒》，描述關於擁有十六個人格的女子；另一部是最近由著名的科幻小說家寫成，在日本也成為暢銷書的《二十四個比利》。可是未必能分清楚，書中所言有多少為真，多少是虛構的小說。

雖然多次在小說或電影中出現，一般人似乎也有所耳聞，但是據說在日本相關病例的報告極為稀少。多重人格被當作精神病，與喪失記憶之類一樣，歸類於歇斯底里的症狀。而「西碧兒」或是「比利」的情況，都記載其多重人格之發生的原因，為患者作為逃避幼年時期受虐的手段，也被視為是比松浦說過的壓抑記憶更為深化的東西。

京介在超過二十年以前讀過的《西碧兒》，逼真訴說了一個受到異常性格的母親，種種殘酷虐待而痛苦不堪的少女人生。因為單一的肉體接連不斷被不同的人格占據，為所欲為，西碧兒時常為記憶的中斷所苦惱。雖然有優秀的智力也沒辦法專心持續地用功；收到自己不記得有買過的東西的帳單；忽然回過神發現自己呆站在陌生的街道上。本來的西碧兒，並不知道自己的身體裡，還有其他的人格存在。但是因為認識了奮不顧身的精神科女醫生，她漫長而艱苦的奮鬥，結局是整合了分裂的人格，成為一個完整而獨立的人。

松浦在一九九四年回國的時候，茉莉訴說的症狀當中有過記憶的中斷。在那之後，雖然說在月映山莊居住的九年記憶，有如被蟲咬過般的零散，但是這大概就是因為記憶壓抑造成的結果。但是接下來探討，聽起來就不像是過去的事情。

茉莉現在還記得記憶中斷的事情嗎？晚餐之前是個有如京介說過的，像孩子一樣的女性，在餐桌上冷靜展現餐桌禮儀的女性，有沒有可能是人格交換了？此外，她的身體裡頭不只有這些人格，是否還存在著埋藏憤怒與憎恨，會使用暴力的人格？

西碧兒的身體裡，不只有女性人格，也有堅稱自己是男人的人格。還有作為體現她內心憤怒的人格，當其支配肉體的時候，西碧兒就會像是發脾氣的小孩一樣，使用暴力損壞別人的東西，不過不是蓄意要去觸犯法律的。

可是，在比利案例，則是有為了生活費不得已要當強盜的粗暴男人，還有渴望與女性肉體接觸的女同志人格，結果他因為強盜強姦罪遭到警方逮捕，才第一次與精神科醫生們碰面。

在比利的身體裡，負責那個實行強盜的人格，不單單只有粗暴，還具有能夠完成預謀犯罪的智能。茉莉的身體裡，也與比利一樣，有個在礙事的人們消失之後操作肉體，冷靜殺害小西醫生，接著連江草夫人都想要埋葬的人格嗎？然後在千鈞一髮之際，被其他的人格阻止，所以才昏了過去，是這樣嗎？

但是京介看過精神科醫生撰述的散文，則對比利的個案抱持懷疑。老實且不敢頂嘴的女性，讓粗魯膽大的第二人格出現，以圖謀打破僵局。如果是這樣的案例，可以如此理解嗎？出現多達二十四個人格，與這個例子相比，意義又完全不同。難道不是本人的想像力與演技的產物，經過精神科醫生的介入而得以強化？

京介尚未判斷何者為正確，但是前天晚上的事件，如果是茉莉獨自一人所為，那麼假設她有多重人格，就可以說得過去了。京介不認為松浦沒有注意到這一點，然而松浦卻在即將碰觸到這個話題的時候踩了煞車，明顯是想要隱瞞京介。

確實，多重人格這個概念，與犯罪連接在一起出現的時候，或許容易被視為非常詭異、可疑。因為女童綁架撕票案而在一九八九年遭到逮捕的M，經過精神鑑定，診斷為多重人格的消息見報時，聽聞此一消息的社會大眾反應是：「是不是故意裝出來的？」

裝病當然不值一提，但是因為精神分裂症而無法判斷自己的行為對錯，確實可能有這種情形；如果是多重人格的情況，當個別的替換人格沒有病，那麼視其為無行為能力是否妥當？

京介也在閱讀《二十四個比利》的時候，察覺到這個可疑之處。實行強盜的人格「雷肯」，並不是不能判斷是非善惡，他在知道自己做的事情會犯法的前提下動手，是個確信犯的犯罪者。

每個人都有可能會犯罪，如果覺得那麼做對自己有利，誘惑就會增強。加以阻止的則是良心或者理智。像是覺得「因為是壞事所以別做吧」，或是「如果被抓到就划不來了」。比利的身體裡雖然有信仰堅定的人格，也有理性的人格，但是卻默許「雷肯」去犯罪。那樣一來，認為他有必須贖罪的看法，也沒有錯。

不，先不管無法確定有多少為真的比利個案。松浦說了那麼多，受到壓抑的記憶得以恢復等等，京介不認為全部都是事先虛構好的。不過松浦可能認為，茉莉有多重人格，而其中之一的人格殺害了小西醫生。

他大概是這麼想的：小西醫生責備他一事點燃了茉莉的怒火，讓茉莉帶有攻擊性格的人格顯露出來，衝動之下殺了老醫生，就在接著要連江草夫人也要殺的時候，被其他的人格阻止了。但是，這樣就不符合京介被迫指出來的情況：那個時候茉莉冷靜行事且有預謀。比起因為過於激動而犯下殺人罪，預謀性質的犯罪更讓人感到厭惡也理所當然。

（那，為什麼會這樣……）

不用多想，對京介而言，那是怎麼也做不到的。即使那名女子身體中存在著反社會的冷酷殺人犯人格，但是被害人江草夫人與被害人的遺族小西和志，都說了不要去告發。而且，松浦也在知道茉莉是那種人的前提之上，一路陪著她走過來。松浦最後露出鬆一口氣的表情，應該是因為再度下定了這樣的決心。

原來如此——也就是說，自己現在對於那種情況束手無策，感到茫然、疲憊、動彈不得嗎？明明說過不知道多少次，不想與活生生的人類問題扯上關係，也事先說好只聽牢騷，但是事到萬一卻又覺得整個顛倒過來了。真蠢！多管閒事真不符合自己的個性。

「差不多，得換個思考方式才行了嗎？」

嘴裡吐出自言自語。夜已經深了，組合屋裡也暗到連放在膝蓋上的手都看不見。心想打開燈，要吃什麼？不，沒有食欲。看看書？做點翻譯的工作？儘管如此，腦袋還是不清不楚的。如果可以在太陽穴開個洞，讓塞進腦袋的東西全部流出來丟掉，該有多好。

從椅子上站起來，摸索著應當懸在頭頂上的電燈開關。但是手慢慢地動著，手指卻什麼都沒碰到。以為終於抓到疑似的東西，那一瞬間腳步又滑了一下。好像是踩到紙張還是什麼東西。

雖然差點就要轉開開關了，但是踉蹌的身體撞到桌子邊緣。抓住險些掉下去的電腦，可是晚了一步，放在桌上的書掉了下來還打到膝蓋。小聲叫了一句「好痛」，掉下去的書本在眼前的地板上，啪的一聲攤了開來。

標題是「目擊證詞」，內容是在近距離看到犯罪事件的犯人，證人的記憶如何常常會有錯誤？這是為什麼，是怎麼產生的？以豐富的實例伴隨討論的紀實小說，作者是美國的實驗心理學家。雖然才剛剛從前面開始看，不過現在攤開的地方，則是文末列著參考文獻的那一頁。

在幾乎都是英文的文獻中，包括作者本人的多本著作，其中只有一個地方寫了日文。

The Myth Repressed Memory, 1994.

在這個書名底下，寫了「受到壓抑的記憶神話」新刊。雖然確實是從原文的標題直譯過來的，但是京介終於想起來，自己剛剛是不是聽過，把這些字彙連接在一起的東西？分手的時候，松浦從車窗探出頭時說的。

（希望您不要忘記了。受到壓抑的記憶，絕不是神話。）

那句奇怪而突兀的話，到底是什麼意思？只是碰巧嗎？當然通常來說很有可能。因為松浦回國的時候是一九九四年，他或許記得看過的這個標題。可是——

京介忽然打了個冷顫。不知道為什麼，可是感覺很不舒服。察覺到這等細微的事情，覺得彷彿是什麼樣的暗示，簡直就像是精神分裂症的幻想。據說，發病的時候，會沒來由地陷入滿是不祥與緊張的預感中。那種感覺也被人們稱為「世界毀滅體驗」——

（不會吧。）

即使如此思索，那占據胸口無以名狀的不安，把自己捲進去的世界，彷彿從自己逐漸脫落歪曲一般，不舒服的心情，久久不散。

（不對。歪曲的不是世界，是自己正在扭曲變形。有什麼弄錯了，非常基本的東西錯了，大概是吧——可是，是什麼錯了？如果連這都能知道……總覺得，其他還有什麼必須想起來的東西才對……但是，奇怪了……）

忽然京介抬起了臉。有聲音逐漸靠近，那是什麼？是引擎的聲音，但不是四輪的車子。看看手錶，不知不覺已經過了十點。京介站起來，打開拉門到外面去。

不知道什麼時候又開始下雪了。黑暗中無數的白點一邊隨風飛舞，一邊埋沒大地。但是從另一邊慢慢接近的某種聲音，穿越了行道樹之間？忽然之間就看到了車頭燈，帶著黃色的耀眼燈光，如箭般地刺著雙眼。

一下子就到了這裡。一邊噴開地面上的積雪，一邊緩緩地劃出弧線停了下來。位在背後的組合屋燈火，照出用全罩式安全帽遮住臉，身上穿著黑色皮衣皮褲的高大男子。男子立起五百CC機車的支撐架，慢慢地下車。

這傢伙就是縱火犯嗎？沒想到現在還有人醒著嗎？雖然問對方「你是誰」也是糊糊塗塗的，但是京介還是開口了。

對方此刻正在用雙手脫掉全罩式安全帽，看得到他有著結實的下顎，還有覆蓋在上面，剔得短短的鬍子，以及透過嘴唇露出的白色門牙。

（咦？）

京介用力眨了眨雙眼。

（不會吧？）

但是，在產生更多疑惑之前，聽到了對方的聲音。

「唷，你精神看來不錯嘛！」

「為什麼……」

「笨蛋，戰場慰問啦！」

栗山深春笑了。

死亡不長眠

1

「哦，這地方住起來比我想像的更舒服嘛！」

踏進組合屋的深春，第一句話就是這麼說的。環視周圍越看越沒東西的室內後，視線停在沒有點火的暖爐上頭，大叫：「為什麼不點暖爐！這樣不是很冷嗎？」京介還來不及說什麼，深春就迅速拔出暖爐的油槽。

「剩一半不到。趁現在補滿比較好，燈油放在哪裡？」

「外面──那邊的後面。」

深春放下背上的背包，把手套丟在上面，單手拿著油槽出去，回來，把油槽放回去，點火。

「等它燒到沒有臭味之前，最好開一點窗戶。」

因為動作總是爽快俐落，京介連插嘴的空檔都沒有。

「深春──」

「嗯？」

「你來幹麼？」

「我剛才不是說過了？戰場慰問呀。」

拉開背包的拉鍊，從裡頭拿出一個體積頗大的包袱。布包裡頭包著塑膠袋、報紙，然後終於出現眼熟的某個三層餐盒。

「吃過飯了嗎？」

「不，還沒。」

「那樣正好。」

摺好的方形布巾放在桌上，打開三層餐盒的蓋子排好，裡頭的料理塞得滿滿的，連個空隙都沒有。

「御飯糰有一層，剩下的都是配菜。」

「這麼多？」

到底有幾人份？宗介愣住。

「我會吃掉的，你不用擔心啦。沒有筷子與盤子之類的東西嗎？」

「在隔壁的廚房。」

「瓦斯可以用吧？泡個茶。有茶葉吧？」

「嗯，應該有。」

「有酒的話就更好了。」

「這我不敢保證。」

可是，一翻找放在廚房的紙箱裡，就找到了一升裝的日本酒一瓶，混在米袋與醬油之中。擅自清點裡頭的糧食，連冰箱都看過的深春說：

「東西還真不少。」

「是嗎？」京介無所謂地回答。

「也有鍋子，要自己煮也沒問題吧？」

「很麻煩。」

「我想也是。」深春笑咪咪的。「好！吃飯吧！我肚子也餓了！」

三層餐盒的內容簡直豐富得讓人看傻眼。一層是日式料理：照燒鰤魚、厚蛋捲、炸雞肉餅、醋醃小竹莢魚、煎蘿蔔、醬油漬蒟蒻條加上紅蘿蔔豆腐拌芝麻。還有一層是西式料理：咖哩風味的煎豬腿肉、小番茄絞肉餅、攪拌混合蔬菜的蛋包飯，甚至連炸鮭魚配上小可樂餅都有。

第三層的御飯糰，也不是以前讓京介倒胃口，大而無當的尺寸，而是混合了紫紅色紫蘇葉粉末與紫蘇果實，捏成小小的袋狀飯糰。

「這全都是你做的？」

「呃，有用一點點冷凍的現成料理啦，因為這個時候多樣性最重要。」

深春一臉得意，把角落的維也納香腸放到嘴裡。

「沿著東北快速道路北上，餐盒就慢慢冷掉了。我擔心白飯會不會結凍，看樣子應該沒問題吧。」

深春把料理分裝到從廚房拿來的盤子上頭，將酒倒到碗裡，擺到京介的面前。用兩根手指夾著自己滿滿的那碗酒到臉面前，喊著：「開動。」

「嗯——」京介點點頭，拿起筷子。仔細想想，從前天晚上之後，就沒有吃過像樣的一餐飯，除了乾麵包以外的食物都讓人感激。醃醋與油的香味，刺激著已經遺忘的食欲。

「味道如何？」

「我正在吃。」

即使是冷淡的回答，深春也沒有任何不悅的樣子，他自己也拚命地動著筷子。

「嗯……雖然我本來以為炸的東西要是冷掉會很難吃，不過倒是出人意外，還能吃呢。」

「深春有什麼東西是不能吃的？」

「也是，肚子餓的時候什麼都好吃。喂，這酒不是還滿順口的嗎？好像是地方的釀酒店做的，在哪裡買的？」

「黑磯的超市。可是，那是倉持先生挑的。」

「哦，那個人常常會過來嗎？」

「偶爾。」

「你來當警衛，有沒有發生什麼事情？」

「就像你看到的這個樣子。」

「那不是很無聊？」

「也不會。」

「你還有做其他什麼事情嗎？」

「翻譯。」

「對喔——你有帶電腦來嘛。網路可以用嗎？」

「不行。」

「為什麼？」

「數據機的接頭插不進去。」

「……」

話說到這裡就中斷了。一邊動著嘴巴，一邊透過瀏海，京介偷偷瞧著，看到深春轉過臉去嘆了口氣。終於收拾完畢盤子上分裝如小山的豐盛菜餚，京介擺好筷子，抬起臉。

「我再問一次：深春，你來幹麼？」

帶著厭煩，極力撇嘴的深春說：

「真是抱歉，我就這樣跑來了呀——我這樣說可以嗎？」

說著，伸出手去，在京介空掉的盤子上擺上三個飯糰。

「你還吃得下吧？飯也要給我好好吃啦。」

「深春——」

京介聳聳肩膀。

「嗯，總之我不是要來繼續吵架的。」

「吵架？」

「什麼嘛！我們不是吵過架了嗎？吵架呀！」

深春用手指夾著小小的飯糰，一口吞下，接著喝了一大口碗裡頭的酒。

（是嗎？那是吵架呀——）

站在京介的立場，「吵架」這個詞彙，聽起來總覺得淳樸且抒情，和自己那個時候的心情一點都不配。因為是自己單方面丟出帶刺的話語，所以這次深春不肯原諒也是可想而知的。於是，即使到了現在，要是不瞭解深春的本意，就會靜不下心。

「老實說是因為蒼，他說不能這樣不管你，不然會被打屁股的。」

「你到底對蒼說了什麼？」

「哪有說什麼，就據實以告呀。因為我很不爽，他問我怎麼了？他的直覺還真是準呀！他好像是說：這與京介有關係對吧？深春你做什麼惹火他了？之類的。

你明明說要回去租房子那裡，卻讓人覺得怪怪的，結果就鬧彆扭直接出門了，打工好像也暫時不會回去做的樣子。他說的就只有這樣啦，應該不是騙我的吧。」

深春並沒有讓京介生氣，事實反而相反。可是有必要特意去問蒼嗎，正想開口這麼問，卻又打住了。京介本人，對蒼也是什麼都沒交代就離開了公寓。以前要長時間離開東京的時候，一定都會在動身之前聯絡好，連打一通電話都懶得打，這樣招致蒼產生疑問的人，就是京介本人。就算到了現在，連自己都覺得這實在是不恰當的做法。這麼一想，就沒有辦法在這裡對深春動怒。

「然後呢？」

「所以啦，蒼對我發火說，不能丟著你鬧彆扭不管。他說，不要不理你，要好好和你說，弄清楚是哪裡不爽，該道歉的事情就要道歉。」

「……」

如果要道歉，那也不是深春，應該是自己才對。可是，這種話京介說不出口。只有口頭道歉又能怎麼樣，毫無意義。

「喂，你記得嗎？」深春說。「以前，我去旅行回來，去神代老師家寄宿，蒼和你不是也曾經都待在那裡過嗎？那時候，原因是什麼我忘記了，可是我與你吵架，我跑到外面去，是不是有過這種事情？」

「是呀——」

那是，蒼還不能夠對深春伶牙俐齒時發生的事情。

「那個時候，蒼不是帶著你出來找我嗎？」

「因為他對我說，深春沒回來的話他就不睡覺。」

很少說出任性話語的蒼，只有那個時候頑固得不肯退讓。臉漲得通紅，一副快哭的樣子，硬拉著京介出門。

「那也是蒼的個性，聽說比起擔心我，他更擔心我和你，才會帶你出來找我。所以這次他說應該換我去找你了。你帶大的小鬼，變得越來越會講話了，真是的。」深春雙手一攤，看著天花板。「總之，就是這樣。如果你不高興我到這裡來，就給我去和蒼還有你自己抱怨吧！」

對如此說的深春，京介聳了聳肩膀。

「說到倉的個性，我反而覺得受到深春的影響比較大。」

「是嗎？」

「至少，我就沒有那麼愛管閒事。」

「真是抱歉呀。」

「我──」

說著，京介迷惘了。該怎麼說才好？他不想說謊或是不誠實的蒙混過去。但是這樣一來，現在能說什麼除了讓深春更生氣以外的事情？儘管如此，還是不得不說些什麼。沒關係的，如果他會更生氣，就讓他更生氣吧。

「我並不打算道歉，也不打算說明。雖然我不認為這樣沒問題，可是我也沒別的辦法──」

「你在碎碎念什麼東西啦，這個笨蛋！這又不是現在才開始的事情吧！」

被大聲打斷後，京介睜大眼睛，他什麼都沒還開始說呀。

「不管什麼時候你總是我行我素，哪有好好對我說過什麼東西！都是我們一個勁接受你的雞婆，所以每次都是你隨心所欲在耍別人。我早就知道你是這種傢伙了。」

「是──嗎？」

深春所說大概是對的，確實自己就是那種人。即使戴著叫做「櫻井京介」這個名字的面具，內在還是一樣，拖著與生俱來的極度惡劣性格。但是，都到了這個節骨眼，也不認為自己的性格有可能改變。

京介看著地板，低聲說：「那麼，你要和我絕交嗎……」

一瞬間的沉默之後。

「笨──蛋。」

京介的眼前忽然一片光明。深春伸出手越過桌子，用指尖把京介的瀏海往旁邊彈開。

「給我看這邊，京介。」

一抬起眼睛，深春就從椅子上起身，看著京介。

「如果現在絕交就可以搞定，你不覺得我早就與你絕交了嗎？」

「……」

「你在想什麼事情，我簡單的腦袋完全搞不懂。你還不能忘記在威尼斯發生的那件事情嗎？還是說，你因為那件事情想要哭著求我？還有什麼更悶的事情嗎？唉，那些事情，怎樣都好啦。

接下來我應該會在這裡，看著你的臉，叫你好好吃飯、去洗澡、換衣服，囉唆叮嚀這些生活瑣事。我希望盡可能不會惹你討厭，會注意不要太囉唆過頭。要說改不了個性嘛，我們彼此彼此。

總而言之，我想說的是，雖然我們彼此都有一大堆缺點，但是既然我還沒討厭你，當然就不打算和你絕交。所以，只要你沒說不想再看到我的臉，我的公寓裡頭就永遠都會準備好給你坐的椅子。

雖然要去哪裡，要做什麼工作，要弄到營養失調都是你的自由，但是工作做完之後，可以的話就給我再回來啦。因為我會讓你吃好吃的東西吃到飽，讓你有精神之後再度出發。這樣不是很好嗎？」

「──」

找不到回答的話語。如果說聽到這些話的反應是開心，那就錯了。話雖如此，但也不是懊悔或是悲傷。要勉強說的話，是有點可憐，又有點心痛的。不管再怎麼拒絕，結果沒有他們還是活不下去的自己，真是軟弱。

頭頂上傳來深春的聲音。

「可是我話先說在前頭，我可沒有放棄喔。」

一抬起臉，深春的食指就頂著京介的胸口。那張像是吃到苦東西的臉，讓京介不由得後退。

「什麼事情？」

「你藏在心裡頭的東西，總有一天我會弄明白的。我是說，我可沒有放棄這件事情喔。我不會專程睡在你旁邊的床鋪，再把你叫醒來硬要你吐出真心話。交換條件就是，你可不要給我忘記了。」

「也就是說，你到最後都想要管我的閒事。」京介輕輕地嘆一口氣。「你真是沒事找事。」

「真是的，是你自己嚇到了吧。」

「我沒有特別隱瞞什麼東西。」

「騙人。」

深春轉過頭丟下這句話。沒錯，這確實是在騙人。但是為了自己繼續當「櫻井京介」，這是必要的謊言。

「我沒騙人。」

「我才不信。」

京介重新坐好，對著懷疑地看著他的鬍子男，說著「真的沒有」。然後再次拿起免洗筷，從旁邊挖開放在盤子裡頭的飯糰。用筷子把堅硬的飯塊送到嘴裡。深春露出一臉厭惡：

「那種吃法讓東西看起來真難吃。」

「也沒有很難吃。」

「那，好吃嗎？」

真是的，每次隨心所欲在耍別人的到底是誰。一想到如果沒有遇到這種男人，現在應該就不會有任何迷惘，便不想要開玩笑捉弄他了。

「嗯，有深春的味道。」

一如預期，深春把嘴裡的酒都給噴了出來。

「髒死了！地板要好好擦乾淨。」

「你這傢伙——不要耍人！」

「哪有？」

「你一定是在耍人！」雖然努力忍耐，但是從嘴角露出了竊笑。

「你笑了喔。」

「因為你一臉要笑的樣子。」

「不是你害的嗎？」

打從十二年前認識之後，這大概是重複了幾十次，一起坐在餐桌旁說的蠢話。暖爐燃燒著青色火焰，窗外白雪持續飛舞著。有著兩個人的小小組合屋，彷彿被強制留在夜晚正深的時候。這份溫暖的舒暢，再度刺痛了京介的心。

「算了——」深春低語。「那你就笑呀！與其像個害怕的刺蝟神經緊張，笑出來會好很多。」

雖然覺得深春胡說八道，不過從京介口中說出來的，卻是另外的話語。

「深春——」

「嗯？」

「還有多少時間？」

「什麼意思呀？」

「如果明天一大早還有工作，現在不睡就不妙了吧。」

「一、兩個晚上不睡覺又沒什麼。」

「你工作的行程呢？」

深春舉起手抓著頭髮。

「嗯，什麼可能都有。」

「應該不可以那樣吧。」

「沒有，是真的。」

儘管如此，京介應該還是以懷疑的眼光看著他，他似乎無計可施，說：

「我取消預定的打工了。」

「為什麼？」

「因為我不知道在這裡要待多久。」

「你是打算要在這裡待那麼多天嗎？」

「沒有啦，如果你不肯讓我進來，我說不定就要暫時死守在外面了。」

京介吃驚地看著深春的臉。雖然好像不全是開玩笑，但是老實說很恐怖。如果倉持來的時候，看到這種男人占據在組合屋面前，那該怎麼對人家解釋才好？

「總之因為這樣，所以我有很多時間。好了，怎麼了？現在開始要給我來個世紀大坦白嗎？我可以整夜不睡都沒關係喔。你要是想說什麼，就全說出來吧。」

雖然一邊笑咪咪一邊那樣說話的樣子，看了讓人很想打開門把他踢到外面去，可是靠京介的雙腳，應該沒辦法做到。

（真是的，令人火大的男人——）

這麼想著，還是沒說出口。

「我希望，你可以聽我說一些話。」

今天下午好像聽松浦講過類似的台詞，雖然連自己都這麼想，但還是說出口了。自己清楚知道，現在需要的不是吃飯也不是大笑，而是個說話的對象。不管是怎麼樣奇妙的因緣際會，即使每次被迫碰上事件發生，京介依然不是人類的偵探。因為這與自己的思考模式並不相符。

「什麼事？」

「一棟現在被稱為月映山莊的建築物，以及有關它的種種事情。」

「就算你對我說建築的專業事情，我也什麼都不懂。」

「那我就不說那部分的東西。因為有更血腥的事件糾纏著那棟房子。」

「也就是說，那又是件還沒定論的事情了？」

「大概是吧。我被迫聽到非常多的事情，也被迫直接面對了，腦袋現在有點混亂，我想要整理一下。」

「意思就是，要我代替蒼的工作嗎？」

「你能體諒的話最好。」

至今為止，大部分的時候，蒼都待在京介的身邊。把自己的見聞與他的比對，讓他聽說出口的話語，得到他的反應。這對於京介整合思考是已經習慣的方法，因為這次沒辦法這樣做，所以微妙地感到疲憊。

「有破綻嗎？」

「滿多的，不過全部禁止外洩。」

「瞭解。決定好的話，那就——」

倒酒進去補滿稍微空了的碗。

「開始吧，櫻井老師。」

深春靠著椅背。

2

「問題中心的建築是月映山莊。這個名字是印南敏明一家人開始居住後取的，在那之前雖然沒有這麼用，不過總之我就拿來當作那棟建築的名字。」

說完如此開場白的京介，接著陳述了江草孝英在明治二十二年蓋了那棟房子以後大略的歷史。雖然孝英與江草家的女兒初結婚，成為養子，繼承家業，可是以沒有生孩子的理由和那位太太離婚了。京介也補充：江草初在那之後雖然也住在那須，可是傳說她已經自殺。

「是鬼屋呀——」深春出現理所當然的反應。「有沒有鬼故事？」

「有一些。」

「怎樣的故事？」

「例如說彷彿會發生殺人事件的前兆，窗戶看起來會染成血紅色之類的。」

「什麼意思？」

孝英只有一個獨子，叫做孝和。但是他沒有結婚就死了。他有個大概是與外面歌妓生下來的兒子，取名孝昌，繼承了家業。這些事情是京介在東京就事先查出來的。孝昌在戰爭之後的昭和三十年病逝，房子被賣給了印南家。京介在這裡補充到不久前聽松浦提到的，圍繞著孝昌情婦所發生的騷動，還有情婦隨後失蹤的事情。

「那個女人生下來的小孩，後來怎麼樣了？」

當然深春這麼問了，京介實在沒辦法回答。故事終於講到昭和五十二年時，印南敏明與堤雪華帶著孩子同居，一起在月映山莊生活，然後昭和六十年發生了空難，夫妻倆都身亡的部分。

「第二年，兩名女子被人發現死狀怪異地死在那裡。從那之後，月映山莊就沒有人住了。」

「死狀怪異是什麼意思？」

「你可以先看看這個嗎？」京介把〈消失於夜晚的凶刀〉交給深春。「先看一下，我去泡茶。」

「我喝酒就好了。」

「不准喝醉，不然我很麻煩。」

一邊發著牢騷，不過深春還是乖乖開始看那些影印資料。收拾幾乎空了的重疊餐盒，京介沒有多想什麼，將只剩一個的維也納香腸送進嘴裡。同一時間，深春抬起了臉。

「啊！那是最後一個！」

「你還沒吃夠？」

「最後一個又是另一回事了。」

明明是說著孩子氣的話，但是京介無計可施，只好咬下一半交給深春。決定明天在洗衣服後，到隔壁的組合屋裡煮水，用好像是現場使用的大陶壺泡好粗茶之後再拿回來。

回來之後，深春已經看完了。

「京介，這個事件真的陷入謎團了？」

「現在還沒抓到犯人。因為時效的期限是明年，所以幾乎是陷入謎團了吧。」

「哦——」

「看了之後，有什麼感想？」

「你是問我凶手是誰嗎？」

「沒錯。」

「只看這個，就會覺得這個叫雅長的傢伙很可疑，不是嗎？」

「果然你也這麼想嗎？」

「因為這傢伙好像有殺害三谷圭子的動機，也總覺得他的不在場證明很模糊。如果是職業強盜幹的，也有奇怪的地方，最後那個妹妹說的話也饒富深意。」

「也是。」

「這個叫雅長的人，現在在哪裡？」

「去年好像自殺了。」

「咦？」深春瞪大雙眼。「那麼一來這個事件的──不對，不是那樣，不管怎麼說，時間都太久了。」

深春抱著手臂，右手的手指擰著下巴。

「那麼，他的妹妹呢？」

「還活著。」

「那差不多也長大成人了吧。這文章最後的那些話，你沒去問問看是什麼意思嗎？」

「在那之前，你不認為必須要懷疑，這篇文章裡頭的東西有多少為真嗎？」

深春一臉生氣地瞪著京介。

「喂！你該不會告訴我，這全部都是胡謅的吧？」

「不是。月映山莊真的曾經發生過上面寫的那些事情。」

「那麼──」

京介將前天小西醫生告訴他的，推測死亡時間與雅長的不在場證明，還有醫生目擊到的人影告訴深春。一邊聽一邊頻頻點頭的深春說：

「但是那個不在場證明，感覺起來不是很剛好嗎？凶案發生時人在北海道什麼的，並不是絕對不可能的。只要讓人搞錯短短一個小時左右，應該就來得及了吧？」

「大概是吧。死亡之後如果過了好幾天，或許會有一、兩個小時的誤差。」

「會不會是利用藥物或是溫度等因素，讓屍體加速產生變化？」

「關於這一點，驗屍的時候沒有查到什麼，我想應該可以信得過。」

「那麼，剩下的因素就是共犯了。」

「在那之前我要先問個問題：為什麼你會這麼想要確定雅長就是凶手？」

「為什麼？是你要我看這篇文章的——」

說著，深春快速瞄了一眼手邊的紙張。

「你的意思是，這是特意寫出來，為了要讓看過的人這麼想的東西？」

「或許表現了作者本身相信，雅長就是真正凶手的主觀也不一定，不過連深春也這麼想，看起來把這當作是蓄意的操作應該比較好。」

「表面上是客觀的報告，實際上卻是惡意的中傷文章嗎？如果是這樣，那可真是陰險。」

「還有一件奇怪的事情。」

「什麼事？」

「老實說，這份資料，在我來之前就有人先放到這棟組合屋裡頭了。散落在桌子的下面。雖然我沒有馬上注意到，可是，連倉持先生都說不知道。」

「你是說有人為了要讓你看才放在那裡的，是這個意思嗎？」

「有可能。雖然與其說是要給我看，不如說是要給到這裡當警衛的人看吧。」

「可是，為什麼？」

「我還沒搞清楚。」

京介搖頭。

「裡面有寫不是事實的東西嗎？」

「沒有，裡頭幾乎沒有明顯的謊言。但是我有點卡在深春你剛說過的，印南茉莉那些意味深遠的話。」

「那是假的嗎？」

「沒有證據顯示是假的。」

作者寫著，那是親自向茉莉探聽出來的。但是從雙親死於意外之後就受到媒體緊盯，接著又在同一個屋簷底下碰到凶殺案的少女，到底是在什麼時候和什麼人說過這些話的呢？有可以讓她那麼敞開心胸的人嗎？

這麼一想，就能夠推測，那也是作者寫下的惡質修飾文章。說起來署名的作者「印南和昌」，到底是誰？是印南家的人嗎？或者單純只是筆名？倉持說沒聽過這個名字。如果是捏造的名字，只能認為是從江草家的孝和與孝昌各取一字組合而成的。

「可以確定作者超過報紙新聞的等級，是個消息相當靈通的人。三谷圭子想和雅長結婚，這件事情好像是真的。她的屍體被發現的時候，經過精心裝扮也是真的，還有看到人影的醫生所說的話也是。但是我可以肯定，那個凶手絕對不是雅長。」

「可是這個傢伙，沒有寫出這個結論。」
「沒錯。」
「所以呢？」
深春彷彿有點疲累，單手手肘撐在桌上。
「你現在很掛念那個事件吧。預定要調查的建築裡頭，還纏著沒有解決的事件，所以心情不好？」
「不是，不是那樣，只是覺得稍微動腦筋想想看也不錯。」
「哦——」
「月映山莊現在的所有人，是孤苦無依的印南茉莉，不過她至今依然深受這個事件的後遺症影響。」
「後遺症？」
「要說清楚這一點的話，又要花很長的時間了——」
「是嗎？」
「怎麼了？」
「沒事，我早就知道了。美少女哭著拜託你，請櫻井先生一定要查明事件的真相。唷唷唷……」
「深、春。」
「幹麼——我不是很認真在聽你說嗎？你總是說對這種事情沒興趣也不想扯上關係，然後避之唯恐不及，我會覺得怎麼搞到事情會變成這樣，一點都不奇怪吧。」

京介心想，確實是這樣。最近的自己一直都很奇怪，被找去京都，受到那個通靈少女影響，這是原本就不行的吧。到了那須之後，也一直有種協調已經亂掉的感覺，不但沒有消失，反而越來越強烈。

在深春出現之前，想起與松浦的對話，就有種奇怪的感覺襲來。莫名其妙就感到全身惡寒，彷彿整個世界都在扭曲毀壞。儘管在看到深春的臉之後，立刻忘得一乾二淨，可是不知不覺中，又會主動對那個事件產生興趣，應該是受到影響之下的變調結果吧。

但是不能在那件事情上出頭。

「因為在意想不到的地方，出現意想不到的人，所以打亂一切了吧。」

「啊！你這──傢伙！要把錯怪在我身上嗎？」

雖然齜牙咧嘴，不過深春還是放棄了。

「算了。」

發出砰砰的聲音，雙手敲著大腿。

「你想進行月映山莊的調查，順便搞清楚那個殺人事件的真相，讓美麗所有人縈繞心頭的煩惱消失。這樣理由不就很充分了嗎？不要把事情想的太難。比起平常的你，這樣自然多了。」

「單純就夠了嗎？」

聽了帶著一半厭煩的京介話語，深春說：

「因為你想聽我說的就是這些話吧。希望我在你背上，啪啪拍幾下，不是嗎？」

京介嘆了口氣，自己被看穿了。

「一點都沒錯。」

然而事情比深春想的還要複雜些，因為指稱雅長是凶手的，就是茉莉本人。

「好！怎麼樣？要不要現在就去看看現場？」

「現場？你是說月映山莊？」

「是的。雖然不去作深入調查的偵探也不壞，不過你說沒辦法全盤接受這傢伙寫的文章，而且又不是專程跑一趟，房子就在旁邊，去看看也沒什麼不好，不是嗎？」

「在這麼晚的時間去？」

深春立刻站起來，但是瞄了一眼手錶的指針，已經過了深夜十二點。而且外面從側邊吹來的大雪，沒有要停止的跡象。

「好事不宜遲，對吧？你有鑰匙吧？」

「有。可是不是為了調查，擅自進入就不好了。」

「所以才要在這麼晚的時間去。難道你不擔心會被抓到嗎？好了，一起去嘛。可以吧？」

一臉像是在央求出門散步的大型犬，深春催促著京介。

「那，走吧。」

「太好了！」

「但是，要努力不留下任何痕跡。因為如果連倉持先生都識破的話就慘了。」

「我知道。」

看來這次會亂七八糟，陷入不可告人的窘境之中了。京介想著，嘆了口氣。

3

說是小手電筒，不如說像是礦坑作業員安全帽上頭燈等級，光亮的大手電筒，就放在廚房一角。數量有兩個，正好派得上用場。上半身雖然只穿著防風運動外套，不過腳上則是套著準備好的長雨靴。

「哇塞——冷斃了！」

先出去外面的深春，在迎面吹來猛烈的風雪中大叫。京介規矩地把組合屋的鎖頭上鎖之後，跟在深春的後面。

「門鎖好了吧？」

「嗯，倉持先生說出門就要鎖門。」

「那個鎖一直都鎖著嗎？」

因為察覺到深春想問什麼，所以京介回答：聽倉持先生說，沒有廚房的小組合屋直到四號那天都沒有上鎖。

「那就表示，那份資料很久以前就被放在那裡了，為了讓你看到。」

「那種東西用不著給我看。」

「我不知道喔。或許是從倉持先生那邊聽到你的名字也不一定。」

「我是在三月三號那天晚上才決定要來的。」

「那也來得及放呀。」

京介聳了聳肩膀。

「沒有意義。」

因為深春說要一起去看看月映山莊，所以重要的談話在中途就結束了。不過即使站在京介的立場，過去的事情可以暫時不管，但是發生在兩天前而且自己親眼目擊，答應不外洩的事情，也該一併告訴深春嗎？他有些猶豫。但是眼前不得不解開的，與其說是過去事件，不如說是三月六日的那件事情。

茉莉有沒有殺人？是心智喪失的狀態底下衝動殺人？還是冷靜的預謀殺人？是苦於受到壓抑的記憶，恢復過來的犧牲者？還是藏著可能犯罪的交替人格的多重人格？

狀況指出茉莉是殺人者，犯罪的樣貌則是帶著冷靜的預謀殺人，但是京介眼中所看到的茉莉，與那樣的犯罪者相距甚遠。雖然這個矛盾在將她視為多重人格者就可以得到解決，但這只不過是勉強把前後矛盾縫補起來而已的想法。倘若茉莉沒有動手，犯人又會是誰？江草夫人獨自一人應該沒辦法做到。

問題是從一九八六年的事件延續下來的。假設就像松浦所說，茉莉的所有記憶都正確，事到如今用不著絞盡腦汁，就可以知道犯人是雅長，那麼問題就會變成：雅長是用什麼樣的詭計，混淆犯罪時間？但是已經不在人世的他，現在無法遭受評斷也不能贖罪，茉莉依然只能夠懷著對兄長的憎恨，以及讓兄長自殺的罪惡感活下去。

（如果能找到除此之外的解答——）

如同深春帶著玩笑之意所言一般，為了治癒茉莉的心靈，就必須導正她的記憶，同時釐清三月六日的事件也不是她所做的。若是放著松浦不管，京介多管閒事就沒有意義了。松浦說他會接納所有的一切，京介說不會有錯誤嗎？但是如果松浦是對的，不但京介的多嘴是雞婆，就連茉莉的心靈也會再度破碎。

（究竟為什麼……）

京介問自己。

為什麼知道那會有風險，還決定主動擔任一點都不被期待的角色。難道實際上，自己喜歡這樣的偵探遊戲嗎？

（應該不是。可是，我不知道——）

「哦——這個還真恐怖，真的是鬼屋呀。」深春擺動著手電筒，大聲說：「這種灰色建築模糊矗立在暴風雪之中，好像一靠近就會忽然消失不見的樣子。」

「嗯……」

「喂，『月映山莊』是什麼意思？」

「月亮的月加上映照的映，有『月映』這個詞，意思是說美麗地映照著月光。」

「哦……」

「以前牆壁是塗成純白色的，不是會反射月光嗎？」

「哦，昔日清暉今何在嗎？」（註11）

玄關與門廊連在一起向外突出，深春將手中的手電筒從正面往右邊移動。

「就是這樣看到逃走的人影嗎？」

京介嚇了一跳，屏住呼吸。

「深春——」

「怎麼了？」

「你站在那裡一下。」

對著一臉莫名其妙的深春，再度叮囑，站在那裡別動。京介稍微往後退，把手電筒的光朝著深春。深春的影子拉得長長的，落在月映山莊的白牆上頭。光線往旁邊移動，由右而左。深春拉長的影子，輪廓模糊地由左往右移動過去。

「京介，難道你認為，那位醫生看到的人影該不會就是這樣吧？」

「嗯。不過應該不可能吧。他又沒有用手電筒，光線過於微弱就不夠清楚，應該不會連活人都看錯。」

「如果是車子的人燈呢？」

「不，要是有車子來，再怎麼說也會注意到聲音吧。」

「也是。」深春乾脆地搖頭。「唔，好冷。差不多該進去屋子裡面了吧。」

他跑上門廊的階梯。

11　昔日清暉今何在，詩人土井晚翠的詩歌「荒城之月」（或譯「月在荒城」）中的一句。

「你給我再跑慢一點，地板都要被你踩破了。」

「是是是。」

找著口袋，拿出倉持託管的鑰匙。這裡另外的出入口，就是與玄關相對的正後方，還有一個一樣的門廊，另外就是廚房的後門。但是這兩個出入口，都從內部釘上木板，沒辦法打開。

「從這裡看進去，可以看得到人倒在地上嗎？電燈不亮看得清楚嗎？」

「據說那天晚上是滿月。所以逃走的人影也看得一清二楚，那個醫生是這樣告訴我的。」

「是嗎？反正都要來看，好像滿月的時候再來比較好吧。京介，鑰匙。」

大概是長時間廢置的關係，鑰匙孔摸起來像是堆滿了沙沙的灰塵，鉸鏈也發出讓人討厭的摩擦聲。裡頭的空氣果然滿是灰塵與黴菌的味道，儘管如此，比起風雪吹過來還是讓人安心多了。京介在門檻的地方停下腳步，彎下身體。確認鑲著玻璃，內外雙向開啟的門的鎖頭。

從外面看過來，左邊的門有個金屬門把，上面有個附蓋子的鑰匙孔。鑰匙孔是內外兩邊都可以開的；另一扇沒有鑰匙孔的門，則是在上下兩處有兩個往上押與往下押的栓子，也就是所謂的天地插銷。試著打開看看，這也是邊動會邊發出摩擦聲。

「小西醫生來的時候，門打不開是因為鎖起來了吧。」

「大概是吧。」

好像在說著什麼，深春發愣般的聲音從頭上傳來。

「門閂只能從裡面上鎖。也就是說，如果凶手是從這裡逃走，應該不可能鎖上門閂吧——」

雖然覺得好像想通了些什麼，但就是怎麼也沒辦法順利整合。京介搖搖頭，想要轉換心情。

玄關大廳的正面有兩扇門，還有通往二樓的樓梯。

「這樓梯可以上去嗎？」

燈光往上照，深春發出不太起勁的聲音。那是座沿著牆壁摺成匚字型，窄得不得了的樓梯。一想到曾經有個女子，胸口被刺之後仰躺倒在這裡，心情畢竟不會好到哪裡去。

「先看看一樓吧。」

這並不是多麼寬敞的建築。京介雖然也是第一次進到裡面，但是因為對倉持準備好的資料簡圖有個印象，所以沒有問題。深處有兩間一樣大小的房間，右邊是餐廳，左邊則是接待廳。

長時間空下來的房屋，一搬來說幾乎會搬光家具與日常用品，要想像以前的情況並不容易。但是，在凶殺案之後就遭到廢棄的月映山莊，應該誰都不想要從裡頭拿走東西吧。餐廳的桌子、椅子、櫥櫃，疊放在裡頭的盤子與杯子都還在；接待廳的皮沙發與茶几，也是維持原樣擺在原處，灰色的塵埃在上面形成一層包覆的膜。

在接待廳中抱著手臂的深春說：

「我總覺得可以想像得到。」

「想像什麼？」

「那個本來音訊全無的情婦，不是跑到這裡來了嗎？趁著男主人不在家的時候，要來和大老婆攤牌。」

「然後呢？」

「她應該是來告訴大老婆：妳與妳老公又沒有孩子，可是我已經生了一個，現在肚子裡又有一個。就算妳老公不和我結婚，好歹也要認我的孩子或是收他當養子之類的。」

「你要不要去當小說家？」

「你很煩。可是，大老婆聽了那些話，一點都不覺得高興。女人之間的戰爭越來越激烈，火冒三丈的大老婆就殺死了情婦。大概是這樣發展。

情婦應該是下落不明了吧。因為大老婆連忙把受她憎恨的女人屍體，埋在這棟房子地板下的某個地方。沒有人知道情婦來過這裡。怎麼樣？這樣前因後果就很通順了吧！這也就是月映山莊的《死亡不長眠》。」

「蒙住女人的臉，她年紀輕輕就死了嗎？」

京介也以成為瑪波小姐最後事件的故事開頭，使用的戲劇台詞回應。

這麼說起來，那個故事，也是女主角在年幼時目擊到凶殺的記憶，在長大成人之後突然恢復了。在舞台上聽到凶手低語過的那句「蒙住女人的臉」瞬間，恢復了記憶。茉莉的情況雖然絕對不是那種埋藏起來的事件，但是恢復衝擊性的記憶之後所帶來的影響則相同。

但是，京介不認為，在第二次世界大戰中創作《死亡不長眠》的時候，阿嘉莎・克莉絲蒂具備記憶的壓抑與恢復等相關知識。如果跟著松浦的解說思考，女主角由於僅有一次的心靈創傷，就自成完全的壓抑，直到記憶恢復過來，都似乎不會對她產生任何影響的情形，應該可以視為與記憶壓抑的真實情況不同，而進行評斷。

然而京介又想到更多的小說內容，面對想要解開事件謎團的年輕女主角與她的丈夫，瑪波小姐所說的話。

「請你們都不要出手——」

「凶殺案絕對不是能用輕鬆心情玩弄的東西。」

「你們當真認為，挖出那件事情是高明的嗎？」

「這是我的忠告，不要多管閒事——」

當然，女主角等人，並未由衷接受瑪波小姐的忠告。凶手從身旁料想不到的地方出現，女主角差點就要遭到害怕祕密曝光的那個人殺害，當然故事通常主角都會得救，可是雞婆老女人的忠告完全說中了。

「深春——」

「怎麼？」

「為什麼？」

「剛剛的假設，至少在回到東京之前，都不要說出來比較好。」

「你說的那個殺死情婦的女子，在這裡的後面蓋了房子，現在住在那裡。」

「咦？」深春大叫。「文章裡頭出現的E夫人，就是江草家的遺孀了？」

「沒錯。」

「可是，他們不是把那須的房子賣掉了？」

「如果依照深春的看法，雖然什麼都不知道的江草孝昌先生，把這裡賣給了印南家，但是夫人擔心屍體說不定會被人發現，所以在丈夫死後回到那須。可以這樣子推測吧。」

「咻——總覺得我的靈機一動該不會成真了吧。」

雖然像是在開玩笑，但是表情有些僵硬。

「你已經見過那個老太婆了？」

「是。」

「她看起來像是會殺人的人嗎？」

實在是直截了當的問法。

「我也不知道。她是個身材雖然嬌小，卻有著宛如女王陛下般威嚴的婦女。儘管如此，卻也像是頗為親切的人。」

「哦。」

「印南茉莉小姐在雅長先生死後，就寄住在江草夫人那邊。」

「這樣喔。就在隔壁嗎？老太婆無所謂，我倒是想好好和印南小姐見個面。」

雖然想要阻止深春，可是如果要說明原因，那就非得說明三月六日晚上的事件了。

「這幾天我可以介紹你們認識。」

「哦，真的嗎？」

「不過，如果要去那個家，最好要注意言行舉止，因為那邊有個保鑣。」

「保鑣？」

「是個法國人，大家都叫他凱撒，據說職業是占星師，卻是個冒牌貨。但是只論肌肉的分量，是深春比較多。」

「為什麼會有那種人？」

「誰知道。他好像是女主人的忠實僕人，還有，禁止攜帶紅色的東西。」

「什麼意思？」

「聽說江草夫人有紅色恐懼症。」

「真的有那種病嗎？」

「雖然她請我去吃晚餐，但是房子裡頭端出來的料理，沒有半點紅色；雖然有化妝，但是口紅是淡粉紅色。說不定是利用裝病，讓那種規定得以延續好幾年吧。」

「那不會也是某種心靈創傷吧？」

「誰知道。」

示意差不多該走了之後，離開了接待廳。右手邊深處雖然有廚房，可是已經完全被改造成現代式廚具一體成型的廚房了，放著烹調用具或餐具的櫃子保持著原狀。

「唷，連菜刀這些都還留著呢。」

深春打開流理台底下的門。裡頭也是不鏽鋼製的，門後面的刀架，厚刃切肉菜刀、薄刃切菜菜刀、切生魚片的柳葉型菜刀，各種大小的西式菜刀到大型的中式菜刀，都整齊地排放著，數量粗估大概不低於二十把。刀柄全都烙印了「江草」的印記，磨刀石也有好幾種。但是畢竟經過歲月流逝，每把刀子都生了紅色的鏽。

「這還真是個喜愛料理的廚房呀。」

深春一臉看來非常羨幕的表情，望著並排的菜刀。

「西式菜刀的刀刃，全都是索林根製造的（註12）。如果拿去研磨，現在也還很好用，好浪費喔。」

「我想會看鬼屋的廚房看得入迷的，大概就只有你了。」

深春撇撇嘴，說了：「有什麼不好？你應該討厭鬼魂什麼的吧。」

京介理所當然地點頭，然後說：

「所以，要不要去傳聞中有鬼魂出沒的房間看看？」

深春一臉為難，不過沒有表示拒絕。

廚房旁邊還有一座樓梯，非常狹窄。樓梯旁邊的小房間留有桌子與床鋪，壁紙看來是藍色系的，也許是雅長小時候睡的房間。現在床與書架都是空蕩蕩的。

爬上樓梯，細長的走廊筆直地在眼前延伸出去，左邊有扇門。鉸鏈卡得很緊，得用力推開門。門開之後，已經腐朽的榻榻米味道直衝鼻腔。

一踏進去，腐朽的榻榻米就在腳邊軟綿綿地沉下去。深春東倒西歪，發出「唉唷」的聲音。

「這裡是和室嗎？」

「根據這一帶的傳聞，這個房間在明治時代是小孩房。」

「哪個小孩？」

「江草孝英的第二任妻子生的孝和。除了他之外，其他的小孩全都在一歲之前就病死了。傳

12　索林根（Solingen），坐落於德國西部，科隆以北的城市。中世紀開始就是刀具、餐具的著名產地。

說是因為被休掉的初女士，內心的憎恨所造成，這對初女士又是再次的傷害。」

「那種說法真的很讓人討厭。」

深春雖然在發牢騷，但是京介並不在意，低聲繼續說著：

「初女士在明治二十九年去世了。根據傳聞，她是偷跑進這個房間裡頭自殺的。在不滿一歲的孝和枕頭邊，上吊自殺。」

「咦？真的假的？」

朝著外面的窗戶發出聲音。玻璃窗外面的百葉鐵窗雖然關著，但是遭到風雪的吹打，不斷發出喀噠喀噠的聲音。

那扇窗戶位在朝南的牆壁中央，這個房間除此之外沒有其他窗戶。天花板是塗了油漆的木板，高度很低，深春或京介都覺得快要碰到頭了，只有中間形狀如同將棋棋子的部分比較高）。像是垂下燈具的孔洞，在天花板高高的橫樑上開了個黑孔。

「如果要在這個房間上吊，綁繩子的地方應該就只有這根橫樑了吧？從重要的嬰兒一個人睡覺，沒有其他人在場的情況來看，時間很可能不是晚上，而是白天。那麼一來，從這裡吊著的人，就會以明亮的窗戶為背景，黑漆漆地在這裡晃動。也就是說，在這裡睡覺的江草孝和，也許看到了那一幕。」

「喂，京介……」

「一歲左右的嬰兒，大概不會留下什麼記憶。但到底是不是真的不記得了，這又要由誰來判定？在明亮窗戶面前搖晃的女人身影，如果沒有烙印在他的記憶中——」

「別、別說了！」聽到深春嘶啞的叫聲，京介閉了嘴。「如果是小說就還好，要是真的就很恐怖。你這個人，心腸真的很壞……」

「抱歉。」

「咦？」

「那個故事在這一帶流傳是事實，可是應該不可能會這樣。」

「為什麼？」

「這棟建築，擁有與曾任德國大使的赤城子爵別墅同樣的平面圖。江草在德國留學的時候，赤城也到達赴任地點，兩個人就在那裡變成好友。想要將德式的農林業移植回日本的江草，於公於私都明顯受到了赤城的支援。

赤城別墅畢竟是在德國留學的建築家所設計，但是允許這棟房子以同樣的設計圖興建，也就是說，這一樣是赤城的友好與支援的證據吧。

赤城別墅興建於明治二十一年，這棟江草別墅則是二十二年。但是赤城別墅在明治四十二年的時候，委託興建的負責建築家，進行大規模的擴建工程。雖然赤城別墅的規模大了很多，但是也有與這裡幾乎一樣的設計與平面圖的二樓和室，不過那是屬於四十二年新蓋上去的部分。也就是說，江草別墅進行擴建工程，必定是在四十二年之後。

然後江草孝和出生於明治二十八年，初女士死於二十九年。這個意思就是，即使初女士是在孝和枕邊自殺的，那也不可能是在這個房間裡頭。這麼一想，就沒有什麼好怕了吧？」

雖然處在只有手電筒的黑暗中，但是很明顯的，深春的臉頰眼看著越來越紅了。

「你、你這傢伙！明知道這一點還故意要嚇人！」

其實因為深春非常容易就中計，所以京介也是很辛苦在憋笑的。

「這有什麼不好？難得在三更半夜跑來鬼屋，嘗到一點刺激滋味也不壞吧？」

深春齜牙咧嘴，發出嘶吼的聲音，不過似乎注意到自己越生氣，只會讓京介笑得越高興，所以只丟下一句：「你給我記住！」

低聲恐嚇之後，表情又恢復嚴肅。抱著手臂，環視周遭。

「然後是在一九八六年的時候，印南茉莉睡在這個房間裡嗎？」

「嗯。」

「這不怎麼像是小孩房。明明其他房間的家具都還留著，可是這裡卻空蕩蕩的，不是嗎？」

「是嗎？」

4

兩個人暫時離開那個房間，在二樓繞一圈看看。當時茉莉的房間，是和室隔壁的小小西式房間。粉紅花朵圖案的壁紙，擺了書桌與床鋪就幾乎塞滿了，用榻榻米去換算，大概只有四張大小，但是因為南向的大窗戶，算是間明亮的房間。

其他還有儲藏室與廁所，在一樓的餐廳與接待廳正上方的兩間二樓房間，一邊是並列著兩張床的夫妻臥室；另一邊則是在牆邊放了書架，還有立式鋼琴與矮椅子的房間。書架上除了堤雪華著作的幾十本書之外，則是圖鑑類、百科全書與兒童文學全集。鋪在地板上的小地毯雖然滿是灰塵，卻是可愛的動物圖案，或許這裡是一家人放鬆休息的起居室。

房間除了床以外，還有梳妝台與衣櫃。兩者都是古董風味的家具，衣櫃的門要是打開，在小小的房間裡頭就會顯得巨大。與看到目前的房間不同，兩者裡頭都是空無一物。

「只有這裡什麼都沒有。」

「是不是只有這邊是被鎖定的？」

「啊！那篇文章有說，禮服被踩爛，戒指之類的東西不見了。」

「沒錯。」

「可是，從竊盜這條線又抓不到犯人。」

「嗯。」

「這麼想的話，我越來越覺得還是雅長的嫌疑最重。如果是強盜搶東西，當然會去某個地方變現。這種搜查，應該是警方的拿手絕活吧？」

「……」

「那篇文章雖然寫說，為什麼放過價值連城的餐具之類，但是如果是雅長做的，他也不能把體積那麼大的東西拿出去。不是只留下了像是在物色財物的痕跡嗎？」

茉莉指稱兄長是犯人。如果說出這一點，深春會怎麼說呢？雖然這麼想著，但是京介依然保持沉默。現在要是說了，深春大概會說：「什麼嘛！我就知道是這樣！」然後接受茉莉的說法。

兩個房間的外面是大廳。右手邊有下樓的樓梯口，正面則是通往位在玄關門廊上方的陽台玻璃門。如果是在天氣晴朗的白天，應該可以從這裡眺望那筆直向南延伸的林蔭道路。

但是深春站在樓梯上方，低頭看著黑暗的樓梯下面。

「護士大嬸就是吊在這裡的嗎？」

像是用旋轉圓盤刨成小芥子木偶（註13）形狀，塗成白色的兩根柱子，立在樓梯口的左右兩邊。高度大約是八十公分，放上椅子，幾乎就是頭部的高度了。

「然後，家教大姐倒在這座樓梯的下面——」

將手電筒往下照的深春，嘴裡低語「奇怪」。

「喂，京介。一般的情況，在這裡摔下去是沒辦法到達樓梯最底下的。你不認為在半路就會停在平台上面了嗎？」

彷彿忘了到剛剛都還覺得毛骨悚然的事情，深春一邊移動手電筒，一邊沿著樓梯往下走去，京介也跟在他後面。他想起六號的晚上，在小西醫生的屍體面前，也有過類似的對話。經過深春一講，他才注意到：這棟房子的樓梯也是沿著牆壁有兩個直角彎，接到一樓地板的時候是面向北方，也就是與玄關方向相反，而且傾斜的幅度不算太陡。

「當然因為是胸部被刺而致死，所以或許不是從最上面摔下去的。可是，即使是從中間的平台摔下去，倒在這裡，你認為可以從外面的玻璃看到嗎？」

「我們檢驗看看吧。我從門外面往裡頭看，把手電筒關掉，看能不能找個什麼東西來放在樓

13　小芥子木偶，日本東北地方特產的鄉土玩具。用旋轉圓盤把木頭刨成圓筒狀當作身體，再加上圓球狀的頭，畫上女孩子的臉，身體是紅、藍、黃等簡單色彩的木偶。

梯的下方吧。」

才一踏出戶外，隆冬的冷氣就緊緊包裹著京介。把臉湊近關起來的門上玻璃往裡頭看，但是什麼也看不見。接近兩公尺往外突出的牆壁，擋住了樓梯，不像是因為眼睛沒有適應黑暗，才造成看不見。

「深春？」

「唷。」

「你把東西放在哪裡？」

「因為太麻煩了，所以我就自己倒過來躺。頭在下面，腰部與雙腳都在樓梯上。」

「你再往地板移動一點點。」

「這樣可以嗎？這樣只有膝蓋以下還在樓梯上面。」

「還是看不到。」

「再下去，就要整個人都倒到樓梯下面的地板上了。」

確認好幾次之後，終於知道了。不只是要從樓梯直直滑落下去，還要移動到不會被突出牆壁擋到的地方躺著，不然從外面根本就看不到。

「那篇文章應該是說，從樓梯上面摔下來，沒錯吧？」

「正確來說是，好像摔落在一進門之後的地板上的姿勢，這樣。」

「隨便啦，怎麼寫都無所謂啦。」

「不，一點都不好。」

「怎麼了？」

「從護士吊在樓梯扶手一事來看，可以認為是二樓發生了什麼事情。也就是說，可以推論三谷在二樓遇刺後摔下樓梯也是事實。但是無論怎麼猛摔下來，都很難認為能摔到現在深春躺著的位置來。」

「你是說犯人故意把倒在樓梯上的屍體，拉到玄關大廳這邊來嗎？為什麼要做這種事情？」

「試著逆向思考怎麼樣？你不認為，要是從外面看起來沒有異狀，事情不就要到第二天早上以後才會爆發開來嗎？」

「啊，說不定是這樣沒錯。」

「可是，犯人卻把屍體移動到從外面看得到的地方。好像希望可以早點被發現的樣子。會有這種原因的，到底是怎麼樣的犯人？」

「是嗎──」

側著頭思考的深春說：

「可是如果是那樣，強盜這個假設就變得更加不可能了。因為對於逃走的人來說，應該是越晚被發現越好。」

「沒錯。但是這與假設雅長是犯人的說法不是一樣嗎？如果他是犯人，應該有什麼詭計，可以混淆推測的死亡時間，因此應該也是越晚發現越好。」

「唔。在那天晚上發現，進而可以得到好處的傢伙……」

陷入沉思的深春，忽然露出像是吃到極苦東西的表情。

「怎麼了？」

「我現在想到一個非常討人厭的假設。」

「印南茉莉是兇手的假設嗎？」

「你也想到了嗎？」

「是呀。」

一邊點頭，京介一邊繼續說道。深春也再次爬上樓梯。

「可是，她應該沒有動機吧？」

聽到深春那像是自己先說出來，然後希望別人否定的口氣，京介說：

「如果三谷圭子與雅長的各執己見可能成為動機，大概也能想像，那會成為茉莉的動機。」

「咦？這話是什麼意思？」

應該作夢也沒想到，雅長與茉莉的關係，並不像是世俗常見模式的深春，大叫「真是莫名其妙」。但是，如果仔細閱讀〈消失於夜晚的兇刀〉一文，裡頭也有好幾次似乎是在暗示這一點的寫法。

此外，如果一如京介所想像的，茉莉是內在深藏著具有強烈攻擊性人格的多重人格者，松浦解讀完畢的茉莉記憶，還有一九八六年的事件，說不定全部都像是幻覺圖畫的空白與圖案，翻轉過來看之後是另外一幅圖。不是兄長對妹妹產生帶著性欲的愛情，而是年幼妹妹心中萌發強烈的感情；不是兄長對妹妹做出似乎可稱之為虐待的行為，而是妹妹暗中渴望那樣。妹妹親手埋葬了阻擋在自己與兄長之間的女人們，這種故事不是不能想像的。

那種情況下，松浦是被茉莉的演技騙了，或者知道之後他也是個共犯？不管寬容地聽了多少委託人的傾訴，大概也會看不透欺騙的告白吧。但是撇開愛上茉莉的心理治療師的立場，也可以認為他本來的能力就有所不足。

然而這些事情，總之現在還不能夠告訴深春。

「先不論動機，應該也可以思考吧。至少就茉莉來說，她有理由希望在那天晚上之內事情就爆發開來，不然她就必須不吃不喝被關在和室裡了。」

「也就是說，為了可以說自己是無辜的，她故意裝出自己是被關進去的樣子嗎？如果下定決心要去做，就算是個小孩子，忍耐區區一個晚上也沒問題吧。」

「或許她就忍不了，因為畢竟是個小孩。也可以這麼想。」

「那，你看過那個女生了，她看起來像是會做那種事情的人嗎？」

「不像，完全不像。」

「真是的，你的回答就只有這樣呀？」深春抱怨。「唔——等一下！那篇文章確實寫到茉莉是被關起來的，對吧？」

「是的。上面寫說：往外開的門前面，緊緊擺著重重的五斗櫃。」

「什麼呀！那樣的話，怎麼假設都是不可能的吧？如果是自己跑進去房間，要怎麼做才能夠布置成那個樣子？」

「在做出結論之前，讓我們先確認看看吧。」

京介在和室門前蹲下去，伸出手抹開門檻上的灰塵後，在口袋中找著東西。然後拿出一張電話卡。門若是好好關起來，底下連一張卡片要過去的縫隙都沒有。

「好像還是沒辦法。」

「要讓情況看來像是被關起來的樣子，會使用什麼樣的機關呢？」

「那還不到可以稱為機關的程度。雖然我不知道那個五斗櫃的大小與重量，可是大概是長方型箱狀的木頭收納櫃。我想，用一捆繩子從門縫底下把櫃子拉過來，或許看起來就像是緊緊貼著門擺放的樣子。」

「是嗎？那茉莉是無辜的嗎？」

如果可以得知細節，例如警方或是小西醫生等人發現的時候，五斗櫃是如何擺的就好了。在不知道的情況下，無法斷定絕對做不到。因為即使是把門打開一點點，一邊留出縫隙一邊用繩子把五斗櫃拉近，拿掉繩子之後再關上門，只有匆匆一眼或許是無從得知的。

然而深春卻由衷感到鬆了口氣。京介看著他，心想他為什麼會對不曾碰面的對方如此在意。

「我沒辦法，我討厭這樣把可憐的小孩當作是殺人犯，只有小說才有啦。你不覺得你這樣的興趣很爛嗎？」

「嗯，也許是吧。」

但是要說差勁的興趣，對三歲繼妹進行性方面玩弄的少年，以及倘若這並非事實，而是妹妹恢復不存在的記憶，然後去告發兄長，兩者一樣怪異且興趣低級。如果那原本是從愛產生的欲望或憎恨，那種愛就會比什麼都來得讓人厭惡。

「深春，你有沒有聽過，受到壓抑的記憶，還有恢復記憶之類的事情？」

「有呀。」

回答爽快且肯定，反而讓人吃驚。

「去年吧，我打工那邊的朋友，推薦我一本據他說是『比推理小說更好看』的書給我看，書名叫做《想起惡魔的女兒們》。可是因為我完全沒興趣，雖然覺得很不痛快，可是還是好不容易看完了。」

「是小說嗎？」

「不是，是紀實小說。可是那本書與其說是好看，不如說是低級，就是所謂的『事實比小說更離奇』吧。」

「怎麼說？」

「在美國某個鄉下地方，長年擔任警官的中年大叔，忽然遭到兩個女兒指控。什麼原因？說父親是惡魔的信徒，用黑彌撒強暴了她們。」

「是說女兒的那段記憶，在提告之前一直壓抑在心裡嗎？」

「沒錯，就是那樣。這不是很反常的故事嗎？那段時間，她們甚至說連母親或父親的朋友，都有強暴自己的女兒或兒子。」

「我真想看看那本書。」

「啥？嗯，我把它放在公寓裡頭了。」

「不好意思，可是我想儘快看到。」

「你要去拿嗎？」

「我現在不能離開這裡。可以拜託你去拿來給我嗎？」

「有那麼急嗎？難不成，那本書與這裡的事件有關？」

「說不定。」

「是嗎——」

「深春，我還有話沒告訴你。」

「什麼話？」

「印南茉莉說，一九八六年的事件是哥哥雅長做的。那段目擊的記憶直到幾年之前，她都不記得了。但是看到十一年不見的月映山莊時，卻突然想起來。」

深春目瞪口呆地張大嘴巴。

「《死亡不長眠》嗎……」

「沒錯。一九九七年的秋天，她在這裡的庭院恢復記憶時，我也在場。那個時候我雖然對這個事件一無所知，可是大概記得她說了些什麼。她說：哥哥說要讓我提早一個月看到紅色月亮，所以我在那個房間裡頭等著。我看到了紅紅月亮，可是那是哥哥。我看到他殺了兩個人，哥哥的手上染滿鮮血。紅色是鮮血的顏色——」

「是嗎？那麼〈消失於夜晚的凶刀〉的最後，寫到茉莉所說的話，不就是這個的暗示了？」

「嗯，說的也是——」

「可是，你不相信茉莉說的話嗎？」

「我沒有心理學的相關知識。受虐的小孩會為了防衛而分解記憶，把那些記得的過度痛苦記憶，壓抑在潛意義之中。可是那份記憶既不會磨滅也不會變形，會一直殘留在那裡，造成當事人產生原因不明的憂鬱症或是精神病，然後那份記憶在恰當的時機就會恢復。如果專家這麼肯定這一點，我也沒辦法反駁。儘管如此，疑問依然沒有消失。」

「你是說蒼的事情嗎？」

「是的。他那一路非得忍耐過來的生活，足以稱之為心靈創傷。可是，他從來不曾發生過分解記憶或是壓抑記憶的情況。我也曾經想過，我寧可他那樣做，如果我可以讓痛苦的記憶消失的話。」

「可是京介，關於蒼的記憶，情況不是有點特殊嗎？」

「也許是吧。還有我認為所謂『遺忘是心靈防衛的反應』，這種說法是真的。可是這應該是說，可以忘記那些讓心靈痛苦的具體細節。想不起來殺人、虐待，這些行為本身的時間很漫長，忽然就可以正確無誤地想起來，這種說法我不能接受。」

「《想起惡魔的女兒們》裡頭，也有寫到這樣的意見。那茉莉的告發，就是錯誤的囉？」

「現在在這裡就要做出結論或許太隨便了。儘管如此，我們這樣進入月映山莊，嘗試瞭解事件的情況之後，果然證明她的記憶有矛盾之處。雖然還不知道為什麼會產生那樣的矛盾，可是你應該發現到了吧？」

「大概吧。」

深春點頭。

「如果茉莉一直被關在這個房間裡，那她應該不可能看到雅長殺人的瞬間才對。沒錯吧？」

真理子，笑了

1

印南茉莉應該不可能目擊到雅長殺人。也就是說，要是堅持這一點發現，對於她恢復的記憶，其正確與否就不得不畫上問號。

也許更早一點察覺到會更好。可是就算知道了，一切也還是不明朗的情況並不會改變。

茉莉在二樓和室遭人發現、往外開的門被五斗櫃擋住打不開，事件發生之後，她回答因為睡著了所以什麼都不知道。這應該就是事情的全部了。

另一方面，說出看到哥哥殺人的時候，茉莉並沒有提到當時自己身處何方，是在何種情況下目擊到的。一九九七年九月，在月映山莊的庭院中，她脫口而出的是，從窗戶看到紅色月亮，還有那不是月亮而是哥哥，她看到哥哥殺人，雙手染上的紅色是血的顏色等等話語。

但是三谷圭子遭到刺殺，則是在二樓或是樓梯的中間，茉莉如果沒有從和室出來，實在讓人不能想像她能夠目擊到。那麼，是雅長在她面前殺死了三谷，把小笠原弄成上吊的樣子放著，再把茉莉關到和室裡頭，才一度離開月映山莊的嗎?雅長威脅恐懼妹妹，撂話要她忘了一切。如果「哥哥殺人」這樣的記憶，始終都是正確的，那麼就只能夠這樣推測。然後茉莉在和室外面目擊殺人的記憶之上，又加上自己從和室當中看到月亮的一幕。

可是如此一來，站在身為凶手的雅長立場來看，根本就是怪異的舉動。應當不可能事先預測到妹妹會壓抑記憶的雅長，有必要在還是個小孩的十一歲少女面前動手殺人嗎？倘若他的動機是出於對妹妹的扭曲愛情，應該會設計一個不讓茉莉目擊到犯行的計畫，這樣想不是沒道理。

如果是抗拒雅長命令的茉莉偷偷看到了，情況又如何呢？雅長在打點好讓茉莉出不來之後才動手，茉莉推開門跑出來，目擊到雅長在殺人。可是，在那之後茉莉怎麼了？即使逃回去和室，也沒辦法把五斗櫃恢復原狀。那種時候要用繩子拉，在心理層面來說是不可能的。如果五斗櫃動了，雅長應該就會發覺到妹妹的行動，他在那之後把目擊到自己殺人的妹妹丟下不管，這樣不會太可疑了嗎？

那麼，剩下的可能，就是茉莉的記憶全都是想像的產物，或是根據事實加以歪曲變形的東西。如果是前者，她根本沒有踏出和室半步，不知道為什麼要想像兄長的犯行，而且認為自己目擊到了；如果是後者，即使沒有看到事發現場，也可以想像成看到兄長的雙手沾滿鮮血。不管是哪一種，茉莉的記憶都無法成為證明雅長就是凶手的證據。

松浦所說的隱蔽記憶又如何呢？茉莉把哥哥染血的恐怖記憶，置換成「紅色月亮」。和室的窗戶確實浮現了赤紅色月亮之類的，既然是人們不認為存在於現實中的幻想影像，或許只能夠視為，那是當作隱蔽原本記憶帷幕而出現的東西。那麼，茉莉還是目擊到了雙手沾滿鮮血的哥哥了？雅長會以那副模樣出現在妹妹面前嗎？

可是，那也浮現了問題。〈消失於夜晚的凶刀〉裡頭寫到，三谷圭子是被刀刃約長二十公分的刀子刺進胸口，因為外傷造成休克致死。還提到凶器應當是在她斷氣之後才拔出來的。那麼一來，要從已經不會動的犧牲者身上，在不弄髒手的情況下拔出刀子，不是那麼困難吧？還有如果凶手的手上沾到血跡，理所當然其他的地方應該也會發現血跡。但是關於這個部分，那篇文章卻毫無提及。即使雅長是凶手，京介也不認為他會雙手滿是鮮血地出現在妹妹面前。

如此思考，結果就會得到「茉莉的記憶不足採信」的結論。那完全是想像，是她遭受到兄長的性虐待之後，再把自己的憤怒轉嫁到兄長的結果。即使不是如此，也是變成因為某些糾紛，而想要將告發兄長的意圖進一步呈現出來，否則——

（她是有意識地在說謊——）

京介想，這種可能絕對不能排除。但是，如果真是這樣，動機又是什麼？把無辜的人當作殺人犯檢舉的理由，是像剛剛想到那種憤怒的表現嗎？不然應該就是為了隱匿真正犯人的行為吧。可是京介不認為，會有什麼理由去掩護根本就不認識的強盜。

（這麼一來，茉莉是凶手的假設，就會浮現出來……）

她實際上是個背負多重人格障礙的人，殺害三谷等人的那個，是茉莉具有攻擊性的交替人格，說出虛偽記憶，告發兄長的也是那個人格。這樣想，應該就可以說得過去了。

不，這樣也很奇怪。假設茉莉是因為對哥哥的愛情，而殺了礙事的三谷，再把這殺人罪嫁禍到哥哥身上，就有矛盾了。當然，也可以這麼想：愛著哥哥又動手殺人的人格，與讓記憶恢復告發哥哥的人格兩者不同，也無法阻止彼此的所作所為。但——

（這樣，畢竟還是投機取巧的解釋。）

結果剩下的還是只會與茉莉本人產生衝突，這一點已經非常清楚了。至今也沒學過心理學，即使與對方碰面聊聊可以知道些什麼，可是不管是交替人格，或是沒有分裂的茉莉本身，犯下殺人罪的對象就不能夠放著不管。

並不是非得接受審判不可。如果茉莉的心靈生病了，應該要接受治療。更不用說如果雅長與茉莉，都沒有犯罪的情況。

儘管想了那麼多應該是無關的事，但是那樣卻是行不通的——

「真是的——好像被誰傳染到多管閒事的毛病了。」

京介發起牢騷。

「這不是很好嗎？」

深春的聲音就立刻從旁邊傳來。

「這就是所謂的『萍水相逢亦有緣』吧。」

「我只想不與別人萍水相逢過日子而已。」

「那是不可能的。不管怎麼說，日本的人口都是很多的。」

「真希望自己生為撒哈拉沙漠的蜥蜴。」

「就算是這樣，還是會相遇的。」

「是嗎？」

「我想你還是會碰到的，碰到我和蒼。」

「那樣，對彼此都是災難呀。」

京介揚起嘴角。

「喂！這種等級的災難，來多少我都不怕。」

深春以非常爽朗的聲音回應道。

「我可不想要無趣的生活，沒有麻煩的人生一點樂趣都沒有。」

「你可真悠哉。」

「笨蛋是很快樂的，活得很快樂。」

「真的，很讓人羨慕。」

「沒錯吧。」

深春張開大嘴哈哈大笑。

天已經亮了。即使如此，卻是個覆蓋在地面的白色積雪之上，明亮似乎開始微微飄蕩的早晨。幸好，半夜下個不停的雪已經停了。現在與隆冬不同，白天的時候雪大概都會溶化吧。

因為深春直到月底都沒有打工行程，京介便決定請他到處奔走。總之先以昨晚提到的《想起惡魔的女兒們》為首，去找好幾本關於壓抑記憶與多重人格，並且是以科學角度論述的書籍。手邊的書說是最近出版的《受到壓抑的記憶神話》也可能推出了，所以也要求深春找找看。

還有，也希望深春去找來，那特意放在組合屋裡頭的〈消失於夜晚的凶刀〉一文出處，根據文章最後寫著的標題是《現代日本陷入謎團的事件記錄：關東篇》的書。因為從那篇文章不是書本直接影印，而是特別用文字處理機重新打過這一點來看，內容有可能遭到扭曲。

從月映山莊回來後，深春把放在機車後座的睡袋鋪在地上，小憩了一會兒。雖然當事人堅稱不睡也沒關係，但是京介說「只有一個小時都好，睡吧」，硬是強迫他睡下。要在惡劣天候之中飛車，身心疲憊可是不行的。

「這與平常都是我叫你睡覺的情況相反呀。」深春苦笑。

「因為你回來我這邊的時候，要是發生車禍害我睡覺睡到一半被叫起來，我會很火大。」京介回答。「加上我還要請你做完我拜託的事情，要是不先要求你調整好身體狀況，我可傷腦筋了。」

深春點頭稱是，在睡袋當中伸展了身體。

「我聽了這麼多讓人頭痛的東西，都不想睡了。」

明明這麼說，但，關掉電燈，立刻就聽到地板上傳來的規律呼吸。聽著那個聲音，京介也些微打起盹來。

覺得睡了個短暫卻深沉的覺。五點前自然醒了過來，起床泡咖啡。此刻京介正與牽著機車的深春並肩站著，在直路的林蔭道路上，面對著快速道路。

「要是能拿到警方關於一九八六年事件的記錄就好了。」

「再怎麼說，這應該都是不可能的。」

「無所謂，我也去找找看吧。因為巨椋家事件的時候，我曾經與櫪木的報社談過。」

「是嗎？」

「雖然不認識櫪木縣警方的人，不過群馬縣那邊，那個時候有個跑來管閒事的冒失刑警，應該有辦法可以透過他幫忙介紹。」

「不，找警察不好。」

京介皺著眉頭。

「可是，這不是馬上就陷入僵局的事件嗎？什麼都無所謂的話，好嗎？」

儘管如此，京介還是沒有回答。

「你呀，是不是還有什麼瞞著我？」

「雖然我不是要瞞你，可是我還有話沒對你說。」

「喂——」

「沒有時間了。雖然這樣對你很過意不去，可是現在我比較放心不下拜託你的那些事情。」

深春把機車熄火，立起支撐架，轉身面對著京介。

「該不會要發生什麼不得了的事情吧？」

「會不得了的不是我。」

「是茉莉小姐嗎？」

「是呀。」

「就算我對你說要小心，可是反正你也不會聽進去的，對吧？」

「說『沒有麻煩的人生一點樂趣都沒有』的，可是栗山深春喔。」

「那是我專用的台詞。」

「這句話與愛管閒事的嗜好，我都一起借用了。」

「你忘了嗎，京介。」

「什麼事情？」

「你一認真起來，就會不合常理的難以對付。」

「我接受你的讚美。」

「真是的。」從鼻孔呼了一聲氣的深春說：「啊，對了。」

他找著騎車用外套的內袋。從裡面拿出來的是，小小的銀色手機還有一個皺巴巴的信封。

「給你，前天寄來的。」

接過來的信封上面，只有用柔軟的行書體寫著「櫻井京介先生收」幾個字。翻過來一看，只寫了「綾乃」。摸起來硬硬的，飽飽的。

「是宅急便送過來的，可是我不小心弄錯打開來看了。外面雖然有個寫著門野老爺名字的信封，不過打開來，裡面就只有裝著這個。」

輪王寺綾乃。到底她送什麼東西過來？雖然京介不是不介意，但是也不想打開來看。他不發一語，把信封塞進口袋。

「還有，這個給你。」

深春硬把手機塞過來。現在無論男女老幼每個人都有手機，但是京介從來沒想過要有一支。當然應該也有便利的時候，可是老實說，無論天涯海角都會被緊盯著的情況，他可一點都不願意。

「我不要。」

但是深春硬是抓住京介的手，讓他握住手機。

「好啦好啦，你就拿著嘛。」

「為什麼？」

「方便聯絡。」

「我哪裡都不會去，你打到組合屋的電話就好了。」

「說不定會有要出門的時候。」

「沒有。」

「好啦，你就當作這是代替我保護你就好了！」

像是等得不耐煩一般，深春大叫。

「聽好了，這裡不是有三個很大的按鍵嗎？這是速撥鍵。從左邊開始寫了一、二、三與電話號碼。一是蒼的手機號碼，二是神代老師的，三是我的。如果發生什麼事情，按下通話鍵之後就按速播鍵。電話來的時候就按接聽鍵。因為我選好了震動模式，不動它的話就不會響鈴聲，雖然會搖搖晃晃地震動啦。怎麼樣，很簡單吧？」

「好麻煩。」

「也可以上網與收發電子郵件。剩下就是怎麼充電了，算了算了，這個就等到我回來的時候再教你。就這樣囉，我會盡可能早點回來。」

接著不給京介任何開口的時間，深春用力加油，揚長而去。京介嘆了口氣，把深春硬塞的手機放到口袋裡。既然別人都給了，也不能丟掉。為什麼人類老是要發明這種雞婆的東西，難道是要讓自己更忙碌、更慌張嗎？

獨自回到小屋。對平常的京介而言，實在還早得很，可是也不是可以睡回籠覺的時間。然而精神無法集中，電腦的畫面不知道切換到螢幕保護裝置多少次了。圖案是暗色背景加上紅花或紅葉，不斷地飄落著。那些紅色引發了聯想。

那個時候茉莉不是說過嗎？

「要用魔法的力量，讓我提早一個月看到紅色月亮。」

問題果然出在那個「紅色月亮」。松浦表示，那是為了隱藏真正記憶的屏蔽。然而這無法成為「提早一個月」這種說法的解釋。

茉莉也曾經說過「那天晚上是我提早一個月的生日」之類的。她的生日是四月二十四日，原本「紅色月亮」應該是在那一天出現的嗎？可是發生事情的時間是一九八六年的三月二十六日，差了兩天，這是不是有什麼意義？

電話響了。打破寂靜的喧鬧聲音，即使知道是什麼聲音，依然一瞬間全身僵硬。不只是手機，京介也不太喜歡電話。看看手錶，已經過了八點。深春大概已經抵達東京了，不過還不是他已經找到什麼東西的時間。

「早安——你起床啦？」

透過話筒傳來，聽來悠閒的聲音屬於倉持。

「早安，我已經起來了。」

「結果那件事情，好像就那樣結束了。該說站在我們的立場難以接受呢？還是該說這樣就好？我實在忍不住有這樣的感覺。」

「嗯，我也是。」

「反正我們也無計可施，總之先靜觀其變吧。雖然你也是被我找來，才會碰到這件怪事，讓我覺得很不好意思。」

「沒關係，請不要放在心上。」

「嗯，聽你這麼說，我也謝天謝地。」

「我真的覺得沒什麼。」

「可是，櫻井同學，你要小心點。」

他的聲音忽然變得別有涵義。

「什麼意思？」京介問。

「即使江草夫人好意地加以保護，但是印南茉莉就是凶手。而且還不是普通的情況，是像夢遊症一樣，彷彿在自己不知道在做什麼的情形下就殺了人，不是嗎？那種人就近在自己身邊，還是會讓人擔心吧。」

「我無所謂。」京介回答。「加上殺死小西醫生的，說不定不是她。」

「咦？」

倉持像是嚇了一大跳，叫了出來。

「為什麼？如果不是她，你認為會是誰？」

「我還不知道。可是，我總有這種感覺。」

短暫的沉默之後，倉持說：

「嗯，你用這麼冷靜的口氣一講，我也開始覺得有點可疑。」

「如果我不太能夠得到信任，我會傷腦筋的。」

「我不是那個意思，因為要我說老實話的話，我比較希望她不是凶手。」

倉持善於逢迎的口吻，讓京介悄悄露出苦笑。因為能把事情想得這麼輕鬆該有多好。

「對了，我有一件事情要告訴你。」

「什麼事？」

「啊，與事件無關，而是與我們的正職相關的事情。我請在山口縣的朋友，前去調查維新之後留在那邊的江草家。要孝英去當養子的江草英壽，雖然在剛進入明治時代就死亡了，可是他的遺孀還滿長命的，嫁出去的兩個女兒也有生下孩子。

當然認識孝英的人已經不在，可是有在家中留下像是傳聞一類的東西。例如說他雖是個有錢人卻是個怪人，雖然或許是理所當然，好像沒什麼好聽的。然後我還請人去調查了菩提寺的往生者名冊。」

「有什麼發現嗎？」

「沒有，沒什麼大不了的發現，只有兩個很讓人感興趣的地方。雖然與月映山莊沒有那麼大的關係。」

倉持以悠哉的口吻繼續說著：

「其中之一，就是有位像是孝昌情婦所出的孩子，似乎在二十多年前曾經到過寺裡。據說對方以不公開的形式，偷偷替江草家舉行法會。我請寺方把寫了父親江草孝昌，母親印南葵，獨生女某某的部分謄本寄過來給我，不過據說那個人的地址是京都，大概錯不了。

還有一個，就是那邊的往生者名冊中，寫了一排英壽一家人的名字。孝英的第一個太太，這邊的墳墓上面應該是用片假名寫著『初』吧？但她是在結婚之後才有這個名字的，真正父母親取的名字好像不是這個。似乎是『美代』，就是美麗的時代的美代。等我收到時，再拿來給你看。」

好的，那就再聯絡。京介說完掛上倉持的電話，放好聽筒。但是他的意識，卻被最後聽到的字彙占據。不是初，而是美代……

（江草美代——）

少女潔白的指尖，在空中描出來的文字。美、代。至少，那是至今都不知道的一個名字。當然山口的江草家或許一清二楚，不過那須的江草家與以他們的建築為研究對象的京介或倉持，的確是第一次聽到。

那麼，輪王寺綾乃，為何能夠說中這一點？雖然應該能從門野口中打聽到京介的名字，或是表面經歷，還有現在京介正在從事那須江草家別墅有關的事情也不難得知，可是門野或綾乃本人，可以連山口的江草家，甚至是菩提寺都調查到嗎？

只能認定她調查過了。除非要他承認，綾乃確實擁有超越常人的能力。還有她已經預測到，總有一天京介會得知並且感到愕然。可是為什麼？這次這一點讓人不懂。

伸手朝向脫下來丟在睡袋上的外套，剛剛從深春手中拿到的信封在口袋裡。信封中有綾乃寫的信，該不會上頭寫著「您已經知道我沒說錯了嗎」？

（這太過詭異到讓人想笑出來呀——）

京介覺得不舒服，撕開用日本紙製作的信封封口。重疊的紙張包著什麼而鼓鼓的，翻過來之後掉到了桌子上。打開紙張拿出來的東西，是長度還不到五公分的小小鑰匙。紙張上寫著短短幾句話。

「月映山莊的某處，可以用這把鑰匙打開，要如何使用完全看您的意思。綾乃。」

京介再次看著那把鑰匙。拿來開門的話太小了，看起來像是家具或匣子的鑰匙。似乎非常古老，或許是完全變黑的銀製品。環狀的轉鈕，仔細一看之後，發現是採用把蔓草做成環狀的設計。

（儘管如此……）

那名少女究竟是什麼人？期望京介去做什麼？如果這封信說的事情是真的，她就是原本就與江草家或印南家有關係的人。雖然初的本名之謎，可以解開到這種地步，可是她的意圖何在，則是越來越模糊。

但是，如果這是暗示，接受下來也無妨。從信中說「打開」這一點來看，應該不是珠寶盒或是可以移動的小家具。更像是固定住的櫃子，或是其他的東西所有。還有那棟建築，在被人稱為月映山莊的時間之前，應該有更早更古老的歷史。鑰匙的設計如果是這樣，那麼鑰匙孔的附近，應該也同樣是銀製的，還有搭配著植物紋路裝飾的金屬部分。

去看看吧。真的有這樣的東西嗎？有的話，裡面裝的是什麼？即使在這裡想破頭也無計可施，去確認之後再來煩惱該怎麼做也不遲。

但是，還是等入夜再行動比較好。打算為出門的時刻做準備，把裝有鑰匙的信封，塞進防風運動外套的口袋時，手碰到了手機。雖然覺得討厭，但還是把那小小的機器放在手掌上看著。雖說是方便，可是別人不打電話來自己就不打出去，這樣一定又會引起大騷動。要靠這種東西維繫人心，不可能吧。

忽然回過神後，發現背後的門傳來聲音。小小的敲門聲，輕輕的強弱二拍。轉過頭去，看見有張透過玻璃從外頭往內看的臉。

「櫻井先生，早安。」

印南茉莉開朗地笑了。

2

「哇，你住在這種地方呀？沒有床嗎？不會冷嗎？」

以讓人聯想到鳥囀的聲音，茉莉一邊環視著組合屋內部，一邊不斷發言。身上穿著像是要使人清醒過來的，鮮藍色附有帽子的斗篷。柔軟布料的帽子包圍在臉龐周圍，更襯托出她生氣蓬勃的明亮臉色。

「要不要進來？」

茉莉用力搖頭。

「女孩子不可以獨自一人進入男生的房間，媽媽的書有寫過這句話。她說那不是淑女應當做的事情，所以我不能進去，抱歉。」

「妳說的媽媽，是是雪華女士嗎？」

「是呀。因為生我的媽媽，很久以前就生病去世了。所以說到媽媽，對我來說，指的就是雪華媽媽喔。媽媽寫的書我全部都看過，好像也都記起來了。」

「這樣啊。你們在那個家，曾經過得非常幸福快樂呢。」

從組合屋出來的京介，視線轉向了月映山莊。茉莉往那邊看了短暫的一眼，但立刻別過頭去。

「是呀，沒錯。可是現在我已經討厭那個家了。有回憶的部分就更加討厭，一點都不想看到。我覺得快點拆掉比較好，所以我不會說什麼要加以保存之類的話。」

「茉莉小姐？」

「你說錯了……」

她小聲地低語著。

「我不一樣，我不是茉莉。不是、不是呀！」

聲音越來越高亢。

「喂，連你也不知道嗎？我與茉莉是完全不同的吧，連其他人都搞錯了對吧？你好好看看我，聽聽我說的話。你之前看過茉莉吧？也看過萬里子吧？卻是第一次見到我。你不知道？真的不知道嗎？」

京介看著在自己眼前，不斷興奮發言的茉莉。那張臉形無疑是印南茉莉本人，但是表情的確大不相同。睜得大大人的雙眼朝氣蓬勃，臉頰泛紅，聲音中帶著力量。身體的動作也很輕盈，不知道是不是因為挺直腰桿的緣故，身高看起來多少高了一些。沒變的大概只有：讓人感覺到比起今年，實際上應該是二十六歲的年紀，小了幾歲的樣子。

「如果不是茉莉小姐，妳是誰？」

「我是真理子喔。真理的孩子的真理子。」

她馬上回答。

「大家都認識的印南茉莉，我叫她茉莉莉。茉莉莉是個笨蛋、膽小鬼、愛哭鬼，明明是個大人，卻沒辦法整合大家在一起。你在先前第一次遇到的是萬里子，與我名字寫法不同的萬里子。萬里子的年紀大概只有幼稚園，一直不會長大。茉莉莉的膽小還有愛哭，和萬里子一個樣子。

可是我與她們不一樣，我什麼都一清二楚，念了很多書，也可以在各方面動腦筋。必須經過思考才可以行動的事情，全部都是我負責的。還有因為我很勇敢，也會說出真正的事情，這茉莉莉也做不到。

所以我的名字才是真理之子。你看，儘管如此，還是沒有人注意到我。但是，我想如果是你，一定能當我的對手。我已經不想繼續再待在那個家裡，面對陰沉老太婆實在讓人厭煩。」

「妳說的陰沉老太婆，是江草夫人？」

「對呀，就是那位非常好的太太。就像是維多利亞時代的貴婦，高雅又時代錯誤的過往遺產。一說想要看看書，就推薦人看狄更斯。不然就是用傷痕累累的黑膠唱片要來欣賞音樂，或是要人刺繡啦，就是那種西式刺繡。讓人嚇到嘴巴都闔不攏了，對吧？真是夠了，真的好煩！

我想回東京去！」

粗暴地搖頭，帽子跟著掉了。晚餐那天晚上編得牢牢的頭髮，今天早晨在臉龐周圍，奔放地拍打著大大的波浪。

「妳不能回東京去嗎？」

「也不是不能回去啦，又不是囚犯。」

真理子雙手叉腰，抬高下顎，神氣十足地挺起胸膛。用手指拂到臉上的頭髮梳好後，連忙往上撥開。

「所以我不是說過。我叫茉莉莉直接說想要回去東京，可是那個女生太膽小，什麼都不知道，所以老是來妨礙我。她甚至諂媚地對老太婆說：『請讓我留在這裡』。真是氣死我了！為什麼會不知道自己做過什麼事情！」

「可以讓我確認一下嗎？也就是說，妳有多重人格？」

「現在都說這是『解離性身分疾患』了喔，櫻井先生。」

她抬頭看著京介，笑咪咪的。

「不過這只是換個說法，內容並無差異。我們在茉莉莉的身體裡，代替她去完成那些她想做，卻做不到的事情。」

「這樣呀，我還是第一次碰到。」

「當然，我們可是很稀奇的。」

雖然斜過臉去裝模作樣，可是自豪的口吻反而更像小孩。

「妳有沒有看過《二十四個比利》之類的書？」

「有。我也看過《西碧兒》呢。可是，我以為比利的故事是虛構小說，總覺得有好幾個地方怪怪的。」

「哪些地方？」

「因為比利身體裡的人格，不是個個都身懷絕技嗎？可是加以統合之後，那些絕技就消失不見了，對吧？這就很奇怪呀。如果把一百分成十份，每一份應該一定都會小於一百才對吧。可是比利身體裡有天才畫家，有可以用意志調整腎上腺素分泌的超能力者，你覺得會有這種事情嗎？」

「這我同意。」

京介點頭。

「還有呀，當強盜的是其中一個人格，強暴女人的途中，轉換出來女同志人格，我覺得時機也太準、太方便了。就算是分裂之後的其他人格，也因為如果是男人去強暴，罪應該會變更重，所以才那樣說的，不是嗎？」

「確實。」

至少，這位「真理子」似乎是可以用語言溝通的。她忽然縮起肩膀，打了個噴嚏。

「會冷？」

「嗯，有點。」

「方便的話，要不要進來喝個茶還是咖啡？」

「可是——」

她一臉「我還是不太想進去組合屋裡面」的表情。

「隔壁是廚房，有瓦斯爐、冰箱與桌椅。去那邊就不算是進去男人的房間裡了吧？」

「櫻井先生真聰明。」

「真理子」不由得笑了。

廚房沒有暖爐，只比外面好一點。儘管如此，關上門用水壺煮開了水之後，還是慢慢暖和起來了。

「對了，比利或西碧兒，大概都沒辦法對自己有多重人格一事認識清楚，不過妳好像不是這樣呢。」

京介自己喝黑咖啡，把加了大量砂糖與奶精粉的咖啡遞給了她，盡可能若無其事地試著探聽。

「這一點我當然很清楚。」

「茉莉小姐也是嗎？」

「茉莉莉不是有松浦先生嗎？」

「真理子」爽快地回答。

「可是因為茉莉莉很膽小，看樣子是能不想這事就不去想的樣子。與其說她是自己決定要怎麼做的，不如說全部都是她強迫松浦先生替她下決定的，她只會這麼想，所以我有時候都忍不住感到著急。」

「可是，妳應該原本也是印南茉莉的一部分吧？」

「不要說了。」

「真理子」皺著眉頭。

「你以為我高興這樣？松浦先生也常常說要整合我。說什麼要是我和茉莉莉變成一個人，茉莉莉就會變成像我一樣，也不會干擾我想做的事情，一切都可以順利進行。但是，真的是這樣嗎？」

「妳在擔心嗎？」

「不是。我又不是膽小鬼。」

「真理子」像是鬧彆扭般地噘著嘴。

「可是，松浦先生最寶貝的就是茉莉莉了。所以我偶爾會想，整合之後，不是我變成茉莉莉，或許只是茉莉莉搶走我的很多東西，消除我這個存在而已。松浦先生為了茉莉莉，也許會把我送給茉莉莉。」

「……」

「這個世界上，茉莉莉的夥伴就只有松浦先生一個人，可是松浦先生不是我的夥伴。他總是想著要讓我消失，否定我的存在。雖然他認為我沒有察覺到，可是我都知道得清清楚楚喔。這一點實在很讓人討厭。這種思考方式，你覺得怎麼樣？」

「沒有什麼，我認為妳會這樣想很正常。」

京介一回答，她就發出倒吸一口氣的聲音。

「你真的這麼想嗎？」

張得大大的雙眼，目不轉睛地凝視著京介。京介想，錯不了的。應邀前往晚餐那一夜，彷彿是松浦在背後支撐著，戰戰兢兢看著京介的那張臉，比眼前的更幼小、更可憐，看起來似乎只要稍微碰觸一下就會支離破碎。而此刻在這裡的，雖然也有孩子氣，卻是比起那個晚上充滿更多生命力，有如反彈起來的球一般的存在。

「那，所以說櫻井先生願意站在我這邊了？」

「這個問題，不是找現在可以簡單回答的。不好意思。」

「這樣呀——」

「但是，我可以和妳當朋友，聽妳說話，當個公平的對談對象。」

「真理子」忽然抬起臉。

「好呀好呀！」

她的表情散發光芒，京介有些內咎。

「我就稱呼妳真理子同學，可以嗎？」

「可以呀。」

「茉莉小姐的身體裡頭，除了妳和萬里子，還有其他的人格嗎？」

真理子抬起來的眼睛，霎時蒙上一層陰霾，嘴唇淡淡地笑著。光是這樣，看起來就像是變了一個人。

「有喔——」

「真理子」低語。

「那傢伙表現出茉莉莉做不到的憎恨與憤怒，那傢伙比我厲害，要是那傢伙認真起來，連我也阻止不了。」

「她有名字嗎？」

「她叫瑪莉。你聽過吧？就是血腥瑪莉喔（註14）。瑪莉什麼事情都做得出來，認真起來也可以讓那個老太婆閉嘴。」

「是不是瑪莉殺死小西醫生的？」

「——我不知道。」

遲疑了一會兒，「真理子」的聲音回答。

「關於瑪莉的事情，我並不清楚。」

「妳也會有不懂的事情吧。」

雖然「真理子」一臉受傷的表情看著京介，但還是點頭了。

「西碧兒或是比利，都有一個人格，可以好好地把所有人格做過的事情全部記起來。這一點我也知道，可是我們並不是這個樣子的。雖然我是最會動腦筋的，但還是有很多不知道的事情。還有，我想松浦先生大概對茉莉莉施展催眠，還有其他很多方法，想要讓她想起以前的事

14　血腥瑪莉，指的是英國史上的瑪莉一世（Mary I /Mary Tudor, 1516-1558），英格蘭和愛爾蘭的女王，為了完成父親的宗教改革，處決過三百名左右的反對者，於是被稱為「血腥瑪莉」。

情。」

「關於這一部分，妳可以說得再詳細一點嗎？」

「——因此被松浦先生弄得亂七八糟的。松浦先生想要找回茉莉莉以前的記憶，那些記憶卻是萬里子的記憶。因為萬里子只有四歲還是五歲，一定是最早從茉莉莉分離出來的。因為松浦先生做了一大堆事情，那個時候萬里子被茉莉莉整合了，萬里子的記憶讓給了茉莉莉，茉莉莉因此感到萬分痛苦。因為太痛苦了，茉莉莉必須把應該已經消失的萬里子再叫回來。這意思你懂嗎？就是松浦先生失敗了。」

「嗯，我想我大概可以理解。」

「櫻井先生真老實，不會明明不知道還裝出知道的樣子。」

「謝謝妳的誇獎，這還是第一次有人誇我老實。」

「真理子」露出笑容。

「那麼我再對你多說一點吧。茉莉莉叫回了萬里子，已經還給茉莉莉的記憶，卻無法還給萬里子。茉莉莉一直覺得痛苦，偶爾一受不了，就會把全部的事情硬推給萬里子，自己跑去睡覺。像是不喜歡先前要在晚餐與人碰面之類的時候。」

「可是，茉莉小姐不是途中回來了嗎？」

「要是交給萬里子，沒辦法順利使用刀叉，所以由我來代替她。那個時候我也是自己醒過來的。雖然沒有開口說話，可是我有看到櫻井先生喔。所以我就想要和你說說話，現在能和你說話，我真的很高興。」

「因為想要和我說話，所以妳今天才會過來？」

「是呀，大概是吧。」

以打岔的口吻說著，朝著旁邊笑了。

「萬里子讓給茉莉小姐的記憶，是小時候受虐的記憶嗎？」

「真理子」忽然轉過頭來。雖然嘴邊還殘留著笑容，可是眼中卻像是興奮般地發出閃閃光芒。

「這還真是犀利的問題呀。」

「如果讓妳不愉快，很對不起。」

「沒關係。可是關於這一點，我什麼也不知道。因為那個時候，我還沒有出現，所以我只有聽說有過受虐的事情而已。也就是說，對我而言，那就像是別人的事情。」

「那麼，妳是什麼時候開始出現在茉莉小姐身體中的？」

「我第一次有印象，是茉莉莉念國中的時候。她因為孤獨得快要瘋掉了，我是為了要在學校保護她才出現的，大概是吧。」

「那個時候的萬里子呢？」

「她一直在沉睡。可是有時候會醒過來，那麼一來就會變得害怕又奇怪，所以又得連忙讓她睡著不可。於是，清醒著的，幾乎都是我與茉莉莉。我精神十足而且積極，可是不擅長忍耐。茉莉莉則與我相反，雖然太過成熟，只會畏首畏尾，可是有毅力。雖然我們只有一個身體，但是說起來，我們就像合得來的雙胞胎互相幫助，一起度過那個時期。

西碧兒雖然提到在她小的時候，因為有其他的人格學了算數，所以自己不會而深感困擾，但是我們沒有這種情況喔。我負責數學、物理、體育，都有好好地，沒有遺漏地做完。可是同學因為茉莉莉忽然一下子精神十足，一下子又膽小退縮，好像覺得驚慌失措呢。」

「高中的時候，松浦先生就跑去找妳們了吧。」

「你知道得真清楚。是聽他說的嗎？」

「嗯。可是，他只有提到關於恢復茉莉小姐被壓抑的記憶，沒有提到多重人格的事情。」

「那是當然的。因為他不想承認這一點，如果說到這一點，他在人格整合上面的失敗；萬里子擁有的痛苦記憶還給了茉莉莉，反而讓茉莉莉痛苦不堪。這些事情不就曝光了嗎？不管是誰，他都不會想要提起這件事情。」

「原來如此。」

「可是茉莉莉愛著松浦先生，從第一次看到他的時候就愛上他了。所以對於松浦先生所做的事情都沒有任何疑問。就只有這一點，無論我怎麼說破嘴，茉莉莉還是沒辦法改變心意。」

「妳不喜歡松浦先生嗎？」

「是呀。每當茉莉莉期待每年可以和他見面一、兩次的時候，我都覺得也沒什麼不好。因為茉莉莉喜歡他的緣故，心情也安穩下來了。但是，我對他硬要整合萬里子的事情，到現在還是一肚子火。我說過要他住手的。」

「那個時候，妳是以妳的身分對他說的？」

「嗯。雖然高中的時候我一直都隱藏起來，但是那個時候就曝露出來了。我覺得曝露出來也無所謂啦。從那之後，他就知道我們是怎麼樣的存在了。」

「我們稍微回到主題可以嗎？妳對雅長同學有什麼看法？」

「沒什麼。」

冷冷回答之後別過頭去。

「我什麼都沒在想。因為我出現的時候，他已經在美國了。」

「可是我聽說，短大畢業，決定要和他一起住之後，茉莉小姐的精神就變得不穩定了。」

「是呀。我想那大概是因為萬里子在胡鬧的緣故，茉莉莉莫名其妙地情緒低落，我也沒辦法逼她。所以，我才會說硬要整合萬里子，恢復記憶，沒有半點好處。那樣做，真的是為茉莉莉著想嗎？」

「但是，妳剛剛不是說過，松浦先生最寶貝的就是茉莉小姐？」

「不是那樣。那個意思是說，在我們之間，他最寶貝的是茉莉莉啦！」

「真理子」的聲音越變越高。

「茉莉莉很愛松浦先生，而且認為松浦先生也會愛她。可是松浦先生根本一點都不愛茉莉莉，他另外有喜歡的人。也許他熱中於治療茉莉莉，是因為那與他自己工作的成績密切相關吧。我是這麼認為的。」

京介心想，這真是頗為辛辣的看法。昨天聽松浦講話的時候，只有感覺到他一股腦的熱情。可是那不過是站在他的立場發言，接受治療的人大概有所不同吧。何況是對存在被視為病症，遭到否定的「真理子」而言。

「妳記得在一九九七年的時候，曾經來過月映山莊那時候的事情嗎？」

「——不記得。」

「真理子」雖然搖頭，但是直到做出回答之前，有些停頓。

「那個時候，茉莉小姐說看到哥哥殺人的地方，然後想起了那件事情。那段記憶是萬里子的嗎？」

「嗯，大概是吧。」

「真理子」冷冷地回答。

「那個時候，茉莉莉與萬里子的整合已經徹底失敗了。雖然萬里子回來了，可是茉莉莉卻深受萬里子擁有的記憶所苦，好像連我的聲音都聽不到。我也精疲力盡了，那個時候一直在沉睡。所以，我想那一定是萬里子開口說出來的。」

「是真的嗎？」

「應該是吧。萬里子不擅長說謊，也沒有說謊的理由。如果萬里子說看過，那麼雅長先生就真的殺人了，不是嗎？櫻井先生為什麼要懷疑？」

京介對此無言以對。

「那麼，我可以再次請問瑪莉的事情嗎？」

「——可以呀。你想問什麼問題？」

「真理子」雖然回答了，但不知是否因為疲憊，口吻失去了至今為止的朝氣蓬勃。

「是關於三月六號晚上的事情。」

「嗯。」

「不管瑪莉做什麼，妳都不知道嗎？」

「我想，有時候是不知道的。可是瑪莉要是有行動，我想我可以感覺到那段時間的空白。也就是說，你看，這就是記憶跳躍。茉莉莉叫醒萬里子的時候，如果自己不想睡，就會一直保持清醒，那種時候的感覺就是硬要讓她睡著。」

「妳或是茉莉小姐，知道凱撒有手槍的事情嗎？」

「我不知道。」

「妳認為，瑪莉會偷那把槍藏起來嗎？」

「誰曉得會不會——」

「從晚餐餐桌站起來的時候，那是茉莉小姐對吧？」

「嗯……」

「那之後的事情妳記得多少？」

「茉莉莉拒絕老太婆說要幫忙換衣服，然後老太婆說一起來喝茶，我雖然說不要去，可是茉莉莉還是聽她的話過去了，不過馬上又回來。然後，我就不記得了……」

「那個晚上，是瑪莉殺死小西醫生的嗎？」

「殺死——小西醫生？」

「真理子」的動作停了下來。睜得大大的眼睛，望著空中像是凍結般。嘴唇微開，表情僵硬得像個面具。這樣過了五秒、十秒，還是動也不動。

忽然，她的臉朝著前面用力地垂下，宛如傀儡的線被切斷似的。

然後，慢慢地抬起了頭。

眼睛半閉半開地看著京介。

嘴唇逐漸上揚如弧線，然而雙眼卻一點笑意都沒有。

「——如果殺了，你要怎麼樣？」

傳來低沉的聲音，

「你要去報警嗎？檢舉茉莉莉嗎？」

聽起來像是老女人的低沉聲音，當然如果專心去聽，就會知道那是年輕女子模仿的聲音。然而脖子往前伸出去的姿勢，就像是個駝背的老女人一樣。

「看樣子那是我做的，可是茉莉莉並不知道。」

從新月形狀的嘴唇，流瀉出「哼哼哼哼……」的笑聲。

「妳是瑪莉嗎？」

「沒錯。」

陳舊的口吻說著，點頭。

「你應該知道吧。在十六世紀的英國，處死了三百名新教徒的瑪莉女王。我因為這個緣故取了這個名字。雖然我不是女王，不過擁有完成茉莉莉願望的力量。」

「妳從什麼時候就出現在茉莉小姐的身體裡？」

「你認為是什麼時候？」

「一九八六年，三谷圭子與小笠原福死亡的時候，妳在現場嗎？」

「哈哈哈哈哈……」

張開嘴大笑。有如風在空蕩蕩的洞窟中產生回音，帶著空虛的笑聲。身體在椅子上，開始前後輕輕搖晃。

「是嗎，我懂了。你認為那件事情是我做的吧？你認為是我親手殺了那兩個女人，再嫁禍給雅長吧？

說不定就是這樣。如果是我，應該可以做到。乾脆，就再增加我做過的事情好了，怎麼樣？也許是我殺死雅長的喔。把那個男人從陽台上推下去，由這樣的我來動手，也沒什麼好奇怪的吧？因為我身輕如燕，從三樓的陽台要用一根繩子下去一樓，輕而易舉。

可是我沒有記憶力，對我來說，永遠都只是現在。所以你想問我什麼，我無法回答，也不打算回答。除了『或許是我做的吧』這個答案之外。」

「那麼，是什麼讓妳行動的？」

「我是茉莉莉的守護者，保護沒有力量的茉莉莉，排除想要傷害茉莉莉的人，這就是我的職責。雖然茉莉莉沒有命令我，可是我能夠聽懂茉莉莉的願望。然後保護她，實現她的願望，讓她活得快樂。」

「妳的意思是，殺人就可以讓茉莉小姐活得快樂嗎？」

「如果那是她的願望，我就會實現。」

「那麼，妳現在現身在這裡，也是茉莉小姐的願望嗎？」

「一點都沒錯——」

她從椅子上站起來。依然駝背，臉部的高度與坐在椅子上的京介相比，幾乎沒有什麼改變。

「你給我記住——不要多管閒事；不能碰觸月映山莊；不能追究茉莉莉的過去；不管松浦對你說什麼都不能夠幫助他。最好儘速離去，然後最好忘掉所有的一切。只要放著這座月映山莊不管，任其腐朽就好。那棟房子是女人們的悲傷之家、嘆息之家。無論多少次，都會發生同樣的事情——」

帶著感嘆的聲音越來越小，最後消失。駝著的背一邊搖晃一邊伸展，全身無力坐到椅子上發出碰撞的聲音。嚇了一跳後立刻抬起臉，張得大大的眼睛，望著京介。

「請、請、請問……」

「妳是茉莉小姐嗎？」

「我、我是，請問——」

雙眼彷彿害怕地環顧周圍。伸出手，碰到包著自己身體的斗篷。摸索著亂糟糟的頭髮，一邊死命用雙手整理，一邊像是想說什麼卻又找不到該講什麼話的模樣。

「這、這裡是哪裡？」

「這裡是月映山莊院子裡的組合屋。妳累了吧，要不要我送妳回去？」

「啊，不用了，我沒事！」

大聲回答後，似乎對於自己洪亮的聲音感到狼狽，用手摀住嘴。

「真的，很不好意思。那，我就先告辭了。」

京介對慌張站起來的她伸出雙手。

「小心腳步。」

「啊，好的。那、那麼——」

「今天妳到這裡來的事情，是不是要保密比較好？」

「嗯。對不起，真的很對不起……」

雖然似乎還有話想說的樣子，不過一和京介眼神交會，她便忽然紅著臉跑走了。

3

（那是原本的印南茉莉嗎？）

望著遠去的背影，京介心想。然而他沒想過，自己那種外行人的想像竟然能夠猜到。

多重人格，解離性身分疾患。

據說是因為要解決被迫直接面對的事情，人類可以創造出與以往表現在外的自己不同，但的確存在於自己身體之內，性格呈現對照的人格。沒辦法拒絕別人的人，創造出能把心中所想，毫無猶豫便說出口的積極人格；不斷受虐的弱者，為了要反擊，創造出具備暴力傾向的人格。

另一方面，則會因為無法承受的痛苦，而切割犧牲者的人格並且加以隔離。讓受虐的記憶全部侷限在那裡，不要波及到其他人格，就是所謂壓抑的方法。如果是幼時受虐所產生的多重人格，或許記憶的分隔與壓抑，就是人格分裂的導火線。

在這層意義上，印南茉莉看起來簡直就是典型的多重人格。西碧兒或是比利都太花俏了，與虛構的多重人格不一樣，作為精神病歇斯底里傾向障礙之一的症狀，多重人格是最為真實的。保有孩提時代受虐記憶的幼童，負責積極或智慧的少女，再加上憤怒或暴力的實現者，還有失去這些，軟弱且空洞的原本人格。

「典型，而且真實——」

身體靠著椅背，望著組合屋的天花板，京介喃喃自語。該怎麼說呢，又覺得有點噁心。

方才出現在京介面前的「瑪莉」，的確有暴力傾向且缺少控制能力，看起來正是擁有犯罪者氣質的人格。從京介原先想到的，冷靜且預謀的犯罪實行者來看，或許多少有些不相稱的地方。但是只藉著這樣，就一定能說是弄錯了嗎？因為如同那位「瑪莉」肯定部分的態度，如果是她殺死小西醫生，想要接著殺害江草夫人的時候卻以失敗收場，事情也是能夠說得通的。

雖然至今的外行人想像、投機取巧的解釋不斷重複，但是出現於眼前的交換人格，遠比什麼都還要有說服力。為了什麼非得這麼思考不可？京介自問。確實是如此也不一定。可是，還有些什麼障礙卡著，因此覺得很不舒服。就在深春現身的前一秒，京介的內心動彈不得，詭異的不安感又逐漸甦醒。

（如果，有人認識可以信賴的精神科醫生，或是心理治療師該有多好……）

應該要那樣才對吧，因為這是超出京介能力範圍的問題。所以對自己的判斷沒有自信，越是覺得似乎要得到結論，就漸漸湧出不安的感覺。然而很不湊巧，他並沒有認識的人。因為自己對於逐漸深入別人的心靈，絕對敬謝不敏，反而就沒有去交從事那方面職業的朋友。

（問問看深春好了。）

深春看來是與那方面沒有關係的男人，但是因為他的人脈廣得出乎想像，或許會有意料之外爽快又肯定的答案。

太陽下山之後，有通電話打來手機。因為白天的時候已經拿到手裡看過一次，然後又放到桌上，筆記與稿紙覆蓋在上面，所以那座紙張小山忽然開始震動的時候，還以為發生了什麼事情。才按下接聽鈕，一拿到耳邊——

「唷，原來你會接嘛，嚇死人了。」

聽來開心的聲音，讓人一下子火冒三丈。

「有什麼事？」

「大笨蛋！我可是為了查你要我查的那些資料，在東京東奔西跑一整天欸！」

手機傳來的聲音很大，讓人急忙從耳邊拿開。某個地方應該有可以調整音量的按鈕，可是沒辦法立刻找出來。

「辛苦了。那，結果怎麼樣？」

「我找到好幾本書，可是還沒找到受到壓抑的記憶什麼的那一本。好像要再過兩、三個月才會出版。」

「這樣。不知道能不能找到原文著作？」

一說完，深春像是想到什麼，傳來嘿嘿嘿的笑聲。

「你放心吧，我有打樣稿。」

「你還真有本事，能拿到那種東西。」

京介真的嚇了一大跳。

「我在出版社死纏爛打，他們說如果翻譯答應就可以把打樣稿給我。所以我直接去找翻譯的某公立大學副教授，對他哭訴：『我無論如何都想知道內容，求求您！』當然我也請W大心理系的教授打了一通電話，應該也有發揮效果吧。」

「真的辛苦你了。」京介這次是真心說的。「我沒想過你能做到這麼多。」

「嘿嘿嘿，我想做的時候，就會做個徹底。對我刮目相看了吧？啊，不過還是有要傷腦筋的東西。」

「是不是《現代日本陷入謎團的事件記錄》？」

「沒錯，我找不到。至少現在沒有在市面上流通了。」

「是絕版或是自費出版的東西吧？」

「大概是吧。結果我今天沒有找到，明天想要去國會圖書館（註15）找找看。如果是自費出版，去地方圖書館杳查看也沒關係。關於一九八六年的事件，我也請櫪木的報社去查了，你不要抱太大的指望。」

「不好意思，深春，我可以再拜託你調查一些東西嗎？」

15　國會圖書館，日本國會為了讓議員順利完成工作，收集圖書與其他資料，並且分為行政、司法等部門，以及對一般民眾提供服務的附設圖書館。成立於一九四八年，收有日本國內發行的所有圖書。

「就算我說不要，你應該也不會不說吧？」

一邊發牢騷，深春一邊笑著。

「真是騎虎難下呀，老虎飼料你要出錢喔。」

「當然是每天結算給你。」

「好呀。」

「去年七月二十八日，印南雅長在東京住所摔死，我希望你去查查這件事情。」

「你不要只有報紙報導的那點東西吧。具體來說，你想知道些什麼？」

「如果有目擊當時情況的人，可不可以請你直接去問他？」

「不要說得這麼輕鬆。可以，還有呢？」

「可不可以去找對天文學有研究的人，問問看講到『紅色月亮』，會不會聯想到什麼？」

「哦，你說那個呀。可是，那不是應該只是幻覺而已嗎？」

「也許是，不過也有可能不是。」

「即使如此，那應該也是可以跳過不管的吧。」

「一九八六年四月二十四日，說不定真的可以看到那個紅色月亮。」

「印南茉莉的生日是那一天吧。那麼，我打工那邊有個說要請假，就帶著天體望遠鏡去山上的傢伙，我去問他看看好了。」

「還有一件事情。」

「請說。」

「在格林童話還是什麼童話裡頭，有個出現過『我的小鹿，你怎麼了？』這句話的故事，或者是引用了這句話的小說。」

「格林童話？喂，這種東西和事件有什麼關係呀？」

就連深春都傳來發愣的聲音。

「說不定有關係。」

「真的嗎？」深春雖然再度發出聽來頗為懷疑的聲音，不過還是說：「好啦，我去查。可是那樣一來，我要明、後天才能夠回去了。只有幾本書，也要用宅急便送去給你嗎？」

「這種地方送得到嗎？」

「應該可以吧。那我等一下就去便利商店送件。」

「謝謝，讓你花了不少工夫。」

深春稍微頓了頓。

「笨蛋——還會下雪喔。那麼，就算我不在也要好好給我吃飯！」

「嗯。」

掛斷了電話。

當天晚上，京介進入了月映山莊。去尋找可以插入輪王寺綾乃寄來的那把鑰匙的鑰匙孔。雖說是託管鑰匙的人，但應該不能任意進入縣政府預定要調查的建築內，不過看來似乎是打破過禁忌一次之後，就會越來越無所謂了。給自己找了個藉口：因為極力注意避免造成建築損傷，所以是能夠得到原諒的。

不過就算說是小巧雅致，但也是一棟房子。還有雖然是建於明治時代的房子，但因為直到昭和末年都有人住，所以壁紙之類的全部都更換了。即使有嵌在牆壁裡頭的衣櫃，也有可能會因為貼在壁紙底下遭到破壞。

單手拿著手電筒，以牆壁為中心，毫無遺漏地環視周圍。但是木造洋房的牆壁厚度卻薄得出人意料，很難想像會有嵌入式的家具。雖然因為臥室的衣櫃是古董風格，還以為說不定是有歷史的東西，但是金屬部分卻與鑰匙完全不同。儘管如此，還是把有鑰匙孔的小抽屜全都試過了，沒有找到哪裡有隱藏的抽屜。雖然試著把抽屜都移動重組過，但沒有什麼成果。

每晚等到夜深後過來尋找，已經三天過去了，心想只有胡亂尋找應該是行不通的。京介決定要稍微試試看絞盡腦汁。首先必須思考的，就是這把鑰匙是與江草家還是印南家有關的東西。

從綾乃信中使用了月映山莊這個名稱來看，當然會認為是印南敏明一家人的東西，然而思考過後，京介決定將目標縮小在江草家時代。曾經是江草孝昌情婦的印南葵，被迫與孝昌分手之後回到了娘家。她的娘家在京都，而綾乃也在京都。

（會不會太簡單了？）

但是綾乃已經知道江草初的本名，而印南葵的女兒現在人在山口。所以假設綾乃是從女兒那邊得到包括初本名在內的知識，同時拿到這把鑰匙，大概就不能成立了。也就是說，鑰匙是江草孝昌送給印南葵的東西。意即這把鑰匙打得開來的東西裡面，應該放著孝昌要留給情婦的什麼東西。

不讓妻子知道，孝昌想把那個東西交給葵。但是因為沒辦法交出去，所以只能送鑰匙；或者是去接葵的時候將鑰匙交給她，當作是約定的證明？

不，說不定鑰匙是在葵失蹤之後，才交給她留下來的年幼女兒的。雖然不知道葵因何種緣故消失了身影，但是在她失蹤後，女兒應該是在京都長大的。這麼一想，似乎也可以說明，孝昌把那須的洋房賣給印南家的理由。因為留在京都的女兒流著印南家的血，有一天她到那須來的時候，如果那房子是印南家的，那麼不管她要進入也好，還是打開隱藏的地方也罷，應該都不會遭受拒絕。孝昌在想的，不是這樣嗎？

意思就是，孝昌無論如何不能讓妻子看到的那個東西，必須藏好。如果以不讓妻子找到這一點，為首要的考量條件，就不可能藏在臥室。但是，應該也不是像接待廳或餐廳，那種每天人來人往的地方。京介攤開倉持交給他的草圖，對一間一間的房間仔細思考。

那是大致畫出房間分配的手繪圖。周圍的留白上頭，倉持密密麻麻寫下了從江草夫人或印南老家那邊聽來的，住在這棟建築裡的人，如何使用各個房間的情況。當作夏季別墅使用的時候，與一年四季都住在裡面的情況相比，當然用途也不一樣。

（大廳、廚房、小孩房、儲藏室、起居室……）

不，房間的用途，還是必須從江草家的時代做思考。那是江草夫人似乎不會進去的地方，不過這種規模的住宅，會有主婦不進出的房間嗎？

（和室——）

如果相信傳說，那應該是以前被當作小孩房使用的房間。印南一家人入住之後，則將其當作收納棉被或不合時節服裝的房間。可是，京介在倉持所寫，看來與小孩有關的字句中，好不容易找到他在找的東西：

「據說這房間有段時間曾經出現過鬼魂，所以即使是面南的上等房間，也只是拿來當女傭房。」

印南葵待在那個家的身分就是傭人。那麼一來，她理所當然住過那間和室。當然，江草夫人大概會討厭那個房間吧。沒有家具，空蕩蕩的房間。牆壁上沒有餘地可以嵌入櫃子，那麼地面呢？拿起榻榻米，應該可以看到地板。

但是，還有天花板。屋頂的支架與天花板之間，應當有個不是那麼寬的空間。那個約有五十公分寬的一部分木板，若是像日式建築的木製天花板一樣可以活動，情況又如何呢？

和室天花板的形狀頗為奇怪。雖然因為地上鋪著榻榻米而稱為和室，但是牆壁貼了壁紙，窗戶是扇形上鑲了透光板，內外雙向都可以開啟，天花板也塗上西式風格的白油漆。不過唯有天花板中央的部分，往上突出到三角形山牆（註16）的屋頂內部。於是這樣創造出來的空間剖面，有點像是將棋的棋子。也就是說，那段高度的差距，同樣也裝了木板並且塗上油漆。

（那塊縱立的板子，若是可以移動……）

那裡當作隱密的隱藏之處，絲毫不覺得不自然。

第二天，三月十二日晚上，京介再度潛入月映山莊。手電筒的燈光全部照著和室的天花板，

16　山牆（gable），人字型斜屋頂的建築，屋頂與屋頂夾住的三角形牆壁。

試著移動一塊塊的板子。印南家買下之後，這塊天花板理應重新粉刷過。有可能因為油漆塞在板子間的縫隙，造成沒有辦法移動。加上雪停了，必須小心不要讓光線透過窗戶，照到外面去讓人發現。因為即使周遭圍繞著樹木，從外面的道路還是看得到這扇窗戶。應當沒有照明的地方如果出現光線，無疑會非常引人注目。

忽然，京介想起小西和志告訴他的，這扇窗戶染上鮮血的赤紅色「鬼故事」。如果有人看到京介的手電筒，比起認為有侵入者，大概更會變成有鬼火飄動的傳聞吧。倘若受到鬼屋的傳聞影響，人們就會看到符合傳聞的東西。所謂的先入為主，或許是人腦為了縮短資訊處理時間的機能，但這通常有其限度。

綾乃的臉在京介眼前浮現出來。她認識印南葵的女兒，透過那個女兒，聽聞江草家的故事並拿到這把鑰匙。除此之外，沒有其他可能了吧。不過，對葵的女兒而言，這把鑰匙難道不是無可取代的重要寶物嗎？

這是與失蹤的母親、無法一同生活的父親有著聯繫，充滿回憶的紀念品。從江草孝昌去世之後，也經過了大約半個世紀。就是因為這樣，才不想要繼續保留在手上嗎？

還是說，她認為這把鑰匙對自己來說毫無意義？當然，即使這麼想也沒什麼好奇怪的。因為那是不承認自己的父親，還有對拋下年幼的自己後，宣告失蹤的母親所產生的反應。連母親的娘家都不願伸出援手，自己追到遙遠的京都去尋找，甚至失蹤，母親娘家也沒有人會去找她。

也許她那麼想著，就不想到那須去，不想使用父親留下來的鑰匙，這也是理所當然的。取而代之的是，她到了山口，去探訪與父親有血緣關係的江草家，在菩提寺舉行法會。以此當作拒絕接受父親餽贈的女兒的回答，不是嗎？

那樣說來，這把鑰匙應該還有其他的意義吧。京介想，自己並不明白，送這過來給他的綾乃，真正想說的是什麼。好像被那個少女，玩弄於她小小的手掌之中。京介低聲地發出抱怨。該不會真的非得要對綾乃舉手投降？這筆帳一定要算到門野頭上。還有，以後再也不要理會那個老人的邀請。

厭倦了過於單純的動作，稍微粗魯一點搖晃板子的京介手心，觸感忽然為之一變，可以明顯地左右移動。拿燈光照著，湊上去看個清楚。似乎只有這塊板子，邊緣削成斜的。那麼，如果能夠拿下這塊板子——

油漆的覆膜剝落了。板子靠左邊裡面，像是拉門一樣滑了進去，出現一個黑暗的洞，帶著霉味的空氣衝進鼻腔，京介將光線往裡頭照。

在光線中浮現出來閣樓的支架，還有沐浴在塵埃中下垂著的蜘蛛巢。然後，在伸手可及之處，京介找到用藍染布包著，像是大型書籍的東西。雖然猶豫，還是拿了過來，解開綁得牢牢的布。包了兩層的大方布裡頭，是表面漆畫著銀色花紋的硯台盒。芒草搖曳的草原之上，懸著上弦的半個月亮。茅草中可以看到以圓圍起來的兩個家徽：鳳蝶是江草家的，枝葉三層的松樹則屬於印南家。

此外，那個硯台盒後面，掛著一個看來做工精細的鎖頭，鑰匙孔周圍是銀飾的金屬部分。京介從口袋裡拿出收到的鑰匙，插進去之後緩緩轉動。出人意料，毫無阻礙就打開了鎖。

京介看過裝在裡頭的所有東西。再度鎖上硯台盒，物歸原處放回去天花板深處後，離開月映山莊。

一回到組合屋，電話就響起了尖銳刺耳的聲音。伸出沉重而疲憊的手，拿起聽筒，才開口說句「喂」，就聽到：

「你這個大笨蛋！手機怎麼了！怎麼了？」

深春的大吼聲穿刺到耳朵裡。

「啥？」

「喂！京介，你是清醒的還是在睡覺？給我搞清楚一點，你這個笨蛋！」

「嗯，嗯嗯——」

腦袋裡全占據了剛剛見到的東西，就算遭到大聲斥責，一瞬間也轉不過來。因為覺得深春硬塞過來的手機很礙事，就放在桌上直接出門去了。好像是由於手機不管怎麼響都沒有人接聽，深春等得不耐煩，以為該不會連電話都壞了，才打電話到組合屋的電話來。

「不好意思。因為我怎麼也帶不慣，覺得這樣很討厭。」

「真是的，害我擔心死了！我的操心還要每天追加嗎？」

雖然京介心想，是深春硬要塞手機給他，因此才會有這些多餘的掛念，不過應該也沒必要繼續激怒深春。

「真的很不好意思。」

「不要不帶手機，把手機放到牛仔褲後面的口袋去，應該沒有大到會礙事吧。」

「是是是。」

「宅急便到了嗎？」

「還沒——」

「真是沒辦法，我去問問看。」

然後深春終於開始報告成果了。

「首先，就是我怎麼找也找不到那本什麼陷入謎團的事件記錄。雖然有書名很像的書，可是我在國會圖書館看過了，完全是不相關的東西。如果要去地方圖書館找，我就先回去你那邊再順便去找。怎麼辦？要在東京繼續找嗎？」

「不用，這樣就可以了。」

「可以了嗎？」

傳來像是覺得掃興的聲音。

「因為我在想，說不定那本書本身，也是個虛構的東西。」

「是這樣嗎——」

「還有呢？」

「對了對了，我找到印南雅長住的公寓了。聽說住在一樓的老年人就是目擊者，明天我要去向他打聽看看。」

「麻煩帶錄音帶去錄音。」

「你想問什麼事情嗎？」

「他摔死的時候，有個去拜訪他的朋友被波及，受了重傷。包括這件事情在內，希望盡可能地詳述當時的狀況。」

「你認為他不是自殺的？」

「這種可能常常有。」

「好吧。還有，你說的格林童話還是什麼的那句話。」

「查到了嗎？」

靠著只有那麼一點的線索，京介也不認為能找得到。

「我拜託W大的文藝青年，從朋友透過朋友去打聽。雖然我不知道這樣夠不夠完善啦，因為找到的不是原著，而是引用那些話的短篇小說。」

深春說出著名女作家所寫的幻想小說書名。

「裡頭出現的角色，就說過那些話。因為冤罪遭到處刑的王妃，思念被魔法變成鹿的弟弟，還有自己留下來的小孩，變成鬼魂出現，說著：我的小鹿，你怎麼了？我的孩子，你怎麼了？是這樣的一個故事。」

「雪呢？」

「啥？」

「那個故事裡頭有沒有提到雪？」

「等等，等一下喔。這麼一說，好像哪裡有出現雪的樣子。」

感覺到似乎是在話筒附近，翻書的樣子。

「找到了。有雪出現的地方不是童話，在住商混合大樓的酒吧裡，酒保與身為老顧客的女子，在對話時出現的。那個女人一提到小時候看過的童話故事，外面好像就下雪了。雖然那段對話本身別有用意，不過提到下雪的聲音逐漸覆蓋過去『我的小鹿，你怎麼了』這句話。我還是第一次讀到『雪音』這個詞呢。」

「深春——」

「怎麼了？」

「被變成鹿的是弟弟，不是哥哥吧。」

「嗯，確實是那樣寫的。如果是哥哥，說『我的小鹿』，不是很怪嗎？」

「嗯，確實如此……」

「你還好吧，京介？我覺得你怪怪的。」

深春在話筒的另一邊，發出像是慌張的聲音。

「不，沒什麼。只是，很多東西終於連接在一起了——」

左手握著聽筒，京介將垂落在額頭的瀏海往上撥。額頭好燙，明明房間裡也沒開暖爐，卻滲出了汗水。還有一件事情也連接上了。可是越是連接在一起，為什麼事情卻越變越不清楚，彷彿像是逐漸增加了混亂。

「京介！」

「什麼？」

「我也去櫪木的報社，打聽過一九八六年的事件。結果才知道，是不是最近江草夫人的家裡頭有人死了？」

「嗯。」

「是個叫小西的老醫生，是一九八六年那時候發現出事情的那個老先生，對吧？」

「沒錯。」

「報社的記者雖然沒講明白，可是總覺得講起話來好像有什麼內幕。小西應該是被殺的吧？沒錯吧？」

「沒錯。因為我那個時候，也應邀前往，人就在江草家。」

「你這傢伙——」

深春啞口無言。

「這麼重要的事情，為什麼不早點告訴我！就在你眼前發生殺人事件？與其去追時效快到的舊事，眼前發生的不是更要緊嗎！」

「我應該說過了吧？因為我沒有時間告訴你。」

「真是的——」

似乎是在咬牙切齒的聲音，然而深春越是動搖，京介就越能靜下心來。

「而且，我想我知道凶手是誰。」

「真的嗎？」

「嗯。就算是知道了，但是大概只能說是誰，動機也不清楚，手法也還有不明之處。」

「那你可不要趁我不在的時候，做出『大家聽我說』的事情。」

「什麼叫做『大家聽我說』？」

「名偵探集合眾人之後的台詞啦。」

「我怎麼可能那樣做？」京介有點笑了出來：「那種興趣太低級了。」

「哪有，要是我在的時候就沒有關係。」

頓了頓之後，深春的聲音再度傳來：

「——喂，我突然有個有點奇怪的想法。聽起來很蠢很蠢，我希望你不要笑我。有沒有可能事情會是這樣子？」

「噗，怎樣？」

「月亮看起來是紅色的，會不會和你聽過的鬼故事緊緊相黏在一起？」

專心聽著深春不斷細細說著的話，京介途中不禁倒吸一口氣。

「是嗎——」

「咦，難不成我的主意讓你大為感動了？」

「是，託你的福，幾乎所有的拼圖塊都拼好了。」

「真的假的？」

但是，所謂幾乎，就不是百分之百。在京介推測的事件構圖中，還有很大的空白。那就是動機。為什麼非得把事情做到這等地步不可——

掛上深春叮嚀「明天我就會回去了，在我回去之前不要輕舉妄動」的電話後，京介打電話給江草夫人。

「明天，我能與您見個面嗎？」

銀白陷阱

1

三月十三日星期一，晚上八點，櫻井京介再度造訪江草宅。

前一晚打電話給江草夫人，表示有話想要告訴她。雖然江草夫人邀請京介去吃晚餐，但是京介決定推辭，等到晚餐過後再到訪。京介當然不是非常喜歡乾麵包，不過如果是被迫參與不舒服的晚餐，還不如一邊單手敲著電腦鍵盤，一邊用免洗筷夾起罐頭裡的東西來得好。就算有話要說，但那鐵定不是愉快的話題。

由於連續兩、三天的晴天，地面的積雪都溶化了，可是還不到乾燥的地步。特別是通往江草宅的森林道路，泥濘不堪，球鞋每走一步都會陷進去。應該要穿長靴過來比較好吧。但是穿著雨鞋登門拜訪，或許有些超出常識。上次松浦看到京介在玄關脫雨鞋，就忍不住笑出來。京介彷彿不可思議一般，又想了一遍松浦浮現在記憶中的天真笑容。

京介去見江草夫人，是為了說出三月六日事件的真相，指出凶手。並非宛如虛構世界中的名偵探，開開心心地舉發別人的罪惡。他也不認為，犯罪行為在人類社會裡，常常是難以原諒的。

但是，倘若京介看穿的事件構圖正確，那事情還是沒有結束。以那晚的慘劇為序章，真正的犧牲者應該從現在開始才會被消滅。現在要指出犯人，就是為了要阻止這樣的情況發生。

深春說過了。「那你可不要趁我不在的時候，做出『大家聽我說』的事情。」京介真想面對深春說著這句話時的臉，回他一句「我也不是想做這種事情的人」，可是這是沒有辦法的。京介不能想像等到深春回來之後再行動，因為牽扯到人命。既然發覺到了，那麼越早行動越好。

打開江草宅玄關大門的人，是前幾天晚餐時在旁服務的女性之一，她帶領京介到位在餐廳隔壁的接待廳。江草夫人穿著長下襬的銀色針織衫，今晚也仔細把頭髮綰起，精心化了妝。夫人從沙發上站起來，笑咪咪地迎接京介，對著端紅茶上來的女子，說了句「今天晚上這樣就可以了」，便把人打發走了。

「好了，你想說什麼都儘管說沒關係。因為我跟凱撒、茉莉還有松浦先生說，希望他們出去，兩個小時左右再回來，現在這裡只有我們兩個。這樣子你應該感覺比較好吧？」

雖露出沉著的微笑，但是嘴角微微地顫抖著。直直看著江草夫人淺色鏡片之後的雙眼，京介開口了。

「那麼，我就不客氣了。三月六日晚上在這房子裡發生的事情，凶手就是江草夫人，對吧？」

夫人的手邊，發出撞到陶器的堅硬聲音。放進砂糖攪拌後，拿到嘴邊的紅茶杯，放回到小盤子上，因此發出尖銳刺耳的聲音。然而夫人吸了一口氣，從杯子鬆開了手，挺直身子從正面看著京介。

「這話是什麼意思？是說茉莉做出那樣過分的事情，是我的責任嗎？是呀，或許是那樣吧。因為如果要問我，那無依無靠、孤零零的寂寞大小姐有怎樣的心情，我能瞭解多少？我也沒有什麼把握。」

「不是的，我所說的意思並不是那種譬喻的涵義。您應該明白才對。或者，您非得讓我把一切說出來嗎？」

夫人小聲地說了句「算了」。細心化了妝的臉上，表情幾乎沒有變化。可是太陽穴在抽動，有如另一種生物一般地痙攣著。

「那麼，讓我告訴您吧。茉莉小姐沒有殺死小西醫生，也沒有拿槍射擊您。那些事情是您跟凱撒做的。」

夫人移開視線，再度低語了一次「算了」，輕輕地聳了聳肩膀。

「你在說什麼？這樣我會很困擾的。」

優雅地側著頭。

「很遺憾，我對你所說的絲毫不能瞭解。還是說，這是某種玩笑？如果是這樣，還真是不怎麼有意思的笑話呢。」

「確實很沒品。但那不是我的問題，是被人實行的犯罪本身就很沒品，不是嗎？我至今為止，曾經被迫直接面對好幾次所謂的犯罪。人們因為各種動機而犯罪，大部分的情況都是被逼到除此之外別無選擇的田地，即使知道有風險，還是踏上了不歸路。雖然，我現在還沒有完全理解您的動機，但是，不管有怎麼樣的動機，我都沒有碰到過這等卑劣的犯罪。」

夫人像是故意要讓人聽見一般，嘆了口氣。視線回到京介身上，以彷彿是個寬大母親在哄著撒嬌小孩一般的口吻說：

「沒錯。既然如此，我寧可讓你說個痛快。就讓我聽聽你想說的話吧。如果你無論如何都要說，等你說完了，我會讓你知道那一定不是我的錯。」

聽完這些的京介，皺起眉頭，因為厭煩這個出人意料的不可理喻對手。但是一旦開始的事情，也不能夠中途停止。

「我知道了。那麼，我就照順序說吧。認為那件事情是茉莉小姐所做，我從一開始就覺得怪怪的。我跟她碰面，前幾天晚餐的時候是第二次而已，可是我覺得那種極端暴力的事情，恐怕不是很適合茉莉小姐。」

「櫻井先生沒有聽過『知人知面不知心』嗎？」

夫人一邊淡淡地微笑著，一邊打斷京介的話說：

「茉莉有多重人格。在你的眼裡確實看到的孩子，看起來是壓根沒想過要殺人的樣子。可是，松浦先生說過，那孩子內心存在著，對她兄長產生憤怒的暴力傾向人格。那孩子從小就受到雅長的虐待，心靈已經損壞了。所以不管她做出什麼事，都沒什麼好奇怪的。這是專家的判斷。櫻井先生，你應該不是心理學之類的專家吧？」

「我的確不是專家。」京介爽快地肯定夫人所言。「還有我至今跟茉莉小姐對話的次數，也屈指可數。我也不知道她有多重人格，松浦先生並沒有把這件事情跟我說清楚。」

「可是你現在已經知道了吧？你應當也親眼看到，茉莉像是變成另一個人的情況。不是嗎？」夫人的聲音越拉越高。「我明明對那個孩子那麼好，可是她卻恨我。她的暴力人格，差點沒殺了我。」

「嗯，確實這樣想就能說得通，我也曾經這樣想過。」

「所以說那都是真的。你為什麼要怪罪在我身上？像你說的這種如此失禮的事情，就連我也會有意見。」

京介輕輕地舉起單手，硬是打斷越講越激動的夫人。

「請您稍等一下。確實，前幾天到我那邊去的茉莉小姐，說自己的名字叫做真理子。像是變了一個人，是個活潑又聒噪的少女。那樣的她告訴我，說茉莉的身體裡頭，有個叫做瑪莉的人格，自己沒有辦法阻止瑪莉等等。」

「你不只是聽過，應該看過了吧？那個瑪莉。」

「您知道的真清楚呢，簡直就像是您也在場的樣子。」

夫人吸了口氣，閉上嘴。

「江草夫人您說的對，茉莉小姐在我的面前忽然變了個模樣。然後出現叫做瑪莉的人格，確實帶有攻擊與暴力傾向。但是，因為我是個非常多疑的人，因此又想到了一些事情。」

「你想到了什麼？」

「瑪莉明顯缺少抑制的能力。不只是小西醫生，還有三谷與小笠原，甚至再加上雅長先生，她都暗示是自己殺死的。想要把沒有犯的罪攬到自己身上，表現欲望強烈的犯罪者，並不稀奇。但是，那種類型的人，不像是有能力可以進行冷靜的預謀犯罪。

事先在不引起凱撒注意的情況下，偷走他的手槍，藏在連其他的人格也沒有發覺到的地方；為了不讓您聽到槍聲之後逃出去，殺害小西醫生。像瑪莉那樣的人格，能否如此冷靜行事，我抱持著疑問。」

「這種事情——」夫人在桌子之上，用力地握緊雙手。「這種事情，就算你跟我說，我也聽不懂。那孩子本來就腦袋怪怪的，怎麼可能知道她會做什麼！」

「所謂『精神有病的人容易犯罪』，這是舊時代的偏見。而且如果您真的這麼想，就應當不會把茉莉小姐留在身邊了吧？」

「你、你這是想要教訓我嗎？你究竟有什麼權利這樣——」

夫人的臉頰血色高漲。京介說了句「不是」，搖搖頭。

「我不是在教訓您，只是在講您所做過的事情而已。因為是您叫凱撒去殺了小西醫生，然後把事情推到茉莉小姐身上。」

一邊瞪著京介，大人一邊咬著嘴唇。聽不到她的聲音，膝蓋上的雙手，緊握著皺巴巴的手帕。

「那個時候，我、小西醫生、小西醫生的兒子和志先生，還有松浦先生在這個房間裡聊天。然後凱撒來了，說要大家一起去看月映山莊。現在想起來，打從開門的那一刻，他就已經做好外出的準備了。然後利用巧妙的說話技巧把我們帶出去，剛剛鎖好門的時候，他的手機一度響了起來，於是他又回到屋內。那個時候，您是為了什麼事情把他叫回來的？」

「我沒必要告訴你是什麼事情——」

「那麼，我要說出我思考的結論。凱撒大概是在那個時候，把他的手槍帶在身上。然後進入玄關一帶上門，就對待在這個房間裡的小西醫生，說人在二樓的您找他過去。醫生以為您身體不適，便慌張地爬上樓梯。凱撒也跟在後面。

恐怕是在樓梯的平台上，凱撒叫住了醫生。醫生一回頭，他就高舉手槍，一出手就殺死了醫生。如果他跟醫生有身高差距，就算在往上走的樓梯，他處在醫生的背後，也有可能揮動凶器攻擊醫生的額頭吧。然後他直接上到二樓，把槍交給您，讓醫生的遺體躺在樓梯上，再出門跟我們會合。這麼一來，第一幕就結束了。射殺醫生的人，不是您，因為不能讓在房子外面等待的我們聽到槍聲。」

夫人的表情僵硬，久久不發一語。直到方才的漲紅臉頰，彷彿擦拭一般消失，失去血色的臉龐白如紙張。

「事件的後半，江草夫人您掌握了主導權。在我們出去的期間，您把茉莉小姐叫到您的房間，請她喝下加了安眠藥的飲料。等她昏迷過去就一切就緒。您再度打電話給凱撒，然後估計時間，對著沙發開槍。

小西醫生為什麼會被殺，您跟他之間有過怎麼樣的問題，這些我都不知道。但是我知道，為什麼他非得在樓梯上面被殺。從玄關衝進來的我們，首先發現了醫生的屍體。發現明顯的他殺後，會出現要保持現場完整的意見，也沒什麼好奇怪的。屍體像是占據樓梯一般地橫躺著。要爬上樓梯，就只能跨過醫生的屍體。理所當然，任誰都會感到猶豫。

結果，我們藉著裡面的樓梯上到二樓。與毫無阻礙直接上到二樓相比，至少也多花了五分鐘的多餘時間。對您而言，那五分鐘是必要的。那是為了在我們趕到之前，將現場弄成那個樣子所需的時間。」

「這全部都是你的幻想。」夫人發出像是從喉嚨中擠出來的聲音說：「沒有任何證據可以證明，我叫凱撒做了那些事情。」

「我可以再請教您一些問題嗎？在我認為做這件事情的人，說不定不是茉莉小姐的時候，就想到那樣一來，犯人的目標除了她之外別無他人。為什麼？因為您袒護茉莉小姐，決定不把她交給警方。」

「什麼意思？」夫人皺著眉頭看著京介。「為什麼袒護茉莉有這個意思？」

「您跟我們說，因為您自己要負起全責，所以要大家保持沉默。那真是讓人感動的場面。如果失去父親的和志先生同意，局外人的我們要反對就很困難了。

但是那麼做，無疑是讓茉莉小姐是凶手一事成真，也不用接受警方的驗證。我們這群知道事情真相的少數人，因此成為隱匿犯人的共犯，更是只能閉緊嘴巴。藉著袒護而把罪套到別人身上，真是完美的逆向操作。」

「你錯了。」夫人終於反駁。「那個時候，我是為了要保護凱撒。是的，沒錯，為了保護他。」

「可是，在那之後，您也還是把茉莉小姐留在自己身邊吧？為什麼要把有可能會殺害您的危險病人，留在身邊？」

「因為那孩子孤苦無依，太可憐了。除此之外，沒有其他的理由。」

「但是那樣的結果，就是您剝奪了茉莉小姐接受治療的機會。我思考這是為了什麼的時候，江草夫人，我就變得不能相信您的善意作為了。」

「這可真是——過分的胡亂推測呀。」

有如喉嚨打結的聲音，嘴唇神經質地顫抖著。

「真的，很過分。」

然而京介的表情沒有動搖。

「您開槍射沙發，拿掉纏在自己手上的紅色絲巾，再把絲巾纏到茉莉小姐的右手，讓她握住槍，接著您自己也倒在地上。為了做這些事情，無論如何需要五分鐘。」

「哈！哈！紅色絲巾！」

江草夫人忽然發出歇斯底里的聲音。從她張得大大的嘴巴，流瀉出宛若喘息的笑聲。

「那麼我就告訴你吧，我不可能做得到的，因為我害怕紅色。不但不能正眼看到，連只是出現在視線角落，我都受不了。這樣的我，要如何把茉莉小姐的紅色絲巾纏在手上，再把絲巾拿掉纏到她的手上去？你是說我做得到這種事情嗎？

我不可能做得到的。光是想起紅色，我就毛骨悚然。啊，還是你要說我害怕紅色什麼的，全部都是在演戲？但是到現在為止，我曾經去看過好幾次精神科醫生。

如果你懷疑，我可以告訴你醫院的名字，那是位在東京的某間名精神科診所。雖然最近沒有去看病，但是那裡應當還留有我的病歷。還是你想說，我從幾十年前開始，就為了那一天而一直在裝病？」

「不，我不這麼認為。」京介的回答總是很平靜。「不好意思，江草夫人，請問您會害怕紅色，是什麼樣的起因？」

「那種事情跟你應該沒有關係吧。」

「嗯，確實如此。」京介沒有表現出對自己提出的問題的執著。「江草夫人，您有近視嗎？」

「咦？沒有。因為我從年輕的時候開始一直都是遠視，就這樣直接變成了老花眼，現在也是

——」

「但是那天晚上，您並沒有戴眼鏡。」

夫人吸了一大口氣。

「您在簽支票的時候，看起來也沒有半點不方便。」

「那是、那是因為，我戴了隱形眼鏡。」

「即使您打算要睡覺，已經躺上床鋪了也戴著嗎？」

「是的。這很奇怪嗎？」

「我覺得很奇怪。而且擺在床上的書，上頭放著收好的眼鏡。還有一點，您沒有卸妝。頭髮也綁著，只脫掉了飾品。」

「那些事情，是我的自由！」

破裂的聲音，從大人的喉嚨流出。

「那個時候，凱撒在清理地板。好像是杯子從桌上掉下去破了。您記得嗎？」

「我——」

「……」

「我想，在透明的玻璃裡頭，混雜了深褐色的玻璃。」

「您在配戴了隱形眼鏡之後，還戴了太陽眼鏡嗎？那樣一來，紅色絲巾在您看來也不是紅色

的，於是就可以忍耐了。不是嗎？」

「就、就、就算、就算你這麼說——」從顫抖的嘴唇到整張臉，擴散到手臂、肩膀，此刻江草夫人就像是瘧疾患者一般，全身發抖。「就算你這麼說，證據又在哪裡？哪裡有那種玻璃碎片？你不是說你看到了，沒錯吧！」

京介對此點頭同意。

「是的。可是我絲毫不打算控告您或是凱撒，與小西醫生遇害有關。關於這一點，請您放心。」

「那、那樣的話，你有什麼目的？你、你想要什麼？錢嗎？你是要錢嗎？你給我說清楚！」

「您承認了對吧，承認您想要毀茉莉小姐。六號晚上的事情，只不過是計畫的前奏曲，對吧？」

「不是——」

夫人用力搖頭，彷彿頭髮都要亂了。

「不是，我哪有承認？只是因為我討厭繼續談這種低級的話題，想要你閉嘴，所以才這麼說的。好了，你說吧，你想要什麼？」

「如果我的推理猜對了，我能不能請您告訴我，為什麼您會這麼恨茉莉小姐？」

「我不要！」夫人大叫。「誰要說那件事情！」

「那麼，我就沒辦法了。我的要求，就是請您不要再繼續傷害茉莉小姐，讓她去東京接受應有的治療，今後也不要對她說該做什麼，以一名朋友的身分，給她適當的幫助與關懷。」

京介停止說話。夫人可恨地扭曲臉部，表情像是在說「條件應該不會只有這樣吧」。

「我的要求只有這樣。對小西醫生我深表遺憾，可是即使逮捕你們，也不能讓他復活。」

「如果，我不照你的話做呢？」

「雖然拜託警方並非我的本意，可是如果不那麼做，就無法阻止您。」

「警方做得到那種事情嗎？」

江草夫人放在膝蓋上的拳頭顫抖著。

「什麼證據都沒有，根本不可能逮捕我們！」

「您可以試試看。」京介低聲回答。「您已經對地方上的警察，發揮了影響力。以那件事情的真相為例，如果洩漏給媒體知道，會怎麼樣呢？您的姪子，能壓那件事情壓到什麼地步呢？」

「我不會讓你做出這種事情的——」

「很抱歉，我現在只是一個沒有身分地位，也沒有財產的打工族。如果沒有您能搶走的東西，也就沒有利害關係可言。這種人，您要怎麼阻止他？」

夫人沒有回答。臉垂得低低的，唯有膝蓋上的兩個拳頭，依然微微地持續顫抖。

「請告訴我一件事情——」傳來她沙啞的聲音。「為什麼，你會如此在乎茉莉？你喜歡她嗎？以一個男人的身分喜歡她？」

「不是，我想不是那樣的。」

不是什麼愛情，唯有這一點可以清楚確定。但那該說是什麼呢？正義感？不，這也不對。

「大概，是同情。」

這也許是傲慢，但是若要以言語形容驅使京介行動的感情，這是最為接近的。

「騙人。」夫人低聲地說。「騙人，一定是騙人的。男人都是一個樣。女人只要長得好看一點，馬上像狗一樣搖著尾巴。一定是這樣的——」

她抬起臉。眼鏡中張得大大的眼睛裡，浮現出紅色的血管。嘴唇如痙攣般地歪曲，她說：

「我告訴您吧，櫻井先生。為什麼我討厭茉莉？因為她長得跟那個女人很像！不管過了多少年，我都忘不了的，那個可恨透頂的女人。」

「是誰？」

「你不是聽過嗎？搶走我先生的那個女人。她叫做葵，戰爭之前在東京咖啡廳當女服務生的女人。因為同樣都有印南家的血統，所以長得像也不奇怪，可是茉莉越長大就越像是和她一個模子刻出來的。沒錯，我恨那個孩子，想要毀掉那個孩子——」

忽然，閉上了嘴。

「你請回吧。」

面對著玄關揮手。

「不要再來了。」

「那麼，我就當您接受了我剛剛的請求，可以嗎？」

「我怎麼可能接受！」

夫人雖然背過臉去，但是站起來的京介說：

「我衷心地拜託您。」

深深鞠躬之後，京介轉頭就走。他想，或許這樣很不負責任，可是，此刻自己能做的事情就到此為止了。

打開玄關走到外面。夜空晴朗無雲，頭頂上滿天星斗，還是沒有月亮。對習慣光亮的雙眼而言，雖然左右圍繞著樹木的道路近乎黑暗，不過京介卻無所謂地緩緩走著。

好不容易通過森林。廣闊開展的月映山莊土地，儘管沒有照明，但是從樹木底下的陰影看過去，依然一片明亮。但是，那裡有個人影。

「櫻井先生！」

傳來開心的聲音。

「真理子同學？」

「哇，我好高興！你果然認得出來是我！」

藍色斗篷隨著夜晚的風輕輕搖曳，她彷彿飛撲過來地跑上前，讓京介在森林出口處停下腳步。

「妳在這種地方做什麼？」

「我在等櫻井先生呀。」

「為什麼？」

「因為我很擔心你。」

把前面的斗篷抓近胸口，她抬頭看著京介的臉。

「我聽說櫻井先生今天晚上要來講事情，馬上就察覺到原因何在了。」

「謝謝妳。可是，總之現在已經結束了。」

「那麼，你是來說什麼事情的？」

「現在還不能說。」

京介搖頭。當然，這是茉莉本身的問題，然而也不能在此時此地告訴她。

「對了，妳一個人嗎？要不要我送妳回去？」

「不用了，沒關係。我有個東西想讓櫻井先生看看。」

「真理子」從斗篷裡取出一個用手帕包著的東西，打開綁結，遞給了京介。那是變形的眼鏡鏡架，單邊鏡片破裂而且鬆脫了。

「這是茉莉莉找到的，她說就掉在老太婆房間的一個角落。」

京介連同手帕接了下來，試著拿起就著夜晚的光線看清楚。這麼黑暗的情況中，雖然不能說很肯定，但很像是深褐色的鏡片。那一晚，凱撒打掃的地板玻璃碎片。京介看到在杯子的透明碎片中，混雜著這種顏色的碎片。或許這當作江草夫人參與該事件的證據很薄弱，但總比沒有好。

「沒有人知道妳把這個東西帶出來嗎？」

「真理子」用力點頭。

「這是重要的東西嗎？」

「大概吧。可以先交給我保管嗎？」

「可以呀。但是你不告訴我是怎麼回事嗎？」

「我會告訴妳的。不過，現在還不行。」

「那要什麼時候才行？」

「等妳回到東京以後。」

「我可以回去？真的嗎？」

「我剛剛已經跟江草夫人說過了。」

把東西放進口袋的京介一回過頭，「真理子」就伸手抓住他的袖子。「真理子」的臉，從宛如能夠感覺到呼吸的近距離，凝視著京介。

「櫻井先生，我……」

她的嘴唇在動，低語著什麼，但是聽不清楚。京介一邊說著「妳說什麼」，一邊身子彎了下去。就在那一瞬間，感覺到背後有人在那裡。

全身的血液發出聲音吵雜不已。

肌肉收縮。

但是沒有回頭看的時間。

後腦杓遭受激烈的撞擊。

不覺得痛。

但是，被壓垮了。

被無庸置疑的巨大質量壓垮。

然後，黑暗來臨——

2

恢復意識之前，身體冷得發抖，非常寒冷。此外，身體很痛。右肩、胸、腰，無一不痛。又冷又硬的東西壓在身上。手臂的皮膚寒毛直豎。是短袖。還有，腳掌也很冷。睡著了嗎？然後蓋在身體上的毛毯移位了，身體跑了出來，就像是那樣的感覺。

京介稍微動了動身體。想要摸索身體周遭，但是手卻不能動。身體的右側向下躺在地上，右手被扭轉成奇妙的模樣，成為身體的墊背，都麻痺了。他想要拉出那隻手，但是沒辦法。決定不要勉強亂動後，接著感覺到手腕像是有什麼在咬著一般地發疼。看樣子，似乎不是躺在棉被上面睡覺。

意識逐漸清楚了。彷彿被黏住的沉重眼皮，儘管如此，依然想辦法張開眼睛。頭髮遮住了，於是搖了搖頭。後腦杓卻竄來像是被鐵棒給刺穿的鈍然疼痛。

（好痛……）

那個痛苦，讓京介恢復了記憶。他被人從後面攻擊了，就在他想要聽「真理子」說什麼而彎下身體的時候。膝蓋失去力量跪到地上，泥土軟綿綿的觸感，是最後感覺到的東西。雖然沒有看到對方的身影，但是就在遇襲之前，感覺到對方殺氣騰騰。雖然鬆懈到這等地步實在夠蠢，但應該是因為跟江草夫人對談過之後，精神還處在渙散的狀態中吧。

透過瀏海的縫隙看著周圍。臉頰貼著地板，身體橫躺著，雙手被拉到身體後方，從觸感來說，好像是被金屬手銬還是什麼東西銬住了。這是散落著乾燥土壤的木製地板。扭轉身體，右手臂貼著地板，想辦法坐起身體。

周遭並不暗，有淡淡的光亮，是棟大小約六張榻榻米的小木屋。沒有設置天花板，看得到結滿蜘蛛網的房屋支架。一張像是國小用的木頭桌子，孤零零地放在角落，上面擺著用燈油的燈。這就是所有的，映入眼簾的東西。

想要站起來，卻腦袋發暈。身體靠著背後的木板牆，等待眩暈平靜。然後像是摩擦牆壁一般，伸直膝蓋，站了起來。重新再次往下看著自己的身體。應當穿在上半身的防風運動外套跟毛衣都不見了，腳上也沒有球鞋跟襪子，現在是光腳採在地板上。空氣寒冷刺骨，呼出來的氣都是白的。

聽到了什麼聲音，似乎是風聲。但是，那卻是在某個地方，發出聽不慣的詭異聲音。環顧一圈，前方有一扇木板門，背後有扇嵌死的小小窗戶。外面一片漆黑，臉一湊近窗戶，風聲便化為振動表現出來。黑暗中看起來白白的，是不停下著的雪。

不斷凝視著外頭，就逐漸能看到一片白色東西所覆蓋的地面。除此之外，如果沒有照明，就只聽得到那有如怒吼的風聲而已。自己被帶到了什麼地方？京介忽然打了個哆嗦。因為他想到拿走他外套跟鞋子的原因，雖然不知道距離村落有多遠，但是在這種下雪的天氣裡，是不可能穿著T恤光腳逃出去的。

該怎麼辦才好。不，應該弄清楚之後再來思考這一點。即使想要動動手臂，但是看不到被繞到後面的手腕。只有像是手銬的金屬觸感，還有鎖頭發出來的聲音。光是這樣，就寸步難行。就算是在夏天穿著鞋子，手在背後上了手銬要走路，應該也不輕鬆吧。

門沒有鎖。舉起腳一踢，發出「嘰」的摩擦聲就往外開了。門開的一瞬間，混雜著大雪的風，立刻朝京介的全身吹來。除了黑暗與白色的暴風雪之外，別無一物。

客觀地思考，並不是不能從這裡逃出去的情況，唯有這一點是肯定的。門雖然慢慢地又關上，但是吹進來的冷空氣，讓小木屋裡頭的溫度急速下降，讓人身體發抖，牙齒打顫。這樣下去，大概在早晨來臨之前，就會凍死了吧。

（難道這就是真正的目的？）

從月映山莊往外走二十公里遠，是海拔一千七、八百公尺，山巒連續的那須山。如果駕駛裝備無釘雪胎的四輪傳動車到這裡來，應該不是特別辛苦的事情。剛剛門打開的時候，看到外頭地面上殘留著些許的輪胎痕。這場雪，大概不用多久就會埋過那些痕跡了。

總讓人覺得，要殺一個京介，這樣也太大費周章了。就算不這麼做，要奪走昏迷的京介性命，應該輕而易舉。如果非得要讓他凍死，不要把他放在小木屋裡，直接綁在外面的樹上就行了。特意這麼做，一定有什麼涵義——

可是，比起涵義何在，眼前要緊的是這副手銬。雖然藉著手指的摸索知道上面有著小小的槓桿，但是應當上鎖了，動也不動。即使嘗試縮緊手掌，也無法通過手銬。剩下的大概就只有把手通過雙腳底下，繞到前面來，那樣應該多少會好一點吧。坐在地板上，屈起雙腳的時候，傳來奇妙的觸感。牛仔褲前面的口袋中，放了什麼東西。

就算這麼想，也沒法伸手去拿出來。扭轉身體，好像就可以擠出來。雖然沒有任何人看見，但並不是多好看的樣子。一邊發著牢騷，一邊彎曲身體再伸直，好不容易終於掉在地上的，是支銀色手機。

看到的一瞬間，心想得救了。用這個就可以聯絡深春，因為深春說過今天晚上會回來，說不定已經到了附近。液晶螢幕上顯示著現在時刻，AM 1:23，日期已經換了。雖然時間過得出乎意料的久，不過不可能超出太多。

等一下再決定手銬要怎麼處置。因為不能用手，就算要用舌頭去碰按鈕，也只能做了——然而，京介卻忽然停止行動。為什麼他的手機沒被拿走，還留在身上呢？對方為了不讓他從小木屋逃出去，拿走他的衣服跟鞋子，那樣的人不可能沒有發現讓牛仔褲突起的手機。也就是說，手機是故意留下來的。

（為什麼？）

京介會呼救，而有人在他呼救後不久便能趕來的地方。對於那個讓自己陷入此等困境的對方來說，這一切都在掌握之中。這沒有什麼好大驚小怪的。如果組合屋的電話被裝上了竊聽器呢？倘若可以事先留下那篇看起來像是書籍的文章，就算安裝了一、兩個竊聽器，應該也沒什麼好不可思議的。雖然可能是在組合屋上鎖之前做的，但是能做到這種地步的人，市面販售的鎖頭，這類的東西都不具意義——大概用一根鐵絲就能打開了吧。

因為昨晚京介沒帶手機出門，所以深春打到組合屋的黑色電話。利用那個電話告知他調查的進度，京介表示他瞭解了，隨後打電話給江草夫人，也是利用那個黑色電話。

不希望自己受到調查，資料曝光的人，聽到了那些話，思考要收拾兩人。深春帶回來的調查結果中，應該包括對那個人來說是關鍵的某些東西。所以對方不會只殺死京介，而是要把他當餌，引誘深春到這沒有登山客的夜晚雪山。因此才單單留下手機。這棟小木屋裡，大概也有竊聽器。就在不太遠的地方，對方正在等待著深春的到來。留在雪地上的輪胎痕，並不是以村落目標往下走的。因為這棟小木屋的後面死路。

地板上的手機，直接就在打量著黑暗的木板牆的京介耳朵邊，傳來微弱的振動。跟外面的風聲不同，是讓地板發出聲音的微微振動。

有電話打進來了，一定是深春。該怎麼辦？不能就這樣放著不管。京介彎曲身體，伸長脖子，用舌尖按下接聽鈕。

「是京介嗎？」

「你這傢伙，現在人在哪裡？」

傳來熟悉的聲音。

「深春——」

「我問了宅急便，他們說組合屋裡頭沒有人，電話也打不通。我也要忙一堆事情，剛剛好不容易才終於到了，結果你還真不在組合屋裡。還有這是什麼東西？這張山上的地圖是幹麼的？」

「山上的地圖？」

「不是你在組合屋的門上面貼上這張地圖的嗎？在纜車車站的更前面一點，這是避難山屋嗎？你為什麼會在這種地方啦！現在正在下雪欸，下雪！」

「不要來，深春。」

「咦？」

「你不用來沒關係。更重要的事情是，打電話給倉持先生。告訴他，三月六號的事情。」

「你在說什麼東西啦。我——」

「總之你不要過來！」

京介站了起來，把手機朝著牆壁踢飛過去。電池掉了出來之後，電話終於安靜了。如果利用竊聽器可以聽到小木屋裡的聲音，這個情況應該也洩漏出去了。要是知道京介沒有叫深春過來，對方會怎麼辦？是否準備好採取下一步的行動？

豎起耳朵，聽見外面傳來引擎的聲音。雖然以為大概會在門前停下來，但是就那樣慢慢地離開。京介用肩膀推開門，看見在風雪中遠去的車輛尾燈。是去看情況的嗎？要是這樣，應該很快就會回來。

京介再度彎著身體。骨頭吱吱作響，手銬的金屬環勒進了手腕的皮膚，但還是不當一回事，硬是將手臂繞過臀部跟雙腳。皮肉破了，鮮血流過指甲滴落，但好歹是把手繞到前面來。

拿開油燈的燈罩，拔下玻璃燈座，裡面的燈油還滿滿的。京介一邊留心不讓燈芯的火焰熄滅，一邊把那一部分朝著地板滴落。再把桌子拉出到門前，等待引擎聲再度接近。

回來了。

開車門的聲音。

踏在雪地上發出聲音的腳步聲接近著。

門開了。那一瞬間，京介用力把桌子朝著被油浸溼的地板推。發出微弱的聲音。想要進入屋內的人影，腰部受到打擊，一邊呻吟一邊彎下身體。朝著那個人的頭部丟擲點著火的油燈，玻璃破裂，火焰隨著紛紛落下的油轉移。

男人的慘叫，頭髮燒焦的味道。頭部遭到火焰包圍的彪型大漢掙扎著。京介跑過他的身邊，跳上引擎沒熄火的車上。紅色的火球，在白雪之上翻滾。即使點燃的火焰似乎就要熄滅，卻依然掙扎的人影。

進檔，踩油門。但是套住手腕的手銬十分礙事。好不容易車子終於開始前進的時候，聽到背後有奇怪的聲音。有人打開後座的門，滾進了車內。後照鏡中塞滿了人影，燒焦收縮的頭髮，潰爛成赤紅色的臉上，雙眼瞪大的男人伸出手臂，巨大的雙手掐著京介的脖子。

「停車！」

大概因為喉嚨也吸入了火焰，嘶啞有如野獸呻吟的聲音說著。京介一邊壓低下巴，抬起肩膀，像是要擠壓一般，一邊從對方的手中保護自己的喉嚨，一邊不作多想地踩下油門。

「喂！」

背後傳來一聲大吼。車頭燈光線中浮現出白色的牆壁，是雪覆蓋著的峭壁嗎？京介差點就要撞上去，連忙把方向盤往左切。這是條一邊左右蜿蜒一邊往下的路。要是有個差錯大概就會撞上峭壁，或是從路面飛出去。

「停車！停車！會死人的！」

確實，繼續開下去只是在自殺。這點京介也很清楚，但是停下來的話，就中了對方的意。

「要是死了，也有你陪葬。」

京介冷冷地撂下這句話，更加猛踩油門。甚至開上了岩石，車輛劇烈跳動。雪中的試膽競速遊戲，直到對方求饒之前都不會停止。

「不要這樣！我求求你——哇！」

眼前再度浮現峭壁的瞬間，掐在喉嚨上的手終於鬆開了。瞄了一眼後照鏡，看到對方雙手抱著頭。

「求求你，讓我下車——」沒出息的聲音從背後傳來。「你不怕死嗎？你真是瘋了！如果你讓我下車，我會在小木屋前面等到天亮。我保證，我不會再做任何事情——」

「是江草夫人命令你來的嗎？」

「不是！」碎裂的聲音大叫。「不是她叫我來，是我自己要這麼做的，跟夫人一點關係都沒有。」

「你要在這裡下車嗎？」

「拜託你，回去小木屋吧。我還不想死。」

「有可以迴轉的地方嗎？」

「有，就在往前開一點的地方。可是那邊再繼續往前開就沒有路了，停車吧！」

「給我手銬的鑰匙。」

「嗯。」

對方似乎是在衣服裡尋找的感覺，越過京介的肩膀遞來了小小的鑰匙。但是為了要接過鑰匙，京介的手就非得離開方向盤不可。一邊讓車子減速，一邊回頭，但是就在下一秒，京介就後悔了。因為燒傷而紅腫的臉，咧著牙齒對他笑著。

對這種對手稍有不慎的愚蠢代價，得用自己的性命支付。京介想到這個，大概花了零點五秒。明明清楚看到帶著皮手套的巨大拳頭揮舞過來，為什麼就是躲不開呢？被拳頭打中了下巴，京介失去意識。

張開眼睛。昏迷的時間恐怕不到一分鐘，但是要列舉人生最難過的醒來時刻，這好像是可以排名非常前面的一瞬間。身體坐在副駕駛座上，安全帶好好地跨過胸部跟腰部。而且，雙手再一次被手銬銬到腰部後面。

「你醒了？」

旁邊有個聲音。白煙飄了過來。還有燒焦的頭髮，皮開肉綻的紅臉，叼著雪茄的嘴巴笑咪咪的。因為車子停了，男人單手放在方向盤上，正在吞雲吐霧。

「雖然你頗為活躍，不過似乎還不習慣武打戲呢。」

「為什麼要這麼做？法國人。」

可能是因為下巴腫了起來，舌頭也變得不靈光。

「某個地方的無賴，自稱凱撒。是藉著日文很溜的優點被人挑中的嗎？在加州一帶？」

眉毛被燒掉的臉扭曲變形。

「——那張嘴會禍從口出的喔，小弟。」

燒傷的臉逐漸逼近。他嘴裡叼著的雪茄火星，在京介的臉頰上搖晃，冒出嗆人的煙。

「不過那也已經結束了。你們因為一時興起，在迷路的雪山裡頭音訊全無。那須山的三月常常下雪，強風又吹個不停。從山脊摔下去，不管被沖到哪裡，屍體都不會被人找到。這麼一來，跟月映山莊有關的人就都死了，這樣就會再增加一個傳說。沒有人會想起你的——」

男人停止說話。

「你在笑什麼？」

「沒有呀。」京介低聲回答。但是他知道，自己的嘴唇應該正浮現出淡淡的微笑。

「我覺得，在雪山凍死這種人生終點也不壞。可是死在不是自己選擇的時刻，我還是敬謝不敏。還有，我也沒有把別人牽扯進來的興趣。」

「小弟，你說話還真有意思。」

男子低聲說道。他把才開始抽的雪茄丟到窗外，轉過身體，右手的拳頭垂打京介心窩。雖然京介深呼吸後繃緊了肌肉，但是就連這樣的撞擊都無法忍受。在安全帶容許的行動範圍內，讓身體往前倒。然後頭髮被抓住，被用力壓回去椅背。

「可是你最好再注意一下，你的遺詞用句。」

臉頰碰到了冰冷的東西。京介的眼中，映照著鋼鐵色澤的微弱光線，那是刀鋒銳利的一把刀子。稍微立起來的刀刃，輕輕拂過皮膚。

「要不然，我就想要試試看這把刀子了。因為我想看看，在你潔白的皮膚底下，流著什麼顏色的血液。」

隨著說話的聲音，刀刃動了，慢慢地一點一點改變角度。京介覺得有點刺痛，然後傳來有什麼沿著皮膚，緩緩滑落的感覺。

「真美……」燒爛的臉呢喃著。「你的血果然很美。從我第一次看到你的時候，就這麼認為了。我很開心喔，因為我可以親手殺了你——」

京介皺著眉頭，沉默地看著對方。心想，這個人完全精神異常了。這種時候，說什麼都是白搭。出現任何反應，都只是讓對方高興而已。

對方的手指碰觸京介的下巴。他用指尖沾取滴落到下巴的液體，目不轉睛地盯著京介。手指移到嘴邊，再用舌頭去舔。

「你的血真甜。」叫做凱撒的男人，恍惚地小聲說道。「直到你的朋友趕來之前，我會疼你疼到你滿身是血——用我手裡的這把刀子。你的肉體死了之後，會在這座山的雪地裡長眠。但是，你的靈魂，將永遠都是我的東西。」

雖然知道沒用，但話還是脫口而出了。

「我不會成為任何人的東西。」

「閉嘴！」

拳頭再次打中心窩。京介咬著嘴唇，堵住發出來的痛苦聲音。

「我准許你發出來的聲音，只有慘叫跟哀求而已。如果你想哭就哭吧，像隻小鳥一樣地哭。」

（變態——）

京介沒有說出口，在心底咒罵這句話。然後，他想到深春應該不久之後就會到了吧。剛剛的電話是從哪裡打來的呢？雖然如果深春能那樣直接掉頭回去，就不用擔心了，可是以深春的個性來說，不會照做的可能性高出許多。

真是的，那傢伙為什麼不照著別人說的去做？雖然覺得焦急，可是說起來會陷入此等慘狀，也是因為京介自己的預測太天真了。想到這一點，也就不能對深春有所抱怨。現在應該思考的，只有該怎麼做才可以至少幫助深春這一點而已。

「你不害怕嗎？」

「囉唆。」

京介面無表情地回答，忽然巨大的手就賞了一個巴掌過來。刀子的刀鋒一口氣把T恤切開到下方，毛茸茸的手指，摸索著京介曝露出來的胸膛。

「真是美麗。」

腫起來的嘴唇低語道。

「毫無傷痕，如果要刺青，看來是很適合的肌膚。」

刀鋒輕輕地碰觸皮膚，一邊逐漸施力一邊往下移動之後，血珠冒了出來。

「乖乖不要動。我要在這裡刻上花紋，就像是紅色的紋身一樣。你雪白的肌膚一定可以映襯得宜的——」

3

栗山深春騎著借來的機車，奔馳過那須街道，往北邊前進。

東京也冷得像是回到了冬天，下午開始還下過雨。依照約好的時間到訪位在葛西的公寓，約好的一樓老婦人說「因為在我家很難說清楚」後，就硬帶著深春到三樓的女子房間去。

雖說三樓女子房間的隔壁，就是印南雅長住的地方，可是現在那裡一直空著。據說是插畫家的女子端出茶招待，深春按下錄音機，開始詳細詢問兩人，雅長死亡那一夜所發生的事情。

登門拜訪的時間是晚上八點，不過老婦人的話動不動就離題，一下子講到媳婦很笨，一下子講到戰爭時的事情，插畫家正好完成工作，所以奉陪到底，叫了壽司外送，拿出一升瓶裝的日本酒，不太能夠談到重點。結果深春陪著老小兩名女性喝大杯的酒，好不容易終於可以離開公寓的時候已過了十一點。

從首都高速公路換到東北快速道路。途中嘗試打了好幾次電話，但是京介的手機也好，組合屋的黑電話也罷，都沒有人接。雖然覺得大概又是京介丟著不管跑去什麼地方，但一直沒有回應，讓深春差不多也超過生氣的極限，轉變成擔心了。

東京的雨勢，從過了宇都宮一帶開始，轉成了雨雪雜下，不多久就變成下雪。下西那須鹽原交流道後，終於抵達月映山莊，時間已經過了凌晨一點。但是組合屋裡沒見到京介的影子。上鎖的門上面，用膠帶貼著一張登山用地圖。從那須溫泉走過要付過路費的那須高原道路，到纜車的山腳站更進去的地方，被人粗暴地加上紅色箭頭指出了一點。

（這是叫我到這個地方去嗎？）

雪沒有要停止的跡象。這個季節，道路該不會封閉了吧？到這裡的兩個小時內，身體凍得不得了。雖然很想說「你到底在想什麼！饒了我吧！」，但是因為組合屋上鎖了，就算待在這裡，也不可能戰勝風雪。深春拿出手機，按下重播鍵。雖然不在意去任何地方，可是好歹也要有個說明。

京介接了。但是透過話機傳來的聲音，讓深春嚇了一大跳。在門上貼地圖的人似乎不是他，叫深春不要去，還說要聯絡倉持。可是就算這麼說，深春也不知道倉持的聯絡方式。聽說過倉持是櫪木的建築師，雖不是不能去查查看，但這種三更半夜也無法做到。

深春驚慌失措，也沒有時間追問更多細節，電話就掛了。再打一次卻打不通，是不是關掉電源了?深春沒有猶豫下去，如果不知道那傢伙發生了什麼事，用自己的眼睛親自去確認就好。

將地圖牢記在腦海中，再度跨上摩托車。全罩式安全帽前面黏著的雪，讓人很不舒服，但是不能抱怨這種事情。雖然從不相信預感或是預知災難之類的東西，不瞭解京介的意圖也不是現在才開始的，可是總覺得唯有今天有種非常不舒服的感覺。

過了空氣中混雜著硫黃味的那須溫泉鄉鎮，在入山道路上，落到身上的雪越發猛烈。收費道路一如預期因為下雪而封閉，雖然斜畫著黃與黑塗料的交通圓錐擋在面前，但是深春毫不放在眼裡，牽著機車從旁邊通過。以盡可能的速度，沿著一邊彎曲一邊上坡的路前進。覆蓋著早春半溶化積雪的柏油路，讓人感覺到不安。

途中，看見雪景的另一邊有溫泉的照明。如果是一年四季都有營業的旅館，意思就是通常這條路就算在冬天也不會封閉吧。然而過了溫泉旁邊，進一步來到這個季節中完全停止的纜車站，就完全沒有半點人類活動的感覺。像是紀念品店的建築，也一半埋在雪裡有如廢墟。收費道路在這裡終止了，但是再過去還有一小段柏油路，寬廣停車場與廁所。在停車場的一個角落，深春發現幾乎就要消失的輪胎痕。

站在公共廁所的屋簷下，確認帶來的地圖。果然做有記號的位置是在這座停車場的北邊，那個輪胎痕所面對著的方向。看看手錶，剛剛聽到京介的聲音之後，已經過了一個小時。深春心想不妙，雖然不知道為什麼，但覺得非常不妙。

沿著談不上滿是積雪的道路，將輪胎痕視為記號前進。就算開了車頭燈，映入眼簾的只有白雪與黑暗。越是心想再走一點點，情緒就越焦急。漸漸覺得像是已經無法挽回，彷彿無論如何也找不到任何東西，然後京介就會消失不見一般。

雖然覺得為什麼會這麼蠢，但是胸口湧上來的不安是怎麼一回事？明明京介說不要來，自己還是來了。可是聽到那樣的聲音，不能放著不管。明明說過到我回去之前不要亂來，那傢伙一定做了什麼事情，然後陷入困境。

（那個宇宙無敵大笨蛋！）

但是貼地圖到組合屋門上的，不是京介。他並不知道這回事，深春只能認為是讓京介陷入困境的人所為。那個人預測到深春會來，想著敢來救京介的話就試試看嗎？

「很好。」

深春脫口而出撂下這句話，滿心瞧不起那個人。雖然不知道你做何打算，但是我一定要讓你後悔把我叫到這裡來。如果覺得連京介也可以一起收拾，那你就大錯特錯了。

這樣前進的距離，說不定還不到一公里。車頭燈的光線中浮現出來，小小避難山屋的輪廓。同時看到在屋子面前，停了一輛大型休旅車，有如兩個眼珠的燈光亮著。車門開了，在那裡現身的是個非常巨大的人影。對方手往前伸出，做出「停車」的動作。

深春原本打算不要理會直接撞過去。但是，看到對方從另一邊車門拉出來的東西之後，深春立刻停了下來。那像是個壞掉的人偶，但無論在這片黑暗中有多遠的距離，都不可能會認錯的。那是京介，可是——

深春勉強咬住嘴唇，壓下想要發出來的聲音。京介身上只穿著牛仔褲與T恤，而且T恤還被割開，胸膛外露。胸口，還有似乎被綁在後面的雙手，都沾滿了鮮血。大概是昏倒了，男人一放手，京介就直接倒在他的腳邊。

「你看得到嗎？」

猛烈的大雪之中，聽到了這個聲音。像是舌頭受傷一樣，詭異得不清不楚的聲音。不僅如此，還覺得發音也跟日本人有些許的差異。長相看不清楚，但是深春心想對方應該比自己來得高，體重似乎也頗有分量。而且對方手裡有把不容忽視的刀子。

「站在那裡，脫掉安全帽。」

「你這傢伙，對京介幹了什麼？」

對著一邊把安全帽從頭上拔下來，一邊大吼的深春，回應的是低沉的笑聲。

「不用擔心，他還活著。因為我沒割斷他的動脈。」

彷彿要讓深春血液沸騰似的，包括著笑意，讓人極端不愉快的聲音。

「成年男子的血量，體重一公斤大概有八十毫升，如果流了三分之一出來就會死掉，現在他距離這個標準還很遠，我只是稍微逗逗他而已，但是，這樣下去說不定等一下就會凍死了。不過，直腸溫三十五度的時候，會感覺到疲勞倦怠想睡覺，隨著體溫更為下降，思考能力減退，意識模糊，下降到二十五度就不可能恢復了。」

「你這傢伙——」

「不准動！」男人下令。「把機車鑰匙拔下來，丟過來這邊！」

深春還是有所猶豫。如果在這裡失去交通工具，就等同直接等死。可是，對方一看到沒有行動的深春，就踢了倒在腳邊的京介一腳。讓那甚至連一聲呻吟都發不出來的身體翻身仰躺，穿著靴子的腳踩著京介的胸口。從男人些許彎曲的身體伸出來的手，把凶器的前端放到京介的喉嚨上。

「如果你不想救他，那我一口氣殺了他比較好吧？」

「住手！」

男人笑著，直起身體。

「要是你有意願，我就給你個機會吧。如果你們兩個人可以從這裡走回去村落，就算你們贏了。只要有運氣跟體力，你們就能平安生還。」

「你這個把人搞到這麼慘的傢伙，說什麼要給我們機會，哪能信呀。」

「信不信隨便你，不信就騎車快點滾回去吧。」

「——」

「你一個人應該可以順利逃走吧。但是，你的朋友無疑會死在這裡。在他凍死之前，我會親手殺了他吧。當然我一點也無所謂，這樣做我還比較高興。」

可惡！這傢伙到底是何方神聖？深春咬牙切齒。這絕對，跟最近偶然碰上的殺人事件有所關聯吧。京介又沒有先交代緣故之類的，我應該不知道是怎麼回事吧？

唉，可是現在不是說這種話的時候。雖然不是不甘心照對方所說的去做的問題，可是不照做，那個笨蛋可能就會沒命。深春彎下身體拔出車鑰匙，同時從口袋裡拿出公寓的鑰匙掉包。鑰匙的形狀完全不一樣，但是隨便啦。決定在對方察覺之前就要有所行動。深春直起身子說：「你要的鑰匙。」

丟出去了。但是落下之處是在對方面前大約一公尺左右的地方。上前撿起來吧，至少給我離京介遠一點。但是，對方似乎預測到了這樣的念頭。

「你來撿。」

對方抬了抬下巴示意。深春說了句「既然這樣我就過去了」，特意緩緩地靠近。一邊彎著身體撿起掉落的鑰匙，一邊抬起臉看對方。看到首度清楚進入視線的那張臉，不由得叫出「哇」的一聲。雖然猜到不是個日本人，但是這到底是怎麼回事的一張臉？車子的頭燈從旁邊投射過來燈光，皮膚燒得又紅又爛，沒有眉毛，眼皮跟臉頰都腫了起來，往下看的眼睛充血。

然而先不管忽然的驚訝，深春的身體再度如先前對方命令一般站起來。公寓的鑰匙掛在蒼送給他的酷斯拉鑰匙圈上，是個沉重的金屬鑰匙圈。因為他說，不要太小的，希望盡可能選大一點的，所以才挑中這個。雖然覺得有點捨不得這三個人都有的鑰匙圈，可是現在不是感傷的時候。深春拿起鑰匙圈，直接用力地摔到對方的臉上。

猛力奔跑，雪花四濺，急速接近對方。一瞬間朝著用單手捂住臉的身體，賞了個左迴旋踢。

從揮舞著的手中，把刀子給踢飛出去。幹得好！深春抓住刀子，朝著黑暗丟去。刀子有如被黑暗吸進去，消失無蹤。等等！難不成這邊再過去，是個懸崖？

「京介！」深春大叫。「起來了，京介！」

如果兩個人騎機車，跑到路上的溫泉旅館，就是我們贏了。不對，與其這樣，不如接收那輛車來逃跑還比較好。

不過理所當然，事情不會發展得如此順利。因為怪物臉的外國人開始反擊了。他擋在深春跟車子的中間，深春一眨眼就被他逼到了避難山屋的面前。雖說手裡沒有武器，但是身高體重，全部都遠勝過深春。如果要面對面互毆，似乎沒有勝算可言。

小小的木屋門沒有關。前面有個像是壞掉桌子的殘骸，翻倒在地。深春用力抓住那個東西，朝進逼的巨大男人砸去。可是，狀況不怎麼好，簡直就像是跟科學怪人單挑。丟擲過去的木材，對方都能用手臂擋下，碎落一地。這傢伙，真的是人類嗎？

一避開那揮擊過來有如岩石的拳頭，靴子就在雪地上滑了一跤。背部撞上小木屋的外牆，發出轟然巨響。然後，忽然一陣暈眩。不對，不是這樣。是因為背後的牆壁在滑動。但是沒有閒暇驚訝於此了。

那傢伙逐漸逼近，握住從深春手裡揪下來的木材碎塊，高高揮舞。畜生，怎麼有這麼粗壯的手臂！而且那塊木頭的前端又尖又刺。要是利用那雙手臂刺過來，或許會直接貫穿背部。被木樁貫穿胸口，自己被固定在牆壁上的模樣，越來越清晰地浮現出來。

（開玩笑，我可不是德古拉！）

深春想，說不定會沒命。總覺得沒什麼真實感，但是能死。要是死在這裡，京介也會跟著沒命，這可不行，也無法接受。就算先不管到底有沒有什麼可以接受的死法，因為自己窩囊而連京介都要跟著陪葬，這可叫人受不了——

短短的零點一秒之間，如此的念頭奔馳過腦海。但是，在步步進逼的男人背後，有個東西在動。沒有熄燈，停在那裡的休旅車開始移動了。不過是誰在開車？難道車上還有別人在？或是京介？

有如對深春使眼色一般，閃了兩次燈光的休旅車，忽然引擎聲大作，筆直往這邊衝過來。深春往旁跳開。但是因為太晚察覺這一點，對方的動作也慢了下來。回頭一看，已經沒有逃跑的餘地了。車子的保險桿將男人的身體撞飛到小木屋上。同時，小木屋劇烈搖晃。

深春難以置信眼前所見。蓋在雪地上的小小避難山屋搖晃、傾斜，慢慢地往後方滑落而去。地基損壞了嗎？還是原本就只是浮在雪地之上而以？屋子後面，大概是座懸崖。撞上小木屋的休旅車，貼在牆壁上的科學怪人，也跟著一起逐漸傾斜滑落。

（可惡，我在做什麼——）

現在不是發呆看好戲的時候。

「京介！」

深春大吼，衝了過去，拉開正在慢慢傾斜的汽車車門。京介坐在駕駛座，趴在方向盤上動也不動。單手從手銬裡掙脫出來，手腕的每個地方都沾了血。難不成是用血液潤滑，再把手從手銬拔出來的？深春伸出雙手，死命把京介的身體拉出車外。

大概是傷口在痛，京介發出低低的呻吟。儘管如此，深春依然毫不在意地只靠蠻力拉他出來。兩個人翻轉跌到車外的瞬間，積雪的懸崖崩塌，在眼前傾斜著的小木屋消失無蹤。那一瞬間，一邊墜落的怪物，眼睛瞇成一條線。似乎笑著看著深春，不知是不是錯覺？隨後彷彿追隨著他，休旅車也遭到黑暗吞沒。

周圍傳來微弱的聲音，但是一會兒之後，也像是被雪吞沒般地消失，剩下的只有伴隨白雪狂風吹動的聲音。深春茫然不動，這實在是太不真實的落幕了。

如果兩個人被撇在這裡，動身走回去之前一定會進入小木屋。反正都在下雪，倒不如先待在那裡，等到天亮之後再說，會這樣想是理所當然的。但是，在早晨來臨之前，小木屋就會滾落到谷底去。因為那個笨蛋怪物男，會偷偷地靠近動手腳。在那之前先拿掉京介的手銬，即使半年後在谷底的小木屋殘骸中發現兩具腐爛的屍體，或許看來也只是冬天騎機車跑上山的魯莽人士引發意外罷了。

（這可不是開玩笑，真是的……）

到了現在，恐怖的感覺忽然一湧而出，深春身體忍不住發抖，這時——

「深、春。」

倒在地上的身體稍微動了動，緩緩地抬起頭。流下來的血變成了條紋，悽慘的一張臉。臉頰上有好幾道割傷，但是眼睛睜開著，看著深春。

「你是笨蛋呀？我明明叫你，不要來——」

「不要講話！有話要說以後再講。」

深春脫下外套，替近乎赤裸的那個身體穿上。為了拿掉掛在左手的手銬，應該需要工具。至少把頭巾撕成兩半，包裹住兩個手腕上裂開的傷口。雖然也想查看身體的傷，不過在這裡不能做這種事情。

「站得起來嗎？騎機車回去一公里就有旅館。你要撐到那裡，知道嗎？」

藉著深春的肩膀，終於站起來的京介，笑了出來。

「我老是在給你麻煩。」

「你有自覺了嗎？」

「算是有吧。」

「好想睡──」

想要跨出腳步，身體卻在搖晃。

「喂，京介？喂！現在是睡覺的時候嗎？你會凍死的！」

「我實在，好想睡……」

「不要開玩笑了！如果我都到這裡了還讓你死掉，我根本就沒有臉去見蒼了。醒醒，京介！給我上車！」

「也是……」

回答的京介，全身漸漸失去了力量。深春抱著的那個身體，沾滿了白雪與血，像人偶一樣冷冰冰的。

魔法的紅色月亮

1

江草百合子獨自坐在臥室的沙發上。室內沒有開燈，不只這裡，家中所有的燈都熄了。

（為什麼？）

在黑暗中張大眼睛，百合子思索著。

（為什麼我會獨自一人，坐在這裡……）

直到不久之前，百合子都不是一個人。有個溫柔喊著她「夫人」的男子在，有個景仰她的少女在，有個聰明的青年在。

儘管如此，現在已經空無一人。

不對，不可能會這樣。百合子再次重新思索。一定是大家有事情暫時外出去了，只是去一下子，馬上就會回來，回到她的身邊來，因為他們每個人都需要她。

（所以我只要等待就好了，這樣就可以了。）

喉嚨渴了，想喝茶。雖然這麼想，卻懶得下樓梯，改變心意決定再等一下。這樣就可以了。等到年輕人回來，把他們叫來這裡，大家一起喝茶。打開珍藏的紅茶罐，拿出從東京訂購送來的餅乾。

（是呀。在那些人回來之前，我來補個妝吧。整理頭髮，換上顏色明亮的衣服。我討厭自己看起來像個老年人。雖然再怎麼裝扮，也贏不了年輕人閃閃發光的肌膚，可是至少要有穿著得體的修養。）

拿掉房間角落舊式梳妝台的罩子，坐上凳子，將披肩綁在肩膀上，拿起法國製的刷子。大鏡子的邊緣鑲著黃銅加上百合花點綴的這個梳妝台，是從東京家裡帶來的。原本是百合子的嫁妝，是雙親跟神戶的家具行訂購的舶來品。可是，梳妝台終於送到東京有如宮殿的豪宅時，丈夫已經不在了。

（然後，我就在那個家，全心全意等待著丈夫……）

除了等待一年從京都的大學回來一次，最多兩次的丈夫之外，什麼也不做的妻子。這就是戰爭之前，百合子的生活。現在已經想不起來，自己那個時候對丈夫抱持著何種感情。即使想愛也不能愛，想恨也不能恨，只能跟丈夫一同度過屈指可數的日子。才心想丈夫畢業了，但是他就從軍去了。然後，被扣留在南方。百合子繼續專心等待丈夫，唯有等待，是妻子的義務。

（我心想一切終於結束的時候，是昭和二十一年的春天。）

那個春天，心想不必再繼續等待下去，自己終於可以跟這個人，以名正言順的夫妻身分一同生活下去。但是，這個念頭，在不久後發生的背叛面前，只不過是一時片刻的夢幻。

（距離那個時候，已經過了五十多年了呀。）

刷子從百合子的手中掉落。沒錯，五十年。如果從嫁入江草家，第一次照這個化妝台鏡子的那一天開始算，就是六十五年。她撫摸著臉頰。沒有一日間斷，勤勞保養的肌膚，手指一碰就出現細小皺紋，讓人不得不察覺到有如揉爛的柿漆紙（註17）般衰老的情況。

（我已經這麼老了。五十年，在我不斷等待的時候——）

但，這是為了什麼？百合子嘆了口氣。那般痴心等待的丈夫，輕輕鬆鬆就背叛了百合子。然後宛如從妻子那邊別過臉去，很早就離開了人世。我不是沒想過，乾脆自己也追隨而去就好了。可是，如果有所謂的另一個世界，我死了，應該又得跟那個女人爭奪丈夫吧。光是想到這個可能，就沒有自我了斷的力氣。

如果說對背叛自己的丈夫，已經毫無留戀，那麼那段不停等待的時間又算什麼？那實在是太過無奈與悲慘了。所以，要活下去。丈夫去世之後再度回到那須，然後，想要買回那棟洋房。但是，又怕那麼做會被追查出原因，所以買了隔壁的土地蓋房子，只能不斷注視著那棟洋房。

（那件事情應該沒有人注意到吧？今天我的罪也不會被揭發，平安度過嗎？）

又是雖然恐懼但持續等待每一天的到來，然後半個世紀過去了。

成為丈夫背叛舞台的那棟房子，不久後住進了一對年輕夫婦與他們的孩子。從家庭的舊習來看，是對草率而自由的一對男女。登門拜訪，聽到美麗的女人笑容滿面地說「我們沒有辦結婚登記」的時候，百合子就恨起了那個女人。那個女人的兒子，看來是個聰明伶俐的少年，還有身上流著背叛百合子女人血液的男人，與他年幼可愛的女兒。那一家人，百合子詛咒他們。

變不幸吧！變得比我更為不幸吧！所以，那對男女死於悲慘的意外，第二年那個家再度發

17　柿漆紙，把日本紙黏在一起之後塗上柿漆（由澀柿子提煉出來的液體，可防水、防腐、防水）的堅固紙張。

生慘案，剩下的兩個孩子也消失蹤影的時候，百合子暗自竊笑。然後，她又像個年邁的蜘蛛一般，開始等待。

在不知不覺間，百合子變成不只是一個只能等待的人。有個聲音低聲告訴她：妳不是只有如此的人。那個聲音聽起來很悅耳，讓她沉醉，感到無比幸福。她有生以來第一次，任憑自己去聽那讚美自己的聲音。

百合子心想：我從以前開始，就一直像個老太婆。愛情的喜悅也好，以自己的意願決定人生也罷，全都毫無所知，虛擲了年輕歲月，變成唯有等待叫做丈夫這個名稱的另一個人。這樣的自己，到了這把年紀，完全沒有必要因為裝年輕感到羞愧。你的目標是錢？我哪會在意，想要多少我就給你多少，代價就是要讓我過得很開心。

——夫人，您看。那個少女跟您憎恨的那個女人，不是長得很像嗎？

耳邊低語的聲音說道。百合子嚇了一跳。少女的長相，從她小時候開始就知道了。不過，直至今日，都沒有察覺到長得跟那個女人很相像。然而，這麼一說起來，也就終於發現了。

（真的，很像呢。）

如果用香粉塗成純白色的臉，擦上庸俗的口紅，弄成舊式的捲髮，就是一個模子刻出來的了。因為那孩子也是印南家的血脈，長得像也沒什麼好不可思議的。

（但是，真是個可憐的少女。小時候失去了母親，父親與繼母也死於意外，除了沒有血緣關係的哥哥之外無依無靠。而且，那個哥哥，一點都沒有要保護那個少女的意思。）

——您很清楚。

聲音低語。

——您不想要保護那個少女嗎？

百合子不高興。她很清楚那個少女有多可憐，但是一想到少女跟那個女人一模一樣，反而更覺可恨。因為明白不能夠把這種感情表現出來，所以更恨。少女的青春與可愛，在這種念頭下，越發顯得可恨。

——您安心吧。

低語的聲音甜如蜜。

——我瞭解您的心情。所以，請您依照我所說的去做。您要成為那個少女的保護者，然後同時也要成為掌握她生殺與奪大權的萬能主人。

（嗯，說的也是……）

百合子心想，這聽起來多美好呀。沒錯，自己從以前到現在一直都是個弱者。戰爭結束後，想要重新整頓江草家農場的時候，也認為一切都是為了丈夫，並非為了自己。那不是一種自我滿足，因為除此之外，再也不知道其他應有的作為。

但是，現在明白了。那是因為自己想要變得更厲害。不只是自己一個人，我想要支配、保護我周圍的人，同時讓他們對我言聽計從。我要讓跟那個女人長得一樣的少女喜愛我，依賴我，對我唯唯諾諾。那麼一來，我對那個女人無法消失的怨恨，應該也可以解除吧。然而——

「一切不是進展順利嗎？」

百合子的嘴唇流瀉出聲音。

「為什麼現在沒有人在這裡？凱撒上哪兒去了？茉莉上哪兒去了？」

——凱撒死了。

黑暗深處傳來低沉的回答。

「沒錯。」

——是真的。幾天前，警方從那須山的山谷，打撈出那個男人遭到積雪掩埋的屍體以及車子，妳買給他的休旅車。然後，因為在那輛車裡找到滿多的手銬、鞭子之類奇怪的東西，前天住家遭到警方搜索。妳連這一點都忘了嗎？

「我不知道——」

百合子搖頭。雙眼凝視著梳妝台的鏡子，上面映照出一張老太婆的臉。站在另一邊的黑暗中，望著她的人影，是真是假，她也不能肯定。

——妳也在場。妳應該看到了，從凱撒房間找出來的槍枝，各種刀械，還有裝在玻璃瓶裡，讓人毛骨悚然的紀念品。

「紀念品？」

——在他房間裡找到的護照，並不是法國的。他精通日文是理所當然的，因為他是出生在日本的美國人，更不是什麼占星師。妳以為，他在成人之後來到雙親的祖國，是想要做什麼？

大約十年前，有個人稱舊金山切割魔的男人，那就是他。他拐走容貌姣好的少年少女，活生生割開他們的皮膚，讓他們流血，等到人死了之後，就把死者身上最中意的部分切割下來，泡進酒精裡，再把屍體綁上大石頭沉到海裡去。死在他手裡的人，最少也有一、兩百個。

那個男人也曾經在搜查過程中浮現出來，是非常有嫌疑的嫌犯。然而一直找不到決定性的證據，不久後他忽然失去了消息。從他失蹤之後，就再也沒有發生過同樣的案件，由此可知，凶手就是他。他是這樣的一個男人。

——夫人，您說。您是從哪裡把這個男人帶回來的？

「從哪裡？」

失去顏色的雙唇，流瀉出虛弱的聲音。圓睜的眼睛也滿是空洞，沒有看見任何東西。

「我不知道這種事情。但是，他不知不覺中就待在我身邊了。他告訴我，他尊敬我，他會保護我、愛我。因為他讓我變漂亮了，所以他說，他已經別無所求，不想去其他地方，只想待在這裡——」

臉頰浮現出鮮明的血色，雙眼閃閃發亮，嘴唇綻放微笑。

「我終於得到幸福了。就算沒有丈夫，可是我有情人。就算沒有身上流著我血液的孩子，可是我有年輕又漂亮的女孩。」

——但是，妳把殺人罪嫁禍給那個女孩。

喉嚨一聲低鳴。百合子舉起雙手，像是要保護身體不被什麼東西靠近一般抱著頭。

「我不知道——」

顫抖的聲音。

「我不知道，那些事情我都不知道。動手的人不是我，不是我，是凱撒呀。」

——的確如此。殺死那個老醫生的，是妳稱為凱撒的殺人魔。但是，命令他動手的人是妳，江草百合子。

「不是我——」

趴在鏡子面前的百合子大叫，像孩子一樣嗚咽。

「不對，是凱撒跟我說就那麼辦吧。那樣一來——」

——那樣一來？

「茉莉就不會去任何地方了。那個與背叛我的丈夫，他所深愛的女人印南葵，長得一模一樣的少女，就不會再違逆我了。那個女孩就只能待在我的身邊，成為我的東西。那樣我就贏了，這次終於贏了——」

——即使凱撒鼓吹妳那麼做，但是最後做決定的人是妳。

黑暗中伸出來的白色手掌，食指指著百合子。

——來自東京叫做櫻井的青年，看透了妳的所作所為。所以妳命令凱撒，連同櫻井多管閒事，正在協助調查的朋友一起殺掉，但是最後死的人是凱撒。

「那麼——」

百合子緩緩抬起臉，看著鏡子裡蒼白、扭曲的老太婆臉龐。

「那麼，這意思就是說，一切的事情都結束了？」

——妳想要讓一切結束嗎？

從鏡子中傳來低語的聲音。開闔的嘴唇，發問的人是自己，回答問題的也是自己。原來如此，在這裡的，除了自己，再無他人。

——可是就這樣結束了，真的好嗎？

「什麼意思？」

——妳忘了嗎？

跟自己的臉十分相似，卻不是自己的那張臉，笑著反問。

——殺死小西的不是妳。現在下手的凱撒已經死了，沒有人可以作證是妳命令他的。讓妳害怕的那個青年，手裡也沒有掌握到特別的證據。但是，妳不只殺了一個人吧？妳忘了嗎？明明妳因為太過恐懼事情曝光，所以必須在這裡持續監視。

鏡子面前的老太婆全身凍結，鏡裡的老太婆影像在嘲笑自己。

——那是昭和二十八年七月二十六日發生的事情。那個女人，終於來找妳了，來找一個人在家等著丈夫回來的妳。那個時候妳做了什麼，對吧？妳做了什麼事情？

「我去摘……」

發抖的嘴唇終於回答了。

「我去摘百合花，想要裝點家裡——」

——她是那個時候來的嗎？那個妳痛恨的女人，印南葵。

「是，沒錯，是那樣沒錯。」

百合子呻吟道。向前伸出的雙手中，滿是剛剛摘下來的天香百合花，一邊因為沉重的感覺與強烈的花香而喘息著，她一邊凝視著鏡子。現在浮現在那裡的，是那一天站在她面前笑著的那個女人。

「那個女人在笑我。她說，因為她生下了丈夫的孩子，所以她有成為妻子的資格，還說我已經不愛丈夫了。不但如此，那個女人甚至還說，丈夫懷疑我，說我一定從以前就跟丈夫的祖父私通。」

——所以妳殺了她？

「是呀，我殺了她。」

點頭承認之後，百合子一臉愕然。摀著嘴，用力搖頭。

——沒用的。

鏡中的臉笑了。

——事到如今，妳是無法否定我心知肚明的事情的。比起這個，對妳來說，還有一件必須要擔心的事情。

「什麼事？」

——到了四月，縣政府就會開始進入那棟房子進行調查，因為印南茉莉已經把它捐贈給縣政府了。就算茉莉因為心靈疾病住院，捐贈的手續也不會停止。雖然那也是妳的計畫之一，可是現在已經來不及了。不久後，那棟房子如果跟赤城宅一樣，拆掉後再移建他處，妳做的事情當然也就會被人發現吧。

百合子的嘴唇歪曲，發出慘叫。有如世界逐漸撕裂一般，又尖，又細的聲音。雙眼睜得大大的，拉掉披在肩膀上的披肩，丟在地上，跑出房間。像飛一樣跑下樓梯，用力敲打玄關的門，頭也不回地狂奔出去。

天空有月亮。距離滿月還有一點點的，陰曆十四日的月亮。跑過森林，不久後月映山莊的影子就在眼前浮現出來。賣給印南家已經過了四十五年，但是不變的地方遠多於改變的地方。二樓的窗戶。百合子想，在那扇窗戶內側，有個自己。昏迷之後甦醒過來的那個晚上，天空裡有個不吉祥的紅色月亮。然後，聽得到外面傳來的聲音。她還以為，那一定是丈夫替她收拾處理那個女人屍體的聲音。

就算到了第二天，丈夫也沒有跟百合子說什麼。大概是因為心虛而心神不寧，不跟她說話也是在擔心她吧。因為沒有問清楚的心情，所以趁丈夫出門時四處找找看。但是房子的土地，周圍的森林，全都沒有找到像是埋了一個人的痕跡。於是百合子認為，屍體必定是在這棟房子的地下室。地下室在廚房底下，用來當作儲藏室。因為溼氣實在太重了，是個不太能夠放東西的地方。

由於那面地板上鋪著的混凝土裂開會積水，所以丈夫為了修理，事先準備好了凝著劑的袋子；從外面進入的入口上了鎖，鑰匙在丈夫身上，所以不太能看到裡面的情況，雖然如此，不知道什麼時候，地板上的洞漂亮地修補好了。百合子認為，一定是因為丈夫把葵給埋在那裡的緣故。證據就是在那之後，丈夫告訴她那個地方還是別使用的好，並且不讓任何人進去裡面。

廚房的北邊有座往下走的樓梯，盡頭是一扇上了鎖頭的門。垂吊著一個長滿紅褐色鐵鏽的鎖頭，現在看來雖然壞了，可是不管是推還是拉都拿不開。環顧周遭，正好有個合用的鏟子倒在樓梯旁邊。雙手抓著鏟子，用力往門摔下去。鎖頭壞了，門開了。帶著霉味的腐敗空氣流出來。一片黑暗，但是雙眼很快就適應了，一點都不會感到困擾。比起這些，最重要的事情是必須看清楚地板。

潮溼，覆蓋著一片黑色的黴菌，滿是裂痕的地板。但應該在哪裡可以找到，後來才塗上水泥修補過的痕跡。百合子不知道在哪，寧願全部重新挖過。是的，這樣做也無所謂。如果因此找到葵的骨骸，就再度不嫌麻煩地把她粉身碎骨後丟棄。然後，自己就再也不離開這個地方。

快點這麼做比較好，但是一直拖拖拉拉到現在，都是因為自己的怠惰與懦弱。什麼都不等待也好，什麼都不害怕也罷。甚至落得如此的下場也沒關係，現在就算一個人也可以活下去。

把鏟子用力往地面打。有裂痕的脆弱地板，輕輕鬆鬆地就碎開來。到處都是底下露出臉來的黑色泥土，朝著那些土更進一步向下挖掘。但是挖出來的東西只有石頭，不是這裡。稍微換個地方吧。潮溼的泥土很重，附著在鏟子上面。汗水滴落。

但是如果在這裡放棄又逃出去，下次不知道警方何時會來揭穿我的罪行。我害怕得無法等待下去。天空中，紅色月亮在嘲笑我，睥睨著我。

我找不到，找不到，還是找不到。為什麼？過了將近五十年，會連骨頭、牙齒、頭髮都腐爛變成泥土嗎？這麼想讓自己安心就好了吧。可是，為了確定絕對沒有任何殘留，還是必須把這地下室的地板全部都給重新挖掘一次。

啊，我好熱，呼吸困難，頭又痛。但是，為什麼找不到？真的已經腐爛了嗎？還是說，是我搞錯了？丈夫不是把那個女人埋在這裡——

「不，不可以放棄。再挖一下，這樣一來，一定可以找到的。離天亮還有時間，直到在天空中嘲笑我的那個紅色月亮西沉。我的身體還可以動，所以再一下，只要再一下下……」

2

櫪木縣那須原野的高地，圍繞著落葉松樹林，建了棟叫做赤城紀念醫院的設施。然而通過大門之後，如果繞一圈那廣大的土地，就會覺得與其說這裡是醫院，不如說是時髦的度假勝地。蓋在中央，嵌著玻璃的建築有如美術館一般。面對著翠綠色的草地，看到點綴其上的是，外表雖然樸素，但卻設備齊全的好幾棟獨棟小木屋，裡頭住著享受人生黃昏的富裕老人們。

落葉松樹林之中，看得見一棟做成匚字型的木造二樓建築。周圍圍繞著寬廣的陽台，魚鱗護壁板塗成淡藍色的建築，不知情的人一看，也只會認為這也是棟避暑勝地風格的旅館。雖然沒有很多人，但是牆壁的油漆也是每年重新粉刷。但是，從首次完工後不久，建於大正初期的那棟建築，就已經是結核患者專用的醫療樓。

這棟醫院一如其名，是舊德國大使赤城正三在明治末年捐贈的醫院，當初用作結核病的療養院。然後現在的功能是老人醫院，以及老人養護住宅。

但是，從上週開始，有位病人住進舊醫療樓的二樓病房。據說是因為醫院理事特別要求的，護士由外面派來，醫生也被下了封口令等等嚴格的情況，也持續對外掛出「謝絕訪客」的牌子。雖然如此，醫療樓還是有一般人在進出，對不清楚原因的醫院工作人員而言，讓人想不通的情況一直持續著。

那間病房位在二樓的東南角落，是間三面牆壁上並排著縱長的窗戶，天花板很高的明亮房間。具有廁所與衛浴設備，能用瓦斯的烹飪台，也為看護準備床鋪，這個房間是醫療樓用在長期住院病患的，當時曾經被稱為特別室。

如果用榻榻米計算，超過了二十張。在這樣的寬廣空間中，現在只有一張病床。但是擠滿醫生或護士的時間，只有一開始的兩天而已，然後除了早晚的巡房之外，就只有負責照護的男人一人在出入。儘管如此，門上的謝絕訪客牌子還是沒拿下來。

三月二十日星期一晚上，有三個男人在那間病房裡頭。

床上的櫻井京介坐起上半身，視線落在膝蓋上頭攤開的筆記本，臉頰貼著大大的白色紗布，從睡衣袖子露出來的手腕也包著繃帶，但是往後梳的頭髮底下，雙眼已經恢復平日的光芒。

坐在他旁邊凳子上的是栗山深春。他一邊從旁望著京介沒戴眼鏡的臉，一邊以看來放鬆的表情搖晃著身體。因為接下來這裡會發生什麼事情，就算是現在，應該也還是完全不清楚的狀態。

床的隔壁有張桌子，上面雜亂地堆著深春從東京帶回來的書籍、打樣稿、裡面放著錄音帶的錄音機等等東西。

然後在床面對面的地方，有張大概是從診療室搬過來的，有著舊式迴轉式扶手的椅子，坐在上面的門野貴邦已經冷靜下來了。縫製精細的領帶，圖案是三隻蝴蝶聚集，粗壯的手指上鑲嵌著綠色寶石的戒指閃閃發光。萬一有個差錯，庸俗的裝扮就很適合這個老人。

雖然房間很寬廣，但是從天花板上垂下來的照明，則是從以前就沒有改變的白熾燈泡，燈光微弱的房間角落有著濃黑的影子。往陽台打開的縱長窗戶，每一扇用又黑又厚的窗簾遮蓋著。

深春偶爾瞄一眼京介沉默的側臉，又抬頭看著牆上掛著的時鐘，露出一臉無聊的表情。門野也一樣，雖然不時偷瞄京介的方向，但是差不多要等得不耐煩了。

「櫻井老弟，一直這樣子下去可以嗎？」

「就快了。」

沒有抬起臉的京介，回答冷冷淡淡。門野雖然撇著嘴，但也清楚這時即使說什麼也沒有用。就在此時，牆邊的古老電話響了，接電話的深春說：

「聽說她已經來了，我去接她。」

「拜託你了。」

這次京介的回答也沒什麼意願，不過深春放輕腳步走出了病房。一邊聽著外頭走廊逐漸遠去的腳步聲，門野再度開口：

「可以請你告訴我，要發生什麼事情了嗎？」

「很快就知道了。」

「真拿你沒辦法。」

門野那故意要讓人聽到的嘆氣，京介無所謂地充耳不聞。

「先不管那個，我真沒想到綾乃的預言會成真。你到那須來，差點就沒命了。」

「我沒死。」

「沒死應該只是運氣好吧。現在說起來雖然沒什麼，可是聽醫生說，當時你如果那樣一直沒有恢復體溫也不足為奇，不是嗎？聽說那個待在江草夫人家的男人，是美國的殺人魔？」

「嗯。所以反正他要給我一些具體警告的話，我也認為自己可以避開危險。」

「這理由還真是具體。我想，這麼一來，你也能稍微理解，這個世界上存在著合理且難以接受的現象了吧。」

「真遺憾。」京介輕輕地搖頭。「看來我始終都跟超自然現象或精神主義合不來，現在這裡暫時沒有那些，我才能放鬆心情。」

「什麼意思？」

門野疑惑地挑了挑眉毛。

「不只是超自然現象，還有幼童性虐待、受到壓抑後突然恢復的記憶、壯觀的多重人格等等，就算拿掉這些東西，我也有可以說明事件的頭緒。」

「哦──」

門野從椅子上探出身體。

「我雖然沒有聽聞那時候的事情梗概，可是無意中聽說過，茉莉想起來一九八六年的事件，其實是印南雅長幹的。你的意思是，要把那整個全部翻轉過來嗎？」

「實際上，說我沒有物質上的證據也可以，而且我也無法確知犯人的動機。但是，所有的狀況都指出有一個人處在背後。」

「呵呵呵，櫻井老弟，這聽起來真是與眾不同，不是很像名偵探的語氣嗎？」

門野開心地搓揉著雙手。

「所以，意思是今天晚上從現在開始，就可以聽到你的解謎了？」

「嗯。」

「可是還真是稀奇，你看起來比平常來得積極。因為差點遭人殺害而產生了鬥志嗎？」

「怎麼可能。」

「那是為什麼？」

「首先，因為我認為有人可以幫助我掌握真相。」

「哦。事件還沒有結束嗎？可是，不僅是如此而已，對吧？」

「我對犯人——」

說著，對於該如何說下去，有些猶豫。

「多少有點興趣。因為他是出於什麼動機犯案的，我到現在還沒掌握到絲毫頭緒。」

「但是，你應該在某種程度上，已經有眉目了吧？」

「那樣會覺得有點失衡。」

小聲應了聲「哦」的門野說：「對了，你知道江草寡婦住院的事情嗎？」

「我還沒聽過詳細的情況。」

「聽說兩、三天前，有人發現她一邊胡言亂語一些莫名其妙的事情，一邊在月映山莊的地下室不停挖掘。或許是因為自己找來家裡的男人死了，而且好像還是個殺人魔等等的事情，讓她精神錯亂了吧。」

「她挖過的地方，有沒有找到什麼東西？」

「沒有，我沒聽說有什麼。」

對著陷入沉默的京介，門野以像是央求的聲音問：「櫻井老弟，你在想什麼吧？」

「我知道她在找什麼。」

「你說什麼？」

「大約五十年前，她的丈夫跟一個叫做印南葵的女子生下孩子。一度因為她娘家的介入，讓那兩個人分開，葵雖然回到位在京都的母親娘家養育孩子，可是並沒有斷絕跟江草先生的關係。然後，據說葵表示要去找江草先生，離開了京都，最後失蹤了。」

「那女人該不會被殺了吧？」

「她趁江草先生不在的時候跑到那須，最後跟夫人產生了爭執，我們應該可以這麼推測。」

「是嗎？那麼，寡婦就是想要挖出葵的遺體了。因為她想，一旦縣政府進入那棟建築調查，就連葵的骨頭都可能會被人找到也不一定。」

「大概就是這麼一回事吧。」

「所以，她在丈夫死後，從東京回到那須，特意在隔壁蓋了棟房子，也是因為擔心屍體被發現？」

「嗯。可是她不管怎麼挖，就算挖遍月映山莊的裡裡外外，就是沒有發現屍體吧？」

門野皺起粗粗的眉毛。

「你為什麼要這麼說？」

「那棟建築賣給了印南家。應該不會有人故意把可能埋了屍體的地方，賣給跟死者有血緣關係的人。」

「江草先生大概什麼都不清楚。」

「我不認為江草夫人可以在沒有丈夫的協助下，把屍體藏起來。要把一個人埋在不會被發現的深處，並不是一件容易的事情。」

「那麼，到底是怎麼回事——」

「請讓我晚一點再公布這個謎題的答案。總之，江草夫人憎恨奪去丈夫的印南葵，即使過了半個世紀，到現在依然不變；還有，她告訴過我，因為印南茉莉跟葵長得一模一樣，所以她也恨印南茉莉。於是，她殺死了小西醫生，計畫把這個罪名嫁禍給茉莉小姐。」

門野瞪著大大的眼睛，目不轉睛地盯著京介的臉。

「可是，櫻井老弟，江草寡婦不是很疼愛很保護那個叫做茉莉的女子嗎？我聽到的是這樣。」

「表面看來是如此。」

「但是要說真心話，就不是如此囉？可是，光憑一個長得像的理由，就可以恨別人嗎？而且還為此殺了沒有關係的人，這才是真正的失衡。我搞不懂。還是說打從想出這種事情的時候開始，她的精神就已經異常了？」

「是呀。雖然如此一來，以什麼去區分正常與異常的問題，也會跟著呈現出來，可是在思考一般的情況之前，請看看具體的部分。那邊的桌子上面，應該有相片。」

門野用手阻止想要從床上下來的京介。

「啊，沒關係，我去拿。你說的照片，是這個嗎？」

那是照相館贈送的一本薄相簿。第一頁，放著像是一張複製古老照片的暗褐色照片。大概是在照相館照的，穿和服的女子坐在椅子上，膝蓋上放著闔起來的洋傘，面帶微笑。是個髮型是華麗捲髮，上面插著用人造花裝飾的梳子，眉毛濃密，五官分明的美女。但是或許也有人討厭這種微微扭轉身體，側著頭對男人獻媚的姿勢。

「這是印南葵嗎？」

「是的，下一頁有去年拍攝的茉莉小姐照片。」

門野聽了之後，翻到下一頁。上面是一張彩色照片，畫面中的女子同樣是穿著和服，綁好頭髮的模樣。

「這——」

他一臉難以接受的表情，視線上揚。

「您覺得怎麼樣？」

「這實在太奇怪了，櫻井老弟。印南葵跟茉莉，不是一點都不像嗎？茉莉的臉長得比較老實溫順，臉的輪廓、五官，根本就沒有半點相像的地方。」

「就是這樣。」京介點頭。「但是江草夫人卻相信她們長得一樣。然後默默地憎恨茉莉小姐，因為那份憎恨而想要嫁禍給茉莉小姐。夫人遭受到曾是女傭的葵背叛，然後像是要報仇一般，企圖支配茉莉小姐。」

「為什麼會變成這樣？」

「我認為這也是犯人造成的。」

「但是——」

似乎想說「我無法接受」的門野開口準備說話的時候，傳來了敲門聲。進來的人是深春，還有印南茉莉。

茉莉穿著跟某天早晨同樣的藍色連帽斗篷，可是出現在眾人眼前的茉莉臉龐蒼白，雙眼恐懼不安地環顧周遭，縮著肩膀。對於一個人獨自身處於此，表現出一副極為不安的模樣。

「請問，松浦先生呢？」

「他很快就會來了。」

即使看著如此說道的京介，茉莉依然像是害怕地往後退。或許是因為京介的臉大半都被紗布遮住，奇怪的模樣讓人害怕。

「是櫻井先生嗎？」

「對，是我。」

「可是這樣我很困擾，我不能離開松浦先生，一個人跑到外面——」

「為什麼？」

「因為會發生那種事情。」

以小孩鬧彆扭的口吻說道，在門前動也不動。

「您說的重要事情是什麼？我討厭松浦先生不在身邊。等松浦先生來了之後，我會聽您說的。」

「但是茉莉小姐，我是想要跟妳說話，並不是跟松浦先生。」

京介的話語，讓茉莉渾身一顫。

「我就算聽了，一定也聽不懂的，我有一點不正常。」

「妳並沒有不正常。」京介凝視著茉莉，輕輕搖頭。「我的眼睛沒有看到什麼不正常。」

「那是因為您什麼都不知道。我不正常，我瘋了。因為我有時候會不知道自己在做什麼。記憶到一半就中斷了，在那個時候我變成另一個人。不知道什麼時候我一個人跑去見您，也是因為這樣。沒錯，我就是這樣不正常——」

「不是的，如果妳會這麼想，是因為讓妳這麼想的人弄錯了。」

「不要！」

忽然從嘴裡冒出尖叫，茉莉把斗篷的帽子揮到背後，雙手摀著耳朵。

「不要！不要！我不想聽這些話！」

但是京介毫不在意地繼續說著：

「茉莉小姐，即使妳要相信弄錯的事情，也沒有必要如此恐懼我說的話。弄錯的事情，改正過來就好了。不管什麼時候，都不嫌太晚。」

「沒有弄錯什麼事情！」茉莉塞著耳朵大叫。「松浦先生沒有弄錯——」

茉莉不知不覺蹲到了地板上，抱著頭開始哭泣。京介下床，赤著腳走近她，然後蹲在她的前面，如同孩子一般，伸長脖子看著茉莉的臉。

「那麼，茉莉小姐，正確的事情弄錯了，這要從哪裡去區分才好呢？」

「……」

「我認為，藉著相信某件事情，能夠讓妳跟妳身邊的人得到幸福，那麼那件事情就是真實。只會讓人不幸的真實什麼的，並沒有稱為真實的價值。」

嗚咽不知不覺停了，茉莉趴著臉，凍結在那裡動也不動。

「幸福是嗎？」

維持著那個姿勢，茉莉發出喃喃自語。

「她的聲音——」

站在牆邊的深春低聲說道，門野也再度錯愕，張大了雙眼。

「她的聲音，不一樣了。」

「但那只是把隱藏的罪惡置之不理而已。我不會讓那種事情發生，本小姐絕對不會——」

那個口氣，確實跟直到方才為止，如同膽怯孩子般的口吻相異。沙啞年老的女子聲音，正確來說，是弄成像年老女子的聲音。

「罪人沒有受到制裁就放著不管，那樣稱得上是幸福嗎？你是如此認為的嗎——」

「茉莉小姐。」

「我不是茉莉！」

抬起頭，散亂的頭髮之間，滿布血絲的雙眼圓睜。然而背部彎曲成兩個部分，頭部向前突出，維持這有如是老太婆的姿勢，那張臉左右移動著。

「我不是茉莉，你應該知道才對。看清楚，我是瑪莉，將茉莉的憤怒表現成憎恨的人。我殺了小西，殺了雅長，也殺了三谷那兩個人。」

齜牙咧嘴，帶著威嚇感的聲音作響。面對著她，京介安靜地，卻斬釘截鐵地回答：

「不對，妳是印南茉莉。妳只是一個普通人，並沒有多重人格。」

「胡說！」

「妳沒有殺死任何一個人。妳的心裡，沒有達到非得殺人不可的憤怒或是憎恨，妳只是有一點誤會罷了。」

「胡說！胡說！胡說！」茉莉大叫。「你在胡說八道！印南雅長虐待茉莉，毫無羞恥地侵犯了年幼的妹妹，我認為這是那個男人對妹妹的愛情表現。然後因為受到得知此事的三谷威脅，所以他殺了三谷。茉莉看到了，看到哥哥殺死兩個女人。然後哥哥對茉莉說：忘了吧，把一切都忘掉。茉莉詛咒無力的自己，因為這樣的憤怒與憎恨，所以產生了我。為了跟傷害茉莉的一切對抗——」

但是這個聲音，不久就像是逐漸遠去一般地越來越小聲。隨後，從朝著地面的臉，傳來了抽咽的聲音，宛如小小的孩子死命忍耐住哭聲一般的聲音。

「好痛喔……」

混雜著哭聲的自言自語。

「不要，不要這樣，哥……」

「茉莉小姐。」

雖然京介叫她，但是她像小孩似地用力搖頭，緊握的拳頭靠近雙眼。

「哥哥對我做了很奇怪的事情。他跑到我床上，摸我的身體。我說不要這樣，他就生氣了。他說，不可以告訴任何人。從那以後，他捲起我的睡衣，脫掉我的褲子摸我。好痛，不要，不要這樣……」

深春臉部扭曲，像是忍住想吐的感覺一般，用手摀著嘴，看著京介。

「喂，這是——」

忽然，茉莉大叫。

「哥哥殺人！」

尖叫的聲音，貫穿門野等人的耳朵。

「哥哥殺人，殺了三谷小姐。我看到了，看到了！」

「不對，妳什麼都沒看到。」

京介沉靜的聲音把她的話壓下去。

「胡說，我看到了，我真的看到了。」

「妳為了要接受最喜歡的哥哥送給妳的禮物，所以一個人待在和室裡。因為他答應妳，要提早一個月送生日禮物給妳。茉莉小姐，妳的生日是幾月幾號？」

嚇了一跳，茉莉的身體顫抖。摀著眼睛的手放了下來，吃驚地凝視著就蹲在她面前的京介。

「——四月二十四號。」

「雅長先生在那之前，就告訴妳要在那一天送禮物嗎？」

京介在近距離凝視著的眼眸，不允許茉莉轉移視線。張大著潤溼的雙眼，茉莉像小孩般地點頭。

「嗯，是呀——」

「因為四月不能回去，他說要提早一個月，那日期就是三月二十六號。對吧？」

「嗯——」

「我請人去查過了，一九八六年四月二十四號那天發生什麼事情。說得更正確一點，我是請人去調查，茉莉小姐不斷重複提到的『紅色月亮』是什麼。因為，那天晚上有月全蝕。」

「Eclipse嗎……」門野低聲說道。「這是由於月亮進入地球的影子，所引起的天文現象。但是月全蝕的時候，大部分的情況，月亮都不會變成全黑。太陽光線藉著大氣的折射作用照到月球，結果就是讓月亮看起來是黯淡的紅銅色。」

茉莉蹲在地上，全身發抖。

「可是……」

好不容易終於聽到她開口說話。聲音既非造作的年老女子沙啞聲，也不是尖銳的小女孩慘叫，或許最為接近在京介面前，自稱是「真理子」時的聲音。

「可是那一天是三月二十六號，並不是四月——」

「但是那一天是滿月，而妳待在燈關掉的和室裡頭。沒錯吧？」

「嗯，是的。因為信上面那樣說——」

「妳有把窗簾拉起來嗎？」

「拉起來了。」

「百葉鐵窗呢？」

「那個呀，唔，我不知道，因為窗簾拉起來了。」

「妳是什麼時候拉上窗簾的？」

「跟信上說的一樣，九點左右。」

「那妳是大約幾點的時候進去房間的？」

「六點之前。」

「那麼早嗎？」

「因為三谷小姐的樣子很恐怖，我很害怕。」

「為什麼很恐怖？」

「因為她歇斯底里，焦躁不安，好像很恐怖。所以，福嬸就要我快點進去和室裡頭。」

「小笠原福女士，知道雅長先生寄給妳的信上面寫的內容吧？」

「嗯，她知道——」

似乎京介這麼一說，才第一次注意到這一點的茉莉，眨了眨眼睛。

「妳有沒有聽到房間外面，有什麼說話的聲音或是其他聲音？」

「我不知道。」

茉莉彷彿忽然覺得冷，抱著顫抖的肩膀。蹲在地上，身體縮得更小，聲音變得越來越微弱。

「我完全不知道，我不記得了。我想是因為那時候我睡著了——」

「然後九點左右就醒了過來？」

「我想應該是。」

「妳想，為什麼妳會醒過來？」

「我不知道，總覺得在掛念什麼事情吧。」

「然後妳拉開了窗簾。」

「嗯——」

「於是看見窗外的紅色月亮？」

「沒有，我沒有。」茉莉忽然搖頭。「我雖然以為是那樣，但是不對了。」

「為什麼？」

「因為不可能會看到紅色的月亮，那個晚上也沒有月蝕。所以，那是，那是哥哥的——」

對著直接陷入沉默的茉莉，京介伸出援手，兩個人一起站了起來。

「茉莉小姐，請再給我一點時間。我接著要把這房間的電燈關掉，然後，打開那扇窗戶的窗簾。」

「您要做什麼……」

「我想要試試看，重現雅長先生的魔法。」

茉莉似乎在抗拒，不停地搖頭。然而，京介像是鼓勵一般地拍了拍她的肩膀。

「深春，拜託你了。」

「好。」

關掉牆壁上的電源開關，室內立刻封閉在黑暗之中。茉莉發出小小的尖叫，全身僵硬。

拉開窗簾的聲音。

「茉莉小姐，請妳看看這個。」

3

茉莉戰戰兢兢地轉過頭去。

然後，嚇得說不出話。

窗戶上面掛著一個月亮，明亮的滿月，但卻是紅色的。帶著黃的紅色圓盤，浮在縱長窗戶的中央。宛如低懸在地平線上的紅色月亮，可是位置卻更高。

「紅色——」茉莉茫然地喃喃自語。「真的是紅色的——」

「一九八六年三月二十六日，妳從月映山莊二樓窗戶看到的，不就是這樣的月亮嗎？」

茉莉想要點頭，卻一臉錯愕，張大了眼睛。

「可是，為什麼？今天晚上有月蝕嗎——」

面對渾身僵硬，動也不動的她，京介抱著她的肩膀，帶她走向窗邊。牽著她的單手，碰觸窗戶。

「妳明白嗎？」

「上面貼了什麼東西嗎？」

「是的。用透明膠帶把紅色玻璃紙貼在窗櫺上面。要說魔法的祕密，就只有這樣而已。雅長先生可能是請福女士替不能回家的他布置，在和室的窗戶上做好這樣的裝置吧。」

「——」

「月映山莊的和室只有一扇窗戶，是最為適合表演這種魔術的。所以，福女士才會知道雅長先生寫來的信件內容。」

「可是，哥哥他有回來。」茉莉再次搖頭。「我記得的。哥哥那個，大紅色的——」

窗戶傳來「叩叩」的聲音，抬起臉的茉莉發出尖叫。有人正站在窗戶的另一邊，臉、手、身體，全部都是紅色的。就像是全身是血，剛染成血色的樣子。但是將內外雙向開啟的窗戶窗栓拿掉，打開窗戶一看，那裡除了剛剛去門口迎接茉莉的栗山深春之外，別無他人。

「透過貼了紅色玻璃紙的窗戶看出去，不只是月亮，人看起來也會是紅色的。」

京介以平靜的口吻，補上多此一舉的解說。

「聽說和室的窗戶底下放了個馬梯。雅長先生就是爬上馬梯，從窗戶外面探頭看進去的吧。然後為了要請妳打開窗戶，所以敲了敲窗戶。妳聽到那個聲音就醒過來，拉開窗簾看月亮，然後也看到了雅長先生，不是嗎？」

「……」

「聽說在凶殺案之前，就有人看到和室的窗戶染上一片紅色。也許那是雅長先生在確認他的主意效果如何。」

「唷，可以了嗎？」

從陽台翻過窗戶進入房間的深春，打開電燈開關。就算是微暗的白色電燈光線，對一度習慣黑暗的眼睛來說，還是顯得刺眼。

「茉莉小姐？」

深春連忙拉把椅子過來，給似乎因為貧血而搖搖晃晃的茉莉，京介引導著茉莉，讓她坐到椅子上。茉莉一直雙手掩面，三個男人沉默地看著她。

「我……」

有如喘息的聲音，從指間流瀉出來。

「那麼，是我弄錯了嗎？哥哥殺死三谷小姐她們，是我的誤會嗎？可是，那樣的話，哥哥為什麼要在凶案之後，像是逃走一樣丟下我不管？我在那件事情之後，一直很孤單，很寂寞，寂寞到幾乎要想像出另一個自己跟我說話，就算這樣，哥哥還是不回到我身邊。為什麼──」

「我可以想像為什麼。」

茉莉放開掩著臉的手，抬頭看著京介，像是大叫地說：

「想像也沒關係，請告訴我。」

「我想，是因為雅長先生對妳有所愧疚。他愛妳。比起兄長對妹妹的感情，更像是男人愛女人的感情。」

茉莉的身體因為驚嚇顫抖了一下，張大的雙眼轉向看著京介。眼裡有著一種恐怖。然而，京介承受她的視線，緩緩地左右搖頭。低聲說：

「他沒有做。」

「咦？」

「我認為儘管如此，雅長先生對妳並沒有做出任何性方面的碰觸。不然他也不會讓心理治療師松浦先生接近妳，也不會想要回到日本跟妳住在一起。他在那個時候，應該是相信自己已經克服了內疚的感情。所以，他在當時決定要跟妳重新開始。如果他曾經有過妳認為的那些行徑，一定不會這麼想的。」

彷彿在思考京介話語的涵義，視線低垂的茉莉，再度迅速地抬起頭，認真地瞪著京介。

「那麼是誰殺死三谷小姐她們的？如果不是哥哥，會是誰？」

京介從正面面對著她的視線。

「應該不能回來的雅長先生，那天晚上突然回來了，然後他把三谷小姐找了出去。三谷小姐單戀著雅長先生，或許兩人之間曾經發生過什麼事情，全部都只是三谷小姐的幻想，這點我並不清楚。但是，也許她注意到了，雅長先生對妳抱持著跨越兄妹之情的感情。雅長先生不想讓妳知道這一點，就越來越沒有辦法回來那須。但是三谷小姐對他並沒有死心，就在三月二十六號，她那種緊繃的心情爆發出來了。

妳提早一個月的生日，那天雅長先生就會回來。三谷小姐比妳更折騰、更痛苦、更殷殷期盼他回來。她在那個時候打算要跟雅長先生說什麼，現在已經無從得知了。說不定，她是想要說她已經死心了。但是，雅長先生就連那一天都沒有回來。三谷小姐大概認為，這是雅長先生在她吧。越是被拒絕，越是被疏遠，情緒就會越激烈，這是人之常情。那個時候，她的感情已經跨過理智的分水嶺，崩潰了。」

茉莉沉默地凝視著京介。

「察覺到三谷小姐異常的小笠原女士，打電話給小西醫生，希望他晚上能過來一趟，那是下午六點的事情。但是過了三十分鐘之後，她對打電話來的雅長先生說『不要回來比較好』。當然，那是因為她很清楚，三谷小姐的憤怒是對著雅長先生而來的。

雖然在那之後，就像雅長先生說的，電話立刻打不通了，可是或許他曾經跟三谷小姐有過交談吧。三谷小姐說希望他能夠回來，說如果他拒絕了，知不知道妳會有什麼下場之類的。」

茉莉全身一顫。

「我的下場——」

「那個時候，她應該已經把五斗櫃放在妳進去的那間和室門口，讓妳沒有辦法出來。因為妳是她跟雅長先生面對面的最後王牌。然後她反常地特別裝扮與化妝，也就是說，她很明顯地是在等待訪客到來。我想，她在等的人就是雅長先生。

因此，她還想穿上雅長先生母親的婚紗。但是因為尺寸不合，只好放棄。然後氣昏頭而失去理智，把婚紗踩得亂七八糟，只拿了長頭紗跟戒指出去。」

「戒指……」

「她把想阻止她的小笠原女士綁在椅子上，或者在那之前，就下了安眠藥給小笠原女士吃也不一定，可是為了找到回來的雅長先生，她應該是待在二樓的大廳吧。關掉電燈，希望自己不要漏看雅長先生車子的燈光。當然，那個時候，她已經親手把室內的電話線剪斷了。因為要威脅小笠原女士，所以她手上應當拿著刀子。三谷圭子化好了妝，穿著白洋裝配上長頭紗，以新娘的模樣等待著雅長先生。」

聽到這些的深春與門野，不由得吞了吞口水。京介的話語，編織出一幅讓人毛骨悚然的情景。威脅對方，盡力追求愛情的空虛，不可能的夢想。明明應該很清楚盡頭是條死路，卻還是陷入其中的女子感情，雖然也許是搞錯了定義，不過這只能稱之為「瘋狂」。

然而，京介寧願悲傷地補充：

「儘管如此，她還是沒有跟雅長先生結婚。」

「呼——」茉莉喘著氣，雙手撫摸著胸口，彷彿胸前有什麼糾纏在一起，按著喉嚨。雖然開口，卻沒有出聲。

「當然，妳什麼都不知道。妳有聽到什麼聲音也好，妳睡著了沒有聽到也罷。因為妳應該只是照著雅長先生信上所寫的，到九點之前都沒有開窗戶。」

「嗯，窗戶……」

聲音沒有全部出來，茉莉點頭。肩膀上下起伏，呼吸急促。

「妳什麼都不知道。」京介平靜地重複。「只是，在那個時間，拉開窗簾，然後看到浮現在窗戶上面的紅色月亮。」

「嗯，我看到了——」

「雖然玻璃窗關著，但是百葉鐵窗開著。入夜之前，小笠原女士依照雅長先生的指示，在那塊玻璃上面貼了紅色玻璃紙。那真的是要用來代替會發生在妳生日那天的月全蝕，是雅長先生提早一個月送給妳的禮物。

但是，在妳注意到那個魔法裝置之前，就發生異狀了。妳看到窗戶的另一邊，臉染成紅色的人。那個人雙手趴在窗戶上，搖晃著窗戶。很恐怖，對吧？那張臉、那雙手，看起來都像是沾滿了鮮血吧。

不過，那個人是雅長先生。他不斷重複，大概是要藉著敲窗戶的聲音叫醒妳。妳在不知道是什麼聲音的情況下拉開窗簾，看到鮮豔的紅色月亮，紅色的人影。妳會嚇一大跳也沒什麼好奇怪的，那段記憶會烙印在妳的心中也一樣。」

「啊——」茉莉張大眼睛，雙手按著嘴唇。現在她的眼裡，似乎正在看著兄長從赤紅窗戶另一邊窺視的臉。

「讓我們試著跟隨那天晚上，雅長先生的行動吧。我想，他透過電話感覺到不尋常，於是再度改變計畫，立刻趕回那須。但是高速公路因為車禍，讓他花了比預計還要多的時間，到的時候已經過了九點，整棟月映山莊燈都關掉，寂靜無聲。」

「那個時候，三谷圭子呢？」

京介的視線瞄了一眼忍不住插嘴的深春，馬上又回到茉莉身上。

「雅長先生想要從玄關進去，但是就算用鑰匙也開不了門。為什麼？因為不只是上鎖了，而且三谷小姐親手掛上了門閂。不得已，他從院子的儲藏室搬出馬梯，放在靠近二樓窗戶底下。為了要請人應當在和室裡頭的妹妹，替他開窗。」

椅子發出聲音，茉莉站了起來。但是，雙眼依然空洞地面對著什麼也沒有的空中。眨也不眨的眼睛，跟隨著十四年前那一天的記憶。

「他從窗戶進到和室。對一臉茫然的妹妹說，待在這裡不要亂跑，然後推開擋在門外面的五斗櫃，出去外面，再次關上了門。那時，到底發生了什麼反常的事情，已經真相大白了。他不能夠讓妹妹看到那麼恐怖的事情。然後，在得知發生什麼事之後，他斷然決定要把現場布置成強盜入侵的樣子。」

「所以，你的意思是，結果三谷圭子是自殺的？」

聽了門野的問題，京介搖頭。

「我想，與其說是自殺，不如說是意外。被綁在椅子上的小笠原女士，恢復意識之後開始抵抗。她在樓梯上面連人帶椅撞上三谷小姐。很不幸的，有些鬆弛的繩子纏住了扶手，她就被吊在半空中了。三谷小姐在樓梯上腳步不穩，滾下去的時候，拿在手裡的刀子刺進了胸口。就這樣，兩個人在雅長先生抵達之前，就已經斷氣了。」

「怎麼可能？這也太湊巧了吧——」

面對啞口無言的深春，京介說：

「你說的對。所以，與其說這是推理，不如說只是很有可能的想像。雅長先生連忙將現場偽裝成強盜入侵的樣子。因為寢室已經被三谷小姐弄亂了，剩下的只要把應當是她拿走的母親戒指，還有幾件首飾放到口袋裡頭就可以。因為沒辦法帶走體積大的東西，所以他把餐盤一類的東西摔破。然後，再把插在三谷小姐胸口的凶器收拾乾淨。」

「他把刀子帶到哪裡去了？」

因為茉莉沉默不語，深春便插嘴進來。

「他非得把那把刀子藏起來的原因，在於那是一眼就看得出來，是月映山莊從以前就有的東西。從外面入侵的強盜，手裡的凶器如果是從那個家裡頭拿來的，應該會很不自然吧。雖然這也是我的想像，但或許那可能是廚房菜刀當中的一把。」

「啊，是那時候看到的——」

深春嚇了一大跳，睜大眼睛。

「用水清洗，用磨刀石輕輕磨過，擦乾，再放回去刀架裡面。當然要是化驗的話，應該會驗出血跡反應，可是除此之外，他沒有時間進行更講究的隱匿方法了。然後，他把倒在樓梯平台上的三谷小姐拉下樓，拿掉門閂從玄關出去，只用鑰匙把門鎖上。」

「為什麼要特意鎖門？」

「要讓別人看到犯人從那裡逃出去，就必須拿掉門閂。可是不上鎖就離開那個地方，他又擔心妹妹的安危。我想，這就是他做過的事情全部了。」

「原來如此。他希望妹妹不必一直被關在房間裡面，所以才把三谷圭子的屍體，拉到外面看得到的地方——」

「為了我……」

茉莉低聲說。她眨了眨眼，看了看如此說著的深春，再看看京介。有如面具般緊繃的臉，用力搖動。

「哥哥，為了我……」茉莉舉起手，摸著自己的臉。「那麼，全部都弄錯了嗎？那我想起來的事情是什麼？哥哥沒有對我做過任何不該做的舉動嗎？也沒有殺死三谷小姐她們？可是——」

她的聲音顫抖。

「可是，我卻責備哥哥——」

「茉莉同學。」

「茉莉小姐。」

門野跟深春同時喊出她的名字。然而，這些聲音是否有傳入她的耳中？嘴唇一邊哆嗦，一邊張開。

「我逼死了，哥哥——」

啊——如此嘶啞的慘叫，從撕裂的嘴巴迸出。雙手抓著頭，彎曲如鉤的手指抓著頭髮，用力揪著。

「哥哥自殺了。是我害的，因為我說了根本就不存在的事情——」

「茉莉同學！」

「就算我想道歉，現在也已經無可挽回了。我、我——」

茉莉的手指，從頭髮往下移動到臉上。她的手指，眼看可能就要刺進自己瞪大的雙眼。深春與門野同聲大叫，但是比他們還早一步，京介的手已經抓住茉莉的手指了。

「不可以。」

「可是——」

「即使妳傷害自己，雅長先生也不會高興的。」

「可是——」

「妳也是被害人，妳並沒有讓妳仰慕的雅長先生感到痛苦。妳自己不就是比任何人都要來得痛苦嗎？此外，為了不願正視自己的欲望，將妳丟在孤獨之中的雅長先生，也有需要責備的地方。」

茉莉的眼眸凝視著京介，京介坦率地承接她的視線。

「不是只有妳一個人不好，也不是只有他不對。要說罪過，那是兩個人都有的。我這麼認為。」

讓京介抓著自己的手，茉莉低下頭去。

「可是，我喜歡哥哥。」

「我知道。」

「儘管如此，為什麼呢？為什麼我會想起那麼讓人作嘔的記憶？雖然我喜歡哥哥，可是實際上記憶卻錯誤了？在潛意識之中……」

「因為我不是心理學家，所以對於潛意識的作用等事情，完全是個門外漢。可是，我有時候會加以思考：據說潛意識是由佛洛伊德發現的，但是這個發現，帶給人們什麼呢？雖然看來是喜歡某某人，實際上潛意識裡卻討厭那個人。覺得憎恨什麼，實際上潛意識裡是恐懼。知道這些事情，究竟又會怎麼樣呢？」

茉莉抬起眼睛，呆呆地看著京介。

「就算說會怎麼樣，可是……」

「我們人類，甚至不知道此刻在自己面前的人在想些什麼。更不用說想要知道潛意識什麼的了，不是嗎？」

「嗯──」

「所以，我認為：那個人正在想什麼？他的那個想法是從哪裡產生的？這些事情怎麼樣都無所謂。那個人說什麼，做什麼，才是問題。」

茉莉一臉不知該說什麼才好的表情，不斷地眨著眼睛。看到她的眼睛，京介沉穩地重複自己的話：「別人也好，自己也罷，不能停止去煩惱潛意識什麼的嗎？因為我們本身，對於那樣的東西，既看不到也摸不著。即使它存在，也不是非得掛念在心裡的東西。妳曾經暫時跟哥哥吵架，只是普通的兄妹吵架而已。但是在和解之前，他就因為不幸的意外去世了。為此悲傷是妳的權利，但是徹底悲傷過了之後，妳就應該去思考自己的事情。總是感嘆無可挽回的事情，只會裹足不前。即使會被人說這是一種怠惰，也是無可奈何的。」

抬頭看著京介，不久，茉莉的肩膀漸漸地放鬆了。

「那樣真的……」嘴唇動著，形成微弱的話語。「那樣真的可以嗎？哥哥，不會生我的氣嗎？」

「他不會的。雅長先生，一定是到最後一刻，都還在掛念妳的事情。他應該比誰都介意，因為自己的錯讓妳陷入恐懼的心情之中。

所以，為了擔心妳的他，妳差不多該靠自己的腳步往前走了。比起回想無可挽回痛苦的事情，妳應該洗個頭，換上新衣服，試著走到外面去。再過不久，春天就要來了。」

「可是，我、我有病，我有多重人格。這件事情，我很清楚。」

「不對。」京介斬釘截鐵地搖頭。「妳沒有病。」

「可是──」

「可以請妳相信我嗎？我跟妳保證，交替人格不會再次出現在妳身上。」

「好，我相信……」

茉莉好不容易點點頭。從她的雙眼到臉頰，淚珠不斷滑落。然後，全身無力地坐到椅子上。

「深春，可以請你聯絡護理站嗎？請他們準備睡起來舒服的房間，讓茉莉小姐今天晚上在這裡好好地休息。」

「哦，好的。」

一下子，戴著白色護士帽的護士小姐就出現了，說已經在本館準備好了房間。茉莉一開始雖有所猶豫，但是再多說什麼就太過疲勞了。護士熟練地一邊照顧她，一邊帶她前往房間。

茉莉跟護士的腳步聲消失了，門野問：「這樣就結束了？」

深春也從旁邊用不滿的口氣說：「我總覺得很不過癮。」

「悲慘的事件只不過是意外，兄長沒有對無血緣關係的妹妹性虐待，沒有誰是壞人。你們是對這樣可喜可賀的結果不滿意嗎？」

可能是累了，坐在床上的京介，口氣有如揶揄般地刻薄，與茉莉說話時的溫柔判若兩人。

「沒有，可喜可賀是無所謂，如果那是正確解答的話。」深春生氣地回嘴。「可是光聽你剛剛說的，還有很多事情沒有解決吧？」

「哦。例如說？」

京介聽來沒什麼興趣的回答，似乎讓深春更為光火。

「是呀。例如說一九八六年的事件中，小西醫生目擊到的人影是怎麼回事？如果照你剛剛說的，雅長收好凶器，弄成強盜入侵的樣子之後，是從玄關逃出去的，那麼醫生看到的人影果然還是他嗎？你說完全是弄錯，那只是看走眼嗎？還是說，你知道是雅長，要袒護他？」

「雖然事到如今已經無法確認，但是不管怎麼說，那都很接近是單純的看錯。大概是吧。」京介懶洋洋地回答。「某天晚上，我們兩個人去月映山莊的時候，手電筒不是在牆壁上照出影子了嗎？說不定，醫生看到的就是那個。」

「啊！可是那應該不可能吧？真要說的話，手電筒的光又不強，不清不楚的。」

「因為當時是車輛的車頭燈。」

「倘若如此，醫生應該會注意到車子的聲音吧。」

「那個時候我也這麼想。但是後來我再看了一次〈消失於夜晚的凶刀〉，就覺得說不定會是那樣。」

「哪樣？」

「雖然我沒有跟深春說過，可是倒在樓梯上死亡的醫生，耳朵裡頭裝了很像是助聽器的東西。所以我試著回想，發現他兒子和志先生都在他身邊很近的地方與他說話，和志先生還說過『反正您也沒聽到我們剛剛講的話』，醫生也有好幾次像是在掏耳朵的動作。」

「那麼，或許他現在已經重聽了，但是不見得他十四年前就是這樣。」

京介慢吞吞地起身，翻亂重疊在桌上的資料，拉出一張摺成兩半的一疊紙，攤開。遞給深春看的這篇文章中間，畫了紅線，上面寫著：當他第二次嘗試讓人打電話到印南家時卻打不通

「這是什麼？」

「上面寫『讓人打電話』。跟文章寫的一樣，只限於接電話，小西醫生本人並沒有打電話。

傍晚接電話的地方，也是寫到『小西醫院接到……打來的電話』。這一樣可以解讀成醫生本人並沒有接電話，也就是說，他沒辦法接電話也不能打電話。就算使用助聽器，要聽到電話的聲音，應該還是很困難吧。」

「但是，這又怎樣？」深春一臉怎麼都無法接受的表情。「這也太細微了，沒有人會注意到這種地方。如果那個人耳朵狀況不好，為什麼不清清楚楚寫出來啦！」

但是，京介沒有回答這個問題。

「我應邀前去晚餐，到江草宅的時候，在掛衣架上面，掛著像是醫生擁有的軟氈帽。大概十四年前，醫生也戴著同樣的帽子，拿著醫生的黑色提包吧。

可是醫生到達月映山莊前面的時候，雅長先生正想要發動他停在有點遠的車子。因為雅長先生也很著急，所以沒有注意到醫生也在那裡，就發動引擎了。

打開車頭燈，車子往左轉。接著，那個光線讓小西醫生自己的影子往右邊去。矮小的醫生因此變成瘦長的巨漢，軟氈帽拉長變成圓頂禮帽。然後注意到醫生在那裡的雅長先生，又連忙關掉車燈，開車走了。」

「呼，簡直就像是月蝕的同類嘛。」

門野愉快地插嘴。

「被影子侵蝕的月亮，雖然像是另一種奇怪的東西，可是實際上那只不過是看到了地球的影子。也就是說，看到的是我們自己的影子。」

「話是這麼說沒錯啦——」

深春一副威脅人的樣子看著京介。

「我再問你一次，京介。如果靠著那種容易讓人混淆，不知道是不是故意那樣寫的寫法，稍微暗示了小西耳朵不好的事情，那又到底是為了什麼？」

「可能是為了要讓我看吧。」

似乎想說這一點都不好玩，京介低聲自言自語。

「可是，即使知道小西醫生沒戴助聽器，也聽不到車子的聲音，知道他看到的東西是車頭燈，照出來的他自己的影子，光憑這些並不能夠決定犯人是強盜或是雅長先生。這是資訊的一種干擾。」

「那麼，是誰為了要讓你看到那篇文章，而做了這種布局的？」

深春身體往前傾，很有興趣的樣子。

「先不管竊聽器的部分，該不會連這文章都是那個殺人魔先寫好的吧？就算他的日文再怎麼流利，應該也沒辦法寫出這篇文章吧？」

京介沒有回答，發愣般地望著放在膝蓋上的那疊紙張。深春彷彿硬要反駁他一般，繼續說：

「我去問過櫪木縣報社的人，關於那個事件發生當時的事情，也請他們拿報紙報導的縮印版給我看。雖然當時鬧得很大，可是跟〈消失於夜晚的凶刀〉裡頭寫的詳細程度，根本完全不能比。也許是所謂調查上的祕密之類的，不過聽說警方也沒有發表過那樣鉅細靡遺的資料。例如說三谷圭子的服裝之類。也就是說，寫那篇文章的傢伙，是個相當清楚內情的人。」

「說的也是。」京介聲音低低地回答。

「你這傢伙，什麼叫『說的也是』？」

「也就是說，那是為了要讓我看到而寫，然後有人放在那裡的。包括很多干擾的資訊，充滿明顯偏見的資訊，難以簡單認定是否為事實的資訊，這些亂七八糟的東西。即使知道並非客觀的資料，可是透過文章呈現的資訊，看來似乎很值得信賴。就算有所保留，還是會被牽引。

文章一看很像是中立的，可是嘗試深入閱讀之後，就會發現其中有著誘導讀者認定雅長是凶手的意思；另一方面，讀者也知道在雅長先生這邊，他有不在場證明。我覺得很混亂。這篇來路不明的文章其他部分，也有太大量的資訊了。裡頭也有打聽後就能知道的資訊，也有透過其中引起我去推測，只能認為像是我發現的資訊。」

「京介，那是——」

「櫻井老弟，如果要說剩下的問題，還有最要緊的事情。」

門野的大嗓門插嘴進來。

「如果根據你說的，印南茉莉有壓抑的記憶一事並非事實，她也沒有多重人格。但是，那個少女確實說過，她哥哥是殺人犯，剛剛也在我們前面做出有如老太婆或是小女孩的舉止。為什麼會那樣？雖然你對茉莉什麼都沒說，但是這一點到底是怎麼回事？」

「可是……」這次深春搖頭了。「可是這些不是那個女生，因為對哥哥懷有複雜心情才產生的嗎？雖然京介說不用介意潛意識什麼的，不過我認為，那些應該還是所謂潛意識的作用吧。」

「不，不能夠完全如此肯定。」

「為什麼？」

「因為，我這個櫻井老弟，好像曾經一時被人徹底地騙了。還有，如果那篇〈消失於夜晚的凶刀〉是要讓櫻井老弟看過之後，產生混亂而有人放在那裡的東西，把發生在茉莉身上的事情，也想成是同一個傢伙幹的，就可說得過去了。」

「是這樣嗎，京介？但是，有辦法可以把根本不存在的記憶植入人腦，或者是讓人產生多重人格嗎？不管怎麼說，我都難以相信——」

「的確，我也不想相信。」京介以微弱的聲音低語。「但是，就像門野老爺說的一樣，那樣想的話就可以說得通了。」

「那——」

「你們想想，我一懷疑茉莉小姐是不是多重人格患者，馬上就得到驗證。她本人出現在我面前，表演多重人格給我看。理所當然，我那個時候相信茉莉小姐有多重人格。藉著過多的資訊，大量的干擾讓我煩惱，操控我，這樣很好玩吧？這就是你的目的嗎？讓我如你所計畫地行動。你滿意了吧？但是，你的目的應該不只是這樣而已吧。你的動機到底何在——松浦窮先生。」

最後一句話，對著門口擲下。

門野與深春有如被彈了一下，看著門口。門扉的鉸鏈發出吱的聲音。

「大家晚安。」

推開門之後出現的空間，臉上浮現出柔和微笑的松浦就站在那裡。

黑暗星

1

「這麼晚還來打擾，我想可能很失禮。」

單手掛著米黃色薄大衣進入屋內，松浦的臉上跟平常一樣，笑咪咪的。但是一看到那張臉，京介的全身就凝結了寒冷，感覺有如全身肌肉都凍結一般。松浦的表情，與至今為止眼熟的模樣，毫無差異。可是，那看起來已經不再是孩子氣，也不是天真無邪了。他嘴角浮現的微笑，是隱藏著真面目的面具。

「茉莉已經回去了嗎？」

「沒有，我決定今天晚上要請她住在這裡。總不能讓她回到沒有半個人在的江草宅吧。」

「真是有勞你擔心了。那麼，不能讓我見她一面嗎？」

看來，從門野開口之後的對話，他果然已經站在走廊上聽到了。

「我想，為了她好，不讓你們見面比較好。」

「你的意思是，以後也會這樣下去嗎？」

「是的。」

松浦嘆了口氣，聳聳肩膀。

「如果你這麼說，那就沒辦法了。我就收手吧。這麼漫長的日子，作為一路保護她過來的人，這樣還真是遺憾。」

「從今以後，你要怎麼辦？」

「嗯，大概會回去美國吧。看來在這個國家，已經沒有我可以做的事情了。」

「在那之前，你能坦白你對茉莉小姐做過的事情嗎？」

「坦白？」

松浦彷彿聽到出人意料的言詞似的，睜大了雙眼。

「我是她的朋友兼心理治療師。你說除此之外，我還做了什麼嗎？」

「可多著了。」京介低聲回答。「不只是對茉莉小姐，還有江草夫人跟雅長先生。你利用所謂心理治療師這個職業，讓他們開啟心房，說是心理治療，實際上卻是傷害、撕裂他們的心。你讓江草夫人憎恨茉莉小姐，因此犧牲了小西醫生；讓茉莉小姐憎恨雅長先生，因此雅長先生失去生命。不，把雅長先生從公寓陽台推下樓的人，就是你吧。雖然我不知道你的計畫顧及到哪裡。」

「這可真是嚇了我一大跳。我也許應該請律師來。」

「請便。」

京介緩緩地從床上站起來，抱著胳臂，站在松浦面前。就這樣開始，應當值得慶幸吧。自己能夠追逼他到盡頭嗎？京介極力揮去內心湧上來的不安。

「但是，我不打算向當局檢舉你。與其這麼說，不如說你早就心知肚明了吧，這是不可能的事情。因為你沒有留下任何物理證據，就完成了那些事。

你比我至今為止碰到過的任何犯罪者，都要來得有技巧而且殘忍。幾乎所有的情況，你都沒有弄髒自己的手，甚至沒有說出像是會傷害人的話語。你總是像個孩子似的，一邊天真微笑著，一邊把別人踢下地獄去。」

松浦噗哧笑了。

「這還真是充滿詩情畫意的說法。看來比起模仿偵探，櫻井先生更適合站在舞台上。因為你那白色紗布雖然很悲慘，不過像你長得這麼美麗的人，有一點傷痕，或許反而會像是沒有手臂的維納斯雕像那般引人注目。」

「請您停止無聊的談話內容。」京介不由得提高聲音。

「哎呀呀，講話那麼大聲，對身體不好喔。」松浦的嘴角上揚。「你對你的容貌，有著達到異常的厭惡跟逃避。世上的人們，大概會對此感到不可思議吧。但是對我來說，卻是可想而知的。你討厭自己身上流著的血，你那美麗的臉龐，不管你逃到哪裡去，都是大聲宣告你這個人所在的記號。

如同耶和華在罪人該隱額頭上留下的烙印，即使你想藏身到世界的盡頭，你的神也會因為你的容貌察覺你，並且意圖支配你。真是可憐呀，櫻井先生。你為了要得到你渴望的安寧，大概就只能殺死身為父親的神明了吧。」

他發出嗤嗤的笑聲，眼裡浮現出冷漠的譏諷之色。

「我可不懂了。為什麼你要這麼做，你裝成普通人的樣子，想要混在普通人裡頭吧。你自己應該也知道，這是不可能的，因為你一點都不普通。」

「你這傢伙從剛剛就在鬼扯什麼！」深春大吼。「說什麼京介不普通，這種事情不是你傢伙可以胡說八道的！」

松浦嗤之以鼻地「哼」了一聲。

「可以請你安靜一點嗎？我正在跟櫻井先生說話。你說，櫻井先生，你能理解我說的話，對吧？你跟我太像了，所以我可以瞭解你，而你也可以瞭解我。」

「是呀——」

終於發出來的聲音，是喉嚨乾燥到不像樣的嘶啞。

「即使如此，我並沒有玩弄或操控別人的心靈。活生生的人，而且是懷抱著好感接近自己的人們，用他們的好意當作操作的細線，像操控人偶一樣操縱他們，這是遠比殺人更讓人作嘔的行為。」

松浦的雙眼瞬間閃過光芒，咧開的嘴唇之間，看得到犬齒。

「哦。那麼，你想要說我做了什麼事情嗎？傷害、撕裂心靈，具體來說是哪些事情？」

「茉莉小姐沒有遭受過雅長先生的虐待，她沒有壓抑記憶，更沒有多重人格。你在治療的過程中，暗示茉莉小姐『是不是忘記受虐的記憶了？』。她越是否定，越是說自己想不起來，你就說那就是壓抑記憶的證據。然後再利用催眠術強化你的暗示，更進一步引出複數的交替人格。」

「這可真是嚇了我一大跳。如果能輕而易舉做到那種事情，我就是魔法師了。」

「是嗎？我認為你不但可以做到，還希望我能夠看穿。」

「你在說什麼？對於櫻井先生，我不但是魔法師，還是個料想不到的怪物吧。」

松浦一臉開玩笑的表情，雙手一攤，但是京介的表情毫無放鬆。對自己不能沉著從容，感到著急。

「我聽你提到茉莉小姐的故事時，你熱烈地說著茉莉小姐受到壓抑的記憶，還有記憶恢復的事情。可是一提到三月六號晚上的事件，你的態度就立刻動搖了。也可以說是你露出了破綻。不過，那是一種偽裝吧？

為了解決那時候出現的矛盾，需要的不單單只是壓抑記憶，還要有第二個必要的解答，就是因為多重人格而去殺人。你不是自己主動提示這一點，而是故意隱藏起來讓我去找，想要更為增加可信度。而且，你就像是以犯罪為樂的犯人，在誇示自己的犯行一樣，將暗示自己作為的線索丟出來給我。」

京介暫時停了下來，調整呼吸。右邊的肋骨每次呼吸的時候都會作痛，以前曾經骨折過的那個地方，或許又再度產生裂痕。但是為了不讓別人發現，京介就連對醫生都沒提到這回事。

（沒關係。這點程度的痛我還能忍，直到最後——）

「那天我們分別之前，你說過：受到壓抑的記憶不是神話。那句話很奇妙地留在我的耳裡。我回到組合屋後就知道為什麼了，那個時候我在看的書，最後一頁列出來的參考文獻裡頭，寫著有一本將出版的書——《受到壓抑的記憶神話》。大概我自己也沒有意識到，就跟後記一起翻閱過參考文獻那一頁，所以才會看過那個書名吧。」

「櫻井先生，雖然很可惜，不過我事先並不知道你手邊有那麼一本書喔。」

「不對，你知道。」京介嚴厲地反駁。「六號的早晨，我因為看到了江草夫人等人的足跡，離開過組合屋幾分鐘。你就是在那個時候偷看了裡頭的東西，同時應當也看到了我的身影。」

「我為什麼要做那種事情？」

松浦一臉彷彿感到不可思議的表情。

「那個晚上我到訪江草宅的時候，你出來迎接我。當時你阻止想要脫下外套的我，把我帶到玄關旁邊的小房間去。然後告訴我，說夫人不能看到紅色的東西。那個時候，我穿著雙面都可以穿的外套，把深藍色穿在外面。如果我脫下來，當然就會看到裡面是紅色。如果你不是在那之前就看過我把紅色穿在外面，怎麼會知道外套的裡面是紅色？」

「哈哈——這可真是嚇了我一大跳。」

松浦發出似乎是不合場合的爽朗聲音。

「可是，櫻井先生，那也只不過表示我先前看過你的紅外套而已。」

「但是你沒有對我說過這件事情。」

「因為沒有時間，只是這樣而已。這樣要如何斷定那個時候我做了其他的事情？」

「是呀，這點我很清楚。跟你有關的事情，幾乎全部都只是狀況證據。」

「所以呢？假設我真的注意到那本書的書名，再告訴你那些話，你又要跟我說什麼？」

「松浦先生在美國的時候，有沒有讀過那本書的原文版？」

「《受到壓抑的記憶神話》嗎？誰曉得有沒有。」

「據說日文翻譯本要今年六月左右才會出版，但是所幸我有機會讀到那本書的內容。總之，這本書的主旨是說，所謂不留痕跡地受到潛意識壓抑，在過了十年以上的時間之後，忽然恢復記憶什麼的，只不過是未經科學證明，沒有事實根據的神話。

書中也提到，你曾經跟我說過的，在二十年之後想起父親殺人的艾琳・力蒲斯克的故事。還有在一九九〇年代的美國，如何發生許多基於被恢復記憶而進行的官司；如何藉著心理治療師或輔導員不經意地提出帶有暗示的問題，創造出虛偽的記憶，進而產生破壞家庭的悲劇。」

「啊，你說的對。聽你說了之後，我終於想起來了。」松浦應酬似地點頭。「那本書的作者是個實驗心理學家，藉由進行實驗，得知可以將不是事實的記憶植入小孩腦中。但是她是個待在實驗室的學者，對於臨床的事情一無所知，根本沒有直接面對面接觸過，被迫背負實際心靈創傷的孩子。」

「作者本人也有在那本書裡提到，有人對她有這樣的意見。」京介迅速地回答。「作者也認為，不管委託人的傾訴是真實還是幻想，對當事人而言，全都是千真萬確的真實。但是如果以其記憶為根據進行審判，藉由委託人讓被拉到現場的被告，進行法律上的懲罰，該控訴是否只是表現對當事人來說是真實，但只不過是幻想的事情？是實際上真的發生過虐待？這些必須分辨清楚。

無論委託人的吶喊，擁有多真實的聲音，沒有物理證據就認定某人有罪，這應該都是不對的。你舉的那個艾琳・力蒲斯克的例子也是一樣，據說經過上訴，判決被推翻，父親獲判無罪。」

「因為證據不足獲判無罪，就說那個父親是無辜的，事情應該不會這樣吧。一切只是因為證據不足而已。」

松浦微微歪著頭，看著京介。

「如果人不應該因為沒有物理證據就被判有罪，那麼你沒有任何證據就指責我是個殘忍的犯罪者，不也免不了是不當的誹謗嗎？」

「也許是吧。但是這也是你所期望的事情。」

「櫻井先生，你又要說我是在你面前炫燿犯罪嗎？」他一邊微笑，一邊嘆氣。「雖然很失禮，不過你自己或許被困在那種妄想之中了，你沒這麼想過嗎？」

「當然有。」京介連個微笑都沒有地回答。「因為比起說你是個自我表現欲望異常強烈的犯罪者，這樣的可能還高出許多。」

「但是，現在你改變主意了。」

「是呀。剛剛你跟我說過吧，我們兩個很像，所以可以互相理解。我也這麼想過。那麼，如果我要犯罪，會有哪些舉動呢？當然不會希望自己被逮捕吧。如果達到完美的欺騙，沒有任何人注意到我做的事情，那又怎麼樣？這樣不是也很無聊嗎？自己做的事情沒有共犯，所以要讓某個人知道，而且別人掌握不到任何證據，我也不會被逮捕。這就是最受期望的完美狀態吧。」

「原來如此。那麼，你是贊成我跟你很像這一點了。」松浦露出笑咪咪的表情。「確實，如果我要犯罪也會那麼想，然後也許會選出你一個人當觀眾。」

「不是也許，你已經正在進行了。」京介凝視著松浦的臉，繼續說：「動手實行三月六日當晚事件的人，是凱撒與江草夫人，但是事前準備一切好讓計畫順利的人卻是你。你讓江草夫人相信，茉莉小姐跟印南葵長得一模一樣。」

「哦，可是她們兩個女人不是長得很像嗎？你沒有證據證明我是故意說謊的，所以讓我們停止對立吧。或許有過那樣的事情，我曾經輕率地把不是葵小姐的照片深信就是茉莉的照片，一不留神就跟夫人說了。可能是這樣。」

松浦緩緩地點頭。

「但是只因為臉長得像，就對人家產生憎恨的人，可是江草夫人呀。很遺憾，我並不能負責到那麼多。如果我說我也沒想到，夫人竟然會那麼想，又如何呢？」

「確實，並沒有可以稱得上是證據的東西，證明你是否曾經灌輸夫人與此相關的話語。」

「一點都沒錯。」

「我在想，是不是你讓那個舊金山切割魔、自稱為法國占星師凱撒的男子接近夫人。但是關於此事，大概也一樣沒有留下絲毫證據吧。」

「是沒有留下？還是一開始就沒有？對吧。」

「同樣的，你殺了印南雅長先生，也沒有留下任何證據。儘管如此，我還是認為是你殺死他的。當然，我有如此判斷的根據。」

「櫻井先生，不只是我，其他任何人都不可能殺死雅長同學的。這一點，你不是應該很清楚嗎？」

面對松浦宛如同情遭到不存在妄想附身的對手，所露出的微笑，京介說：

「因為當時他的房間上了鎖還掛上門鏈嗎？」

「還有聽說陽台的上下左右，都沒有可以逃脫的地方。」

「也就是說，就算有誰把雅長先生推下樓，也沒有辦法逃走。」

「沒錯。」

「除了你之外吧。」

「我那時正要去雅長同學的家，然後他就摔下來了。」

「這些只是你單方面的說法，我沒有聽到在那段時間以前，你有不在場證明。」

松浦雖然露出心虛的表情不發一語，但是說：

「那個時候，住在同一棟公寓的婦人，因為聽到聲音就跑到外面去看。她跑到疊在一起倒在地上的我們旁邊，幫忙叫救護車。你去問問那個人就知道了。我的左腳還因此得到複雜性骨折，我沒有騙你。」

「我們問過了。」京介回答。「我們有再去問過，問當時跑到摔倒在地的你們身邊的那位婦人。」

京介一將視線投向堆積如山的資料，什麼都還沒說，深春就有所行動。深春拿出小型卡式錄音機，按下放音鍵。老婆婆口齒清晰的的聲音，傳了出來。

「有生之年我還不曾這樣吃驚過……」

似乎經過某種程度的編輯，五分鐘不到的錄音帶一結束，京介就按下倒帶鍵，抬起臉。

「你在那個時候注意到的，應該是她說到的涼鞋什麼的吧？」

松浦的臉頰忽然漲紅，然而他只說了句：

「有嗎——」

輕輕地聳聳肩膀。

「我不知道你在說什麼，我當時大概只是覺得嚇一跳罷了。」

「你找不到你的涼鞋。我想，那不是在一樓地上，而是在三樓雅長先生房間的玄關吧。」

「咦？」發出聲音的是深春。「怎麼會呢？」

「我懂了。他們是兩個人一起從陽台上摔下去的吧。」門野插嘴。「要說現在公寓的三樓，高度大約是六公尺。而且底下還有樹叢，拿樹枝當墊子，只有個骨折程度的傷勢也不奇怪。雅長的死是因為當了這個男人的墊背，或者是在摔下去之後才被石頭打死的？」

「如果是鞋子的尺寸不對，馬上就會知道是誰穿的。但是，如果是拖鞋式的塑膠涼鞋，就算留在玄關，看起來也只是原本就在那裡的東西。要是你從一開始就是因為有此打算才穿涼鞋去的，那依然是預謀殺人。」京介表示同意。

「可是，他自己也摔下去了──」

萬一弄不好，自己不是也會沒命嗎？深春心想，難以接受。京介對他說：

「就像門野老爺說的，或許他已經看清楚自己只要受個傷就能搞定事情。」

「──這真是引人入勝的推理呀。我覺得以前好像在哪裡看過，出現類似這種詭計的推理小說。」

松浦的聲音讓三個人回頭。門野的雙眼彷彿帶著輕蔑，深春則是有些不快，至於京介始終面無表情。

「但是，就算講到這裡，你還是無法證明我有罪吧。不，當然本來就沒有那種證據，不過花了許多時間還是老樣子，只有一些全靠理解想辦法得出來的狀況證據，還真是讓人喪氣。還是說，難不成你要告訴我：沒有證據就是我身為犯人的證據嗎？」

松浦彷彿肩膀痠痛般地轉動頭部，說了句「不好意思」後，在空著的椅子上坐下。仔細摺好掛在手臂上的米黃色大衣，放在膝蓋上。

「而且，我到底為什麼非殺死雅長同學不可？要問為什麼，其他的事情也全部都可以適用這問題。」

「在我回答之前，還有一件事情，我希望你能從剛剛的老婦人話中聽出來的。」

京介指著安靜的卡式錄音機。

「好呀，是什麼事情？」

「剛剛在聽的時候，你曾經想要反駁吧？你好像想說哪裡不對，沒有那回事的樣子。」

「沒有。」

「那麼，我就請教你了。這位婦人說，在等待救護車到來的時候，你曾經問過她『月亮是圓的嗎？』。這到底是什麼意思？」

「哦。」

松浦彷彿想說「什麼呀」的表情，笑了。

「因為那個晚上有月偏蝕，滿月少了大概一半。我在前往雅長同學的公寓前，在路上看到了。身體動彈不得等待救護車的時候，我忽然想起了這件事情。也不對，或許是因為斷掉的腳太痛了，想要轉移注意力吧。」

「松浦先生是天文愛好者嗎？」

「不是。雖然不是，可是報紙還是什麼東西上面不是有說嗎？說那天看得到月蝕。」

「原來如此。那個晚上，一九九九年七月二十八日的月偏蝕，初虧的時間是下午七點二十二分，蝕甚的時間是八點三十四分，復圓的時間是九點四十六分。這位老太太說，雅長先生墜樓的時間是快要十點的時候，那個時候月蝕已經結束，也沒什麼好奇怪的。」

「那很好。我想，你又從這裡，找出什麼我是罪大惡極犯罪者的推理了？」

回答的松浦始終都笑咪咪的。

「所謂名偵探的推理，是越有料想不到的意外，就顯得越有意思的東西。雖然我也不討厭閱讀這樣的推理小說，但是自己變成被舉發的人，果然還是不好玩。」

但是京介無視松浦這些話，繼續說：

「你以前告訴過我，說你在位於神樂坂的自家公寓睡過頭，出門的時候早就過了九點很久了。因為搭電車大約要三十分鐘，所以你從公寓去搭地下鐵，沒有繞路，直接從神樂坂趕到葛西去。」

「沒錯。」

「我待在這間醫院的期間，調查過你的住處，請人沿著從地下鐵東西線車站到葛西公寓的路線走了一趟。但是，地下鐵車站距離你的公寓非常近，而且走那條路的時候，月亮出現的東南方天空塞滿了高樓大廈。如果你說的話是對的，那麼你是在什麼時候、什麼地方看到月偏蝕的月亮？」

「──」

松浦的臉靜止了。不管京介說什麼都維持沉穩，多少都是輕鬆、不斷微笑的那張臉，嘴角的笑容就那樣，忽然間凝結不動了。

2

「你曾經說明過，茉莉小姐用紅色月亮的記憶，去隱藏目擊凶殺那種衝擊過大的記憶的『隱蔽記憶』現象。但是，事實上她曾經看過紅色月亮。所謂雅長先生的魔法，就是把紅色玻璃紙貼在窗戶玻璃上，讓滿月看起來就像是月全蝕。

想要把發生在妹妹生日那一天的月全蝕，稱為紅色月亮當作生日禮物送給妹妹，這樣的雅長先生，或許是個天文愛好者也不一定。所以我想，你會覺得雅長先生大概也會看去年七月的月偏蝕，他大概因為妹妹那料想不到的告發而感到心情低落。那樣的他，不知道是以何種心情迎接你的到訪。

你把他從陽台上推下去，自己也一起摔下去。就算說是拜訪朋友，穿著拖鞋式涼鞋去搭地下鐵也有點奇怪。因為特意這麼做，所以你把他推下去的整件事情，就是所謂的預謀犯案。

我再問你一次，松浦先生。你的動機是什麼？為什麼你要花這麼多時間跟心力，殺死雅長先生，逼瘋江草夫人，摧毀茉莉小姐？」

沉默籠罩著室內。三個人的視線，全都集中到盤腿坐在椅子上的松浦身上。他其中一隻手的手肘撐在膝蓋上，彷彿上半身覆蓋在膝蓋上面一般地低著頭。

嬌小，有如女子的纖弱身型。似乎只要輕輕一碰，就會折斷的單薄肩膀。京介心想，松浦那般低著頭大受打擊的沮喪模樣，恐怕與自己至今說過的告發內容並不相稱。只會讓人以為，全是非常嚴重的判斷錯誤。另外兩個人眼中此時映著的，不就是這樣的疑惑嗎？

而且松浦的肩膀還在輕微顫抖，他是否正在嗚咽？已經無話可答，正低著臉在低聲啜泣嗎？直到方才的那個人似乎不存在，曾經有過的或傲慢或天真的種種表情，現在不留分毫。

深春看著京介，似乎是想問「真的嗎」，說不定是在非難京介的眼神。因為回到東京去，拉著天文愛好者的打工同事，從神樂坂走過葛西，調查月亮位置的人就是他。

所以他也很清楚，從松浦的公寓到地下鐵的入口之間，有月亮的東南方天空滿是高樓的影子。松浦無法在那個時間看到位於那個地方，正在進行月蝕的月亮。也就是說，松浦在說謊。但是只靠著這麼點事情，就斷定松浦是殺人凶手好嗎？深春無疑正在思考此事。

深春開口，正想說「京介」。不過，就在那個時候，他瞪大了眼睛。因為耳朵聽到奇怪的聲音。有如鴿子的喉嚨音，低沉而持續——是笑聲嗎？愕然地拉回視線，看見抱著膝蓋的松浦在笑。看不見隱藏在頭髮底下的那張臉，但是肩膀顫抖，低垂的頭顱顫抖，他持續笑著。

深春不知道原因何在。京介的告發沒有說中也好，或者說中了也罷，這都應該不是笑的出來的情況。深春看著京介，一臉「這怎麼回事？」的表情。

可是那個時候，即使是京介，也沒有時間回答他視線中的疑問。他的額頭火熱，臉頰上的傷發燙。這應該是憤怒的表現吧。然而，在他的心窩裡頭，依然有如冰塊一般的冰冷堅固。說不定，那是因為恐怖。面對超越理解的存在的恐怖。不，大概是相反的。面對這個男人，京介感覺到的困惑、焦躁、厭惡，全都很類似想要在群眾之中找出生靈時的心情（註18）。確實，這個男人跟自己很像。而且不是跟「櫻井京介」相似，而是跟隱藏在這個名字之下的，自己本來的真面目相像。

「京介——」

「櫻井老弟。」

深春與門野幾乎同時呼喊出這個名字，但是京介沉默地舉起單手。然後松浦抬起低著的臉，那張臉正在笑，嘴巴張得大大的卻沒有聲音。

「啊哈、哈哈、哈哈、哈哈……」

有些做作而不自然的笑聲，從那張嘴傳了出來。

「啊——好奇怪。為什麼會覺得奇怪呢？因為我不知道，我到底有多久沒有這樣笑過了。」

「你、你這個人，為什麼會這麼奇怪？」

再也忍耐不下去的深春開口問，松浦瞄了一眼他的臉。

「你放心吧，我完全不是在笑你。」

丟下了這句話。

18　生靈，源自德文doppelgänger，指的是跟活人一模一樣的分身。傳說看到自己的生靈，就是死亡將近的凶兆。

「我在笑自己的愚蠢。那個時候我雖然完全冷靜地計畫，可是也沒注意到會那麼失言。雖然我是想要用涼鞋製造不在場證明，不過月亮的事情應該一直裝傻到最後就好了，這真是笑死人了。不小心說溜嘴，是我太愚蠢了吧。而且還是被你給點出來的，讓我無話可說，這連我自己都覺得太沒出息了。

沒錯，那個晚上，我確實看到逐漸偏蝕的滿月了，從雅長同學公寓的房間看到的。因為我從八點之前就待在那裡，那是最適合眺望月蝕的時間呢。」

「那麼，真的是你把雅長推下去的？他並不是自殺？」

「誰知道是怎麼回事。」松浦側著頭說：「我想，我去他家的時候，並不是因為有那個打算所以才穿涼鞋去的。不過，我從很久以前就在想了，那樣的詭計應該是有可能的吧。接著想到底能不能做到，就會變得想要試試看，不是嗎？」

「就算是殺人也一樣嗎？」深春拉高聲音。

「沒錯，就算是殺人也一樣。因為好奇心與實驗精神正是科學的基本，你要不要問問看，你最重視的櫻井先生的看法？」

「你太奇怪了。」

「這是當然的。所謂的人類，就是猿猴的本能故障之後的奇怪傢伙。正是因為非本能的，非動物的行為，所以才能稱為有人性。所以我認為，預謀計畫殺人之類的事情，並不是有人性的行為。」

「不要轉換成一般的說法！」

在盛氣凌人，往前踏出一步的深春面前，京介伸出手臂攔截。

「那麼，松浦先生，你承認是你讓印南雅長先生墜樓身亡了？」

「誰曉得。」

松浦聳聳肩膀，但現出了笑容。

「真是無奈呀，我想可以停止了吧。不要再繼續像個腦袋愚蠢的犯人，在名偵探的推裡面前垂死掙扎下去了。我可是對自己做過的事情，全都記得清清楚楚的。如果你希望，你要我承認多少我都會承認。我把喝醉酒的雅長同學，從陽台上面推下去，把他當墊背，偽裝成自己也受到牽累一起墜樓的樣子。全部都是預謀的。

櫻井先生，我從一九九七年在月映山莊的院子裡遇到你的那個時候開始，就對你這樣的人非常有興趣。所以，到目前為止，我調查過你的種種，認為你很適合當我獨一無二的觀眾。我知道你遲早會因為月映山莊的調查，再度來到那須。也許打從那個時候開始，我的目標就已經鎖定是你了。

在你面前進行完美無缺的事件，請你看穿我就是犯人，但是卻不能提供任何證據，一切都如我預期的進行。

可是，你對我來說很可惜的地方是，你有點太過機靈了。居然連我完全沒有計畫到的地方，你都能夠深入追究。再加上我太愚蠢的失言，在你面前露出了馬腳。

也就是說，與其說是你贏了，不如說是我自取滅亡。無論如何，選你當觀眾，我的選擇既是對的，同時也錯了。我應當在這裡對有鑑賞能力的觀眾表示敬意，乾乾脆脆承認自己輸了。」

「那麼，你必須接受法律的審判。」門野抬高了下巴。「你至少親手殺死了一個人。死去的人無法復活，所以你說乾脆認輸的意思應該是這樣吧。」

「但是，我輸是輸給遇到了櫻井先生，不是輸給法律規範也不是正義，更不是門野先生。假設現在要把我交給警方，你的手裡有任何可以定我罪狀的證據嗎？證據不充分就是無罪，不是嗎？

即使可以證明我跟雅長同學一起從三樓摔下去，那也不表示是我殺了他。所以不管你們讓我在這裡自白多少次，說自己殺了印南雅長，但是光憑這樣，是無法讓我定罪的。對吧，櫻井先生？」

「你是個魔鬼。」門野丟下這麼一句。

「你說因為詭計看來有可能做到所以就試試看？用野獸比喻的話，你比野獸還惡劣。就算沒有證據，老天爺還是很清楚你幹的壞事！」深春也大叫。「你說句話呀，京介！讓他在這裡大放厥辭可以嗎？」

京介沉默著，從容不迫地凝視著坐在椅子上的松浦。額頭發燙，流出來的汗水沾溼了臉頰上的紗布，腹部的側邊隱隱作痛。

「松浦先生，你還沒回答我的問題。」

松浦轉過頭，抬起視線，微笑地看著京介。摘掉純潔的面具之後，松浦的笑容更顯得詭異。

「不好意思，你的問題是什麼？」

「你的動機為何。」

「動機？」

松浦彷彿可說是聽到出乎意料的話語，挑了挑眉毛。

「你說你是為了要試試看推理小說的詭計能否成功，才殺了雅長先生。我跟門野老爺一樣，也不認為這能稱為動機。或許你想要說，你沒有什麼動機。那樣不管是讓茉莉小姐想起虛構的心靈創傷，更進一步讓她表演出多重人格，還是讓妹妹憎恨哥哥，甚至在心理層面上讓妹妹認為哥哥墜樓身亡是自殺，這些都沒有動機嗎？」

「你說的對，我沒有動機。」松淺淺地笑了。「拘泥於這種地方，就是櫻井先生在掌握犯罪事件時的態度吧。可是，我並不認為人類的行動之中，動機是不可缺少的東西。就像是現實中最近的少年犯罪等等，每個都說沒有動機呀。」

「我並不認為松浦先生做的事情，可以跟思春期的衝動型犯罪同日而語。」

「你說的對。可以說那些是沒有收拾乾淨的事情吧。總之，我有稱不上是動機的原因，要不要我告訴你？」

他在椅子上重新盤腿坐好，身體緩緩地靠到椅背上，開始說道：

「就像櫻井先生說過的，我在美國以一個心理治療師的身分在念書，累積自己的臨床經驗時，在那個國家裡，壓抑記憶的恢復以及隨之而來的審判，逐漸變多，甚至成了一種社會問題。三分之一的女性，有過小時候受到性虐待的經驗，這種不知道是從哪裡冒出來的數字獨樹一格，被人們稱為幼童虐待倖存者聖經的書《The Courage to Heal》，成為非常暢銷的書籍。

再加上那股風潮之下，有種說法大為流行：虐待並非單純只是性欲異常者會做的事情，還有讓幼童參加崇拜惡魔的黑彌撒，以進行儀式的虐待。惡魔宗教團體會主動造成幼童多重人格，再將惡魔崇拜的概念植入其交替人格中，就能讓該幼童虔誠信奉。幼童虐待會產生多重人格，原本就不是新鮮的說法了。

但是另一方面，也產生了批判虛偽記憶的運動。《The Myth of Repressed Memory》的作者洛芙塔斯博士也在其中，並且組織了一個『虛偽記憶症候群應對財團法人』。對這個問題有興趣的我，閱讀且比較對壓抑記憶的相信與反對雙方的主張，也去聽各種演講，還去跟實際上恢復記憶的倖存者，或是隨後又承認一切都是假的騙子見面、思考。要確定何者正確，唯一的方法就是實驗。能否藉著治療的技巧，植入心靈創傷的記憶？試試看不就好了。

當然，已經有過進行那種實驗的案例了。曾經對壓抑記憶抱持懷疑立場的洛芙塔斯博士，進行了兒童或是成人是否有可能被植入心靈創傷類的記憶實驗。內容是小時候在購物中心迷路，這種非常恐怖的記憶。

結果非常成功。被實驗者呼應了發問者的暗示，積極地構想出來虛偽記憶的細節。然後即使在實驗結束之後，告訴他們一切都是虛構的記憶，據說他們也無法輕易相信。

反對的人，認為如果是與委託人面對面的心理治療師或輔導員，這些人所深信的幼兒性虐待，或是因為惡魔崇拜儀式而受虐的情形，其中都有著沒有特別意識到，而將虛偽記憶植入委託人記憶的部分。他們說洛芙塔斯博士的實驗，就證明了這一點。

但是相信的人則提出反駁，認為真正心靈創傷類的記憶，跟洛芙塔斯博士等人進行的，那種沒有犯罪成分的記憶實驗，不能夠相提並論。博士的實驗只不過表現出無計可施的其中一種方式。因為博士的實驗明顯不具備危險成分，所以一定可以得到認同，而強烈程度超過那個實驗的心靈創傷記憶，則是沒有辦法操縱的。

我想，既然如此，我就自己來實驗看看好了。能不能夠有意識地藉著治療，把心靈創傷記憶植入委託人腦海中。我來驗證看看，相信的人與反對的人，哪邊的意見正確。所以這是科學精神。對這麼想的我來說，印南茉莉那個少女，是個非常適當的材料。」

「你說什麼！」深春瞪大眼睛。「什麼實驗？這就跟人體實驗是一樣的東西，根本就是納粹德國還有舊日本軍七三一部隊吧！」（註19）

「那種事情做得到嗎？讓人想起實際上根本沒做過的事情，用催眠術產生多重人格等等，我實在很難相信。」門野目瞪口呆地說。

「當然可以。」松浦彷彿很愉快地肯定回答。「美國相信壓抑記憶的人，肯定地說，遭受性虐待者當中的五成或六成，因為壓抑記憶而想不起來。現在沒有受虐的記憶，不表示沒有受過虐待，反而忘記了才正是受虐的證據。這樣的議論隨處橫行。如果依照這種論調，一定會產生虐待百分之百存在這樣的結論。

櫻井先生，你看過《受到壓抑的記憶神話》的第九章了嗎？裡頭列舉了心理治療師為了恢復壓抑記憶，所使用的具體方法。那似乎是適用大部分人的清單，回想具體形象、解放感情、分析夢境、書寫日記、畫圖、分析身體記憶，還有使用包括年齡退後在內的催眠。那本書確實很

19　舊日本軍七三一部隊，舊日本陸軍為了細菌戰研究與實行，於一九三三年創立於中國哈爾濱的特殊部隊簡稱。正式名稱為關東軍防疫供水部本部。他們在中國發動細菌戰，同時進行活體實驗或活體解剖，實驗對象則是大量因此喪命的中國俘虜。

有用，裡頭寫的還沒實行的東西，大概就只有在日本有其困難的集體療法了。

而且茉莉是個非常坦率的委託人。缺乏警戒心、容易相信他人、極為期待他人幫助、容易催眠、被暗示的可能很高，她是擁有這些心理特質的類型。

她在心裡頭把發生在身邊的殘酷殺人事件，當作消失不了的心靈創傷一直存在著。兄長雅長是她愛慕的家人，同時也是棄她於不顧的冷血人士。加上在這些的底層，潛藏著她對因父親跟新的女朋友同居，而突然出現在身邊的年長異性所抱持的恐懼。結合這一點之後，要引導她產生受虐記憶，實在太容易了。」

「你膽子不小嘛，竟然敢做出這種事情。對愛慕自己的少女做這種事──」

門野厭惡地低聲說道，但是在松浦的耳中，這聽來甚至也像是讚美嗎？他像是討好別人地露出微笑。

「在您發表高見之前，請再聽我說一些話。我在植入虛偽記憶之前很久，就已經用催眠產生了茉莉的交替人格了。我第一次遇到她，是她還在念高中的時候。因為她喜歡閱讀，所以喜歡挑出故事或歷史當中出現的人物跟朋友聊天。她的朋友其中一個叫做真理子，是同一個學校的同班同學，在茉莉有困難的時候都會伸出援手幫忙。我給予那樣子的她心中的幻想血肉，送給她因此誕生出來的『真理子』當作禮物。

但是只有這樣就不好玩了。所以我創造出了背負恐怖記憶的小女孩萬里子，還有憤怒的復仇者瑪莉。透過萬里子的甦醒，受到壓抑的記憶也恢復了，隨之而來的痛苦與憤怒則產生了瑪莉。這是幾乎沒有碰過多重人格的日本精神科醫生都會相信，很有真實感的角色分配，對吧？

雖然我想嘗試創造像西碧兒那種十六個人格，不過因為太不可能就放棄了。

因此，我的實驗平安成功了。大家覺得如何？應該可以承認我的技巧頗為精練吧？」

如此說著的松浦，臉上毫無對於自己傷害他人感到愧疚的神色。總是活力開朗，印象良好的臉，同時具備孩童的天真與大人的智慧，以沒有贅詞的口吻誇耀著自己的犯罪。

「這傢伙太奇怪了，京介……」深春小聲地說。「他一定是瘋了。」

一點都沒錯──京介沒有說出口，沉默地同意深春所言。還有如果說松浦瘋了，那麼京介想自己也一樣。這個男人確實跟自己很像，作為一個人不可跨越的那條界線，京介如果想要跨越，也可以面不改色地輕鬆跨過。倘若有心要做，他甚至連實驗之類的「理由」都不需要。

但是自己並沒有那麼做。不是因為做不到，而是在那條線的這一邊，有牽引住自己的絲線。

（沒錯。我心裡也有那樣的一面……）

京介忽然覺得疲勞，身體沉重。方才為止的發燙消失了，背脊湧上一股寒意，還有越來越強烈的側腹部疼痛。差不多該讓事情了結了。事件的詳情無從得知，犯人雖然就在那裡，但是不能加以逮捕也無所謂。松浦就這樣消失身影，不會再繼續加害茉莉就可以了，接下來的部分不是自己的責任。

彷彿看穿這麼想著的京介內心，松浦再度開口：

「當然，我不打算就這樣丟下茉莉不管。實驗完全成功之後，我要消除她腦海中的偽造記憶，清掉交替人格，然後跟她結婚。如果你們可以不來干擾，我接下來就要去跟她求婚。請大家放心，我不會再讓她痛苦了。櫻井先生，可以請你像之前那樣，再跟我說一次『祝你們幸福』嗎？」

3

「不要開玩笑了！」深春大吼。「她才不會跟你結婚！」

「為什麼？」松浦平靜地反問。「比起任何人，茉莉最信賴的人就是我。心理治療師與委託人之間的關係，可不是單純戀愛可以相比的，是很牢固的。

她沒有我就活不下去。還有不管是植入她腦海中的心靈創傷記憶，或是暴力的交替人格，那些不靠我可是沒辦法消除喔。」

「真遺憾呀，這就是你的誤會了。」深春反駁。「她已經知道了，知道自己沒有看到哥哥殺人。因為京介的話，她已經醒過來了。小時候開始就沒有被虐待，多重人格等等，這些都透過與京介對話的過程中消失了。所以你不要再接近她。如果你不想吃我的拳頭，就馬上給我滾！」

「是嗎……」

松浦慢慢地眨了眨眼睛。輕輕地抿著嘴，有如第一次見面般地凝視著京介的臉。眼裡浮現出的是些許的驚訝與興趣，以及大量的敵意。

「這實在讓人意外——」

「你在說什麼！」

雖然深春逼近，但松浦的視線並未從京介臉上移開。

「櫻井先生，老實說，我沒有想到你有本事做到這種地步。你沒有學過臨床心理學，恐怕也沒有適合作為一個心理治療師的特質，居然能夠解除我給茉莉的暗示，這對我來說，或許是最為無可奈何的發展——」

松浦倏地從椅子上站起來，腳往前跨，以有如滑行的動作逐漸靠近京介，嘴邊浮現著微笑。包覆著大衣的右手臂，若無其事地移到身體面前。

站在京介後面的深春，雙眼忽然張大。似乎終於感覺到異常變化，想要上前。然而京介的視線面對著逼近的松浦毫無畏懼，開口說道：

「最後我再問你一個問題。」

「什麼問題？」

松浦在京介面前兩步的位置停下腳步，唇上依然帶著笑容。

「你知道實際上並不存在印南葵被江草百合子殺害，並且掩埋在月映山莊之內這件事情嗎？」

「哦？」松浦的嘴角輕微扭曲。「你有什麼證據這麼說？」

但是京介換了個說法再度重複。

「請你回答我。你是不是認為葵女士是被江草夫人殺了，而且被埋起來，因此才下落不明的？」

「如果是，那又怎麼樣——」

松浦的眉宇之間，用力刻出了深深的皺紋。彷彿要揮去什麼糾纏的、看不見的東西一般，他搖搖頭。第一次，笑容從他的嘴角消失了。

「我跟那種事情，沒有任何關係。」

「你不能這麼說吧。你不停地說自己沒有動機，將虛偽記憶植入茉莉小姐的腦中，只是為了科學實驗，殺死雅長先生只是為了實現詭計。但是我認為，你是有動機的。不過你有理由不想現在在這裡說出來。不是嗎？」

松浦正要開始說些什麼，但是京介無視他地繼續說：

「你真正的目標是江草百合子。你相信是她殺死了葵女士，並且把屍體埋在月映山莊的某個地方，而你想要讓江草夫人自己把屍體挖出來。」

「櫻井老弟，可是那是為什麼？」門野探出身子。「這個男人是為了替印南葵報仇，才計畫這一切的嗎？可是，至少雅長或茉莉都跟那件事情沒有任何關係，不是嗎！」

「我也認為把動機放在這一點上，顯得太過於失衡。但是由於作為手段的陰謀，常常都是藉著進行之中膨脹，然後本身變成了目的。

記憶移植實驗的誘惑，當然對他來說，應該是比什麼都要來得大。把這點加以正當化，背後支撐的則是所謂揭露隱藏起來的犯罪，懲罰犯人的動機。他大概是想要讓我們相信，他不是個有特定理念的犯罪者。」

「但是，為什麼這傢伙要替那個被殺害的女人報仇？」

聽了深春的問題，京介若無其事地回答：

「因為他是印南葵的外孫。」

門野與深春異口同聲發出訝異之音。京介凝視著松浦：

「當然，對他來說，替沒有見過面的外婆報仇，應該不是迫切的動機。而且與其肯定那是動機，不如說只是個契機。他在留學時就讀的大學中，偶然認識了印南雅長。在印南雅長的請託下，認識了茉莉。然後透過茉莉追溯，一直把關係連接到江草百合子身上的時候，他大概就把替外婆報仇，當作是有如一種啟示般地接受了。」

「那麼，江草夫人果真殺死了丈夫的情婦嗎——」

然而京介面對著如此低語到的門野說：

「她沒有。」

搖頭否認。

「她沒有殺害葵。當然，葵的遺體也沒有埋在月映山莊裡。」

「你的確剛剛也這麼說過呢。但是，夫人不是認定葵的屍體在那裡，死命要去挖掘出來嗎？」

「最後讓夫人那麼做的人，應該是他吧。」

京介將視線投向松浦。

「也就是說，你讓夫人相信有那麼一回事。可是，實際上那只是你的誤會。」

「你胡說！」

松浦丟出這句話，臉色蒼白。時常浮現在唇邊的微笑，早已不見蹤影。

「絕對不可能會這樣。那個女人在催眠的時候跟我坦白過了，說那個晚上她看到紅色月亮。」

「紅色月亮？」

「一九五三年七月二十六日的紅色月亮。她說她在打開的窗戶旁邊，看見有如血染的紅色月亮，從那之後就變得害怕紅色。我去查過，那是個月全蝕的夜晚。那個女人的記憶沒錯，也跟我小時候聽說過的，葵失蹤的日期可以合得起來。我哪有什麼誤會？那個女人殺死了我的外婆沒錯。

那個女人要我治好她的恐懼症，我對她催眠，問出她的過去。實在是太簡單、太容易了。接受時間回溯的催眠之後，她一瞬間就連串說出自己做過的事情。

飛散的鮮紅血液、天香百合的紅色花粉還有紅色月亮，讓那個女人來說的話，只有她自己是悲劇主角，葵則是個非常厚臉皮的壞女人。那個女人把懷有身孕的葵，當作是髒東西一般地趕走。把生下第二個孩子，上門主張那個孩子權利的葵，用手裡拿著的園藝剪刀給刺死了。

如果把殺人的記憶用其他東西取代，或是給予諒解安慰，或許都可以減輕恐懼症。可是，是誰動手殺人的？我煽動那個女人的恐懼，在她耳邊低語，告訴她全世界的人都討厭她，好讓仇恨膨脹。我對她說，妳就儘管討厭、仇恨那些討厭、仇恨妳的人吧。啊，這是多麼輕而易舉的事情呀——」

松浦的視線從門野開始、深春，然後又回到了京介。他的嘴唇有如上弦月的形狀上揚著，雙眼閃著黑暗光芒。

「櫻井先生，就算你用那種沒有表情的面具隱藏自己，還是無法蒙混我的眼睛喔。你不就是在我身邊的人嗎？對我一清二楚。」

面對掛著大衣的右手臂移到面前，有如滑行般靠近京介的松浦，京介卻像是要配合他的動作一般地往後退。

「不對，你什麼都不知道。」

松浦皺起眉頭。

「為什麼江草夫人沒有殺死葵，你可以看看這個。」

松浦反射性地用左手接住從京介的手中丟出，瞄準自己飛過來的東西。那是個泛　、膨脹起來的西式信封。透過沒有密封的信封口，可以看見裡頭有像摺起來的信紙。松浦表情僵硬，躊躇地看著京介等人。他只用左手把裡頭的紙張拿出來，看了看。然後他的雙眼忽然睜得大大的，看完的信紙其中一張，掉落在他的腳邊。

但他沒有放在心上，接著看下去，看完之後抬起了臉。

「你從哪裡拿到這東西的？」

「月映山莊。」

「怎麼可能！」瞪大雙眼，松浦低語道。「為什麼會留有這種東西？」

「在二樓和室天花板裡頭，藏著一個畫有銀色花紋的江草家與印南家家徽的硯台盒。」

京介從桌子上頭的資料小山裡，拿出一個信封。放在手掌上倒過來，拿出一把小小的鑰匙，高舉到臉旁。

「這就是那盒子的鑰匙。」

「你連這個都找得到？」

「不，這是那個人寄來給我的。」

「啊——」

門野驚呼。

「那個是——」

但是松浦一把從京介手中扯下信封，凝視著信封上寫著的毛筆字。

「為什麼……」

發出彷彿是呻吟的聲音。

「為什麼這個會寄給你……」

「我想，應該是希望我阻止你吧。」

「怎麼可能！」

松浦大叫。深春跟門野全都嚇了一跳，倒抽了一口氣。那個時候，松浦以京介為目標飛撲上去。從大衣包著的右手，伸出一個閃著鋼鐵色澤的東西，那把刀子追上往後跳的京介身體。

京介睜大雙眼。松浦的表情逐漸變了，溫和沉穩，有著片刻都沒有消失過的天真笑容的心理治療師松浦，早就不在那裡了。失去面具之後，那張陰暗、空虛且扭曲的臉，已經不能算是個人類。

「去死吧，櫻井——」

破碎的聲音吶喊著。刀尖刺進京介的胸口，深春大叫一聲的同時，松浦轉身撲向窗戶，撞開沒有上鎖的內外雙向玻璃窗，從陽台一口氣縱身一躍。

「他剛跳下去了！」

門野對著無線電對講機大喊。

「說不定他手上有凶器，但是絕對不能讓他跑掉。」

門野手下身強體壯的保鑣，早就包圍在外面。京介看著用腳踩響地板，跑過來的深春。他的臉非常蒼白，變得越來越不對勁。

「京、京介──」

雖然想開口說我沒事，但是卻無法順利發出聲音。因為倒下來的時候撞到了腹部側邊，正好是肋骨作痛的附近。低頭一看，睡衣的胸口部分，插著一把細長的刀子。

從松浦的姿勢看來，京介已經知道他的右手一定拿著什麼東西。與其出聲大叫，舉手把刺進去的刀子拔出來還比較容易。深春目瞪口呆。發現刀子上沒有沾血之後，京介大概知道用不著這麼慌張吧。打開睡衣的前襟，事先塞在那裡的一本厚厚的筆記本，掉了下來。中間留下了刀尖刺過的痕跡。

「你沒事吧？」門野低頭看著。

「嗯，還好。」

「要怎麼處理那個傢伙？」

「去追他。」

面對深春的問題，門野以有些陰沉的表情回答。

「至少，他是傷害未遂的現行犯吧。」

「拜託您護衛茉莉小姐的安全。」

「嗯，說的也是。」

點頭同意的門野，像是突然想到什麼。

「但是，櫻井老弟，剛剛裝在那個信封裡面的鑰匙是哪來的？」

「是綾乃小姐寄來給我的。」

「到底是怎麼回事。那個男人應該跟綾乃沒有關係，那他看到那個之後為什麼要大為動搖？我完全搞不懂。可以請你好好說明吧——櫻井老弟？」

並不是不想要回答這個問題，但是京介彷彿被腳邊逐漸湧上的睡眠浪潮給拉進去了。

沉重的疲憊感。

燥熱與寒冷。

肋骨的隱約作痛。

全身關節的疼痛。

睡意牢牢包裹住所有，完全被拉進了黑暗之中。

「京介？喂！京介！」

「櫻井老弟！」

呼喊聲緩緩地遠去。

黑暗中，有著松浦的笑聲。

看不見他的臉。

——從公寓陽台墜落之前不久，雅長同學好像曾經跟我這麼說過：

你是吞噬太陽與月亮，讓日蝕、月蝕發生的黑暗星。

你看，現在天空上的月亮正在被吞噬。

吞噬我的人應該也是你吧，因為我很清楚。

沒錯，如果是可以吞噬的東西，我都想要吞噬看看。太陽、月亮、滿天星斗，如果吞噬掉一切，可以讓世界回歸到原始的黑暗，那該有多麼美好呀。

來吧，櫻井先生，你也一起加入。

你跟我是同類，吞噬光明的陰影是上天注定的……

京介想要開口說「不對」，聲音卻出不來。

雪花

1

京介想，自己正在作夢。

閉上眼睛，不清楚從那之後過了多久的時間。張開雙眼時，看到的已經不是古老的木造病房了。

正在下雪。

有如天鵝胸口的絨毛，有如不知名的花卉，純白的雪片正在掩蓋天頂，掩蓋空中，完全掩蓋了地面。

京介站在那裡，踏著白雪，讓頭髮、肩膀、手臂承接降落的雪片。

但是卻不覺得冷。雪在京介的身體上，只留下輕微的觸感後就逐漸飄落。所以，這是一場夢。

（不對，這不是夢。）

某個地方傳來少女的呢喃。

（這不是雪，這是花，從天而降，落到地面的白色花卉，所以一點都不會冷。但是這不是夢，而是現實。請您看看，櫻井先生。如此美麗的……）

在下個不停的雪幕另一邊，有個白色袖子飄揚飛舞的人影。京介想，剛剛傳到耳裡的聲音，一定就是那個人的。一開始以為只有一個人，但是實際上看起來，似乎有好幾個人在各自舞動著袖子。

那是，印南茉莉嗎？或是作為她的母親，在月映山莊生活過幾年的堤雪華？年輕時的江草夫人、夫人所憎恨的印南葵、江草孝英休掉的妻子美代。還是，再婚之後，只生下一個兒子的印南家女性。

曾經與江草別墅有關的眾多女子，飲下悲傷與仇恨的淚水，活著或死去的她們，此時卻在雪地之中，愉悅而輕快地跳著舞。

那也是夢嗎？在這裡看得到的，就只有無邊無際的純白雪地，上面沒有絲毫汙穢的影子。果然是一場夢，就因為是夢，所以那麼美麗。

唔——

恐懼切割過京介的胸口。影子，說不定就在自己身邊。戰戰兢兢地往下看著自己的腳邊，瞧，影子果然黑漆漆地累積在那裡，弄髒了雪地的潔白。

（黑暗星——）

這個詞彙在耳中甦醒。

（你跟我太像了——所以我可以瞭解你，而你也可以瞭解我——你跟我是同類，吞噬光明的陰影是上天注定的……）

在夢裡，京介渾身顫抖。光是想起松浦那有如糾纏的口吻，就毛骨悚然到令人作嘔。可是這種厭惡感一如他所言，是因為想到自己跟他相像，所以才會深刻得難以忍受。

自古以來，神話多說日蝕或月蝕是因為天體被妖怪吃掉所形成的。傳說在斯拉夫語世界，吞噬日月的是吸血狼人；在佛教的宇宙觀中，則是名叫羅睺的妖星形成了日蝕（註20）。但是根據近代的天文學找到的解答，日蝕只是太陽被月球擋住，月蝕只是地球的影子。翱翔天際，吞沒光明，看不見的妖怪，或是黑暗星之類的東西根本就不存在，吞噬月亮的只是自己的影子罷了。

京介想，自己跟松浦多少還是不一樣的。如果壓抑記憶之恢復，成為辯論中心，去實驗、去確定，也就可以了。這就是京介面對輪王寺綾乃問他，相不相信靈魂存在時所陳述過的，科學精神的實踐本身。遵從科學原則往前，其實很容易就拋棄人類的倫理道德。不知不覺，科學精神變成了只是粉飾無限制的好奇心與權力欲的名目。應該是敵視盲從而重視理性與客觀性的科學精神，在那條路上筆直前進，沒人能保證不會產生新的盲從。

也就是說，所謂的人類就是那麼容易犯錯的存在。捨棄本能得到的自由，遭受作為生物的自我逐漸侵蝕、毀壞，一如松浦的模樣。

所謂「復仇」這個概念，既像是位在生物所有的生存本能的延長線上，也是推理小說的世界裡，說明犯罪動機的最後王牌。被偵探指出罪惡的犯人，承認罪過後，接著洋洋得意表明自己的犯罪動機。如果動機是復仇，犯人就會滔滔不絕訴說著，被殺害的被害人以前是個如何可恨的加害人。

20　關於日蝕與月蝕現象的傳說，塞爾維亞傳說中，狼人（vukodlak）同時也是吸血鬼，是日蝕與月蝕的元兇。羅睺原本為佛教傳說中的阿修羅王之一，以手障日月形成日蝕與月蝕，後來被當成日蝕時擋住太陽的星體（古人不知是月球），月蝕時擋住月球的星體則稱為計都。

松浦相信外婆葵是被江草百合子殺害，在他將自己的行動正當化之時，這一點確實是當作動機存在的。他直到最後，都不想說自己是在復仇。他寧可選擇洋洋得意，主張那是無動機犯罪的那條路。因為他早知道，堅稱動機是替外婆報仇非常薄弱。儘管如此，沒有這一點，他還是不會行動的。

此外還有一點，松浦應該很害怕門野的耳目吧。他早就知道門野是輪王寺綾乃的保護者，松浦的母親大概就是伺候綾乃的昌江，而他怕讓門野知道自己跟綾乃的關係。但是綾乃寄給京介的信封，卻讓他不得不激動。對他而言，綾乃到底是怎麼樣的存在——

輕輕地，有個人影在雪中轉身。白色的振袖加上長長垂落的腰帶，是個年輕女子。沒有時間想是不是茉莉，那個被飛落白雪包圍的人，已經站在京介的面前了。

宛如絲線帷幕，光澤滑潤的黑髮，潔白小巧的臉龐，從感覺沉重的濃眉底下，望著人的清澈漆黑眼眸，擦上口紅的雙唇。她在積雪反光的微暗之中，彷彿喇叭花綻放地浮現出來，正仰望著京介。是一身和服與腰帶全都是白色，打扮有如新娘的綾乃。

「太好了，能見到您。」小小的聲音低語。「我滿腦子都在想，非得向櫻井先生道歉不可，不知道什麼時候才能見到您。」

京介想，有什麼需要她道歉的地方嗎？雖然沒有開口，不過這個念頭似乎毫無障礙地傳達給綾乃。大概因為這是夢境吧。

「有喔。因為櫻井先生會陷入這種困境，全都是我的錯。」

但是，綾乃曾經警告京介不要去那須，不要跟月映山莊有瓜葛。如果要說無視於那些話造成的後果，當然就不是綾乃的錯。可是，綾乃抬頭望著京介的臉，輕輕搖頭。

「不，不是那樣的。所以，如果您沒有發現，我就必須主動說明才可以。」

京介看著綾乃的眼睛，開口說話了。他說，是松浦先生的事嗎？

「您果然已經知道了？」

綾乃告訴京介雪音的故事時，提到出現「我的小鹿，你怎麼了」這句話的童話。但是她說被魔法變成小鹿的人，是女主角的哥哥。如果以深春找到的原始出處為準，應該是弟弟。確實要講「我的小鹿」的話，弟弟應該比哥哥更為合適。瞭解到這一點的時候，京介就想到了。對綾乃而言，念那本書給她聽的人，應該是個有如兄長般存在的人。

「我在失去雙親之後心靈就生病了。松浦先生在那個時候，為了當我的心理治療師，專程來到京都，不過門野老爺不知道這一件事情。

老爺雖然非常擔心我，但是打從心底小心不要讓男人接近我。所以跟男人一對一的治療等等，我想他一定完全沒有想過。

松浦先生，他是櫻井先生您也見過的，那位昌江嬸的兒子。是昌江嬸帶他來的，因為年輕的時候跟丈夫離婚，戶籍不同，所以母子姓氏也不同（註21）。所以，門野老爺才會到最後都沒有察覺到。

但是我很喜歡松浦先生，他是我的兄長、醫生、老師、摯友。如果要計算我們見面的時間，

21　母子姓氏的問題，在日本，女子結婚之後多半改姓夫姓，離婚之後則恢復原本的姓氏。

全部也就只有十幾個小時。但是，我認為他瞭解我的一切。我還是第一次，遇見他那樣子的人——」

據說實行催眠與被催眠的人之間，可以產生非常類似戀愛的強烈牽絆。心理治療師與委託人的關係，或許也很類似那樣吧。於是，茉莉也好，綾乃也罷，才會全都輕易把自己的靈魂交給那個男人。結果茉莉苦惱於遭到植入的虛偽記憶，儘管恐懼被迫製造出來的交替人格，卻絲毫不懷疑松浦；綾乃為了保護松浦，不讓京介到那須去。

然而，這是她們的脆弱吧。京介想，或許不是如此。忘了要保護自己，全心全意相信對方、接納對方，深愛對方，可以當作都是為了那個人，這樣反而是一種堅強，是京介跟松浦都不可能擁有的高貴心靈。所以松浦才會那般大為動搖吧。如果是這樣，或許他真的與京介很像。

「綾乃小姐——」

在夢裡出聲。

「那麼，請妳告訴我，妳寄給我的這把鑰匙，到底有什麼意義？」

說著，京介的手中，出現了那把小小的銀色鑰匙。

「您已經打開了嗎？」

「嗯。在月映山莊二樓的和室裡面。」

「裡頭有什麼東西？」

「我用這把鑰匙，打開上面以銀色畫出來江草家與印南家家徽的硯台盒，裡頭裝著一封信還有像是證券的東西。」

「這把鑰匙是昌江嬸給我的。」

綾乃一邊以手指把玩著從京介手中拿回來的鑰匙，一邊低聲說道。

「她說，她已經不需要這把鑰匙了。」

「因為她沒有去過那須吧。」

「是的。她討厭受根本不記得長相的雙親侷限，母親為什麼會死，現在她已經不想知道了。」

「那麼，我可以把這個交給她嗎？」

說著，京介的手裡出現那個從硯台盒拿出來的泛黃信封。

「雖然松浦先生看過了，不過收件人寫的是昌江女士。」

「嗯，雖然我不知道昌江嬸會不會高興，但是松浦先生看了之後有什麼反應？」

「他嚇了一大跳，因為我跟妳居然認識。」

「是嗎……」

綾乃仰望著京介。

「我來看應該沒關係吧。」

「沒關係，因為我也已經看過了。」

信封裡頭裝著好幾張信紙，徹底泛黃，摺起來的地方開始裂開。墨水寫的文字也變色，開始消失了，不過看來像是一封寫給孩子的，滿是平假名的信。

親愛的昌江：

爸爸由衷感到對不起妳，所以寫了這封信。妳的媽媽已經不在了，妳的弟弟也在媽媽生下他之後就走了。這一切都是爸爸不好。爸爸不知道有多麼想要領養妳，可是卻沒有辦法做到，因為爸爸的太太怎麼也不肯允許。雖然我根本不愛我太太，但是我有身為丈夫的責任。

爸爸不在家的時候，媽媽跑來那須，跟我太太爭執。媽媽在那個時候，身體情況變得很糟。然後爸爸回家之後，連忙把媽媽送到醫院去。因為情況非常不好，所以讓她住進了東京的大醫院。可是，媽媽接著就走了，肚子裡的小寶寶也一起離開，連找妳過來的時間都沒有。

我太太因此認定是她殺死了媽媽之後，爸爸再把媽媽埋起來。爸爸回來之後，看到她們兩個人在爭吵，覺得很生氣，就推倒了我太太。也許是因為這樣，她的頭才會受到嚴重撞擊。我太太醒過來的時候，媽媽已經送進了醫院，所以我太太才會那麼想吧。她也是個可憐的女人。她認為是自己推倒媽媽，害怕得一直發抖。但是那個時候，因為不想讓她追究妳的事情，所以爸爸什麼都沒有說。

雖然我已經通知人在京都的妳，但是恐怕妳還沒聽到什麼事情吧。因為媽媽的祖母非常討厭爸爸。但是爸爸知道，自己被人討厭也是沒辦法的。爸爸覺得可憐的就只有妳而已，爸爸不知道有多麼想要到妳的身邊去陪妳，但是身體越來越不好，很快就非得住院去了。

就算活著，或許也回不來了。雖然我希望至少這封信可以送到妳手中，但要是有個萬一，我也不想讓我太太看到。所以我決定，只把藏著這封信的東西的鑰匙送到京都去。如果爸爸死了，這棟房子就會賣給媽媽的娘家印南家，所以妳要什麼時候來都可以。爸爸相信，妳一定會來的。

爸爸不但不能收養妳，甚至還讓媽媽走了，真的非常抱歉。媽媽的墓碑立在東京。這裡還裝有要留給妳的一些現金跟證卷類的文件。多少能有點補貼之用的話，爸爸會很高興的。沒出息的爸爸能做到的就只有這樣了。

希望妳一定要過得幸福快樂。遇見好的伴侶，生下孩子，擁有一個健康的家庭。祈禱妳不會做出像爸爸這種愚蠢的行為。

然後，爸爸希望妳不要恨爸爸與我可憐的太太。雖然這不過是個只顧自己好的願望，但是爸爸還是希望妳能成全。

父　江草孝昌　筆

「真是一封溫暖的信。」

綾乃輕輕地低聲說道。京介想，真的是這樣嗎？可以說，這看來反而是軟弱又任性的男人，因為自我中心而讓兩個女人與孩子吃苦受罪。如果他能對妻子表現出清楚的態度，隨後的情況應該就會完全改變了吧。

「明明一開始只有愛情跟關懷，為什麼最後會產生憎恨與悲傷呢？」

可是不管多麼有信心，行動的時候掛念別人勝過自己，結果依然可能只有產生憎恨與悲傷。一想到這裡，就覺得單方面責備江草孝昌，或許也是種傲慢。人可以靠著意志做到的事情，是有限的。

「為什麼松浦先生要那麼做？」

溼潤的雙眼彷彿依靠京介地看著他。

「對我來說，他是個溫柔的人。光是與他說話，心靈彷彿就可以被洗淨。但是，我卻沒有辦法拯救他——」

嘆了口氣，將手裡的信封抱在胸口。

「我一定會交給昌江嬸的。」

「就那麼做吧。」

京介點點頭，同時心想，即使在夢裡頭要做這種事情也沒辦法吧。算了。醒來之後，再寄去給綾乃就好了。

「等我出院，我會再去一次月映山莊，把硯台盒拿出來。」

「嗯。」

綾乃靜靜地點頭。

「可是，櫻井先生，那已經沒辦法做到了。」

「為什麼？」

「因為，現在那棟建築物正陷入火海中。」

綾乃緩緩地伸出手，指著京介背後的遠方。在宛如懸掛了幾重薄絹般的雪幕另一邊，京介看見赤紅色搖曳的火焰。月映山莊，那棟建築正被火包圍著。

「因為江草夫人跑出醫院，去那裡縱火。將近五十年之久，她都憂慮著那裡的地底下埋藏了屍體，就算告訴她那不是真的，她大概也不會相信。」

「那麼，以前發生過的縱火未遂事件也是她做的？」

「一定是的。」綾乃點頭。「可是，如果那棟房子徹底化為灰燼，那個人大概就能夠第一次安心入睡。」

這是夢。所以不管看到什麼，都用不著擔心。儘管這麼想，京介依舊茫然地凝視著遠方搖曳的紅色火焰。

「松浦先生，真的做了很殘酷的事情……」

綾乃的袖子輕觸眼皮。松浦應該不知道，在這裡有一個少女為了他而落淚。因為與如此的少女相遇，卻無法堅守自我，就是他的愚蠢。

京介看到在結凍的荒野中，松浦孤獨一人前行的背影。但是對京介來說，那看起來是另一個自己的背影。那是沒有遇見蒼與深春，或者遇見了卻沒有注意到，倘若要繼續活下去應當是不可能的，屬於京介自己的剪影畫。

「請您好好休息，櫻井先生。然後請您在櫻花盛開之時，再度光臨京都。那個時候，請您的朋友們也一起來。」

白袖子捲繞在手臂上，綾乃對京介伸出雙臂。雙手之間從天而降的白雪飛舞旋轉。仔細一看，那逐漸變成了與細雪相似的一叢白花。滿是柔軟纖細的莖，白色的小小花叢。

「因為我沒辦法去探病，只能做到這樣。請您好好保重身體。」

對接下花束的京介，綾乃深深地鞠躬。重疊在那個身影之上，彷彿看到穿著棉製洋裝，胸口抱著天香百合，似乎頗為眼熟的一個女子在點頭打招呼。

2

有人粗魯地打開面對走廊的門，踩上地板發出了腳步聲。把夢境的餘韻趕走、沖散。覺得好亮，但是京介睜不開眼睛，眼皮非常沉重，還不想回到白晝的世界。

「京介。」氣喘吁吁的聲音說。

「安靜點，蒼。」

「可是深春，京介都沒有醒來。」

「他應該在睡覺吧，還沒有恢復正常，所以不要吵他。」

「可是京介昨天晚上打電話給我，說我可以過來沒關係。我都不知道他搞得這麼嚴重在住院。」

「那你要回去嗎？」

「不要。我也可以照顧病人。」

「那就不要大聲嚷嚷。」

「我知道了。可是，深春，京介到底怎麼了？」

「關於這一點，你還是直接問他本人吧。」

差不多是機會了，於是京介硬撐開沉重的眼皮。

「京介！」

從床邊身子往前傾的蒼，在幾乎就要碰到京介鼻子的極近之處，雙眼發光。

「我來了喔。可是為什麼你會弄到要住院？發生什麼事情了？」

「好久不見——」

對著只有回答這麼一句的京介，蒼的眼睛吃驚到睜得大大的。雖然已經拿掉紗布，但是傷痕還沒有消失，靠近看大概可以看到紅色血管。蒼伸出手想要碰觸，但是途中就猶豫地停了下來。

「京介，你臉上那個是傷口嗎？」

「跌倒擦破皮的。」

雖然不打算把蒼當成小孩子，但是事到如今，沒有必要再重複一次應該已經結束而犯人也死亡的事情。蒼有點不滿地撇嘴，不過也很清楚，這種時候繼續追究，京介也不會開口。一臉無可奈何的表情，張大雙眼，像是在說：「怎麼又來了呀？」

「京介，這是什麼？」

蒼從枕頭上面撿起來的東西，是開著小白花，約莫十五公分的小枝條。

「這是珍珠花吧。可是在東京還沒有開花，雖然那邊比這裡還要冷。」

京介坐起身子，從蒼的手中接過那枝花。好眼熟呀，因為在夢裡看過。

「這種花叫做珍珠花是嗎？」

「是呀，你不知道嗎？」像是發愣地如此回答的蒼說：「原來如此。剛剛那個小姐，一定是來探望京介的吧。可是就算如此，只帶一根珍珠花來也很奇怪呀。」

「剛剛？」

「蒼說他有看到。從窗戶看到一個穿著白色和服，長頭髮的女生走過這邊的走廊。」深春插嘴。「但是我沒有看到呀。你這小子，是不是作白日夢了？」

「才不是！」

「作夢……嗎？」

京介口中喃喃自語。

「深春——」

「啊？」

「我睡了幾天？」

「那件事情之後睡了三天。不過，你昨天晚上有起來過。我有跟你說，倉持先生跟縣政府土木部的人來探病過了吧。」

「是呀，然後京介就打電話給我了，對吧。」

這麼一說，好像真有那些事情。但是掌握不到那彷彿不屬於自己，到處飄浮的記憶碎片。

「月映山莊沒變吧？」

沒有回答。京介轉頭看著深春，只見深春搔著頭髮。

「什麼嘛！你不是一直在睡覺，怎麼還能聽到消息？」

京介屏息以待。

「我還以為你還不知道呢，聽說已經燒光光了。」

「是江草夫人放火的嗎？」

「沒錯。你這傢伙，怎麼忽然變成千里眼了？」

「沒有——」

「難得的研究對象化為灰燼，加上碰到這麼倒楣的事情，你也真是賠慘了。」

（那個夢，還是什麼都別說好了——）

京介想著。即使有科學無法解釋的事情，但也沒有理由急著推翻自己的信念。也許吧。

「茉莉小姐呢？」

「昨天早上她有來探病，看起來精神很好的樣子。」

「那個男人呢？」

「不用擔心，他已經乖乖待在應該待的地方了。」

意思是他已經被逮捕了?等到只剩他跟深春兩個人的時候再確認就好。

蒼不滿地鼓起臉頰。

「好詐喔。用那種只有你們兩個人才聽得懂的說法在說話，又有什麼事情瞞著我了？」

「因為事情已經結束了。」

發牢騷說著「討厭」、「真無聊」的蒼，結果似乎還是改變主意了。

「算了算了。真要說的話，我現在還比較希望有人聽我說話。」

深春探出腦袋說：「唷，不管你想說多少我都奉陪。」

「怎麼辦才好。雖然我一直都覺得，比較想要告訴京介啦。」

「什麼嘛！不要排擠我啦！」

「咦？可是剛剛你明明才跟京介在說我不知道的事情。」

「那是另一回事。」

「我知道了啦！那我就跟深春講吧。」

「真是謝謝你唷。」

「因為，我為人親切嘛！」

蒼補了一句「我對老先生很親切呀」，輕輕避開大叫著「你這小子！」就想衝上來抓他的深春手臂。

「深春，醫院裡頭不可以大吵大鬧喔。」

「到底是誰在大吵大鬧！」

隔著京介的病床，蒼吐舌頭扮鬼臉。

「是某隻大熊吧？」

京介在心底低語著。

只要現在有心靈相通的人在這裡，我就不會崩潰，不會成為吞噬光明的黑暗。即使有一天我不再是「櫻井京介」，但是只要依然存在，這段記憶就能支持自己。

我跟松浦很像。

可是，絕對不會跟他一樣。

「京介，你要快點好起來，聽我說話喔。」

「當然，隨時候教。」

京介露出微笑。

後記

二〇〇一年是篠田真由美第一本作品《琥珀城的殺人》出版的第十個年頭。一想到過了這麼長的時間，不由得就想要嘆氣。一件事情持續做了十年之久，大概就會慢慢進步，但是在寫小說這件事情上，我完全沒有覺得進步是為什麼呢？我總是因此深感煩惱。

說到煩惱，這次是系列作之中最為邊寫邊煩惱的一次。因為進入所謂以櫻井京介觀點進行的第二部之後，煩惱就一路慢慢增加，所以再多增加應該也沒有問題。雖然我如此樂觀，不過實在是太奇怪了。沒有辦法下筆，因為觀點人物自閉，又只會拖拖拉拉在煩惱，結果故事沒辦法順利進行。

寫到一半之後，我終於懂了。不是因為京介觀點的問題，而是因為他的身邊沒有深春也沒有蒼。不管到哪裡都是京介的獨角戲。討厭，真是麻煩！

我早就知道他作為偵探的性格缺點，卻沒想過會這麼派不上用場。嘗試寫過之後，我終於瞭解了，自己真是感覺遲鈍的可憐。但是就算寫到一半發現到了，也完全無可奈何。時間已經過了兩個月之久，社會上正是連休假期的黃金週期間，截稿是五月底。大概是因為壓力，我的腸胃忽然鬧得天翻地覆，別說是酒了，連水都不能喝，讓我認真考慮過是不是要鬧個失蹤。

我寫這篇後記的時間是六月一日，雖然所謂的後記這種東西，只是打上個句號而已，但是直到出書之前，打樣稿要看兩次，也會進行校對檢查。如果沒有那麼想要翻桌，就不會有包括這篇無計可施的後記在內，呈現在讀者面前的作品了。雖然我也認為「沒有麻煩的人生一點樂趣都沒有」（語出：栗山深春），可是我也深深地感覺到，如果能有再平安無事一點的日子也不錯。

接下來是感謝詞。建築家小倉孝夫先生，在青木宅解體工地有幸碰到您，跟您談論推理小說，聽您提到《獻給虛無的供品》這個書名時，我為至今為止給我引導的中井男爵感到吃驚不已。難得承蒙您給我資料，因為我能力不足所以不太能夠活用，真是非常抱歉。

森田和男先生，謝謝您提供天文相關的資料與建議。半澤清次先生，每次都麻煩您了。宇山日出臣先生、秋元直樹先生，多謝你們。

還有，無論何時都喜愛著建築偵探故事的讀者們。阻止我丟下不管或是失蹤的，就是不能夠背叛一直在等待著我的人們，這種身為一個專家最低限度的責任感。

作為一個作家，我由衷期望，這部作品不會太過辜負大家的期望。

感謝大家總是給我很多溫暖的心意。

我愛你們。

我們一定會再相見吧。

下次是越南跟伊東忠太，總覺得有點狂熱感呢（笑）。

註：我在本書中引用了阿嘉莎・克莉絲蒂《死亡不長眠》與皆川博子〈雪物語〉

主要參考文獻

想起惡魔的女兒們　Lawrence Wright　柏書房
（Remembering Satan）

受到壓抑的記憶神話　Elizabeth LoftusKatherine Ketcham　誠信書房
（The Myth of Repressed Memory:False Memories and Allegations of Sexual Abuse）
（註：本書中文版書名為《記憶VS.創憶》，洪蘭譯，遠流出版）

刪除記憶的孩子們　Lenore Terr　草思社
（Unchained Memories:True Stories of Traumatic Memories, Lost and Found）
（註：本書中文版書名為《推開記憶囚門》，陳玲瓏譯，遠流出版）

羅曼蒂克的瘋狂存在嗎　春日武彥　大和書房

二十四個比利・密里根　Daniel Keyes　早川書房
（The Minds of Billy Milligan）
（註：本書中文版書名為《24個比利：多重人格分裂的紀實小說》，小知堂編譯組譯，小知堂出版）

失去的自我（Sybil）　Flora Rheta Schreiber　早川書房
（註：本書中文版書名為《變身女郎：西碧兒和她的十六個人格》，王溢嘉譯，野鵝出版）

舊青木周藏別墅修理工程報告書　櫪木縣

篠田真由美作品系列

月蝕之窗　建築偵探櫻井京介事件簿

（原名：月蝕の窓　建築探偵桜井京介の事件簿）

作者／篠田真由美
發行人／黃鎮隆
總編輯／陳君平
執行編輯／呂尚燁
譯者／曾玲玲
協理／王怡翔
國際版權／陳宗琪
美術主編／鄭依依
出版／城邦文化事業股份有限公司　尖端出版
台北市中山區民生東路二段一四一號十樓
電話：（〇二）二五〇〇七六〇〇　傳真：（〇二）二五〇〇二六八三
E-mail：7novels@mail2.spp.com.tw
發行／英屬蓋曼群島商家庭傳媒股份有限公司城邦分公司
尖端出版　行銷業務部
台北市中山區民生東路二段一四一號十樓
電話：（〇二）二五〇〇－七六〇〇（代表號）
傳真：（〇二）二五〇〇－一九七九
讀者服務信箱：sandy@spp.com.tw
中彰投以北經銷（含宜花東）／高見文化行銷股份有限公司
電話：〇八〇〇－〇五五－三六五
傳真：（〇二）二六六八－六二二〇
雲嘉經銷／威信圖書有限公司　嘉義公司
電話：（〇五）二三三－三八五二
傳真：（〇五）二三三－三八六三
客服專線：〇八〇〇－〇二八－〇二八
南部經銷／威信圖書有限公司　高雄公司
電話：（〇七）三七三－〇〇七九
傳真：（〇七）三七三－〇〇八七
香港總經銷／香港城邦（香港）出版集團
香港灣仔軒尼詩道二三五號三樓
電話：（八五二）二五〇八－六二三一
傳真：（八五二）二五七八－九三三七
E-mail：citehk@hknet.com
法律顧問／通律機構
台北市重慶南路二段五十九號十一樓
二〇〇八年四月一版一刷

郵購注意事項：
1. 填妥劃撥單資料：帳號：50003021戶名：英屬蓋曼群島商家庭傳媒(股)公司城邦分公司。2. 通信欄內註明訂購書名與冊數。3. 劃撥金額低於500元，請加附掛號郵資50元。如劃撥日起 10～14日，仍未收到書時，請洽劃撥組。劃撥專線TEL：(03)312-4212 ・ FAX：(03)322-4621。E-mail：marketing@spp.com.tw

國家圖書館出版品預行編目資料

月蝕之窗 建築偵探櫻井京介事件簿 / 曾玲玲 譯.
—1版.—臺北市：尖端出版，2008[民97]
面 ； 公分.—(篠田真由美作品集)
譯自:月蝕の窓　建築探偵桜井京介の事件簿
ISBN 978-957-10-3818-6(平裝)

861.57　　97003643